猎人笔记

Записки охотника

〔俄〕屠格涅夫／著
丰子恺／译

名著名译
丛书

人民文学出版社
PEOPLE'S LITERATURE PUBLISHING HOUSE

И. Тургенев

Записки охотника

图书在版编目(CIP)数据

猎人笔记/(俄罗斯)屠格涅夫著;丰子恺译.—3版.—北京:人民文学出版社,2014(2024.12重印)

(名著名译丛书)

ISBN 978-7-02-010278-5

Ⅰ.①猎… Ⅱ.①屠…②丰… Ⅲ.①中篇小说—俄罗斯—近代 Ⅳ.①I512.44

中国版本图书馆CIP数据核字(2014)第033533号

责任编辑 李丹丹
装帧设计 刘 静 陶 雷
责任印制 苏文强

出版发行 人民文学出版社
社 址 北京市朝内大街166号
邮政编码 100705

印 刷 三河市中晟雅豪印务有限公司
经 销 全国新华书店等

字 数 317千字
开 本 890毫米×1290毫米 1/32
印 张 11.375 插页3
印 数 285001—288000
版 次 1955年11月北京第1版
1991年2月北京第3版
印 次 2024年12月第22次印刷

书 号 978-7-02-010278-5
定 价 29.00元

屠格涅夫

屠格涅夫（1818—1883）

俄国杰出的现实主义作家。大学期间开始诗歌、小说、戏剧创作。主要创作有小说《罗亭》《贵族之家》《前夜》《父与子》《猎人笔记》等。

《猎人笔记》使他蜚声文坛。作品以俄罗斯山川风物为背景，通过游猎间的见闻，广泛描绘了农奴和地主的群像与生活。语言优美、生动、凝练而富有音乐感，对俄国文学语言发展有巨大影响。

译　者

丰子恺（1898—1975），原名丰润，又名丰仁，浙江桐乡石门镇人。画家、文学家、美术和音乐教育家，是一位在多方面卓有成就的文艺大师。主要著作有《缘缘堂随笔》《缘缘堂再笔》《艺术趣味》《率真集》；译作有《源氏物语》、屠格涅夫的《初恋》和《猎人笔记》等。

出版说明

人民文学出版社从上世纪五十年代建社之初即致力于外国文学名著出版，延请国内一流学者研究论证选题，翻译更是优选专长译者担纲，先后出版了"外国文学名著丛书""世界文学名著文库""二十世纪外国文学丛书""名著名译插图本"等大型丛书和外国著名作家的文集、选集等，这些作品得到了几代读者的喜爱。

为满足读者的阅读与收藏需求，我们优中选精，推出精装本"名著名译丛书"，收入脍炙人口的外国文学杰作。丰子恺、朱生豪、冰心、杨绛等翻译家优美传神的译文，更为这些不朽之作增添了色彩。多数作品配有精美原版插图。希望这套书能成为中国家庭的必备藏书。

为方便广大读者，出版社还为本丛书精心录制了朗读版。本丛书将分辑陆续出版。

人民文学出版社

2015 年 1 月

前　言

伊凡·谢尔盖耶维奇·屠格涅夫，俄国现实主义作家，于公历一八一八年十一月九日诞生在奥廖尔城。父亲是破落的世袭贵族，很早去世。母亲是富裕的地主，极其专横任性，她手下的农奴们经常受到残酷无情的惩罚。这种惨状引起了屠格涅夫的愤慨和抗议。他说："我诞生并成长在殴打和折磨的环境里。""那时候我心中就已产生了对农奴制的憎恨。"这种憎恨便是他后来创作《猎人笔记》的动机。

一八二七年，全家迁往莫斯科。一八三三年屠格涅夫进莫斯科大学，次年转入彼得堡大学，一八三六年毕业于该校的哲学系语文科。一八三八年，屠格涅夫到德国柏林大学进修哲学和古典语言学的课程。在国外结交了俄国哲学家斯坦凯维奇和社会活动家巴枯宁，同他们一起研究黑格尔的唯心主义哲学，受到他们很大的影响。一八四一年回国。

一八四三年，屠格涅夫在彼得堡结识了别林斯基，这段友谊对他的世界观和文学创作起了很大的作用。在别林斯基的影响下，屠格涅夫发展了对黑格尔唯心主义哲学的批判态度。他的作品的现实主义倾向越来越强了。

从一八四七年开始，屠格涅夫在《现代人》杂志上陆续发表了二十多篇鲜明的反农奴制特写，这就是《猎人笔记》，这个总的题名是当时《现代人》的编辑给加上的。这些反农奴制倾向的特写招致了沙皇政府的迫害。一八五二年，尼古拉一世以屠格涅夫在报上发表哀悼果戈理的文章为借口，把他放逐到故乡并加以监视。《猎人笔记》单行本出版时，教育部大臣上书给尼古拉一世说，屠格涅夫这本书里绝大部分文章都"带有侮辱地主的绝对倾向"，一般地说，地主"不是被表现得滑稽可笑，就是常常被弄得极不体面而有损他们名誉的样子"。批准《猎人笔记》出版的图书审查官因此而被沙皇撤职。

一八五三年年终，屠格涅夫流放期满，来到彼得堡，在那里积极给当时最进步的民主主义杂志《现代人》撰稿。一八五六年和一八五九年他先后发表了长篇小说《罗亭》和《贵族之家》。两部小说的主人公都是贵族知识分子，他们徒有崇高的憧憬，却不能采取积极行动，正如后一部作品中主人公所表明的，他们这个阶级不能再在历史上起领导作用了。

五十年代末期，屠格涅夫是赫尔岑在国外创办的《警钟》杂志的积极的通讯员，他常常写信给他报道国内的情况。然而在他的信件中总不免流露出自由主义的思想。

随着俄国逐渐走上资本主义道路，落后的农奴制成了工农业发展的障碍，废除农奴制的问题在五十年代后半期越来越尖锐化了。头号大地主沙皇亚历山大二世不得不承认："从上面解放比等待从下面推翻要好些。"①就在这时候，贵族资产阶级的自由主义运动的阶级实质明显地暴露出来了。早在尼古拉统治时期，某些进步的自由主义者曾经支持民主主义者消灭农奴制的主张。但是到了亚历山大二世准备进行农民改革的时候，他们又害怕革命，转而同专制政体接近。屠格涅夫的社会政治观点在这时候也随之起了变化。他虽然反对农奴制，却"羡慕温和的君主制和贵族的宪制"②，对亚历山大二世寄予希望，热烈欢迎他自上而下的改革。

正在这农奴制改革的前夜，屠格涅夫发表了他首次以平民知识分子为主人公的长篇小说《前夜》(1860)。表现了当时革命活动家出现这一重大的社会现象。在当时社会政治斗争激化的情况下，屠格涅夫的自由主义观点与革命民主主义观点曾有显著分歧，现在，由于他不同意他们从《前夜》引出的革命结论，终于与革命民主主义者的刊物《现代人》彻底决裂。一八六二年问世的长篇小说《父与子》，刻画了当时

① 引自列宁著《"农民改革"和无产阶级农民革命》一文，见人民出版社版《列宁全集》第17卷，第103页。

② 引自列宁著《苏维埃政权的当前任务》一文，见人民出版社版《列宁选集》第二版，第3卷，第526页。

俄国民主主义平民知识分子和自由主义贵族两个阵营的尖锐分歧，同时也反映了作者在这场斗争中的思想立场的深刻矛盾。

一八六二年后，俄国反动统治变本加厉，革命民主主义运动受到摧残，屠格涅夫的温和的自由主义观点更有所发展。一八六三年，他竟“私人上书亚历山大二世，表示忠于皇朝，并且捐了两个金币来慰劳那些因镇压波兰起义而受伤的兵士”①。一八六七年发表的长篇小说《烟》最明显地暴露出他的思想矛盾中的消极的一面。他在揭发当时俄国统治者的反动面目的同时，却公然诽谤流亡国外的民主主义者。

屠格涅夫生涯的最后十五年主要是跟他在一八四三年就结识的法国女歌唱家薇亚尔多一家人一起在巴黎度过的。他在那里结识了当时法国著名作家福楼拜、都德、左拉、龚古尔、莫泊桑等人。他是俄罗斯文学在国外的孜孜不倦的宣传者。

一八七七年，屠格涅夫发表了他的最后一部长篇小说《处女地》，在对国内七十年代革命的民粹主义运动的描写里，表现出拒绝革命改造的渐进主义思想。

屠格涅夫住在国外的时候，每年都要回国一次。一八七九年和一八八〇年两度归国时，受到广大进步人士的热烈欢迎。他曾表示要迁回俄国，然而这个愿望没有得到实现。一八八二年初，屠格涅夫患了脊椎癌，于次年九月三日在巴黎附近的布日瓦尔逝世，终年六十五岁。遗体安葬在彼得堡。

《猎人笔记》是屠格涅夫早期作品中最优秀的一部，也是十九世纪俄罗斯文学和世界文学中的名著之一。这部作品在屠格涅夫的创作史上揭开了新的一页。在这以前，屠格涅夫的作品在内容上还没有触及到农奴制时代俄罗斯生活的根本问题。创作上的不满意使他感到苦闷，他曾经想放弃文学生涯。只是因为《猎人笔记》的成功，才使他回到文学界来。

在格利鲍耶陀夫和普希金的时代，俄罗斯文学就具有反农奴制的

---

① 引自列宁著《纪念赫尔岑》一文，见人民出版社版《列宁全集》第18卷，第13页。

性质。然而那时主要是从道德观点出发来保护农民的。到了四十年代,农民暴动次数的不断增长,引起社会上的注意,使得农民逐渐成了文学上的主要人物,也成了屠格涅夫笔底下的主人公。

《猎人笔记》的第一篇《霍里和卡利内奇》作于一八四六年,发表在一八四七年第一期《现代人》杂志上。此后在一八四七年——一八五一年间,《现代人》杂志上一共刊登了二十一篇特写。一八五二年,屠格涅夫初次刊印《猎人笔记》单行本,在其中增添了一篇《两地主》。在一八八〇年出版的单行本里,又加入了《且尔托泼哈诺夫的末路》(1872)、《车轮子响》(1874)和《活尸首》(1874)这三篇。这个包括二十五篇特写的集子就成了最后的定本。

《猎人笔记》的作者继承了普希金和果戈理的现实主义传统,阐明了人民生活中前人所未注意或未涉及的方面。正像别林斯基在评述《霍尔和卡里内奇》时所说,屠格涅夫"从他以前任何人都没有这样接近过的角度接近了人民"。

别林斯基对《猎人笔记》的创作起了很大的作用。他热烈赞扬《霍尔和卡里内奇》的意义,给屠格涅夫以很大的鼓励。几篇有巨大的社会性讽刺意义的特写如《叶尔莫莱和磨坊主妇》(1847)、《独院地主奥夫谢尼科夫》(1847)、《总管》(1847)、《事务所》(1847)、《莓泉》(1848)等,都出现在别林斯基逝世之前,其中尤其是《总管》和《事务所》这两篇,触及了地主和农民的阶级关系,是作者在同别林斯基思想上最接近的一八四七年夏天写作的,当时他正陪同患病的别林斯基在西里西亚的萨尔茨勃伦休养。

可以说,《猎人笔记》里大部分特写都是在不同程度上,从不同方面来反对农奴制的。屠格涅夫后来在他的《文学及生活回忆录》里谈到《猎人笔记》的主要思想说:"我不能同我所憎恨的对象并存在一起,呼吸同样的空气,对于这一点,看来我缺少应有的忍耐力和坚强性格。我须得离开我的敌人,以便从远方更有力地攻击它。在我心目中,这个敌人有一定的形象,冠用着众所周知的名字:这敌人就是农奴制。我在这个名字之下搜罗并集中了我决心与之斗争到底的一切——我发誓永远不同它妥协。"

继《死魂灵》之后，屠格涅夫在《猎人笔记》里给农奴制时代的俄罗斯地主们画了一系列独特而逼真的肖像。这里有自命不凡的兹韦尔科夫（《叶尔莫莱和磨坊主妇》），穷奢极欲的彼得·伊里奇伯爵（《莓泉》），千方百计折磨奴仆的专横任性的科莫夫（《独院小地主奥夫夏尼科夫》），靠棒打强占土地的、“猎人”的祖父。这里还有《两地主》里的斯捷古诺夫，他认为“老爷总归是老爷，农人总归是农人”，他“为了爱而惩罚”（鞭打）管餐室的老头儿瓦夏，“带着最仁慈的微笑”倾听这鞭打声。这里刻画得最出色的是《总管》里的佩诺奇金，这人既“文明”又“仁慈”，却遮掩不了他那凶残的农奴主本性。列宁在《纪念葛伊甸伯爵》一文中曾经利用这个形象来揭露自由主义报刊对葛伊甸的人道的吹嘘，他写道：“这种对葛伊甸的人道的敬崇，使我们……想起了屠格涅夫的《猎人笔记》。在我们面前出现一个文明的、有教养的地主，他举止文雅，态度和蔼，有欧洲人的风度。地主请客人饮酒，高谈阔论。他向仆人说：‘为什么酒没有温？’仆人默不作声，脸色苍白。地主按了一下铃，轻声地对进来的仆人说：‘费多尔的事……去处理吧。’”接着列宁又说，这个地主是“那样地人道，……自己对仆人不打不骂，他只是远远地‘处理’，……真像一个有教养的温和慈祥的人”①。

像斯捷古诺夫和佩诺奇金之流的地主任意打骂农奴，却认为这是天经地义，不值得大惊小怪。正如柯罗连柯指出：“这一切现象和人物在当时的生活中是普遍存在、司空见惯的。而可怕就在于这普遍性。”《猎人笔记》之所以具有巨大的揭发力量，也正在于它能通过这些看似平常的现象来向读者揭示出农奴制是一切罪恶的根源。

除了地主本身以外，屠格涅夫还描写了他们的爪牙倚仗地主的势力，欺压农民。如《事务所》里的尼古拉·叶列梅伊奇和《总管》里的索夫龙等。

处于这重重压榨之下，农民们过着怎样的生活呢？在《霍里和卡利内奇》里，作者把服劳役制的奥廖尔省农民和交代役租的卡卢加省

---

① 引自列宁著《纪念葛伊甸伯爵》一文，见人民出版社版《列宁全集》第13卷，第39页。

农民的生活作了鲜明的对比,揭穿了认为农奴缺少地主的保护就不能生活的反动谬论。霍里离地主老爷的"保护"远,所以生活好。卡利内奇有行猎的老爷的"保护",反倒连草鞋钱都落空。在《猎人笔记》的其他特写里,作者进一步描绘出农民生活的阴暗画面:希皮洛夫卡的农民脸色沮丧,特别是安季普一家被弄得家破人亡(《总管》)。弗拉斯因儿子死了,长途跋涉去向地主请求减租,却被怒斥一顿,赶了回来;斯乔普什卡穷得"每天都不知道用什么东西糊口",受尽欺压,甚至连打喷嚏和咳嗽都胆小害怕(《莓泉》)。还有那穷得走投无路的农民,他不得不铤而走险、在雨夜去偷窃树木,差点儿被效忠于地主老爷的守林人断送了性命(《孤狼》)。……一切一切,都说明了他们过的是怎样含垢忍辱、水深火热的日子!

不消说,农民们对地主是怀着一定的憎恶的。《孤狼》里的那个农民在绝望之余,突然从顺从和恐惧转而把怨恨发泄在守林人身上;《总管》这一篇的末了,农民安帕季斯特骂索夫龙是"畜生,不是人","真是一只恶狗";《美人梅奇河的卡西扬》的卡西扬则通过宗教形式表达他的某种反抗情绪。

然而《猎人笔记》里没有表现出公开的反抗,这固然与作家的思想立场有关,但也由于当时检查制度的限制。屠格涅夫原来还打算在《猎人笔记》里加入两篇特写,一篇是描写农民直接惩治地主的《食地兽》。他说:"在这个短篇里,我要描写一件在我们这里发生过的事实:农民们杀死了一个地主;这地主年年夺取他们的土地,因此农民们称他为'食地兽',他们强迫他吃下八普特最肥沃的黑土。"另一篇题名为《俄罗斯的德国人与改革者》,其中提到一个具有"治国大才"的某地主,这人"老是在自己的村子里发号施令,运筹策划,——按照自己的计划来安排农民,硬要他们照他的程序去吃、喝、办事;夜间起来绕着农民们的房子走,把人们叫醒,老是监视着……"据屠格涅夫说,这人跟沙皇尼古拉一世相像到可惊的地步。显然,这样一类作品,在当时,"检察机关无论如何是不会让它通过的"。

《猎人笔记》的巨大成就不仅是描写农民大众的备受压迫,而且还展示了他们的丰富的内心世界,以他们来同"文明"而"高贵"的地主的残暴行为相对照。《霍里和卡利内奇》给我们展示了两个性格截然不同的农民的美好的精神面貌。霍里具有务实的思想和性格,积极有为;卡利内奇则是俄罗斯农民中的一个诗趣盎然的人物。《美人梅奇河的卡西扬》里的卡西扬热爱祖国的自然界,而同时又意识到"人间是没有正义的",所以他要穿着草鞋去找求真理,幻想有一个"所有的人都过着富裕而正直的生活"的地方。在《白净草原》与《歌手》里,屠格涅夫以细腻的笔触来揭示农民及其孩子们的饶有诗意的心灵和对于自然美的热爱,同时又描绘出他们所处的悲惨的现实环境,例如雅科夫的扣人心弦的优美歌声同外景丑陋的贫穷村庄形成了鲜明对比,使读者情不自禁地去深思这种不相协调的情景的社会根源。

《猎人笔记》中有不少篇幅描写了农奴制下遭到悲惨命运的纯朴善良的俄罗斯农家妇女:《约会》中的农家女子阿库林娜的纯洁天真的感情受到了地主的家奴的无情糟蹋。《活尸》里的露克丽亚长年卧病在床,还关心受苦的农民,央求"猎人"劝他母亲给他们减租。《叶尔莫莱和磨坊主妇》里的聪明美丽的阿林娜受到她的刁钻古怪的女主人的摧残。《彼得·彼得罗维奇·卡拉塔耶夫》里的热情勇敢的马特廖娜一生的幸福被愚钝而无聊的地主的残酷行为破坏了。这些残酷行为屠格涅夫不止一次地在他母亲的庄园里看到过。正像卡拉塔耶夫一样,有一次屠格涅夫曾把一个要被他母亲出卖的婢女隐藏起来,并且用手枪来抗拒警察局长的搜查。

由于屠格涅夫对农民及其处境作了真实的描写,加强了社会上对农奴制的抗议,因而赢得了人民的感谢。有过这样的故事:某一次屠格涅夫从乡村到莫斯科去,在途中的一个小站上,遇到了两个像是小市民或者厂里的工人的年轻人。他们脱帽向屠格涅夫深深鞠躬。其中一人说,"以全体俄国人民的名义向您表示敬意和感谢。"

《猎人笔记》并不限于农民的题材。例如《县城的医生》描写了"小人物"的主题,体现着和陀思妥耶夫斯基的《穷人》相像的特征。在《施格雷县的哈姆莱特》这一篇特写里,作者把贵族庄园里的哈姆莱特们的精神失常和萎靡不振同人民的健全而坚强的性格相对照。

在《猎人笔记》里也表现了某些没有受到农奴制腐蚀影响的地主。

作者怀着同情描写了爱上一个普通农奴女子的卡拉塔耶夫、心地善良而正直的塔季扬娜·鲍里索夫娜、骄傲而公正的切尔托普哈诺夫。在屠格涅夫看来，即使是地主，只要不是典型的农奴制拥护者，也还是俄国社会的积极力量。与革命民主主义者不同，屠格涅夫对俄国贵族还抱有希望，极力要发掘他们的积极因素。独院地主奥夫夏尼科夫的一番话多少反映出了屠格涅夫的基本思想："不关心农民的福利，是地主的罪恶"，应该爱护农民，"他们的利益和我们的利益是一致的：他们好，我们也好；他们苦，我们也苦。"因此，屠格涅夫所反对的仅仅是那些残酷虐待农民的农奴制拥护者，而不是整个贵族阶级。正是这种思想上的局限性，发展到后来，使屠格涅夫给沙皇亚历山大二世上书，表示效忠。

《猎人笔记》的最后一篇《树林和草原》是一幅充满朝气蓬勃的乐观情绪的风景画。屠格涅夫是描写俄罗斯风景的卓越大师。托尔斯泰曾称颂屠格涅夫的风景描写说："这是他的拿手本领，以至在他以后，没有人敢下手碰这样的对象——大自然。两三笔一勾，大自然就发出芬芳的气息。"

《猎人笔记》的写作技巧是很出色的。赫尔岑称《猎人笔记》为"屠格涅夫的杰作"，他说："屠格涅夫从来不堆涂浓重的颜料，从来不采用过分生硬的用语。相反地，他叙述得非常委婉，经常运用细腻的笔调，这种笔调大大地加强了这一富有诗意的反农奴制的控诉书所给人的印象。"

《猎人笔记》在屠格涅夫的创作发展中起了巨大的作用。通过这部作品，屠格涅夫完成了向现实主义的转变，早期的浪漫主义手法在这里几乎连痕迹也没有了。俄罗斯的现实生活成了他的现实主义艺术的取之不竭的源泉。

屠格涅夫作品中的语言特征是丰富、明确、朴素、生动。这种语言受到了列宁的高度重视。列宁对自由主义者写道："屠格涅夫、托尔斯泰、杜勃罗留波夫、车尔尼雪夫斯基的语言是伟大而雄壮的，这一点我们比你们知道得更清楚。"①据克鲁普斯卡娅回忆，列宁曾"多次反复地

① 引自列宁著《需要实行义务国语吗?》一文，见人民出版社版《列宁全集》第20卷，第58页。

阅读过屠格涅夫的作品”。

《猎人笔记》对俄罗斯文学产生了很大的影响。年轻的托尔斯泰在创作短篇小说《伐木》时读了《猎人笔记》,他在日记中写道:“不知怎的,读了他这作品之后很难动笔了。”

《猎人笔记》促进了年轻的高尔基的精神发展。高尔基在自传体小说《在人间》中叙述他读过“异常卓越的《猎人笔记》”和其他一些优秀作品后的情况,他说:“这些书洗涤了我的身心,像剥皮一般给我剥去了穷苦艰辛的现实的印象。我知道了什么叫做好书,我感到自己对于好书的需要。”

屠格涅夫的创作在国内外都享有很大的声誉。特别是《猎人笔记》和他的几部长篇小说给世界文学以有益的影响。西欧许多文学界人士都把屠格涅夫看作“现实主义派的领袖之一”。乔治·桑和莫泊桑把他称为自己的老师。《猎人笔记》里的风景描写使都德感到莫大的喜悦。莫泊桑曾渴望着按照屠格涅夫这些故事的样式写一些猎人故事。

《猎人笔记》的出版给屠格涅夫带来了巨大的声誉和光荣。屠格涅夫自己写道:“这本书出版了,我很高兴,我觉得它将是我给俄罗斯文学宝库的一点贡献。”而事实上,《猎人笔记》已经不单给俄罗斯文学,而且也给世界文学做出了贡献。

丰一吟

一九七八年

目　录

霍里和卡利内奇

凡是从波尔霍夫县来到日兹德拉县的人,对于奥廖尔省人和卡卢加省人的素质的显著差异,大概都会惊讶的。奥廖尔的农人身材不高,背有点儿驼,神情阴郁,蹙着眉头看人,住在白杨木造的破旧的棚屋里,服着劳役,他们不做买卖,吃得很差,穿的是树皮鞋;卡卢加的代役租农民①就不然,他们住的是松木造的宽敞的农舍,身材高大,眼神大胆而愉快,脸色白净;他们贩卖黄油和焦油,每逢节日总穿长统靴。奥廖尔的村庄(我们说的是奥廖尔省的东部)大都位在耕地的中央,不知怎样变成了污泥池的峡谷的旁边。除了随时准备效劳的几株爆竹柳和两三株瘦白桦树之外,一俄里②周围连小树也看不见一棵;屋子紧靠着屋子;屋顶上盖着腐烂的麦秆……卡卢加的村庄就不然,大部分周围都是树林;屋子的位置较为疏朗而整齐,屋顶上盖着木板;大门紧闭,后院的篱笆并不散乱,也不向外倾倒,不会招呼过路的猪进来做客……在猎人看来,卡卢加省也较好。在奥廖尔省,再过五年光景,最后一批树林和大片的灌木丛林势将消失,沼地也将绝迹;卡卢加省就同它相反,禁林绵延数百俄里,沼地有数十俄里,珍贵的松鸡尚未绝迹,温良的大鹬还可看到,忙碌的沙鸡突然飞起,使得猎人和狗又欢喜,又吃惊。

我有一次到日兹德拉县去打猎,在野外遇见卡卢加省的一个小地主波卢特金,和他结识了。他酷爱打猎,因而堪称一个出色的人。他的确也有一些弱点:例如,他曾向省里所有豪富的小姐求婚,遭到拒绝,不准上门,便怀着悲痛的心情向所有的朋友和熟人诉苦,而对于小姐们的父母,他照旧把自己果园里的酸桃子和其他未成熟的果子当作礼物送

---

① 俄国的农奴分为两种:一种是劳役租制(无偿地为地主劳动)的农奴;一种是代役租制(交纳田租)的农奴。

② 1 俄里合 1.067 公里。

过去；他喜欢重复讲述同一个笑话，这笑话尽管波卢特金先生自己认为很有意义，其实却从来不曾使任何人发笑过；他赞扬阿基姆·纳希莫夫①的作品和小说《平娜》②；他说话口吃，把自己的狗称为天文学家；他把但是说成但系，他家里采用法国式烹调，这种烹调的秘诀，据他的厨子的理解，在于使每种食物的天然滋味完全改变；肉经过这能手的烹调带有鱼味，鱼带有蘑菇味，通心粉带有火药味；不过任何一根胡萝卜，不切成菱形或梯形，决不放进汤里。然而除了这些为数不多而又无关重要的缺点之外，波卢特金先生，如前所说，是一个出色的人。

我同波卢特金先生相识的第一天，他就邀我到他家里去宿夜。

“到我家里大约有五俄里，”他说，“步行是太远了；让我们先到霍里家去吧。”（读者谅必会允许我不照样传达他的口吃。）

“霍里是谁呀？”

“是我的佃农，……他家离这儿很近。”

我们就到霍里家去。在树林中央一块清理过、耕作过的空地上，孤零零地矗立着霍里的庄园。这庄园包括几间松木结构的屋子，用栅栏连结起来，正屋的前面有一间用细柱子支撑着的披屋。我们走进去，看见一个二十来岁的、身材漂亮的年轻小伙子。

“啊，费佳！霍里在家吗？”波卢特金先生问他。

“不在家。霍里进城去了，”小伙子微笑着回答，露出一排雪白的牙齿，“要准备马车吗？”

“是的，老弟，要马车。还要给我们拿点克瓦斯③来。”

我们走进屋里。原木叠成的清洁的壁上，一张苏兹达尔的画片④也没有贴；在屋角里，在穿着银质衣饰的沉重的圣像前面，点着一盏神灯；菩提树木的桌子是不久以前刮洗干净的；原木中间和窗子的侧框上，没有敏捷的茶婆虫钻来钻去；也没有沉思似的蟑螂隐藏着。那年轻

---

① 阿基姆·纳希莫夫（1783—1815），俄国二流诗人，讽刺诗和寓言的作者。

② 《平娜》是俄国一个平庸作家马尔科夫（1810—1876）的小说。别林斯基曾在一篇论文里严厉地讥讽这小说，称它为“胡言”。

③ 一种清凉饮料。

④ 苏兹达尔是乌拉基米尔省里的一个县，其地出产廉价的木版画。

小伙子很快就走出来了，拿来一只装满上好克瓦斯的白色大杯子、一大块小麦面包和装着一打腌黄瓜的木钵。他把这些食物统统摆在桌上，身子靠在门边，然后带着微笑不时地向我们看。我们还没有吃完点心，马车已经在阶前响动了。我们走出去。一个大约十五岁、头发鬈曲、双颊红润的男孩坐在车上当马车夫，很费力地勒住一匹肥壮的花斑公马。马车的周围，站着六个相貌十分相像而又很像费佳的、身材魁梧的小伙子。“都是霍里的孩子！”波卢特金说。“都是小霍里①，”费佳接着说，他已经跟着我们走出来，到了台阶上，“还没有到齐呢，波塔普在林子里，西多尔跟老霍里进城去了……当心啊，瓦夏，”他转向马车夫继续说，“要跑得快啊：送的是老爷呢。不过，震动得厉害时要当心，走得慢些；不然，弄坏了车子，震坏了老爷的肚子！”别的小霍里听到了费佳的俏皮话都微微一笑。“让天文学家坐上来！”波卢特金先生神气地喊一声。费佳兴冲冲地高举起那只勉强带笑的狗，把它放在车子底部。瓦夏放松缰绳。我们的马车开动了。“这是我的事务所，”波卢特金先生指着一所矮小的房子，突然对我说，“要不要去看看？”“好吧。”“这事务所现在已经撤消了，”他说着，爬下车来，“可还是值得一看。”事务所有两个空房间。看守人，一个独眼的老头儿，从后院里跑出来。“你好，米尼亚伊奇，”波卢特金先生说，“水在哪儿啊？”独眼老头儿走了进去，立刻拿着一瓶水和两只杯子回来。“请尝一尝，”波卢特金对我说，“我这水是很好的泉水。”我们每人喝了一杯，这时候老头儿向我们深深地鞠一个躬。“唔，现在我们可以去了吧，”我的新朋友说，“在这事务所里我卖了四俄亩②林地给商人阿利卢耶夫，卖得好价钱。”我们坐上马车，过了半个钟头，就进入了领主邸宅的院子里。

“请问，”晚餐的时候我问波卢特金，“为什么您的霍里跟您其他的佃农分开住呢？”

“是这么一回事：他是一个聪明的佃农。大约二十五年前，他的屋子给火烧了；他就跑来对先父说：‘尼古拉·库兹米奇③，请您允许我搬

---

① 俄语中“霍里”（хорь）是“黄鼠狼”的意思。

② 1俄亩合1.093公顷。

③ 尼古拉·库兹米奇是波卢特金的父亲的名字和父名。

到您林子里的沼地上去吧。我会付高价的代役租给您。'‘你为什么要搬到沼地上去呢?'‘我要这样;只是您哪,尼古拉·库兹米奇老爷,请您什么活儿也别派我干,要多少代役租,由您决定好了。'‘每年五十卢布!'‘好吧。'‘我可是不准欠租的!'‘当然,决不欠租……'于是,他就搬到沼地上住了。从那时候起,人家就给他取个外号叫霍里。"

"那么,他后来发财了吗?"我问。

"发财了。他现在付给我一百卢布的代役租,我也许还要加价呢。我几次三番对他说:'赎了身吧,霍里,喂,赎了身吧!……'可是他这个滑头,硬说没有办法;说是没有钱,……其实不见得是真的呢!……"

第二天,我们喝过了茶,马上又出发去打猎。经过村里的时候,波卢特金先生吩咐马车夫在一所低矮的农舍旁边停下,大声叫唤:"卡利内奇!""马上就来,老爷,马上就来,"院子里传出回音,"我在穿鞋呢。"我们的车子就慢慢地走了;出了村子以后,一个四十岁左右的人赶上了我们,他身材又高又瘦、小脑袋向后仰着。这就是卡利内奇。他那和善的、黝黑的、有几点麻斑的脸,使我一见就喜欢。卡利内奇(我后来才知道)每天陪主人去打猎,替他背猎袋,有时还背枪,侦察鸟儿在哪里,取水,采草莓,搭棚,跟着马车跑;没有了他,波卢特金先生寸步难行。卡利内奇是一个性情挺愉快、挺温顺的人,嘴里不断地低声哼着歌,无忧无虑地向四处眺望,说话略带鼻音,微笑的时候总是眯着淡蓝色的眼睛,又常常用手去摸他那稀疏的尖胡子。他走路不快,步子却很大,轻轻地拄着一根细长的木棍。这一天他几次同我谈话,伺候我的时候毫无低三下四的态度;可是他照顾主人却像照顾小孩一样。当正午的酷热逼得我们不得不找寻荫庇处的时候,他引导我们到树林深处他的养蜂房那里去。卡利内奇给我们打开一间挂着一束束芳香的干草的小屋,叫我们躺在新鲜的干草上,自己头戴一只有网眼的罩子,拿了刀子、罐子和燃着的木片,到养蜂房里去替我们割蜜。我们和着泉水,喝了透明而温和的蜜汁,就在蜜蜂单调的嗡嗡声和树叶簌簌的絮语声中睡着了——一阵微风把我吹醒……我睁开眼睛,看见卡利内奇:他坐在半开着门的门槛上,正在用刀子雕一把勺子。我对着他那像夕暮的天空般柔和明朗的脸欣赏了好一会儿。波卢特金先生也醒了。我们没有马上起来。在长久的奔波和沉酣的睡眠之后一动不动地躺在干草上，觉得很适意：浑身舒服而疲倦，脸上散发出轻微的热气，甘美的倦意使人合上眼睛。终于我们起来了，又去闲逛，直到傍晚。晚餐的时候，我又谈到霍里和卡利内奇。"卡利内奇是一个善良的庄稼汉，"波卢特金先生对我说，"一个勤恳而殷勤的庄稼汉；但系他不能够好好地务农，因为我老是拖着他。他每天陪我去打猎……怎么还能够务农呢，您想。"我同意他的话，我们就睡觉了。

下一天，波卢特金先生为了和邻人皮丘科夫办交涉，必须进城去。邻人皮丘科夫耕了他的地，还在这耕地上打了他的一个农妇。我一个人坐车去打猎，傍晚以前到霍里家去弯弯，在门口看到一个秃头、矮身材、肩膀宽阔、体格结实的老头儿——这就是霍里本人。我带着好奇心看着这个霍里。他的相貌很像苏格拉底[①]：高高的有疙瘩的前额，小眼睛，翻孔鼻子，都同苏格拉底一样。我们一起走进屋里。还是那个费佳给我拿来牛奶和黑面包。霍里坐在长凳上，异常沉着地抚摩着他的拳曲的胡须，同我谈起话来。他似乎感觉到自己身份的优越，说话和行动都慢慢吞吞，有时在长长的口髭底下露出微笑。

我同他谈到播种，谈到收获，谈到农家的生活……他对于我的话似乎一直表示赞同；只是后来我倒不好意思起来，我觉得我说的话不恰当……我们的谈话似乎有些异样了。霍里说话有时很奥妙，大约是出于谨慎的缘故……下面便是我们的谈话的一例：

"我问你，霍里，"我对他说，"你为什么不向你的主人赎身呢？"

"我为什么要赎身？现在我很了解我的主人，我的代役租也能照付……我们的主人很好。"

"可是一个人总是自由的好。"我说。

霍里斜看我一眼。

"那当然。"他说。

"那么，你为什么不赎身呢？"

---

① 苏格拉底（公元前469—前399），古希腊哲学家。

霍里摇摇头。

“老爷,你叫我拿什么来赎身呢?”

“唉,得了吧,老头儿……”

“霍里要是做了自由人,”他低声地继续说,仿佛是自言自语,“凡是没有胡子的人[1],就都管得着霍里了。”

“那么,你也可以把胡子剃掉。”

“胡子算得了什么?胡子是草啊,要割掉也可以的。”

“那还说什么呢?”

“也许霍里干脆去做商人;商人生活过得好,而且也留胡子。”

“怎么,你不是也在那里做生意吗?”我问他。

“那不过是做点黄油和焦油的小买卖……怎么样,老爷,要不要准备马车?”

“你这个人说话好谨慎,心里可有主意呢。”我这样想。

“不,”我说,“我不需要马车;明天我想在你这庄园附近走走,如果你同意的话,我想留下来在你的干草屋里过夜。”

“很欢迎。可是你住在干草屋里怕不舒服吧?让我吩咐娘儿们替你铺床单,放枕头。喂,娘儿们!”他站起身来,叫道,“娘儿们,过来!……费佳,你和她们一块儿去吧。娘儿们都是蠢货。”

一刻钟以后,费佳提着灯笼领我到干草屋里去。我投身在芳香的干草上了,狗在我脚边蜷做一团;费佳向我道了晚安,呀的一声,门就关上了。我有很久睡不着。一头母牛来到门边,大声地喷了两口气;狗神气十足地向它狂吠;一只猪闷声闷气地哼着,从屋边走过;附近不知什么地方有一匹马嚼起干草来,打着响鼻……我终于打盹了。

清早,费佳叫醒了我。我觉得这个愉快活泼的小伙子非常可爱;而且,据我所见,老霍里也最宠爱他。两人常常很亲睦地互相打趣。老头儿出来招呼我。不知道是我在他家里过了夜的缘故,还是另有别的缘故,霍里对待我比昨天亲切得多了。

---

① 霍里所指的是剃掉胡子的绅士,主要是官吏。在屠格涅夫所描写的时代,根据尼古拉一世的命令,是严禁他们蓄须的。

“茶炊已经替你准备好了，”他微笑着对我说，“我们去喝茶吧。”

我们在桌子边坐下。一个强壮的农妇，是他的媳妇当中的一个，拿来了一罐牛奶。他的全班儿子一个个走进屋里来。

“你真是儿孙满堂！”我对老头儿说。

“嗯，”他咬下一小块糖，说，“他们对我和我的老伴似乎没有什么可抱怨的。”

“他们都跟你住在一起吗？”

“是的。他们自己都要跟我住在一起，也就住在一起了。”

“都娶亲了吗？”

“就这一个，顽皮东西，还没有娶亲，”他指着照老样子靠在门上的费佳回答我说，“瓦夏嘛，他年纪还小，可以不忙。”

“我为什么要娶亲？”费佳回驳他，“我还是这样的好。我要老婆做什么？要来同她吵架，是不是？”

“嘿，你这东西，……我知道你的！你戴着银戒指……只想一天到晚同老爷家的那些丫头们鬼混。……‘得了吧，不要脸的！’（老头儿模仿丫头们的口气说。）我知道你的，你这懒虫！”

“老婆有什么好处呢？”

“老婆是劳力，”霍里认真地说，“老婆是庄稼汉的用人。”

“我要劳力做什么？”

“不用说啦，你是喜欢不劳而获的。你们这班人的心事我们都懂得。”

“既然这样，那你就给我娶亲吧。咦？怎么了！你为什么不开口？”

“唉，得了，得了，你这顽皮家伙。你瞧，我们把老爷吵得心烦了。我会给你娶亲的，别担心……老爷，请你别生气。孩子年纪小，还不懂得规矩。”

费佳摇摇头。……

“霍里在家吗？”门外传来熟悉的声音，卡利内奇走进屋子，手里拿着一束野草莓，这是他采来送给他的好友霍里的。老头儿亲热地迎接他。我吃惊地望望卡利内奇，我实在料不到农民也有这种“温情”。

我这一天出门打猎,比平常迟了约四个钟头;此后的三天,我都住在霍里家里。我这两个新相识引起了我的兴味。不知道我凭什么取得了他们的信任,他们都毫无拘束地跟我谈话。我津津有味地听他们的话,观察他们。这两个朋友毫无一点相似之处。霍里是一个积极有为、讲求实际的人,有办事的头脑,是纯理性的人;卡利内奇同他相反,是属于理想家、浪漫主义者、富有热情而好幻想的人物之类的。霍里理解现实,所以他造房子,攒钱,跟主人和其他有权势的人和睦相处;卡利内奇则穿着树皮鞋,勉强度日。霍里有一个人丁兴旺、顺从和睦的大家庭;卡利内奇曾经有过老婆,他怕她,压根儿没生过孩子。霍里看透波卢特金先生的为人;卡利内奇则崇拜他的主人。霍里爱卡利内奇,常常庇护他;卡利内奇爱霍里,并且尊敬他。霍里很少讲话,脸上现出微笑而肚子里做功夫;卡利内奇说话很热情,却并不像厂里伶俐的工人那么能说会道……但是卡利内奇有种种特长,这是霍里也承认的;例如:他念起咒来,就能止血、镇惊、愈疯,他又能除虫;他养蜜蜂容易成功,他的手是吉利的。[①] 霍里当我面要求他把新买来的马牵进马厩里去,卡利内奇就诚心诚意、一本正经地履行这老怀疑主义者[②]的嘱托。卡利内奇接近于自然;霍里则接近于人类和社会。卡利内奇不喜欢议论,盲目地信任一切;霍里则自命不凡,甚至有玩世不恭的态度。他见多识广,我跟他学得了不少知识。例如:我从他的叙述中知道,每年夏天割草以前,必有一辆样式特殊的小马车来到各个村子里。这马车上坐着一个穿长外衣的人,在卖大镰刀。倘用现钱买,每把收一卢布二十五戈比[③]至一个半卢布的纸币;倘是赊账,则收三卢布纸币和一个银卢布。当然,所有的农人都向他赊账。过了两三个星期,这个人又出现,来收账了。农人刚刚收割燕麦,所以都能付账;农人同这商人到酒店里去,就在那里付清账款。有些地主想自己用现钱把镰刀买进,然后按同样的价钱赊售给农人们;哪知农人们很不满意,甚至变得没精打采。因为本来他们

---

① 照迷信的说法,有些人的手是吉利的,会给人带来幸福和成功;因此常有人请他们用吉利的手来把新买的马牵进院子里、马厩里去,或者请他们安置新的蜂房等等。

② 怀疑主义者,指多疑心的人,凡没有证实的事他都不肯相信。

③ 1 卢布等于 100 戈比。

可以用手指弹弹镰刀,听听声音,把它拿在手里翻来覆去,无数遍地问那狡猾的贩子:“喂,小伙子,这镰刀不大好吧?”——向地主买便丧失了这种乐趣。在买小镰刀的时候,也有这同样的把戏,所不同的,这时候还有婆娘们参与其事,为了她们的好处,有时弄得那贩子没有办法,不得不揍她们一顿。但是最使得婆娘们吃亏的,是在那种场合:造纸厂的原料采办人委托一种特殊的人去收购破布,这种人在某些县里被称为“鹰”。这种“鹰”从商人那里领得了大约两百卢布的纸币,就出门去找求获物。但是他和他被称呼的那种高尚的鸟完全不同,并不公然地、大胆地来袭击,反之,这种“鹰”却运用狡诈和奸计。他把他的车子停在村庄附近的丛林里,自己走到人家的后院或后门口去,装作是一个过路人或者只是一个闲散人的样子。婆娘们凭感觉猜测到他来了,就偷偷地出去同他会面。交易匆匆地完成。婆娘为了几个铜币,不但把一切无用的破布卖给这“鹰”,又常常连丈夫的衬衫和自己的裙子也都卖给他。近来婆娘们更发现偷自己家里的东西合算,就把家里的大麻纤维,特别是大麻雄株偷出来,用同样的方法出卖。这么一来,“鹰”的业务就大大地扩展而改进了!但是农民也学乖了,略有一点儿可疑,稍微听到一点“鹰”来到的风声,他们立刻敏捷地从事戒备和预防。事实上,这不是丢人的事吗?卖大麻纤维是他们男人的事,——而且他们的确在卖它,——不是到城里去卖(到城里去卖要亲自去),而是卖给外来的小贩,这些小贩因为没有带秤,规定四十把作为一普特[①]计算——可是你们都知道,俄罗斯人的手掌是什么样的,什么叫做一把,尤其是在他“卖力”的时候!——像这样的故事,我这个阅世不深、对乡村生活不“老练”(像我们奥廖尔人所说)的人,着实听到了不少。但是霍里并不只是自己讲,他也问了我不少话。他知道我到过外国,他的好奇心便勃发了……卡利内奇也不比他差。但是卡利内奇所最感兴味的是关于自然、山、瀑布、特殊的建筑物、大都市的描述;而霍里所感到兴味的,是行政和国家的问题。他总是有条有理地发问:“他们那里也跟我们这里一样,还是两样的?……喂,请告诉我,老爷,是怎么样的?……”

① 普特是俄国重量单位的名称。1 普特合 16.38 公斤。

"啊！哦，天哪，有这种事！"我叙述的时候卡利内奇这样惊叹；霍里则不开口，锁着浓眉，只是偶尔说："这在我们这里行不通呢，这倒是好的——这很合理。"我不能把他的一切问话都传达给你们，而且也没有必要；但是从我们的谈话中我得到了一个信念，这恐怕是读者怎么也预料不到的，这信念就是：彼得大帝本质上是俄罗斯人，正是在他的改革中看得出他是俄罗斯人。俄罗斯人那么确信自己的力量和坚毅精神，粉身碎骨也在所不辞：他很少留恋过去，而是勇敢地向前看。凡是好的他都喜欢，凡是合理的他都接受，至于这是从哪里来的，他一概不问。他的健全的思想喜欢嘲笑德国人的枯燥的理性；但是照霍里所说，德国人是富于好奇心的小民族，他准备向他们学习。霍里凭借他自己地位的特殊性和实际上的独立性，跟我谈了许多照农人们的说法在别人是压也压不出、挤也挤不出的话。他的确很明白自己的地位。我和霍里谈话，才第一次听到了俄罗斯农民的纯朴而聪明的谈吐。他的知识，就他的身份而论，是相当广博的，但是他不识字；卡利内奇却会。"这个吊儿郎当的人会识字呢，"霍里说，"他养蜜蜂也顺利，从来不大批死掉。""你让自己的孩子们识字吗？"霍里沉默了一会儿，说："费佳识的。""别的呢？""别的都不识。""为什么呢？"老头儿不回答，把话头转到别处去了。然而，不管他多么聪明，他也有许多执拗和偏见。例如，他从心底里看轻女人，而在他心情愉快的时候就嘲笑和挖苦她们。他的妻子是一个爱吵闹的老太婆，一天到晚不离开炕上，不断地发牢骚，骂人；儿子们不去理睬她，但是她使得媳妇们像敬神一样怕她。怪不得在俄罗斯的小曲里婆婆这样唱："你怎么做我的儿子，你怎么做当家人！你不打老婆，你不打新妇……"我有一次想庇护媳妇们，企图唤起霍里的怜悯心；但是他沉着地回驳我说："你何苦管这种……小事，——让娘儿们去吵嘴吧……劝解她们反而不好，也犯不着自讨烦恼。"有时这凶恶的老太婆走下炕，从穿堂里叫出看家狗来，喊它："过来，过来，狗儿！"就用拨火棍殴打狗的瘦瘦的背脊；或者站在屋檐下，对所有的过路人——如霍里所说——"骂街"。可是她怕她的丈夫，只要他一声令下，她就乖乖地回到自己的炕上去了。然而特别有趣味的，是听卡利内奇和霍里谈到波卢特金先生时的争论。"喂，霍里，在我面前你不要议论他。”卡利内奇说。“那么他为什么不给你做靴子呢?”那一个反驳。“嗨,靴子!我要靴子做什么用?我是个庄稼汉……”“我也是个庄稼汉呀,可是你瞧……”说到这里,霍里就抬起脚来,把那双仿佛是猸猛皮制的靴子给卡利内奇看。“唉,你是和我们不同的啊!”卡利内奇回答。“那么,至少买树皮鞋的钱总得给你,你是陪他去打猎的呀;大约一天要一双树皮鞋吧。”“他给我鞋钱的。”“是的,去年赏了你一个十戈比银币。”卡利内奇懊恼地转过脸去,霍里放声大笑起来,这时候他的一双小眼睛完全消失了。

卡利内奇唱歌唱得很悦耳,还弹了一会三弦琴。霍里听着听着,忽然把头一歪,跟着他唱出悲哀的声音来。他特别喜欢《我的命运啊,命运!》这支歌。费佳不放过取笑父亲的机会。“老人家,你怎么伤心起来了?”霍里只管用手托着腮帮子,闭着眼睛,继续诉说他自己的命运……可是在别的时候,没有人比得上他的勤劳:他不断地忙着——修理马车呀,支撑栅栏呀,检查挽具呀。不过他不大保持清洁,有一次我指出了,他回答我说:“屋子里应该有住人的气味。”

“你看,”我回驳他,“卡利内奇的蜂房里多么干净。”

“蜂房里要是不干净,蜜蜂就不肯住了,老爷。”他叹一口气对我说。

“请问,”又有一次他问我,“你有世袭领地吗?”“有的。”“离这儿远吗?”“大约一百俄里。”“那么,老爷,你住在自己的世袭领地上吗?”“是啊。”“大概弄枪的时候多吧?”“的确是这样。”“那很好,老爷;你就打打松鸡吧,可是领班得常常调换。”

第四天傍晚,波卢特金先生派人来接我。我跟老头儿分别,觉得依依不舍。我和卡利内奇一同坐上马车。“再见了,霍里,祝你健康,”我说,……“再见,费佳。”“再见,老爷,再见,别忘了我们。”我们动身了。晚霞刚刚发出红光。“明天准是好天气了。”我看看明朗的天空,这样说。“不,要下雨了,”卡利内奇回驳我,“因为那边的鸭子在泼水,而且草的气息特别浓。”我们的车子走进了丛林。卡利内奇坐在驾车台上,身体颠动着,嘴里轻轻地哼起歌来,眼睛一直望着晚霞……

下一天,我离开了波卢特金先生的好客的家。

叶尔莫莱和磨坊主妇

傍晚,我和猎人叶尔莫莱出去"守击"……可是什么叫做守击,恐怕我的读者不是每个人都知道的。那么诸君,请听我说。

春天,在太阳落山前一刻钟,你背着枪,不带狗,到树林里去。你在靠近树林边缘处给自己找一个地方,向四周探望一下,检查一下弹筒帽,对同伴互相使个眼色。一刻钟过去了。太阳落山了,但是树林里还很明亮;空气清爽而澄澈;鸟儿叽叽喳喳地叫着;嫩草像绿宝石一般发出悦目的光彩……你就等待着。树林内部渐渐暗起来;晚霞的红光慢慢地沿着树根和树干移动,越升越高,从几乎还未生叶的低枝移到一动不动的、沉睡的树梢……一会儿树梢也暗起来;红色的天空开始发蓝。树林的气息浓烈起来;微微地发散出温暖的湿气;吹进来的风在你身边静息了。鸟儿睡着了——不是一下子全部入睡的,因为种类不同,迟早也不同:最初静下来的是燕雀,过一会儿便是知更鸟,接着是鲚白鸟。树林里越来越暗。树木融合成黑压压的大团块;蓝色的天空中羞怯地出现了最初的星星。鸟儿全都睡着了。只有红尾鸟和小啄木鸟还懒洋洋地发出口哨似的叫声……一会儿它们也静寂了。又一次在你头上发出柳莺的响亮的叫声;黄鹂在某处凄惨地叫了一阵,夜莺开始歌唱了。你等得心焦了,忽然,——但是只有猎人才能了解我的话,——忽然从深沉的静寂中传出一种特殊的喀喀声和咝咝声,听见急促而匀称的鼓翼声,——就有山鹬优雅地低垂着它们长长的嘴,从阴暗的白桦树后面轻快地飞出来迎接你的射击了。

这就叫做"守击"。

我就和叶尔莫莱出去守击。但是对不起,诸君,我得先把叶尔莫莱给你们介绍一下。

请想象一个年约四十五岁的人,身材高瘦,鼻子细长,前额狭窄,眼睛灰色，头发蓬松，嘴唇宽阔，带着嘲笑的神气。这个人无冬无夏都穿一件德国式的黄色土布外衣，但是腰里系着一根带子；穿着蓝色的灯笼裤，戴着一顶羔皮帽子，这是一个破落地主高兴时送给他的。腰带上系着两只袋：一只袋在前面，巧妙地扎成两半，一半装火药，一半装霰弹；另一只袋在后面，是装野味的。至于麻屑，叶尔莫莱是从自己头上那顶百宝囊似的帽子里取出来的。他卖野味所得的钱，本来很可以替自己买一只弹药囊和一只背袋，但是他根本从来想不起买这类东西，只管照他原来的方法装火药。他有本领避免霰弹和火药撒出或混杂的危险，其手法之敏捷，使得旁观者都吃惊。他的枪是单筒的，装着燧石，又有猛烈地"后坐"的坏脾气，因此叶尔莫莱的右颊总是比左颊肿大。他怎样能用这支枪来打中野味，连机敏灵巧的人也想不出来，但是他竟会打中。他还有一条猎狗，名叫瓦列特卡，是一个妙不可言的家伙 。叶尔莫莱从来不喂它。"我才不喂狗呢，"他发表议论说，"况且狗是聪明的畜生，自己会找吃的。"果然，瓦列特卡的过分的瘦瘠虽然使得不相干的过路人看了也会吃惊，但它照样活着，而且活得很久；不管它的境遇如何不幸，它却从来没有一次逃走过，也从来没有表示过想离弃它的主人的意思。只是它年轻时有一回为恋爱所迷惑，出走过两天；但是这种傻气不久就消失了。瓦列特卡最优秀的特性是，它对于世间一切事物的不可思议的冷淡……如果现在所讲的不是狗，那么我将用"悲观"这样的字眼来形容它。它通常把短尾巴压在身子下面坐着，蹙着眉头，身体时时颤抖，而且从来不笑。（大家都知道，狗是会笑的，而且笑得很可爱。）它长得丑极了，空闲的仆役，只要一有机会，就恶毒地嘲笑它的相貌；但是对于这一切嘲笑甚至殴打，瓦列特卡都用可惊的冷漠来忍受。当它由于不仅是狗所独有的弱点而把忍饥挨饿的嘴脸伸进暖香逼人的厨房的半开的门里去的时候，厨子马上放下工作，大声叫骂着追赶它，这给厨子们带来特别的快乐。在出猎的时候，它的特点是不知疲劳，又有相当灵敏的嗅觉；但是，如果偶然追到了一只被打伤的兔子，它就远远地避开那个用一切听得懂的和听不懂的方言土语怒骂着的叶尔莫莱，在绿色灌木丛下阴凉的地方津津有味地把它吃得一根骨头都不剩。

叶尔莫莱是我的邻居中一个旧式地主家里的人。旧式地主不喜欢“鹬鸟”,而偏爱家禽。除非在特殊的情况下,例如在生日、命名日和选举日,旧式地主家的厨子才备办长嘴鸟,他们陷入了俄罗斯人当自己不大懂得该怎样做时所特有的狂热状态中,便想出一种离奇古怪的调味品来,使得大部分客人都好奇而出神地观望端上来的菜,却决不敢尝一尝味道。主人命令叶尔莫莱每月送两对松鸡和鹧鸪到主人的厨房里,却不管他住在什么地方,靠什么过活。人们都不要他帮忙,把他看作一个什么事都干不了的人——就像我们奥廖尔地方所谓的“窝囊废”。火药和霰弹当然都不发给他,这是完全仿照他不喂他的狗的规律。叶尔莫莱是一个很奇怪的人:他像鸟儿一样无忧无虑,很喜欢说话,样子散漫而笨拙;嗜酒如命,到处住不长久,走路的时候拖着两条腿,摇摇摆摆,——这样拖着两条腿,摇摇摆摆地走,一昼夜可以走大约五十俄里的路。他经历过极多样的冒险:在沼地里、树上、屋顶上、桥底下过夜,不止一次地被关闭在阁楼里、地窖里、棚屋里,失去了枪、狗和最必需的衣服,长久地被人痛打,——然而过了不久,他又穿着衣服,背着枪,带着狗回家来了。他的心境虽然差不多经常是很不错的,但不能称他为快乐的人;一般说来他看上去是个怪人。叶尔莫莱喜欢跟好人聊天,尤其是在喝酒的时候,但是并不持续长久,往往站起身来就走了。“你这鬼东西上哪儿去呀?已经夜深了呢。”“到恰普利诺去。”“你到十俄里外的恰普利诺去干吗呀?”“到那边的庄稼汉索夫龙家里去过夜。”“在这儿过夜吧。”“不,不行。”叶尔莫莱就带着他的瓦列特卡,在黑夜里穿过灌木林和水洼而去了;可是,庄稼汉索夫龙也许不让他走进自己的院子里去,而且说不定会打他一个耳光,对他说:不要打扰守本分的人。然而叶尔莫莱有一些巧妙的本领,没有人比得上他:他能在春汛期间捕鱼,用手捉虾,凭感觉找寻野味,招引鹌鹑,驯养鹞鹰,捉住那些能唱“魔笛”、“杜鹃飞渡”①的夜莺……只有一件事他不会,就是训练狗;他没有这种耐性。他也有过老婆。他每星期到她那儿去一回。她住在一所破旧的、半倒塌的小屋里,勉勉强强地过着艰难的日子,从来不晓得

① 爱好夜莺的人都熟悉这些名称:这是夜莺歌声中最美妙的“曲节”。——原注

明天能不能吃饱,一直经受着悲惨的命运。叶尔莫莱这个无忧无虑的、好心肠的人,对待她却残酷而粗暴,他在家里装出威风而严肃的态度,——他那可怜的妻子不知道怎样去讨好他,看到丈夫的眼色就发抖,常常拿出最后一个戈比来替他买酒;当他大模大样地躺在炕上酣睡的时候,她就卑躬屈节地替他盖上自己的皮袄。我也曾经不止一次地亲眼看到他无意之中露出一种阴险的凶相,我不喜欢他把打伤的鸟咬死时脸上的表情。可是叶尔莫莱从来没有在家里住过一天以上;一到了别的地方,他又变成了"叶尔莫尔卡"——方圆一百俄里以内大家都这样称呼他,有时他自己也这样称呼自己。最下级的仆役都感到自己比这个流浪人优越;大概正是因为这个缘故,他们对他都很亲热。农人们起初都喜欢追赶他,像抓田野里的兔子一样抓他,但是过后又放了他,一知道他是一个怪人,就不再跟他为难,甚至给他面包,跟他聊起天来。……我就是拉了这个人来做打猎的伙伴,和他一起到伊斯塔河①岸上一个很大的桦树林里去守击的。

俄罗斯有许多河流像伏尔加河一样,一边的岸是山,另一边的岸是草地;伊斯塔河也是这样。这条小小的河非常曲折,蜿蜒如蛇,没有半俄里是直流的,有的地方,从峻峭的山冈上望下来,可以看见约十俄里流域内的堤坝、池塘、磨坊、菜园,周围都是爆竹柳和繁茂的果园。伊斯塔河里的鱼是无数的,大头鲂尤其多(农人们热天常在灌木丛底下用手抓这种鱼)。一些小小的沙钻鸟啾啾地叫着,沿着处处有清凉泉水的崚嶒的河岸飞过;野鸭浮游到池塘的中央,小心地向四周顾盼;苍鹭屹立在水湾峭壁下的阴影里……我们守击了大约一小时,打中了两对山鹬,想在太阳出来以前再来碰碰运气看(早晨也可以守击),就决定到附近的磨坊里去过一夜。我们从树林里走出来,跑下山冈去。河里荡漾着深蓝色的水波;空气由于夜雾弥漫而浓重起来。我们敲门。院子里有几条狗叫起来。"是谁?"里面传出一个沙哑的、瞌睡懵懂的声音。"是打猎的,让我们借宿一夜吧。"没有回答。"我们会付钱的。""让我去问问主人,……嘘,可恶的狗!……还不给我死掉!"我们听见

---

① 伊斯塔河是奥卡河的支流,流经图拉省过去的别列夫斯克县。

这雇工走进屋里去了；他很快就回到门口来。“不行，”他说，“主人不让你们进来。”“为什么不让呢？”“他害怕，因为你们是打猎的，说不定会把磨坊烧掉，你们带着弹药呢。”“真是胡说八道！”“我们的磨坊前年已经烧过一回，有几个牲畜贩子来过夜，也不知他们怎么一来就烧起来了。”“可是，老兄，我们总不能在外面过夜呀！”“那由你们了……”他说着，竟自进去了，只听见靴子的响声。

叶尔莫莱狠狠地咒了他。“我们到村子里去吧。”最后他叹一口气，这样说。但是到村子里有两俄里光景……“在这里过夜吧，”我说，“就在外面，今天夜里很暖和；给一点钱，磨坊主人会送麦秆出来给我们的。”叶尔莫莱不加抗辩地同意了。我们又敲起门来。“你们要干什么呀？”又传出那雇工的声音，“已经说过不行的了。”我们把我们的要求对他说了。他进去跟主人商量了一会儿，就和主人一起回来。边门呀的一声开了。磨坊主人走出来，他的身材高大，脸胖胖的，后脑像公牛一样，肚子又圆又大。他答应了我的要求。离开磨坊百步之遥的地方，有一个四面通风的小小的敞棚。他们替我们送麦秆和干草到这里来；那个雇工在河边的草地上安放了茶炊，蹲下身子，使劲地向管子里吹气……炭着了，清楚地照亮了他那年轻的脸。磨坊主人跑去叫醒他的妻子，终于自己提出，请我到屋里去过夜；但是我倒喜欢宿在露天。磨坊主妇给我们拿来了牛奶、鸡蛋、马铃薯、面包。茶炊很快烧开了，我们就喝茶。河面上升起水汽，没有风；周围有秧鸡的啼声；水车轮子的附近发出微弱的声音，这是水点从轮翼上滴下来，水通过堤坝的闩渗出来的声音。我们生起一堆小小的火。当叶尔莫莱在火灰里烤马铃薯的时候，我得暇打了一个瞌睡……轻微而小心的絮语声使我醒过来。我抬起头来，看见火堆前面，在倒放的木桶上，坐着磨坊主妇，正在和我的猎伴谈话。我先前从她的服装、行动和口音中就已经看出她是地主家的女仆——不是农家妇女，也不是小市民家的女子；但是现在我才清楚地看见了她的容貌。她看来大约有三十岁；消瘦而苍白的脸上还保留着非常的美丽的痕迹；我尤其喜欢她那双忧郁的大眼睛。她把两肘支在膝上，手托着腮。叶尔莫莱背向我坐着，正在把木柴添进火里去。

“热尔图希纳又有兽疫流行，”磨坊主妇说，“伊万神父家的两头母牛都病倒啦……天可怜哪！"

"你家的猪怎么样？"叶尔莫莱沉默了一会儿之后问。

"活着呢。"

"能给我一头小猪就好了。"

磨坊主妇沉默了一会儿，后来叹一口气。

"跟您一起来的是谁？"她问。

"科斯托马罗沃的老爷。"

叶尔莫莱把几根枞树枝丢进火里；树枝马上一齐发出哔哔声，白色的浓烟直冒到他脸上。

"你丈夫为什么不让我们进屋里去？"

"他害怕。"

"嘿，这胖子，大肚子，……亲爱的，阿林娜·季莫费耶夫娜，拿这么一小杯酒来给我喝喝吧！"

磨坊主妇站起来，在黑暗中消失了。叶尔莫莱低声地唱起歌来：

我为找情人，
靴子都踏穿……

阿林娜拿着一个小瓶子和一只杯子回来了。叶尔莫莱欠身起来，画了一个十字，一口气喝干了酒。"好滋味！"他说。

磨坊主妇又坐在木桶上了。

"怎么样，阿林娜·季莫费耶夫娜，你还是常常生病吗？"

"常常生病。"

"怎么搞的？"

"一到夜里就咳嗽，很难受。"

"老爷大概睡着了，"叶尔莫莱略略沉默了一会儿，这样说，"你不要去看医生，阿林娜，看了反而不好。"

"我是没有去呀。"

"到我家里来玩玩吧。"

阿林娜低了头。

"到那时候我就把我那口子，把我那老婆赶出去，"叶尔莫莱继续说……“真的。”

“您还是把老爷叫醒了好，叶尔莫莱·彼得罗维奇，您瞧，马铃薯烤好了呢。”

“让他睡个够吧，”我的忠实的仆人冷淡地说，“他跑路跑多了，睡得很熟。”

我在干草上翻起身来。叶尔莫莱站起身，走到我旁边。

“马铃薯烤好了，请吃吧。”

我从敞棚里走出来；磨坊主妇从木桶上站起身，想走开。我就跟她谈起话来。

“你们这磨坊租了很久了吗？”

“从三一节①租起的，已经第二年了。”

“你丈夫是哪儿人？”

阿林娜没有听清楚我的问话。

“你丈夫是什么地方人？”叶尔莫莱提高了声音，重复说一遍。

“是别廖夫人。他是别廖夫的小市民。”

“你也是别廖夫人吗？”

“不，我是地主的人……以前是地主的人。”

“谁的？”

“兹韦尔科夫先生的。现在我是自由身子了。”

“哪一个兹韦尔科夫？”

“亚历山大·西雷奇。”

“你不是他太太的丫头吗？”

“您怎么会知道？——是的。”

我带着加倍的好奇心和同情心望望阿林娜。

“我认识你家老爷。”我继续说。

“您认识？”她轻声地回答，低下了头。

必须告诉读者，我为什么带着这样的同情望望阿林娜。当我逗留在彼得堡的时候，偶然和兹韦尔科夫先生相识了。他占有相当重要的

---

① 三一节是宗教节日，在每年夏季耶稣复活节后的第五十天。

地位,以博学和干练著名。他有一个胖鼓鼓的、多情善感、好哭而凶狠的妻子——是一个庸俗而难以相处的女人;还有一个儿子,是一个十足的少爷,娇生惯养而又愚蠢。兹韦尔科夫先生的相貌不讨人喜欢:宽阔的、几近于四方的脸上,像鼠眼一样的一双小眼睛狡猾地望着人,又大又尖的翻孔鼻向前突出;剪短了的斑白头发像鬃毛一样矗立在多皱纹的额上,薄薄的嘴唇不断地牵动,做出过于甜蜜的微笑。兹韦尔科夫先生站着的时候总是叉开两腿,把两只肥胖的手插在袋里。有一次我和他两人坐了马车到城郊去。我们谈起天来。兹韦尔科夫先生算是一个老练而能干的人,开始指导我"真理之道"了。

"请允许我给您指出,"最后他尖声尖气地说,"你们所有的青年人,对于一切事物总是不假思索地判断和解释;你们都不大懂得自己的祖国;先生,你们对于俄罗斯并不熟悉,的确是这样的!……你们读的都是德国书。譬如说现在,您对我谈这个,谈那个,谈到关于那个,喏,就是关于家仆的话……很好,我没有异议,这一切全都很好;可是您没有理解他们,没有理解他们是怎样的人。(兹韦尔科夫先生大声地擤鼻涕,又嗅了嗅鼻烟。)譬如说,让我讲一个小小的故事给您听,这也许会引起您的兴趣。(兹韦尔科夫先生咳嗽一下,清一清嗓子。)您是知道的,我太太是怎么样一个人:比她更善良的女子,恐怕很难找到了,您总该承认吧。她的侍女们过的简直不是人间的生活,而是天国出现在眼前了……但是我的太太给自己定下一条规则:不用已经出嫁的侍女。这确实是不适宜的:生了孩子,这样,那样,这侍女怎么还能够好好地伺候夫人,照料她的生活习惯呢?她已经顾不到这些,不把这些事放在心上了。这是人之常情。喏,有一次我们乘车经过我们的村子,这是哪一年的事,让我仔细想想,哦,这是十五年前的事。我们看见村长那里有一个小姑娘,是他的女儿,长得挺可爱的;而且,您知道,态度也很讨人喜欢。我的太太就对我说:'可可,——您知道吗,她是这样称呼我的,——我们把这个女孩子带到彼得堡去吧;我喜欢她,可可……'我说:'很好,带她去吧。'那村长,不消说,给我们跪下了;您可知道,这种幸福是他所梦想不到的……那个女孩子么,当然无端地哭了一阵子。这在起初确实是难受的:要离开父母的家……总而言之……这原是不足怪的。可是她不久就跟我们搞熟了;起初让她住在侍女室里;当然教养她。您知道怎样?……这女孩子表现出惊人的进步;我的太太简直偏爱她,赏识她,终于撇开了别的人,把她升为贴身侍女了……您瞧!……可也得替她说句公道话;我的太太以前还不曾有过这么好的侍女,从来不曾有过;这女孩子殷勤、谦逊、顺从——简直一切都好。可是,老实说,我的太太也过分宠爱她了;给她穿好衣服,给她吃和主人一样的菜,给她喝茶……真是无微不至!她这样地服侍了我太太大约十年。忽然,有一天,请您想象,阿林娜——她名叫阿林娜——没有禀告就走进了我的书房,——扑通一声向我跪下了……这件事,我坦白告诉您,在我是不能忍受的。一个人决不可以忘记自己的身份,对不对?'你有什么事?''老爷,亚历山大·西雷奇,请您开恩。''什么事呢?''请允许我出嫁。'老实告诉您,我吃了一惊。'傻子 ,你可知道太太没有别的侍女啊?''我会照旧服侍太太。''胡说!胡说!太太是不用已经出嫁的侍女的。''马拉尼亚可以替我的。''别打这种主意吧!''听您的吩咐……'老实说,我简直发愣了。告诉您,我是这样的一个人:我敢说,对我的侮辱,没有比忘恩负义更厉害的了……不必再告诉您——您知道我太太是怎么样一个人:她是天使的化身,她的善良是难以形容的……即使是恶人,也会怜惜她的。我把阿林娜赶出房间去。我想,她也许会回心转意的;您可知道,我不愿意相信人家会有忘恩负义的恶行。可是您猜怎么着?过了半年,她又来对我提出同样的请求。这时候我实在生气了,我赶她出去,威胁她,说要告诉太太。我愤慨得很……但是请您想象我是多么吃惊:过了一些时候,我的太太流着眼泪来看我,她激动得很厉害,简直吓了我一跳。'出了什么事?''阿林娜……'您可知道……我说出来也难为情。'不会有的事!……是谁呢?''是听差彼得鲁希卡。'我气坏了。我是这样的一个人……不喜欢马虎!……彼得鲁希卡……并没有罪。要惩罚他也可以,可是据我看来他没有罪。至于阿林娜,唉,这,唉,唉,这还有什么话可说呢?当然喽,我马上吩咐把她的头发剃掉,给她穿上粗布衣服,把她发送到乡下去。我的太太失去了一个好侍女,可是没有办法,家里弄得乱七八糟总是不能容忍的。烂肉还是割掉的好!……唉,唉,现在您自己去想吧,——您是知道我的太太的,这岂不是,这,这……简直是一个天使!……她对阿林娜真是依依不舍,阿林娜知道这一点,可是竟不知耻……啊?不,您说……啊?这还有什么可说呢!无论如何也没有办法了。我呢,我自己为了这姑娘的忘恩负义也伤心气愤了很久。无论如何,在这种人里面是找不到良心和人情的!你无论怎样喂狼,它的心总是向着树林的……这是对将来的一个教训!不过我只是要向您证明……"

兹韦尔科夫先生没有结束他的话,便转过头去,坚强地抑制着不由自主的激动,把身子更紧地裹在他的斗篷里了。

读者现在大概已经懂得我为什么带着同情望着阿林娜了。

"你嫁给磨坊主已经很久了吗?"最后我问她。

"两年了。"

"怎么,难道是老爷允许你的吗?"

"是出钱赎身的。"

"谁出钱的呢?"

"萨韦利·阿历克谢伊维奇。"

"这人是谁?"

"是我的丈夫。(叶尔莫莱暗自微笑一下。)是不是老爷对您说起过我?"阿林娜略微沉默一下之后又这样问。

我不知道该怎样回答她的问话。"阿林娜!"磨坊主人在远处叫唤。她就站起来走了。

"她的丈夫人还好吗?"我问叶尔莫莱。

"还不错。"

"他们有孩子吗?"

"有过一个,可是死了。"

"怎么,磨坊主看中了她,还是怎么的?……他赎她出来花了很多钱吗?"

"那倒不知道。她能读会写;在他们的业务上,这一点……这个……是很有用的。所以他看中了她。"

"你跟她早就认识的吗?"

“早就认识。我从前常常到她主人家里走动。他们的庄园离这儿不远。”

“听差彼得鲁希卡你也认识吗?”

“彼得·瓦西里耶维奇吗？当然认识的。”

“他现在在哪儿?”

“当兵去了。”

我们静默了一会儿。

“她似乎身体很不好?”最后我问叶尔莫莱。

“身体真坏呢！……明天的守击多半是很好的。现在您不妨睡一会儿。”

一群野鸭啾啾地叫着,从我们头上飞过,我们听见它们在离我们不远的河面上降落了。天已经完全黑了,而且渐渐地冷起来;夜莺在树林里响亮地叫着。我们把身体埋在干草里,就睡着了。

莓　泉

八月初,天气往往炎热难当。在这时候,从十二点钟到三点钟,最坚决、最热心的人也不能出猎,最忠心的狗也开始"舐猎人的马刺"了,这就是说,痛苦地眯着眼睛,尽量地伸出舌头,一步一步地跟在主人后面;主人责备它,它只是委屈地摇着尾巴,脸上露出狼狈的神情,但是决不肯走在前面。有一回,我正是在这样的日子出去打猎。我很想到一个阴凉地方去躺一下,即使一会儿也好,然而一直克制着;我那不知疲倦的狗继续在灌木丛中跑来跑去探索了很久,虽然它自己明知道这种狂热的行动不会发生什么效果的。窒息的炎热终于逼得我考虑到保留我们最后的体力和能力。我好容易来到了我的仁慈的读者所已经熟悉的伊斯塔小河边,走下峭壁,踏着潮湿的黄沙,向着以"莓泉"闻名于附近各处的泉水走去。这泉水从河岸上那条渐渐变成狭小而深邃的峡谷的裂缝中涌出,在二十步以外,带着愉快的滔滔不绝的潺湲声流入河中。溪谷两边的斜坡上,长着茂密的橡树丛林;泉水附近是一片短短的、天鹅绒似的青草地;太阳的光线几乎从来不曾照到过那清凉的、银色的水面。我走到泉水边;草地上放着一个桦树皮制的勺子,这是一个过路的农民为了方便大家而留下来的。我饱饮了泉水,躺在阴处,向四周眺望。这泉水流入河中时形成一个水湾,因此那地方经常是一片涟漪;在这水湾旁边,坐着两个老头儿,背向着我。其中一个体格十分结实,身材高大,穿着一件墨绿色的、整洁的上衣,戴着一顶绒毛便帽,在那里钓鱼;另一个身体瘦小,穿着一件打补丁的混纺棉布外衣,没有戴帽子,捧着一罐鱼饵放在膝上,时时用手抚摸自己的白发苍苍的小脑袋,仿佛是不要让它晒到太阳。我更仔细地向他凝神一看,认识这人是舒米希诺的斯乔普什卡。请允许我把这个人介绍给读者。

离开我的村子几俄里的地方,有一个大村子叫舒米希诺,那里有一座为圣科济马和圣达米安建立的砖砌教堂。这教堂的对面,曾有一所宏大的地主邸宅在这里显赫一时,邸宅周围有各种附属建筑物、杂用房屋、作坊、马厩、地下室、马车库、澡堂、临时厨房、客人住的和管理员住的厢房、温室、民众用的秋千,和其他多少有些用处的建筑物。在这邸宅里曾经住着一家豪富的地主,一直过着太平的日子,忽然有这么一天,这些财产全部付诸一炬。主人们迁往别处去了;这院落就此荒废。一片宽阔的瓦砾场变成了菜园,处处堆着砖头——从前的屋基的遗迹。他们用幸免于火灾的原木草草地钉成一间小屋,用十年前为了要造哥特式亭台而买来的船板作屋顶,就派园丁米特罗凡带着他的妻子阿克西尼娅和七个小孩住在这屋子里。米特罗凡被指令把青菜野蔬供给一百五十俄里外的主人家食用;阿克西尼娅则受命看管一头蒂罗尔种的母牛,这头母牛是出了重价从莫斯科买来的,但是可惜丧失了再生产的任何能力,因此自从买来以后,不曾有过牛奶;还有一只有冠子的灰色雄鸭——唯一的"老爷家的"家禽——也交给她照管;孩子们因为年纪还小,不指定他们任何职务,然而这使得他们完全变成了懒人。我曾经有两次在这园丁家宿夜;路过的时候我常常向他买黄瓜,这些黄瓜天晓得是什么缘故,即使在夏天就已经长得特别大,淡而无味,皮厚而黄。我就是在他家里第一次看到斯乔普什卡的。除了米特罗凡一家和托庇寄住在兵士的独眼妻子小屋里的、年老耳聋的教会长老格拉西姆以外,没有一个家仆留在舒米希诺,因为我所要介绍给读者的斯乔普什卡,不能把他看做一般的人,尤其不能把他看做家仆。

凡是人,在社会里总有不论怎样的地位,总有不论怎样的关系;凡是家仆,即使得不到工钱,至少也会得到所谓"口粮";斯乔普什卡却实在从来没有受到任何补助,一个亲戚也没有,谁也不知道他的存在。这个人简直没有来历;没有人谈起他;人口调查中恐怕也未必有他这个人。有一种不明确的传闻,说他曾经在某时当过某人的随从;然而他是谁,什么地方人,谁的儿子,怎样会当了舒米希诺的居民,怎样会获得那件混纺棉布的、从开天辟地以来就穿在身上的外衣,他住在哪里,靠什么生活,——关于这些,绝对没有人知道一点儿,而且,老实说,谁也不关心这些问题。只有知道所有家仆的四代家谱的特罗菲梅奇老大爷有一次说，他记得已故的老爷阿列克谢·罗曼内奇旅长出征回来时用辎重车载来的一个土耳其女子，是斯乔普什卡的亲戚。在节日，照俄罗斯旧俗用荞麦馅饼和绿酒普遍地布施并款待众人的日子，——即使在这些日子里，斯乔普什卡也不走到摆设好的桌子和酒桶前面来，不行礼，不走近老爷去吻他的手，不在老爷面前为了祝老爷健康而一口气喝干管家的胖手注满的一杯酒；除非有好心肠的人走过他旁边，把一块吃剩的馅饼分送给这个可怜的人。在复活节的日子，他也参加接吻礼①，但是他不卷起油污的衣袖，不从后面的口袋里取出他的红蛋②，不喘着气，眨着眼睛，把这蛋呈献给少爷们或者竟呈献给太太。他夏天住在鸡窝后面的贮藏室里，冬天住在澡堂的更衣室里；严寒的时候，他在干草棚里过夜。人们见惯了他，有时甚至踢他一脚，但是没有一个人跟他谈话；而他自己，也好像有生以来不曾开过口似的。火灾之后，这个被遗忘了的人栖身于——或者像奥廖尔人所说，“耽搁”在——园丁米特罗凡家里了。园丁不理睬他，不对他说“你住在我家里吧”，可是也不撵他出去。斯乔普什卡其实也并不住在园丁的屋子里，他住在菜园里。他来往行动，一点声音也没有；他打喷嚏和咳嗽的时候，害怕似地用手掩住嘴巴；他老是像蚂蚁一样悄悄地张罗奔忙；而一切都是为了糊口，只是为了糊口。的确，如果他不是这样从早到晚为自己的食物操心，我的斯乔普什卡一定饿死了。所苦的是每天都不知道用什么东西来糊口！斯乔普什卡有时坐在围墙下啃萝卜，或者吮吸着胡萝卜，或者俯身剥一棵肮脏的白菜；有时呼哧呼哧地提着一桶水到一个地方去；有时在一只砂锅底下生起火来，从怀里取出几块黑糊糊的东西放进锅里去；有时在自己的贮藏室里用一块木头敲着，钉上钉子，做成一个放面包的架子。他做这一切事都静悄悄地，仿佛是秘密的：你向他一看，他就隐藏起来。有时，他忽然离开了两三天；当然没有一个人注意到他不在……一转眼，他又出现了，又在栅栏旁边偷偷地把劈柴塞进铁架子底下去。他的脸很小，小眼睛发黄，头发一直挂到眉毛上，鼻子是尖的，耳朵很

---

① 东正教徒在复活节互吻三次以示祝贺，按照习惯任何人都可以行此礼。

② 俄俗，复活节时染彩蛋。

大，而且透明，好像蝙蝠耳朵，胡子仿佛是两星期以前剃的，永不更短或更长。我在伊斯塔河岸上遇到的，就是这个斯乔普什卡和另一个老头儿在一起。

我走到他们跟前，打一个招呼，就在他们身旁坐下。斯乔普什卡的同伴原来我也认识的：这是彼得·伊里奇伯爵家已获自由的农奴米哈伊洛·萨韦利耶夫，绰号叫做"雾"。他住在一个患肺病的波尔霍夫小市民——我屡屡投宿的旅店的老板——那里。在奥廖尔的大道上经过的年轻官吏和别的有闲的旅客（埋在条纹羽毛褥子里的商人顾不到这些），到现在还可以看见离开特罗伊茨科耶大村不远的地方有一所完全荒废了的、屋顶倒塌、窗子钉死了的二层木造大楼房突出在路旁。在阳光明丽的晴天的正午，比这废墟更凄凉的东西是想象不出的了。在这里，很久以前曾经住过以好客著名的豪富的达官贵人彼得·伊里奇伯爵。有时全省的人都会集到他家里来，他们在家庭乐队的震耳欲聋的乐声中、在花炮和焰火的噼啪声中跳舞，尽情地行乐；到现在，经过这荒废了的贵族邸宅而叹息并回想过去的岁月和逝去的青春的老妇人，恐怕不止一人而已。伯爵长时间地举行宴会，长时间地在许多献媚的宾客中间往来周旋，和蔼地微笑；但是不幸他的产业不够他一生的挥霍。他完全破产之后，到彼得堡去给自己找职位，没有得到任何结果，就死在旅馆里了。"雾"在他家里当管家，在伯爵生前就已获得自由证。这人大约有七十岁光景，相貌端正而愉快。他差不多经常微笑着，在现今只有叶卡捷琳娜时代①的人能作这样的微笑：温和而庄严；说话的时候嘴唇慢慢地突出，慢慢地缩进去，和蔼地眯着眼睛，说话略带鼻音。他擤鼻涕、嗅鼻烟，也都从容不迫，好像在做一件大事情。

"喂，怎么样，米哈伊洛·萨韦利耶夫，"我开始说，"钓了很多鱼吧？"

"喏，请往鱼笼里瞧一瞧：已经钓着了两条鲈鱼，还有大头鲂，大概是五条吧……斯乔普什卡，拿来看看。"

斯乔普什卡把鱼笼递给我看。

---

① 指俄国女皇叶卡捷琳娜二世，在位期间为一七六二年至一七九六年。

“斯乔普什卡,你近来过得怎么样?”我问他。

“没……没……没……没……没什么,老爷,平平常常。”斯乔普什卡讷讷地回答,仿佛舌头上压着重东西似的。

“米特罗凡身体好吗?”

“身体好的,可……可不是,老爷。”

这可怜的人把脸转过去了。

“不大肯上钩啊,”“雾”说起话来,“天太热了;鱼都躲在树荫底下睡觉了……替我装一个鱼饵吧,斯乔普什卡。(斯乔普什卡拿出一条虫来,放在手掌上,啪啪地打了两下子,装在钩子上,吐上几口唾沫,递给了‘雾’。)谢谢你,斯乔普什卡……老爷,您,”他向着我继续说,“是打猎吗?”

“是啊。”

“唔,……您的猎狗是阴(英)国种呢,还是富尔良种[①]?”

老头儿喜欢乘机卖弄自己,仿佛在说:“我们也是见过世面的人!”

“我不知道它是什么种,可是很好。”

“唔,……您出门也带猎狗吗?”

“我有两群猎狗。”

“雾”微笑一下,摇摇头。

“的确是这样:有的人喜欢狗,可是有的人送给他也不要。照我的浅见,养狗主要可说是为了体面……一切都要有气派:马要有气派,看狗的人也应该有气派,一切都要有气派。已故的伯爵——祝他升入天堂!——其实根本不是打猎的,可是他养着狗,而且每年出门打猎一两次。穿着有金银镶带的红外套的看狗人集合在院子里,吹起号角来;伯爵大人走出来了,他们就把马牵给伯爵大人;伯爵大人上了马,猎户头目把伯爵大人的脚塞进马镫里,脱下帽子,把马缰绳放在帽子里呈上去。伯爵大人抽起鞭子来,看狗人齐声吆喝,走出院子去。马僮跟在伯爵后面,用绸带子牵着老爷的两只爱犬,就这么照料着……这马僮高高地骑在哥萨克马鞍子上,红光满面,一双大眼睛骨溜溜地转来转

① 正确的说法应为“库尔良德种”,曾经是优良的猎犬种。

去……那时候当然还有许多客人。又是娱乐,又有荣誉……啊哟,给挣脱了,这家伙!”他拉拉钓鱼竿,突然这样说。

“听说伯爵一生过得很阔气,是吗?”我问。

老头儿在鱼饵上吐几口唾沫,抛出了钓钩。

“自然,他是一位达官贵人。常常有可说是第一流的人物从彼得堡来拜访他。他们往往系着浅蓝色的绶带坐在桌子面前进餐。伯爵真是招待客人的能手。有时他叫我去:‘雾,’他说,‘明天我要几条活鲟鱼,叫人替我办到,听见吗?’‘听见了,大人。’绣花的外衣、假发、手杖、香水、上等的花露水、鼻烟壶、大幅的油画,都是直接从巴黎定购来的。伯爵举行起宴会来,——天啊,真不得了!焰火冲天,车水马龙!有时甚至还放大炮。单说乐队,就有四十个人。用一个德国人当乐队指挥。可是这德国人傲慢起来,要和主人家同桌吃饭。伯爵大人就下令把他赶走,他说,我家的乐队没有指挥也懂得奏乐的。自然喽,这是老爷的权力。一跳起舞来,就跳到天亮,跳的都是埃柯塞兹①和玛特拉杜尔②……嗳……嗳……嗳……好家伙上钩了!(老头儿从水里拉起一条小鲈鱼来。)拿去,斯乔普什卡。——老爷毕竟像个老爷的样子,”老头儿又抛出钓钩,继续说,“他的心地也很善良。有时他打你,——可是过一会儿就忘了。只是一件事:就是养姘妇。唉,这些姘妇,天晓得!就是她们搞得他破产了。要知道她们大都是从下等人里挑出来的啊。其实她们还有什么不满足呢?可是不,哪怕你把全欧洲所有最宝贵的东西都给了她们!按说么:为什么不可以如意称心地过日子呢?——这本是老爷分内的事……可是搞到破产总是不应该的。特别是其中有一个人,叫做阿库林娜;现在她已经死了——祝她升入天堂!她是一个普通人家的姑娘,西托夫的甲长的女儿,可真是一个泼妇!有时还打伯爵的嘴巴呢。她完全把他迷住了。她把我的侄儿送去当兵,为了他在她的新衣服上溅了些可可……送去当兵的还不止他一个人呢。嗳……可是无论怎样,那时候真好!”老头儿深深地叹一口气,补说了最后这

---

① 埃柯塞兹,一种四组或四人之男女舞蹈。

② 玛特拉杜尔,一种西班牙舞蹈。

句，然后低下头，不说话了。

“照我看来，你家的老爷很严厉吧？”略微沉默了一会之后，我开始说。

“在那时候这是风尚呀，老爷。”老头儿摇摇头，反驳我。

“现在没有这种情形了。”我注视着他，这样说。

他向我瞟一眼。

“现在当然好些了。”他含糊地说，把钓钩远远地抛了出去。

我们坐在树荫底下；但是树荫底下也很闷热。苦重而炎热的空气仿佛停滞了；火热的脸愁苦地等候着风，但是风不来。太阳在蓝得发暗的天空中火辣辣地照着；在我们正对面的岸上，是一片黄澄澄的燕麦田，有些地方长出苦艾来，竟连一根麦穗都不动摇一下。稍低的地方，有一匹农家的马站在河里，水齐着膝，懒洋洋地在那里摇动湿淋淋的尾巴；有时在低垂的灌木底下浮出一条大鱼来，吐出泡沫，慢慢地沉到了水底，在身后留下些微波。蚱蜢在焦黄色的草里叫着；鹌鹑懒洋洋地啼着；鹞鹰平稳地在旷野上面翱翔，常常在一个地方停留下来，很快地拍着翅膀，把尾巴展成扇形。我们被炎热所压迫，一动不动地坐着。忽然从我们后面的溪谷里传来声音：有人正向着泉水走下来。我回头一看，看见一个年约五十岁的、风尘满面的农人，穿着衬衫，踏着树皮鞋，肩上背着一只柳条筐和一件上衣。他走到泉水边，贪馋地喝够了水，然后站起身。

“啊，是弗拉斯！”“雾”向他一看，叫起来，“你好，老兄。从哪儿来？”

“你好，米哈伊洛·萨韦利耶夫，”那农人说着，走到我们跟前，“我从远地方来。”

“你到哪儿去过了？”“雾”问他。

“到莫斯科的老爷那儿走了一趟。”

“为了什么事？”

“去向他求情。”

“求什么？”

“求他把代役租减轻些，或者把我改成劳役租制，换一个地方，也行……我的儿子死了,现在我一个人对付不了。”

“你儿子死了?”

“死了。”农人略略沉默了一会儿,又补充说,“他以前在莫斯科当马车夫;实在是他在替我缴代役租的。”

“难道你们现在是缴代役租的?”

“是缴代役租的。”

“那么你的老爷怎么说呢?”

“老爷怎么说?他把我赶出来!他说,‘你怎么敢直闯到我这里来?这些事有管家在管啊,你呀,’他说,‘先得呈报管家……叫我把你迁到哪儿去啊?你呀,’他说,‘先把你欠着的代役租还清了再说。’他简直发火了。”

“那么,你就回来了吗?”

“回来了。我本来想打听一下,我的儿子死后有没有留下什么东西来 ,可是没有弄清楚。我对他东家说:‘我是菲利普的父亲。’可是他对我说:‘我怎么知道你是不是呢?况且你的儿子什么也没有留下来;还欠我债呢。’于是我就走了。”

农人带笑把这一切讲给我们听,仿佛讲的是别人的事;可是他那双眯拢的小眼睛里噙着泪水,他的嘴唇抽搐着。

“那么你现在怎么办呢,回家去吗?”

“还有什么地方可去呢?当然只有回家去。我的老婆恐怕现在已经在挨饿了。”

“那么你可以……那个……”斯乔普什卡忽然说起话来,可是又发窘了,不说下去了,他开始用手抓弄罐子里的鱼饵。

“那么你要到管家那儿去吗?”“雾”继续说,不免诧异地向斯乔普什卡看一眼。

“我到他那儿去干吗?……我还欠着租呢。我儿子死去以前生了一年病,他自己的代役租都没有付……可是我并不怎么担心,向我要不出什么来……嘿,老兄,无论你怎样狡猾,没有用,我就是这么回事!(农人笑起来。)无论他怎样自作聪明,金蒂利安·谢苗内奇,总归……”

弗拉斯又笑起来。

“怎么样？这件事不妙呢，弗拉斯老兄。”“雾”慢吞吞地说。

“有什么不妙？不……（弗拉斯的声音中断了。）天好热啊。”他用衣袖擦着脸，继续说。

“你的老爷是谁？”我问。

“瓦列里安·彼得罗维奇·＊＊＊伯爵。”

“是彼得·伊里奇的儿子吗？”

“是彼得·伊里奇的儿子，”“雾”回答，“已经故世的彼得·伊里奇在生前就把弗拉斯的村子分给他的。”

“他怎么样，身体好吗？”

“身体很好，谢天谢地，”弗拉斯回答，“红润润的，简直是满脸通红。”

“啊，老爷，”“雾”向着我继续说，“派在莫斯科附近倒还好，可是他被派在这里，还得付代役租。”

“一份租要付多少钱？”

“一份租要付九十五卢布。”弗拉斯喃喃地说。

“喏，您听听：而且土地很少，都是主人的树林。”

“听说这树林也卖掉了。”那农人说。

“喏，您听听！……斯乔普什卡，给我个鱼饵……咦，斯乔普什卡？你怎么啦？睡着了吗？”

斯乔普什卡突然抖擞一下。那农人在我们旁边坐下。我们又沉默了。对岸有人唱起歌来，歌声多么凄凉啊……我的可怜的弗拉斯发愁了……

过了半个钟头，我们分手了。

县城的医生

有一次，秋天，我从远离庄园的田野打猎回来，路上受了风寒，生起病来。幸而发热的时候我已经来到一个县城，住在旅馆里了；我派人去请医生。半个钟头之后，县城的医生来了，这人身材不高，瘦瘦的，一头黑发。他替我开了一服普通的发汗剂，叫我贴上芥末膏，非常敏捷地把一张五卢布钞票塞进翻袖口里，——但同时干咳一声，望望旁边，——已经准备回家了，忽然不知怎的同我谈起话来，就留下了。我正为发烧而苦恼，预料今夜会睡不着，喜欢有一个好心人和我聊聊天。茶拿来了。我的医生就谈起来。这人很不傻，谈风很健而且富有风趣。世间往往有奇怪的事：有的人你和他长住在一起，保持亲密的关系，然而从来不和他推心置腹地讲真心话；而有的人呢，刚刚相识，就一见如故，彼此像忏悔一样把所有的秘密都泄漏出来了。不知道我凭什么博得了我的新朋友的信任，他竟无缘无故地，即所谓"不管三七二十一"地把一件相当精彩的事讲给我听了；现在我就把他的故事传达给我的善意的读者。我力求用医生的原话来表达。

"您可知道，"他用微弱而颤抖的声音（这是纯粹的别列佐夫卡鼻烟的作用）开始说，"您可知道这里的法官帕维尔·卢基奇·梅洛夫吗？……不知道，……嗯，没有关系。（他清清喉咙，擦擦眼睛。）我告诉您，这件事发生在——让我仔细想想，哦，——发生在大斋期，正是解冻的天气。我在他家里，我们的法官家里，玩朴烈费兰斯[①]。我们的法官是一个好人，喜欢玩朴烈费兰斯。突然（我的医生常常用"突然"这两个字），他们对我说：'有人找您。'我说：'有什么事？'他们说：'送来一个字条，——也许是病家送来的。'我说：'把字条给我看。'果然是病

---

① 一种纸牌游戏的名称。

家送来的……唔,很好,——这,您知道吗,就是我们的饭碗……原来是这么一回事:是一个女地主——一个寡妇——写给我的;她写着:‘我的女儿病势垂危,请您看在上帝面上劳驾出诊,我现在打发马车来接您。’嗯,这都没有什么。……可是她住在离城二十俄里的地方,已经夜深了,而且路难走极了!况且她家里境况不好,两个银卢布以上的诊金是不必希望的,就连这也很难说呢,也许只能得到些粗麻布或是一些谷物罢了。可是,您知道,责任第一!人都快死了。我突然把纸牌交给常任委员卡利奥平,回到家里。一看,一辆小马车停在阶前;马是农家的马,——大肚子,真是大肚子,身上的毛简直像毡子,马车夫为了表示恭敬,脱了帽子坐着。我心里想:看样子,老兄,你的主人不见得是堆金积玉的……您在笑了,可是我告诉您:我们这班穷人,凡事都要考虑考虑……如果马车夫神气活现地坐着,不脱帽鞠躬,还从胡须底下露出冷笑,摇着马鞭——那么包管你可以拿到两张钞票!可是我看出今天不是这种生意。不过,我想,没有办法,责任第一。我拿了最必需的药品,就出发了。您信不信,我差点儿到不了啦。路坏透了:有小河,有雪,有泥泞,有水坑,突然堤坝决了口——真倒霉!可是我终于到了。房子很小,屋顶盖着麦秆。窗子里有灯光,大概在等我。迎接我的是一位戴着便帽的端庄的老太太:‘请您救救命,病很危险了。’我说:‘请别着急……病人在哪儿?’‘来,请到这边来。’我一看,一间很干净的房间,屋角里点着一盏神灯,床上躺着一位年约二十岁的姑娘,已经不省人事了。她热度很高,呼吸很困难,——害的是热病。房间里还有两位姑娘,是她的姊妹,都吓坏了,哭得满脸泪痕。她们说:‘昨天还很好,胃口也不错;今天早晨嚷着头痛,到晚上突然变成这个样子了……’我还是那句话:‘请别着急。’——您知道,这是医生的责任,——我就着手医治。我替她放了点血,叫她们替她贴上芥末膏,开了一服药水。这时候我老望着她,望着她,您可知道,——咳,说实话,我从来没有见过这样漂亮的脸蛋儿……总而言之,是一个美人!我心里充满了怜惜。她的脸庞多可爱,一双眼睛……好,谢天谢地,她安静些了;出了汗,好像清醒过来了;她向周围望望,微笑一下,用手摸摸脸……她的姊妹弯下身子去,问她:‘你怎么样?’‘没什么。’她说着,把脸转过去……我一看，她已经睡着了。我说，好啦，现在要让病人安静一下。于是我们都踮着脚走出去；留一个侍女在这里随时伺候。客厅里桌子上已经摆好茶炊，还有牙买加甜酒，干我们这一行，这是非有不可的。她们端茶给我，要求我在这里过夜……我同意了：现在还能到哪里去呢！老太太老是叹气。我说：'您怎么啦？她会好的，请您别着急，最好您自己去休息一下，已经一点多了。如果有什么事，请您叫人喊醒我。''好的，好的。'老太太就出去了，两位姑娘也回到自己房里去了；客厅里已经替我预备了一张床。我躺在床上，可是睡不着，——这是多么奇怪的事！似乎已经很疲倦了。我总是忘不了我的病人。我终于忍不住，突然起来；我想：让我去看看，病人怎么样了？她的卧室就在客厅隔壁。于是，我起了床，悄悄地开了门，可是我的心怦怦地跳。我一看，侍女已经睡着，嘴巴张开，还打鼾呢，这家伙！病人脸朝我躺着，摊开两手，怪可怜的！我走近去……她突然睁开眼睛，盯住我看！……'是谁？是谁？'我不好意思起来。'别害怕，'我说，'小姐，我是医生；我来看看您现在怎么样了。''您是医生？''我是医生，我是医生……是您母亲派人到城里接我来的；我们已经替您放过血了，小姐；现在请您安心休养吧，再过两三天，上帝保佑，我们就会把您治好啦。''啊，是的，是的，医生，不要让我死啊，……求求您，求求您。''您怎么了，上帝保佑您！'我心里想，她又在发烧了。我替她按脉，果然有热度。她对我望了一阵子，突然握住了我的手。'我告诉您，为什么我不愿意死，我告诉您，我告诉您……现在只有我们两个人，可是请您别告诉任何人……您听我说……'我俯下身子；她的嘴唇凑近我的耳朵边，她的头发碰着我的脸，——说实话，那时候我头昏目眩，——她开始低声说话……我一点儿也听不懂……啊，她是在那里说胡话……她说着，说着，说得很快，而且好像不是俄国话，说完之后，她哆嗦一下，把头倒在枕头上，竖起一根手指警告我。'记住啊，医生，别告诉任何人……'我好容易使她安静了，给她喝了点水，叫醒了侍女，就出去了。"

医生说到这里，又猛烈地嗅了一会儿鼻烟，呆了一阵子。

"可是，"他继续说，"到了第二天，和我的期望相反，病人并没有好转。我再三考虑，突然决定留在这里，虽然有别的病人在等我……您也知道，对病家是不可以怠慢的，我的业务会因此而受到损失。但是，第一，病人确实是危急了；第二，我得说实话，我对她很有好感了。况且，她们一家人我都喜欢。她们虽然是没有家产的人，但是所受的教养可说是罕有的……她们的父亲是一个有学问的人，是个作家；当然是在贫困中死去的，可是他已经使孩子们受到了很好的教育；又留下很多书。不知道是为了我热心照顾病人的缘故呢，还是另有缘故，总之，我敢说，她们都像亲人一样喜欢我……这时候，道路泥泞得厉害，一切交通，可说是完全断绝了，到城里去买药也非常困难。病人没有起色……一天又一天，一天又一天……但是……这时候……（医生沉默了一会儿。）我实在不知道该怎么对您说……（他又嗅鼻烟，喉头咯咯作响，喝了一口茶。）对您直说了吧，我的病人……怎么说好呢，可说是，爱上了我……或者，不，不是爱上了我……不过，……实在，这怎么，这个……”医生低下了头，脸红了。

“不，”他兴奋地继续说，“怎么可以说是爱上了我呢！一个人到底应该有自知之明。她是一个有教养的、聪明博学的女子，而我呢，连我的拉丁文也可说是完全忘记了。至于外貌呢，（医生微笑着看看自己）似乎也没有什么可以自傲。可是上帝并没有把我造成一个傻瓜：我不会把白叫做黑；我多少懂得点事。譬如说，我心里很明白，亚历山德拉·安德烈耶夫娜——她叫亚历山德拉·安德烈耶夫娜——对我不是发生了爱情，而是有了一种所谓友谊的好感和尊敬。虽然她自己在这一方面也许是弄错了，可是她当时所处的地位是怎样的，请您判断吧……不过，”医生显然有点语无伦次，一口气说出了这些断断续续的话之后，又补充说，“我的话似乎说得有点乱……这样说您一定一点也听不懂……那么让我把一切按照次序说给您听吧。”

他喝干了那杯茶，用较为平静的声调说起来。

“唔，是这样的。我的病人的病一天重似一天，一天重似一天。先生，您不是医生，您不能了解我们医生的心情，尤其是当他开始预料到病魔将要战胜他时的心情。自信力不知到哪儿去了！你突然胆小起来，简直到难以形容的地步。你似乎觉得：你所知道的一切都忘记了，病人不信任你了，别人已经看出你的慌张，勉强地把病情告诉你听，用怀疑的眼光看你,交头接耳地议论……唉,真糟糕!你心里想,一定有对症的药,只要找到它。对啦,是这药吧?试一试看——不对,不是这药!等不到药力发生作用的时间……一会儿用这种药,一会儿用那种药。你常常拿出药典来……心里想,药在这里了,在这里了!其实有时是随便翻翻书,想碰碰运气看……可是在这期间病人已经快死了;别的医生也许会医好这病人的。你就说:一定要会诊;我一个人负不起责任。这时候你竟变成了傻瓜!但是后来渐渐习惯,也就没有什么了。人死了,——不是你的罪过,因为你是照规矩行事的。可是还有更难受的:你眼看见别人盲目地信任你,而你自己明知道是无能为力的。亚历山德拉·安德烈耶夫娜全家对我的信任正是这样,因而忘记了她们家的女儿正在危险中。而我呢,也宽慰她们,说是不要紧的,其实自己心里吓得要命。尤其不幸的是碰到道路那样泥泞,马车夫去买药,常常要好几天。我待在病人房里,寸步也不能离开她,您知道,我讲各种好笑的故事给她听,陪她玩纸牌。夜里也在那里坐守。老太太流着眼泪感谢我;可是我心里想:'我是不值得您感谢的。'我坦白告诉您,——现在不必隐瞒了,——我爱上了我的病人。而亚历山德拉·安德烈耶夫娜也依恋我,常常除我之外不要别人走进房来。她开始跟我谈话,问我在哪儿念过书,生活过得怎么样,有哪些亲人,和哪些人来往?我觉得她不应该说话,想禁止她,可是您知道,要坚决地禁止她,我是办不到的。我常常抓住自己的脑袋想:'你在干什么,你这强盗……'可是她拉住我的手不放,老是对我望着,望了很久很久,然后转过头去,叹一口气,说:'您这人真好啊!'她的手发烫,眼睛很大,可是没有精神。她说:'嗯,您真好,您是好人,您跟我们这里的邻居不同……不,您不是那样的人,您不是那样的人……怎么我以前不认识您呢!''亚历山德拉·安德烈耶夫娜,您安静些吧,'我说,'……实在,我觉得,我不知道有什么值得您这般看重……可是请您安静些,看上帝面上,请您安静些……就会好的;您会恢复健康的。'说到这里,我还得告诉您,"医生把身体俯向前些,扬起眉毛,继续说,"她们和邻居们不大来往,因为地位低的人跟她们不相称,而富人呢,自尊心又阻止她们去交往。我告诉您:这家庭是极有教养的,——所以,您知道,我觉得很荣幸。她只肯在我手里服药……可怜的人,靠我搀扶抬起身子,服了药,就盯住我看……我的心怦怦地乱跳。这期间她的病越来越重,越来越重了;我想,她要死了,一定要死了。您相信吗,我恨不得自己躺进棺材里去,因为她的母亲和姊妹老是望着我,盯着我看,……对我渐渐失去了信任。'什么? 怎么样了?''不要紧,不要紧!'怎么叫不要紧,我自己也糊里糊涂。有一天夜里,我又是一个人坐在病人旁边。侍女也坐在那里,大声地打鼾……这可怜的侍女也难怪:她也累坏了。亚历山德拉·安德烈耶夫娜整个晚上都觉得很不好过;发烧折磨着她。她翻来覆去一直到半夜里;最后好像睡着了,至少躺着不动了。一盏神灯点在屋角里的圣像前面。我坐着,低下头,也打瞌睡了。突然似乎有人从旁边推了我一下,我转过身来……啊呀,我的天哪! 亚历山德拉·安德烈耶夫娜睁大眼睛盯住我……嘴巴张开,面颊热得通红。'您怎么了?''医生,我会死吗?''哪有这事?''不,医生,不,求求您,求求您,请您不要说我是会活下去……不要这样说……要是您知道……您听我说,看在上帝面上,请您不要隐瞒我的病情!'她的呼吸异常急促。'如果我确实知道我要死了,……我要把一切都告诉您,一切!''亚历山德拉·安德烈耶夫娜,别那么想吧!''您听我说,我一点也不曾睡着,我一直在看您……看在上帝面上……我相信您,您是个好人,您是个正直的人,为了世界上神圣的一切,我恳求您对我说真话吧! 您要知道这对我是非常重要的……医生,看在上帝面上请您告诉我,我的病很危险了吧?''叫我对您说什么呢,亚历山德拉·安德烈耶夫娜,别那么想吧!''看在上帝面上,我恳求您!''我不能瞒您,亚历山德拉·安德烈耶夫娜,您的病确实危险,但是上帝是仁慈的……''我要死了,我要死了……'她好像很欢喜,脸上露出非常高兴的样子;我害怕起来。'您别害怕,别害怕,死一点也吓唬不了我。'她突然略微抬起身子,用一条胳膊肘支撑着。'现在……唔,现在我可以告诉您:我全心全意地感谢您,您是个善良的好人,我爱您……'我对她看,好像发痴了;您知道,我心里害怕……'您听见吗,我爱您……''亚历山德拉·安德烈耶夫娜,我有哪一点值得您爱呢!''不,不,您不了解我……亲爱的,你不了解我……'突然她伸出两手,抱住我的头吻了一下……您相信吗,我几乎叫了起来……我突然跪下,把头埋在枕窝里了。她默不作声;她的手指在我头发上发抖;我听见她哭了。我开始安慰她,宽她的心……我实在不知道对她说了些什么话。我说:‘您要把侍女吵醒了,亚历山德拉·安德烈耶夫娜……我感谢您……请您相信……您安静些吧。’‘好,别说了,别说了,’她反复地说,‘什么都不要紧,嘿,醒了也好,嘿,有人进来也好,都没有关系:反正我要死了……可是你顾虑什么呢,怕什么呢?抬起头来……也许您不爱我吧,也许是我弄错了……如果这样,请您原谅我。’‘亚历山德拉·安德烈耶夫娜,您说哪儿话?……我爱您,亚历山德拉·安德烈耶夫娜。’她直盯着我看,张开了两只手臂。‘那么你拥抱我呀……’我坦白告诉您:我不知道这一夜我怎么没有发疯。我觉得我的病人在毁掉自己;我看得出:她的神志不很清醒;我又明白,如果她不知道自己快要死了,她就不会想到我;您想哪:活了二十五岁没有爱过一个人而死去,毕竟是含恨的事。正是这一点使她痛苦,因此她在绝望之余,就拉住了像我这样的一个人,——现在您明白了吗?她的手抱住我不放。‘请体恤我,亚历山德拉·安德烈耶夫娜,也请体恤您自己。’我这样说。‘为什么?’她说,‘有什么可惜?反正我是要死了……’她不断地重复这句话。‘如果我知道我会活着,仍旧做体面的姑娘,那我才要害羞,真要害羞……可是现在有什么关系呢?’‘谁对您说您要死了?’‘嗳,得了,别说了,你别骗我了,你不会说谎的,你瞧瞧你自己。’‘您的病会好的,亚历山德拉·安德烈耶夫娜,我会医好您;我们要请得您母亲的允许,……我们结为夫妇,过幸福的生活。’‘不,不,我已经听到您的话,我一定要死了……你答应我了……你对我说过了……’我很痛苦,有种种原因使我痛苦。您想,有时候发生点小事,似乎没有什么关系,其实很痛苦。她忽然问起我的名字来,不是姓,而是名字。不幸我的名字叫做得利丰[1]。嗯,嗯,叫得利丰,叫得利丰·伊万内奇。在她家里,大家都叫我医生。我没有办法,只得说:‘我叫得利丰,小姐。’她眯着眼睛,摇摇头,用法语轻轻地说了些话——唉,大概是不好的话,——后来她笑了,笑得也不妙。我就是这样跟她在一

① 得利丰是很俗气的名字。

起过了差不多一整夜。早晨我走出来,就像发疯了似的;我再走进她房间里去的时候,已经是下午,喝过茶之后了。我的天,我的天!她已经叫人认不得了:比放进棺材里去的人还难看。我对您发誓,我现在不懂得——完全不懂得——当时怎样忍受了这种精神上的折磨。我的病人又拖延了三天三夜……多么痛苦的夜晚啊!她对我说了些什么话呀!……最后的一夜,请您想象,——我坐在她旁边,只向上帝请求一件事:请早些把她带走,同时也把我带走……突然老母亲闯进房里来……我昨天已经对她——对母亲——说过,我说,很少有希望了,不行了,可以去请牧师了。病人看见母亲,就说:'嗳,你来了,很好,……你看我们,我们互相恋爱,互相起了誓。''她这是怎么了,医生,她怎么了?'我面无人色。我说:'她是说胡话,因为发烧……'可是她说:'得啦,得啦,你刚才对我说的完全不同,你还接受了我的戒指……你为什么要装模作样?我母亲是好人,她会原谅的,她会理解的,我快要死了——我何必说谎;把手给我……'我跳起来,跑出去了。老太太当然猜测到了。"

"可是,我不想再多打搅您了,而且回想起这一切来,我自己实在也很痛苦。我的病人在第二天就去世了。祝她升入天堂!(医生用急速的语调附说这一句,又叹了一口气。)她临终前,要求她家里的人都走出去,单留我一个人陪她。'请您原谅我,'她说,'我也许对不起您……病啊……可是请您相信,我没有比爱您更深地爱过别人,请您别忘记我……保存好我的戒指……'"

医生把脸扭向一旁,我握住了他的手。

"唉!"他说,"让我们谈些别的,或者玩一下小输赢的朴烈费兰斯吧?您知道,像我们这种人,不配醉心于这么高尚的感情。我们只希望孩子们不要啼啼哭哭,老婆不要吵吵闹闹。因为打那以后我也曾举行所谓正式的结婚……可不是吗!……娶了一个商人的女儿,带来七千卢布的陪嫁。她名叫阿库林娜;倒跟得利丰很相配呢。[1] 我告诉您,这女人很凶,幸而一天到晚睡大觉……怎么,玩不玩朴烈费兰斯?"

---

① 阿库林娜也是很俗气的名字。

我们就坐下来玩一戈比输赢的朴烈费兰斯。得利丰·伊凡内奇赢了我两个半卢布，——到很迟的时候才离去，十分满足于自己的胜利。

我的邻居拉季洛夫

秋天,山鹬常常栖居在古老的菩提树园子里。这种园子在我们奥廖尔省多得很。我们的祖先选择居住地点时,必定辟出两俄亩光景的好地来做有椴树林阴道的果园。大约经过了五十年,多至七十年,这些庄园,这些“贵族之巢”,渐次从地面上消失;房屋坍塌了,或者拆卖了,砖造的附属建筑物变成了一堆堆废墟,苹果树枯死,成了木柴,栅栏和篱笆影迹全无了。只有椴树照旧繁荣,现在四面围着耕种了的田地,正在向我们这班轻浮的子孙叙述“早已长眠的父兄”的往事。这样的老椴树是上好的树木……连俄罗斯农民无情的斧头也顾惜它。它的叶子很小,粗壮的枝条向四面八方伸展,树底下永远是阴凉的。

有一次,我同叶尔莫莱在野外打鹧鸪,看见一旁有一个荒废了的园子,就向那里走去。刚刚走进林子,一只山鹬拍着翅膀,从灌木丛中飞起;我开了一枪,就在这一刹那间,离开我若干步的地方发出叫声:一个青年女子的惊慌的脸从树木后面探出来张望一下,立刻就不见了。叶尔莫莱向我跑来。“您怎么在这里开枪,这里有地主住着呢。”

我还来不及回答他,我的狗还来不及神气活现地衔了打死的鸟送给我,就听见一阵急促的脚步声,一个留着小胡子的高个子从林子里跑出来,带着不满意的神气在我面前站定了。我竭力道歉,说出了自己的姓名,而且表示愿意把在他领地内射死的鸟交给他。

“好吧,”他微笑着对我说,“我收下您的野味,可是有一个条件:请您在我们这里用饭。”

老实说,我不很喜欢他的提议,但是拒绝是不可能的。

“我是这儿的地主,是您的邻居,姓拉季洛夫,您大概听到过,”我的新相识继续说,“今天是礼拜天,我家里的饭菜也许还像样,否则我是不敢邀请您的。”

我对他说了几句这种场合下应有的答话，就跟着他走。新近打扫的小径很快就引导我们走出了椴树林；我们走进菜园。在老苹果树和繁茂的醋栗丛之间，长着一棵棵圆圆的、淡绿色的卷心菜；蛇醉草螺旋形地盘绕在竿子上；缠着干燥的豌豆的褐色小木棒密密地矗立在场圃里；又大又扁的南瓜仿佛在地上打滚；蒙着灰尘的有棱角的叶子底下露出黄澄澄的黄瓜来；高高的荨麻依傍着篱笆摇曳着；有两三处地方长着一堆堆的鞑靼忍冬、接骨木、野蔷薇——是旧日"花坛"的遗物。在盛满发红的粘糊糊的水的小鱼池旁边，有一口井，周围都是水坑。鸭子在这些水坑里忙碌地拍着水或者蹒跚而行；一只狗全身颤抖着，眯着眼睛，在草地上啃骨头；一头花斑母牛也在那里懒洋洋地嚼草，不时用尾巴甩打瘦瘦的背脊。小径转弯了；粗大的爆竹柳和白桦树后面露出一所木板屋顶的、有弯曲台阶的灰色的老式房子来。拉季洛夫站定了。

"不过，"他说着，温和地正对着我的脸看了一眼，"我现在仔细想想，也许您并不愿意来我家，要是那样的话……"

我不等他说完，就向他保证说：相反的，我很高兴到他家里去吃饭。

"哦，那就请吧。"

我们走进屋子里。一个穿蓝色长裾厚呢大衣的青年小伙子在台阶上迎接我们。拉季洛夫立刻吩咐他拿烧酒给叶尔莫莱喝；我的猎人就向这位慷慨的施主的背后恭敬地鞠一个躬。我们从贴着各种五颜六色的图画、挂着许多鸟笼的前室走进一间小小的房间——这是拉季洛夫的书房。我卸了猎装，把枪放在屋角里，穿长裾大衣的小伙子手忙脚乱地替我掸灰尘。

"现在让我们到客厅里去吧，"拉季洛夫亲切地说，"我给您介绍一下家母。"

我跟着他走。客厅里，在中央的长沙发上，坐着一位身材不高的老太太，穿着咖啡色衣服，戴着白色便帽，面孔慈祥而瘦削，目光畏怯而哀愁。

"唔，妈，我来介绍：这位是我们的邻居＊＊＊。"

老太太欠身向我弯了弯腰，她那枯瘦的手没有放下那像袋子一样的粗毛线手提包。

“您光临到我们这里已经很久了吗？”她眨着眼睛，用柔弱而轻微的声音问我。

“不，没有多久呢。”

“准备在这里长住吗？”

“我想住到冬天。”

老太太沉默了。

“这是，”拉季洛夫接着说，指着我走进客厅时未曾注意到的一个又高又瘦的人，“这是费奥多尔·米赫伊奇……喂，费奥多尔，来对客人表演一下你的技艺吧。你为什么躲到屋角里去？”

费奥多尔·米赫伊奇立刻从椅子上站起来，从窗上取了一只蹩脚的小提琴，拿起弓——不像普通那样拿着弓的末端，却拿着弓的中央，把小提琴支在胸前，闭上眼睛，唱着歌，吱吱轧轧地擦着琴弦，跳起舞来。他看来有七十岁光景；长长的粗布外衣在他的瘦骨嶙峋的肢体上悲哀地摇晃着。他跳着舞；他那小小的秃头有时勇敢地摇摆着，有时仿佛失了神，微微地晃动着，伸长了露筋的脖子，在原地踏步，有时显然很吃力地弯下两膝。他那没有牙齿的嘴巴发出衰老的声音。拉季洛夫大概从我的脸部表情上猜测到费奥多尔的“技艺”并没有给我很大的快感。

“啊，很好，老人家，够了，”他说，“你可以去享受一下了。”

费奥多尔·米赫伊奇立刻把小提琴放在窗上，先向我这客人鞠躬，其次向老太太，再向拉季洛夫鞠躬，然后走出去。

“他本来也是个地主，”我的新朋友继续说，“而且是很有钱的，可是破产了——现在就住在我这里……他在发迹的时候，是全省最威风的人；他抢了两个有夫之妇，家里养着歌手，自己唱歌、跳舞都很擅长……您要不要喝烧酒？饭菜已经准备好了。”

一个年轻的姑娘，就是我在园子里瞥见一眼的那个，走进房间里来。

“这是奥莉娅！”拉季洛夫略微转过头去，说，“请多多关照……好，我们吃饭去吧。”

我们走进餐室，坐下了。当我们从客厅里走到这里来就座的时候，由于“享受”而眼睛发光、鼻子微红的费奥多尔·米赫伊奇唱着歌:《胜利的雷声响起来!》他们替他在屋角里一张没有桌布的小桌子上安排单独的餐具。这可怜的老头儿不能保持清洁,因此他们经常让他跟大家保持一段距离。他画了十字,叹一口气,然后像鲨鱼一般吃起来。饭菜的确不坏,因为是礼拜天,当然少不了会颤动的果冻和“西班牙风”①。在席上,曾在陆军步兵团服务了十年光景而又到过土耳其的拉季洛夫就打开了话匣子;我用心听他,同时偷看奥莉娅。她长得并不漂亮;但是她脸上的果断而安详的表情,她那又宽又白的前额,浓密的头发,尤其是一双褐色的眼睛,不很大,然而聪明、清朗而有生气,无论谁处在我当时的情况下,看了都要惊异的。她仿佛在留心倾听拉季洛夫的每一句话;她脸上所表示的不是关心,而是热情的注意。拉季洛夫从年龄上看来,可以做她的父亲;他称她“你”,但是我立刻猜测到她不是他的女儿。在谈话中,他提到他的已经故世的妻子——“她的姐姐”,他指着奥莉娅这样说。她立刻脸红了,低下了眼睛。拉季洛夫停了一下,就变换他的话题。老太太在吃饭的时候一句话也不说,她自己差不多不吃什么东西,也不劝我吃。她的面貌表现出一种胆怯而无希望的期待,和一种令人伤心的、老年的哀愁。快散席的时候,费奥多尔·米赫伊奇开始要为主人们和客人“祝贺”了,但是拉季洛夫看了我一眼,叫他停止了;那老头儿用手摸摸嘴唇,眨眨眼睛,鞠一个躬,又坐下来,可是这回却坐在椅子的边上。吃过饭,我和拉季洛夫来到他的书房里。

大凡经常强烈地萦心于一种思想或一种热情的人,在举止谈吐上必定看得出一种共通的、表面上的类似点,无论他们的品性、能力、社会地位和教养如何不同。我越是观察拉季洛夫,就越是觉得他是属于这一类人。他谈到农业,谈到收获、刈草,谈到战争、县里的流言蜚语和即将临近的选举,他谈的时候并无勉强的样子,甚至还带着兴趣,但是突然叹着气,好像被繁重的工作弄得疲乏了的人那样倒在安乐椅里,用手摸着脸。他的善良而热诚的整个灵魂,似乎贯彻着、充满着一种感情。使我惊奇的是,我看不出他对于下面这些事物的热情:对于食物,对于

① 一种点心。

酒,对于打猎,对于库尔斯克的夜莺,对于患癫痫病的鸽子,对于俄罗斯文学,对于小走马①,对于匈牙利轻骑兵的短外衣,对于玩纸牌和打台球,对于跳舞晚会,对于省城和京都的旅行,对于造纸厂和甜菜糖厂,对于漆得金碧辉煌的亭子,对于茶,对于训练成歪头的副马②,甚至对于腰带系在腋下的肥胖的马车夫,对于不知为什么脖子一动眼睛就横飞的阔绰的马车夫……"这到底是怎么样的一个地主!"我想。然而他绝不装作一个忧郁的、不满于自己命运的人;反之,他表现出一视同仁的亲切和殷勤,差不多准备卑屈地接近每一个人。的确,同时你可以感觉到:他不能同任何人作知交或真心地亲近,他所以不能,并不是因为他一概不需要别人,却是因为他的全部生活有时都倾向内面的缘故。我观察拉季洛夫,无论如何不能想象他在现在或任何时候是个幸福的人。他也不是一个美男子;但是在他的目光中,在微笑中,在他的全部姿态中,都潜藏着一种非常动人的力量,——的确是潜藏着。因此我似乎总想更进一步地了解他,爱他。固然他有时露出地主和草原居民的本相来,然而他终究是一个好人。

我们正开始谈到新任的县长,忽然门口传来奥莉娅的声音:"茶准备好了。"我们走进客厅。费奥多尔·米赫伊奇照旧坐在他自己的一角里,窗和门的中间,谦恭地缩着两只脚。拉季洛夫的母亲在那里织袜子。通过开着的窗子,从园子里飘进秋天的凉气和苹果的香味来。奥莉娅忙碌地倒茶。我现在比吃饭时更加注意地看她。她同一般县城姑娘一样,很少说话,但是至少我看不出她是希望说几句漂亮话而同时又带着空虚无力的苦闷感觉的人;她不作好像充溢着难言的感触的叹息,不在额角底下转动眼睛,不作幻想的和含糊的微笑。她的眼光安定而冷静,好像大幸福或大骚乱之后休息着的人一般。她的步态、她的动作是果断而大方的。我很喜欢她。

我又同拉季洛夫谈起话来。我已经记不得,不知怎么一来,我们谈到了一种常有的情况,就是最琐碎的小事给人的印象,往往比最重要的

---

① 小走马是跑时同侧两腿同时并举的马。

② 拉车的马,如果有三匹,中间一匹叫辕马,旁边两匹叫副马。

事给人的印象更为深刻。

“是的，”拉季洛夫说，“这一点我曾经亲身体会到。您知道，我是结过婚的。没有多久……三年；我的妻子难产死了。我想，我不能独自活着了；我非常伤心，我悲痛极了，可是哭不出来——仿佛发痴了。我们按照规矩替她穿上衣服，把她放在桌子上①——就在这个房间里。教士来了；教堂执事们也来了，他们开始唱歌，祈祷，焚香；我磕头行礼，可是一滴眼泪也没有落下来。我的心变成了石头，头也是这样，——我全身觉得沉重。第一天这样过去了。您相信吗？到了夜里我竟睡着了呢。第二天早晨我走到我妻子那里，——那时候正是夏天，太阳从她的脚上照到头上，明晃晃的。——忽然我看见……（拉季洛夫说到这里，不由得哆嗦一下。）您知道怎么啦？她的一只眼睛没有完全闭上，有一只苍蝇在这眼睛上爬……我一下子就翻倒在地上，苏醒过来以后就不断地哭——自己不能抑制了……”

拉季洛夫沉默了。我看看他，又看看奥莉娅……我永远不能忘记她脸上的表情。老太太把袜子放在膝上，从手提包里取出手帕，偷偷地擦眼泪。费奥多尔·米赫伊奇忽然站起身，抓住他的小提琴，用沙哑而粗野的声音唱起歌来。他大概是想使我们高兴些，但是我们一听见他的声音，都哆嗦了一下，拉季洛夫就叫他停止。

“可是，”他继续说，“过去的事总是过去了；过去的事不能拉回来，而且毕竟……现在世界上一切都在好起来——这大约是伏尔泰的话吧。”他匆匆地补一句。

“是的，”我回答，“当然。而且一切不幸都是可以忍受的，天下没有逃不出的逆境。”

“您这样想吗？”拉季洛夫说，“嗯，您的话也许是对的。记得我在土耳其②的时候，有一次躺在病院里，半死不活，我害的是创伤热。唉，我们住的地方实在不高明，——当然，那是战时啊——这还算是谢天谢地的！忽然又载来许多病人，——把他们安置在哪儿呢？医生跑来跑

---

① 俄俗，死者停放在桌上。

② 拉季洛夫讲述他参加一八二八年至一八二九年俄土战争的情况。在这次战争中，俄国军队因患流行病损失惨重。

去，找不到地方。后来他走到我跟前，问助手：'活着吗？'那人回答说：'早上还是活着的。'医生弯下身子听听：我在呼吸。这位仁兄大人不耐烦了。'好家伙，'他说，'这人就要死了，一定要死了，还在那里苟延残喘，拖延日子，不过是占着位子，妨碍别人罢了。''唉，'我心里想，'你要倒霉了，米哈伊洛·米哈伊雷奇……'可是我终于恢复健康，活到了今天，像您看见的那样。可见您的话是对的。"

"在无论什么情形下，我的话总是对的，"我回答，"即使您那时候真的死了，您仍然是逃出了您的逆境。"

"当然，当然，"他又说，用手重重地拍一下桌子……"只要下决心……处在逆境里有什么意思呢？何必耽搁，何必拖延呢……"

奥莉娅很快地站起来，走到园子里去了。

"喂，费奥多尔，跳一个舞吧！"拉季洛夫叫道。

费奥多尔一跃而起，用漂亮而别致的步态在房间里跳起舞来，这步态就像大家所熟悉的"山羊"在驯服的熊身边表演时那样，他唱起：《在我们的大门边……》。

门外传来一辆竞走马车的声音，过了不多时，一个身材高大，肩膀宽阔的结实的老头儿——独院小地主奥夫夏尼科夫——走进房里来……但是奥夫夏尼科夫是一个非常出色而奇特的人，所以我要请读者允许，在另一篇里再谈到他。现在我只要添说几句：第二天我和叶尔莫莱黎明就出去打猎，打好猎就回家；过了一星期，我又到拉季洛夫家去弯弯，但是他和奥莉娅都不在家；过了两星期，我听说他突然失踪，撇下母亲，带了他的小姨到不知什么地方去了。全省哗然，都议论这件事，这时候我才彻底了解拉季洛夫讲话时奥莉娅脸上的表情。她当时脸上不仅流露着怜悯之情，还燃烧着嫉妒之情呢。

我在离开乡村以前，去访问拉季洛夫的母亲。我在客厅里见到她；她正在和费奥多尔·米赫伊奇玩"捉傻瓜"的纸牌游戏。

"令郎有消息吗？"最后我问她。

老太太哭起来。我就不再问她关于拉季洛夫的事了。

独院小地主*奥夫夏尼科夫

亲爱的读者,请想象一个年约七十岁的、又胖又高的人,面貌有几分像克雷洛夫①,低垂的眉毛底下有一双明亮而聪慧的眼睛,风采威严,语调从容,步态迟缓,这就是奥夫夏尼科夫。他穿一件宽大的长袖蓝大衣,钮扣一直扣到上面,脖子上围一条淡紫色的绸围巾,脚上穿着一双擦得很亮的有穗子的长统靴,大体上看来像一个富裕的商人。他的手漂亮、柔软而白净,他常常在谈话时用手摸弄自己的大衣钮扣。奥夫夏尼科夫的威严和镇定、机灵和懒散、正直和顽固,使我想起彼得大帝以前时代的俄罗斯贵族……他穿起古代的无领大袍来一定是很合适。这是旧时代最后的人物之中的一个。邻居们都非常尊敬他,认为同他交往是光荣的。同辈的独院小地主们都很崇拜他,远远看见他就脱下帽子,并且以他为骄傲。一般地说,在我们那里,直到现在,独院小地主很难区别于农人:他们的产业差不多比农人更坏,牛犊小得可怜,马仅能活命,挽具是绳索做的。奥夫夏尼科夫在这一般规律中是例外,虽然也算不得是富人。他和他的妻子两个人住在一所舒适整洁的小屋子里,用的仆人不多,让他们穿俄罗斯服装,称他们为雇工。他们也替他种田。他并不冒充贵族模样,不装作地主,他从来没有所谓"忘形失礼",他在第一次被邀请时不立刻入席,有新来的客人进来,他一定站起身来,然而带着那样的威仪、那么庄重的殷勤,使得客人不知不觉地向他更低身地鞠躬。奥夫夏尼科夫守着古风,并不是由于迷信(他的心灵毫无拘束),而是由于习惯。例如,他不喜欢有弹簧座的马车,——因为他感觉不到它的舒适,——常常乘坐竞走马车,或者有皮

---

* 独院小地主是俄国农奴制时代低级官吏后裔出身的小地主,拥有少量土地,可蓄农奴,但必须与农民同样缴纳赋税。

① 克雷洛夫(1769—1844),俄国寓言作家。

垫的、漂亮的小马车，自己驾着良种的枣红色的跑马（他养的全是枣红色马）。马车夫是一个面颊红润的青年小伙子，头发剪成周圈垂发式①，穿着蓝色的外衣，戴着低低的羊皮帽，腰里系着皮带，恭敬地坐在他旁边。奥夫夏尼科夫常常在午饭后睡一下，每星期六进澡堂，读的全是宗教书（读的时候煞有介事地在鼻子上架起一副圆形的银边眼镜），起身和就寝都很早。然而他的胡子是剃光的，头发剪成德国式样。他招待客人非常亲切诚恳，但不向他们深深地鞠躬，不忙着张罗，不把任何干果和腌渍物都拿出来待客。"太太！"他慢吞吞地说，并不站起身，只是略微把头转向她，"拿些好吃的东西来待客吧。"他认为出卖谷物是罪恶的，因为谷物是上帝的惠赐。在一八四〇年普遍饥荒和物价飞腾的时候，他把全部贮藏分发给附近的地主和农民；下一年他们感激地给他送实物来还债。邻居们常常跑到奥夫夏尼科夫这里来请他裁判和调停，差不多总是服从他的判决，听从他的忠告。有许多人多亏了他，才终于划清了田地的界线……但是经过了两三次和女地主的冲突以后，他就声明：拒绝女性之间的一切调停。他不能容忍仓猝忙乱、惊慌着急以及女人们的闲话和"无谓纷扰"。有一次他家不知怎的失了火。一个雇工急急忙忙地跑到他房里，喊着："起火了！起火了！""唔，你喊什么？"奥夫夏尼科夫从容地说，"把我的帽子和手杖拿来……"他喜欢自己训练马。有一次，一匹劲头很足的比曲格马②载了他飞奔下山，向峡谷里跑去。"喂，好了，好了，年轻的小马儿，你要摔死了啊，"奥夫夏尼科夫温和地对它说，一转眼，他就连同那辆竞走马车、坐在后面的男孩和那匹马，一同跌进峡谷里。幸而峡谷底上堆着沙。没有一个人受伤，只是那匹比曲格马的一条腿脱了骱。"唉，你瞧，"奥夫夏尼科夫从地上爬起来，继续用镇静的声音说，"我对你说过了啊。"他找的妻子同他很相配。塔季扬娜·伊利尼奇娜·奥夫夏尼科娃是一个身材高高的、庄重而沉默的女子，永远围着一条咖啡色绸围巾。她的态度冷淡，可是不但没有人抱怨她严厉，却反而有许多穷人称她为好妈妈和恩人。

---

① 旧时俄国农民的发式。

② 比曲格马是一种特种马，繁殖在沃罗涅日省著名的"赫列诺夫"（从前为奥尔洛娃伯爵夫人的养马场）附近。——原注

端正的容貌、乌黑的大眼睛、薄薄的嘴唇,现在还证明着她当年出众的美貌。奥夫夏尼科夫没有孩子。

读者已经知道,我是在拉季洛夫家里同他相识的,大约过了两天,我就去访问他。恰好他在家。他正坐在一只皮制的大沙发椅上读《圣徒言行录》。一只灰猫坐在他肩上打鼾。他依照自己的惯例殷勤而庄重地招待我。我们就谈起话来。

"请您老实告诉我,卢卡·彼得罗维奇,"在谈话中有一次我这样说,"在从前,在您那时代,是不是比较好些?"

"有的地方的确比较好些,我对您说,"奥夫夏尼科夫回答,"我们生活比较安定,比较富裕,的确,……不过总还是现在好;到了您的孩子们的时代,一定更加好。"

"卢卡·彼得罗维奇,我还以为您要对我赞美旧时代呢。"

"不,我觉得旧时代没有什么可以特别赞美的。喏,举一个例来说,您现在是地主,同您的已经故世的祖父一样是地主,可是您没有那样的威势了!当然您本来也不是那样的人。我们现在也受别的地主的压迫;可是这看来是不能避免的。也许,总有熬出头的日子。不,我在青年时代看得多的那种事,现在已经都看不到了。"

"譬如什么事呢?"

"譬如,就再说关于您祖父的事吧。他真是一个有势力的人!他欺侮我们这班人。您大概知道——自己的田地怎么会不知道呢——从切普雷金到马利宁的那块耕地吧?……现在你们在这地上种着燕麦……要知道这块地是我们的,——完全是我们的。您的祖父把它从我们手里夺去;他骑着马出来,用手指着说:'这是我的领地。'——就归他所有了。先父(愿他升入天堂!)是一个公正的人,也是一个火暴性子的人,他忍受不住了,——谁愿意失去自己的产业呢?——就向法院告了一状。可是他一个人告了,别的人都不出头,他们都害怕。就有人去告诉您祖父,说彼得·奥夫夏尼科夫在告您的状,说您抢了他的土地……您祖父马上派他的司猎包什带了一大帮人来到我们这里……他们抓住了我的父亲,把他带到你们的世袭领地上。我那时候还是一个小孩子,光着脚跟他跑。您知道怎样?……他们把他带到你们家的窗子下面，就用棍棒打他。您祖父站在阳台上看；您祖母坐在窗子下面，也在那里看。我的父亲喊着：‘老太太，玛丽亚·瓦西里耶夫娜，替我说个情，可怜可怜我吧！’可是她只是时时挺起身子，看了又看。后来他们要我父亲声明放弃这块地皮，而且命令他感谢放他活命的恩德。这样，土地就归你们了。您去问问您那些佃户，这块地叫什么？它叫做棒地，因为是靠棒打夺来的。因为这缘故，我们这些小人物对于旧时代的制度没有多大的留恋。”

我不知道怎样回答奥夫夏尼科夫，而且不敢看他的脸。

“那时候我们邻近还有一个人，叫做斯捷潘·尼克托波利翁奇·科莫夫。他用尽千方百计把我父亲折磨得要命。这人是一个酒徒，喜欢请客，等到他喝醉了酒，用法语说一声‘C'est bon’①，然后舐一舐嘴唇，——那时候可就闹得凶了！他派人去请所有的邻居都到他家里来。他的马车都准备好了，停在那里；如果你不去，他马上亲自闯来……这真是一个怪人！他清醒的时候不说谎；可是一喝醉，就开始说：他在彼得堡的丰坦卡街上有三所房子：一所是红色的，有一个烟囱；另一所是黄色的，有两个烟囱；还有一所是蓝色的，没有烟囱；——他有三个儿子（其实他还没有结婚）：一个在步兵队里，另一个在骑兵队里，第三个待在家里……又说每所房子里住着他的一个儿子，大儿子家里常有海军将官们来访，二儿子家里常有将军们来访，小儿子家里常有英国人来访！这时候他站起来说：‘祝我的大儿子健康，他是最孝顺我的！’于是他哭起来。如果有人拒绝举杯祝贺，那就糟糕了。‘枪毙你！’他说，‘还不许埋葬！……’有时候他跳起来，叫着：‘跳舞吧，上帝的子民们，让自己开心开心，又可以安慰安慰我！’于是你只得跳舞，精疲力竭也只得跳。他把自己农奴的女孩子们折磨得厉害。她们常常通夜合唱，唱到天亮，嗓子最高的，就得到奖赏。可是如果她们疲倦了，他就双手托住头，悲叹起来：‘唉，我这无依无靠的孤儿！大家抛弃了我这可爱的人儿！’马夫们连忙去鼓励女孩子们。我父亲也给他喜欢上了，有什么办法呢？他几乎把我父亲赶进了棺材，险些儿被赶了进去，幸而他自

---

① 法语：这很好。

已死了，是喝醉了从鸽子棚上跌下来摔死的……瞧，以前我的邻近会有这样的人！”

“时势大变了！”我说。

“对啊，对啊，”奥夫夏尼科夫承认，“喏，所以说：在旧时代，贵族们的生活豪奢得多。至于那些达官贵人，更不必说了。这些人我在莫斯科见得多。听说那里现在也没有这种人了。”

“您到过莫斯科？”

“到过的，很久了，很久以前了。我现在七十三岁，到莫斯科是十六岁上。”

奥夫夏尼科夫叹了一口气。

“您在那里看见了些什么人？”

“看见了许多达官贵人，全都看见的；他们生活阔绰，叫人又赞叹又惊奇。可是没有一个人赶得上已故的阿列克谢·格里戈里耶维奇·奥尔洛夫-切斯缅斯基伯爵①。阿列克谢·格里戈里耶维奇我是常见的；我的叔叔在他那里当管家。伯爵住在卡卢加门附近的沙波洛夫卡。这真是一个达官贵人！那样的风采，那样诚恳的礼貌，简直使人不能想象，无法描述。单说身材就很魁梧，精力充沛，双目有神！当你没有认识他，没有接近他的时候，你真觉得害怕，胆小；可是你一接近他，他就像太阳一样使你温暖，使你觉得非常愉快。他对每个人都亲自接见，对所有的事都爱好。他亲自参加赛马，和所有的人竞赛；他从来不马上赶上人，不得罪人，不拦阻人，只是到了最后才超过别人；而且那样地和蔼可亲：安慰对方，称赞他的马。他喂养着最上等的翻筋斗鸽子。常常走到院子里，坐在安乐椅上，吩咐把鸽子放起来；四周有仆人们拿着枪站在屋顶上防备鹞鹰。伯爵的脚边放着一只盛水的大银盆；他就在水里看鸽子。穷人和乞丐，有许许多多人靠他生活……他散了许多钱财！可是他动起怒来，那真像打雷一样，非常可怕，可是你不必害怕，过一会儿他就笑了。他一举行宴会，就几乎把全莫斯科的人都醉倒！……他

---

① 奥尔洛夫-切斯缅斯基(1737—1807)，俄国军事家，政治家。一七七〇年在切斯马湾彻底击溃土耳其舰队，因而荣获“切斯缅斯基”的姓氏。

又是极聪明的人！他曾经打败土耳其人。他又喜欢角力；大力士从图拉，从哈尔科夫，从坦波夫，从各处地方来到他这里。谁被他摔倒了，他就奖赏谁；可是如果有人摔倒了他，他就送给他很多礼物，还吻他的嘴唇……还有，我待在莫斯科的那会儿，他发动了一个俄罗斯从来不曾有过的猎犬竞赛会：他邀请全国所有打猎的人到自己家里，规定了日子，给了三个月的期限。人都集拢来了。带来了许多猎狗和猎手，——啊，浩浩荡荡，真像一支军队！起先大摆筵席，然后出发到城郊去。大家都跑拢来看，真是人山人海！……您猜怎么着？……您祖父的狗竟超过了所有的狗。”

“是不是米洛维德卡？”我问。

“对啊，是米洛维德卡，米洛维德卡……伯爵就开始请求他，说：‘把你的狗卖给我吧，随你要什么代价。’‘不，伯爵，’他说，‘我不是商人，没用的破布也不卖，可是为了表示敬意，即使妻子也可以出让，就是米洛维德卡不能让……我宁愿自己当俘虏。’阿列克谢·格里戈里耶维奇就称赞他，说：‘说得好。’您祖父就用马车把这只狗载回去了；后来米洛维德卡死的时候，还奏着音乐把它埋葬在花园里，——把这狗埋葬了，而且在上面立一块有铭文的石碑。”

“这样看来，阿列克谢·格里戈里耶维奇是不欺侮任何人的。”我说。

“事情往往是这样的：阎王好见，小鬼难当嘛。”

“那么包什是怎样的一个人呢？”略微沉默一会儿之后，我问。

“怎么您知道米洛维德卡，却不知道包什？……这是您祖父的司猎头儿和管猎狗的人。您祖父爱他不亚于爱米洛维德卡。他是一个无所畏惧的人，您祖父无论吩咐他什么，他马上就办到，哪怕要他上刀山也行……他喊起猎狗来，森林里就发出一片啸声。可是他忽然闹起脾气来，跳下马，躺在地上……猎狗听不到他的声音——就完了！它们不再去跟踪新的足迹，无论有什么好东西都不去追赶了。嘿，您祖父就动怒了！‘不绞死这个坏小子，我就不活着了！把这出卖基督的家伙剥下皮来！把这杀人坯的脚跟拉起来穿进他的喉咙里去！’但是结果总是派人去问他需要什么，为什么不喊猎狗？包什在这种时候大都是要求喝酒，喝完了酒，站起来，又起劲地大声呼喊猎狗了。”

“看样子，您也是喜欢打猎的，卢卡·彼得罗维奇？”

“喜欢是喜欢的，……的确，——可不是现在：现在我的时代已经过去了，——而是在青年时代……不过您要知道，因为我们身份的关系，也搞不好的。我们这班人跟在贵族们后面是不行的。的确，我们这个阶层中也有爱喝酒而没有能力的人常常去和大人先生们周旋，……可是这有什么乐趣呢！……不过是自取屈辱罢了。给他一匹蹩脚的、磕磕绊绊的马；常常把他的帽子摘下来丢在地上；拿起鞭子像打马一样轻轻地打在他身上；可是他始终装着笑脸，又逗别人笑。不，我告诉您：越是身分低的人，操守越是要谨严，不然，正是自取其辱。”

“是的，”奥夫夏尼科夫叹一口气，继续说，“我出世做人以来，时光像水一样流过了不少，时势已经改变了。尤其是在贵族们中间，我看到了很大的变迁。领地少的人，或者去就职了，或者不住在原地方了；领地多的人，那就认不出他们了。这些大地主，在划分地界的时候我看见得多。我得告诉您：我看看他们，心里很高兴，他们都是和和气气、斯文一脉的。只是有一点我觉得很惊奇：他们都是博览群书的，说话头头是道，感动人心，可是对于实际问题都不懂得，连自己的利益都顾不到；他们自己的农奴管家可以任意捉弄他们，像弯马轭一样。您大概认识亚历山大·弗拉基米雷奇·科罗廖夫的，——这不是一个道地的贵族吗？这人风姿翩翩，家产富足，受过大学教育，似乎还到过外国，说话流利，态度谦恭，同我们大家都握手。您认识他吗？……那么您听我讲。上个礼拜我们为了经纪人尼基福尔·伊里奇的招请，到别廖佐夫卡去聚会。经纪人尼基福尔·伊里奇对我们说：‘诸位先生，必须划分地界了；我们这地段比所有其他的地段都落后，这是可耻的。我们着手工作吧。’于是就着手工作。照例经过商讨和争论；我们的代理人使起性子来。可是第一个吵闹起来的是奥夫钦尼科夫·波尔菲里……这个人为什么要吵闹呢？……他自己一寸土地也没有，是受他兄弟的委托来办这件事的。他嚷着：‘不行！你们骗不过我！不，我不是那样的人！拿地图来！把测量员给我叫来，把这出卖基督的家伙叫到这里来！’‘您的要求到底是什么呢？’‘见鬼了！哼！你们以为我能马上把我的要求说出来吗？……不行，你们把地图拿来，就是这样！’他就用手在地图上敲打。他又大大地侮辱了马尔法·德米特列夫娜。她嚷着：‘你怎么敢侮辱我的名誉？’‘我么，’他说，‘把你的名誉给我的栗毛母马都不要。’好容易用马德拉酒使他安静下来。把他劝服了，别的人又吵起来。我亲爱的亚历山大·弗拉基米雷奇·科罗廖夫坐在屋角里，咬着手杖的头，只是摇头。我觉得难为情，忍不住了，真想跑出去。他对我们有什么想法呢？一看，我的亚历山大·弗拉基米雷奇站起来，表示要说话的样子。经纪人着了慌，说：‘诸位先生，诸位先生，亚历山大·弗拉基米雷奇要讲话了。’对贵族实在不能不赞誉：全体的人立刻肃静。于是亚历山大·弗拉基米雷奇开始讲话，他说：我们似乎已经忘记了我们为什么而集会；又说：划分地界，虽然无疑地是对领主有益的，可是实际上它是为了什么呢？——是为了使农人减轻负担，使他们工作比较便利，对付得了劳役；像现在那样，他自己不知道自己的土地，往往驾了车到五俄里外去耕作，也不能追究他。后来亚历山大·弗拉基米雷奇说：不关心农民的福利，是地主的罪恶；又说：归根结蒂，如果合理地判断起来，他们的利益和我们的利益是一致的：他们好，我们也好；他们苦，我们也苦……又说：所以，为了一点小事而不妥协，是罪恶的，是没有计算的……他又说，又说，……说出那样的话！一句句打入人的心坎里……贵族们都低下了头；我实在差点流下眼泪来。老实说，古书里不曾有过这样的话……可是结果怎么样呢？他自己的四俄亩青苔沼地不肯让出，也不肯卖掉。他说：‘我要叫我手下的人把这块沼地弄干，在这上面开办一个改良的制呢厂。’他说：‘我已经选定这地点；关于这件事我有我自己的打算……’这是真实的才好，可是实际上只是因为亚历山大·弗拉基米雷奇·科罗廖夫的邻居安东·卡拉西科夫舍不得给科罗廖夫的管家一百卢布钞票的缘故。我们就这样没把事情办完就走散了。亚历山大·弗拉基米雷奇到现在还认为自己是正确的，常常在谈论那制呢厂，可是并不动手去弄干那块沼地。”

“他在自己的领地里怎样安排呢？”

“一概采用新方法。农民都不喜欢，——可是不必去听他们的话。亚历山大·弗拉基米雷奇办得很好。”

“这是怎么回事,卢卡·彼得罗维奇?我以为您是守旧的呢。”

“我是另外一回事。我不是贵族,也不是地主。我的产业算得什么?……而我又不懂得别的生财之道。我但求做得正当,做得合法,这就谢天谢地了!年轻的先生们不喜欢旧式,我赞美他们……现在是动脑筋的时候了。只是有一点很糟糕:年轻的先生们很会自作聪明。对付农民好像玩弄木偶,翻来覆去一阵子,弄坏了,就丢开了。于是农民又处在农奴出身的管家或者德国籍的执事的掌握之中了。最好这班年轻的先生们中间有一个人出来作个榜样,指点一下:应该这样办理!……这结果会怎么样呢?……难道我就这样死去,看不见新局面了吗?怎么会有这种怪事?真是青黄不接!”

我不知道怎样回答奥夫夏尼科夫。他回头望望,向我坐得更近一些,继续低声说:

“您听到过关于瓦西里·尼古拉伊奇·柳博兹沃诺夫的事吗?”

“没有,没听到过。”

“您倒说说看,这是多么奇怪的事!我真想不通。是他那些农民讲出来的,可是我不明白他们的话。您知道,他是一个青年人,不久以前从他母亲那里得到一笔遗产。他就来到了自己的世袭领地里。农民们都聚拢来看自己的主人。瓦西里·尼古拉伊奇出来见他们了。农人们一看,真奇怪!老爷穿着棉绒裤子,像一个马车夫,他的靴子上有镶边;衬衫是红的,上衣也是马车夫样子的;留着胡子,头上戴着一顶很奇怪的帽子,相貌也很奇特,——说他喝醉,可又并没喝醉,但是疯疯癫癫。‘你们都好,’他说,‘小伙子们!上帝帮助你们。’农民们向他鞠躬,——可是都不说话,您知道,他们都胆怯了。他自己也好像很胆怯。他就对他们讲话:‘我是俄罗斯人,’他说,‘你们也是俄罗斯人;我爱好一切俄罗斯的东西……我有俄罗斯的灵魂,我的血也是俄罗斯的……’忽然他发出命令:‘喂,孩儿们,大家唱一个俄罗斯民歌吧!’农民们两腿直哆嗦;完全呆住了。有一个胆大的人刚开始唱,立刻又蹲下身子,躲在别人后面了……叫人奇怪的是:我们那里也有这样的地主,都是些肆无忌惮的人,又是著名的游棍,真的;穿得像马车夫一样,自己跳舞,弹吉他,和仆人们一起唱歌,喝酒,和农民们大吃大喝;可是这位瓦西里·尼古拉伊奇却像一个闺房小姐：老是读书，或者写字，不然就朗诵赞美歌，——不跟任何人谈话，怕见生人，常常独自在花园里散步，仿佛是寂寞或者忧愁。以前的管家在最初的时候害怕得不得了：在瓦西里·尼古拉伊奇来到以前，跑遍了农家，向所有的人鞠躬，——显然是，猫心里明白它吃了谁家的肉！农民们觉得有了希望，他们想：'哼，老兄！回头就要查办你了，你这宝贝；你就要遭殃了，你这个吝啬鬼！……'可是结果并不是这样——我该怎样对您说呢？连上帝也弄不清楚这是怎么一回事！瓦西里·尼古拉伊奇把他叫来，对他说话，可是他自己反而脸红了，而且您知道，呼吸也很迫促：'你替我办事要办得公正，不可以压迫任何人，听见了吗？'可是从此以后就不再叫他到跟前来！他住在自己的领地里，好像一个陌生人。于是，那个管家就放心了，而农民们都不敢到瓦西里·尼古拉伊奇那里去，因为他们害怕。还有稀奇的事哩：这位老爷对他们鞠躬，和颜悦色地望着他们，他们却反而吓得要命。这是多么奇怪的事，先生，您倒说说看？……或许是我糊涂了，老了，还是怎么的，——真不明白。"

我回答奥夫夏尼科夫说，这位柳博兹沃诺夫先生大概是有病的。

"有什么病！他长得那么胖，肥头大耳，年纪轻轻的……真是天晓得！"奥夫夏尼科夫深深地叹一口气。

"且不谈贵族，"我开始说，"关于独院小地主，您讲些什么给我听听呢，卢卡·彼得罗维奇？"

"不，这个免了吧，"他急忙地说，"实在……也可以讲些给您听听，可是算了吧！（奥夫夏尼科夫挥一挥手）我们还是喝茶吧……等于农民，简直是农民；可是老实说，我们还会怎么样呢？"

他默不作声了。茶端出来了。塔季扬娜·伊利尼奇娜站起来，坐得靠近我们一些。在这天晚上，她有好几次悄悄地走出去，又悄悄地走回来。房间里肃静无声。奥夫夏尼科夫郑重其事地慢慢地喝茶，一杯又一杯。

"米佳今天来过了。"塔季扬娜·伊利尼奇娜低声说。

奥夫夏尼科夫皱起眉头。

"他来干什么？"

“来赔不是。”

奥夫夏尼科夫摇摇头。

“唉,您说说,”他转向我,继续说,“叫我怎样对付那些亲戚?拒绝他们是不可能的……上帝居然也赏给我一个侄儿。这小子很聪明,又伶俐,这是没话说的;学问很好,可是我对他不会有什么指望。他本来在官家当差,却把职务辞去,因为没提升他……难道他是贵族吗?即使是贵族,也不会马上升作将军的。现在他就闲着没事了……这倒还没有什么,哪晓得他竟当上了讼棍!替农民写状子,打呈报,教唆乡警们,揭发测量员,在酒店里进进出出,结交一班告病假回家的兵士、市侩和旅馆里打扫院子的人。不是就要遭殃了吗?区警察局长和县警察局长警告他已经不止一次了。幸亏他会胡调:逗得他们发笑,可是后来又给他们找麻烦……得了,他还坐在你那小屋里吗?”他转向他的妻子,补充说,“我很了解你:你是大慈大悲,袒护他的。”

塔季扬娜·伊利尼奇娜低下头,微笑一下,脸红了。

“嗯,正是这样,”奥夫夏尼科夫继续说……“唉,你是宠惯他的!好,叫他进来吧,——就这样啦,看在贵客面上,我饶恕这个蠢东西……好,叫他来吧,叫他来吧……”

塔季扬娜·伊利尼奇娜走到门边,叫了一声:“米佳!”

米佳,一个身材高高、体态匀称、头发鬈曲的、年约二十八岁的小伙子,走进房里来,看见了我,在门边站定了。他的服装是德国式的,但是仅仅他肩上的大得不自然的皱襞,就显著地证明了裁剪这衣服的是俄罗斯裁缝,——不仅是一般的,还是地地道道的俄罗斯裁缝呢。

“喂,走过来,走过来,”老头儿说,“怕什么难为情?你要谢谢伯母,因为她替你说情了……嗳,先生,我来介绍一下,”他指着米佳继续说,“这是我的亲侄子,可是我怎么也管不好他。已经走上末路了!(我们两人互相鞠躬)你说,你在那边闯了什么祸?为什么他们告你,你说。”

米佳显然不愿意在我面前表白和辩解。

“以后再说吧,伯伯。”他喃喃地说。

“不,不要以后再说,要现在说,”老人继续说……“你呀,我知道的，你在这位地主先生面前怕难为情，那更好了，你快痛改前非吧。你说，你说呀，……说给我们听听。”

“我并没有什么难为情，”米佳精神勃勃地说起话来，把头摇晃一下，“伯伯，请您自己判断。列舍季洛夫的独院地主们到我这里来说：‘老弟，帮帮忙。’‘怎么一回事？’‘是这样的：我们的粮仓办得很完善，实在不能再好了；忽然一个官员来到我们这里，说是被派来检查粮仓的。检查过之后说：“你们的粮仓办得很混乱，有严重的疏忽地方，必须报告长官。”“有什么疏忽的地方呢？”“这个我心里明白，”他说……我们就聚在一起做出了决定：要好好地送那官员一笔酬谢，可是老头儿普罗霍雷奇出来阻止，他说：这不过是使这班人更加贪心罢了。这是怎么一回事？难道我们就没有主持公道的法庭？……我们就听从了老头儿的话，可是那官员恼火了，就提出控诉，打了呈报。现在就要我们去出庭。’‘那么你们的粮仓的确是完善的吗？’我问。‘上帝看见的，很完善，而且有法定数量的谷物……’我说：‘那么你们不必害怕。’就替他们写了一张状子……现在还没有知道是谁胜诉……至于他们为了这件事到您这儿来告我，——那是很明显的：无论什么人，自己的衬衫总是贴自己的身。”

“无论什么人都这样，可是你显然不是这样的，”老头儿低声说……“那么你在那边同舒托洛莫沃的农民们干些什么勾当呢？”

“您怎么知道？”

“我当然知道。”

“这件事也是我对的，——再请您判断吧。舒托洛莫沃农民们的邻居别斯潘金耕种了他们的四俄亩地。他说：‘这地是我的。’舒托洛莫沃的农民在付代役租，他们的地主到国外去了——您想，有谁保护他们呢？可是那块地，毫无疑问，一向是地主租给他们的。于是他们到我这里来，说：给我们写一张诉状。我就写了。别斯潘金知道了就恐吓我，他说：‘我要拔出米佳这家伙的骨头，还要取他的脑袋……’等着瞧吧，看他怎样取法，我的脑袋到现在还是完好的呢。”

“嘿，不要吹牛，你的脑袋免不了要遭殃呢，”老头儿说，“你这人完全发疯了！”

“咦,伯伯,不是您自己对我说过……”

“我知道,我知道你要说什么话了,”奥夫夏尼科夫打断了他的话,“的确,做人应该正直,而且有帮助亲友的义务。有时候应该连自身都不顾惜……可是你是不是常常照这样做的呢?不是有人把你邀到酒店里去吗?他们请你喝酒,向你鞠躬,说:‘德米特里·阿列克谢伊奇,先生,帮帮忙,我们一定酬谢你。’于是把一个银卢布或者一张五卢布钞票偷偷地塞给你,是不是?啊?有没有这种事?你说,有没有?”

“这的确是我的错,”米佳低下头回答,“可是我不拿穷人的钱,不违背良心。”

“现在你不拿,等到自己生活困难起来,就要拿了。不违背良心……嘿,你呀!你倒像是一直在庇护好人!……可是你忘记了鲍里卡·佩列霍多夫吗?……是谁为他张罗奔走?是谁包庇了他?啊?”

“佩列霍多夫的确是自作自受……”

“挪用了公款……开玩笑!”

“可是伯伯您想:他穷,还有家眷……”

“穷,穷,……他是一个醉汉,是一个狂妄的人——就是这样!”

“他因为痛苦,才喝上酒的。”米佳放低了声音说。

“因为痛苦!唔,既然你有那样的热忱,就该帮助他,而不该自己跟这醉汉一块上酒店。他说话花言巧语,那有什么稀罕!”

“他这人是最好不过的……”

“在你看来都是好人。……怎么样,”奥夫夏尼科夫转向他的妻子,继续说,“送去给他了吗……喏,就是那儿,你知道的……”

塔季扬娜·伊利尼奇娜点点头。

“你这几天在哪里?”老头儿又说起话来。

“在城里。”

“一定是在那里打台球,喝茶消遣,弹吉他,在衙门里跑进跑出,躲在后房里写状子,跟商人的儿子们一起游荡,是这样吗?……你说!”

“大概是这样吧,”米佳微笑着说……“啊呀!差点儿忘了:安东·帕尔费内奇·丰季科夫请您星期天到他家去吃饭呢。”

“我不到这大肚子家里去。给你吃很贵的鱼,放的奶油却是腐臭的。不去睬他!”

“我还碰见费多西娅·米哈伊洛夫娜呢。”

“哪一个费多西娅?”

“就是买了米库里诺地方的地主加尔片琴科家的那个。费多西娅是米库里诺人。她出了代役租,在莫斯科当女裁缝,租金按时缴纳,每年一百八十二个半卢布……她做生意很能干:在莫斯科向她订货的人很多。可是现在加尔片琴科写信去把她叫了来,留住她,不给她活儿干。她准备赎身,向主人说过了,可是他不做出什么决定。伯伯,您和加尔片琴科认识,可不可以替她说一句话?……费多西娅愿意出重价赎身。”

“是不是用你的钱?是不是?唔,唔,好,我去说,我去对他说。可是我不知道,”老头儿带着不满意的神气继续说,“这个加尔片琴科,天晓得,是一个吝啬鬼:他收购期票,放钱生利,竟买田地……谁把他弄到我们这边来的?咳,我讨厌这些外乡人!这件事不会马上见分晓的;不过,看看再说吧。”

“帮帮忙吧,伯伯。”

“好,我总帮忙。可是你得留神点儿,给我留神点儿!好了,好了,不要辩解了……算了,算了!……只是以后要留心,不然的话,真的,米佳,你不得太平呢,——真的,你要完蛋。我不能老是替你担当……我自己也是没有权势的人。唔,现在你去吧。”

米佳出去了。塔季扬娜·伊利尼奇娜跟着他出去。

“给他喝茶吧,好太太,”奥夫夏尼科夫在她后面叫道……“这小伙子并不蠢,”他继续说,“心地也善良,只是我替他担心……可是,对不起,我们拿这些小事把您耽搁了很久。”

通穿堂的门开了。一个身材矮矮、头发斑白、穿丝绒大衣的人走了进来。

“啊,弗朗茨·伊万内奇!”奥夫夏尼科夫叫起来,“您好!近来可得意吗?”

亲爱的读者,请允许我把这位先生也介绍给您。

弗朗茨·伊万内奇·雷戎(Lejeune)是我的邻居,是奥廖尔的一个地主,他以不很平常的方法获得了俄罗斯贵族的荣誉称号。他生在奥尔良,父母都是法国人,他跟着拿破仑来侵略俄国,充当鼓手。起初一切都非常顺利,我们这位法国人就昂首阔步走进了莫斯科。但是在回去的路上,可怜的雷戎先生冻得半死,鼓也没有了,落到了斯摩棱斯克农民们的手里。斯摩棱斯克的农民们把他在一个空着的缩绒厂里关了一夜,第二天早上把他带到堤坝边的冰窟那里,就开始要求这位“de la grrrrande armée①”鼓手赏个脸儿,这就是要他钻到冰底下去。雷戎先生不能同意他们的建议,操着法国口音,开始向斯摩棱斯克的农民们求情,要求放他回奥尔良去。“在那里,messieurs②,”他说,“住着我的母亲,une tendre mère③。”但是农民们大概不知道奥尔良城的地理位置,继续要求他向蜿蜒的格尼洛捷尔卡河顺流而下,去作水底旅行,而且已经在那里轻轻地推着他的后颈和脊骨,催他动身。忽然传来了一阵铃声,使雷戎快乐得不可言喻。堤坝上驶来一辆大雪橇,特别高耸的后座上盖着一条五彩的毯子,前面套着三匹黄褐色的维亚特种马。雪橇里坐着一位穿狼皮外套的、肥胖的、红光满面的地主。

“你们在那儿干什么?”他问农人们。

“我们在这里淹法国人呢,老爷。”

“啊!”地主淡然地答应了一声,就转过脸去。

“Monsieur! Monsieur!④”那可怜的人叫起来。

“啊,啊!”狼皮外套带着责备的口气说,“带了十二个民族到俄国来,烧掉了莫斯科,该死的家伙,偷去了伊凡大帝钟楼上的十字架,现在却叫着‘麦歇,麦歇!’⑤这一下可要夹着尾巴了!这是报应……走吧,菲尔卡!”

马走动了。

“可是,慢来!”地主又说……“喂,你这麦歇,你懂音乐吗?”

---

① 法语:大军的。
② 法语:诸位先生。
③ 法语:慈爱的母亲。
④ 法语:先生!先生!
⑤ 法语:“先生,先生!”的译音。

"Sauvez moi, sauvez moi, mon bon monsieur! ①"雷戎反复地说。

"你瞧这些劣种！没有一个人会讲俄语的！缪齐克，缪齐克，萨维·缪齐克·芙？萨维？② 嗳，你说呀！孔普雷内？萨维·缪齐克·芙？③ 披雅诺，茹哀·萨维？④"

雷戎终于懂得了地主所要表达的意思，就肯定地点点头。

"Oui, monsieur, oui, oui, je suis musicien; je joue tous les instruments possibles! Oui, monsieur …… Sauvez moi, monsieur! ⑤"

"嘿，你的运气好，"地主说……"小伙子们，放了他吧；给你们二十戈比买烧酒喝。"

"谢谢，老爷，谢谢。请您带他去吧。"

雷戎被叫去坐在雪橇里了。他高兴得喘不过气来，哭着，哆嗦着，向地主、马车夫、农民们鞠躬道谢。他身上只穿一件有粉红色带子的绿色绒衣，天冷得厉害。地主默默地看看他那发青的冻僵了的肢体，就把这不幸的人裹在自己的皮外套里，载了他回家。仆人们跑拢来，急忙把这法国人弄暖和了，给他吃饱了，穿上了衣服。地主就带他去见自己的女儿们。

"喂，孩子们，"他对她们说，"我替你们找到一位教师了。你们老是缠着我说：教我们学音乐和法国话吧。瞧，我替你们请来了一个法国人，他还会弹钢琴……喂，麦歇，"他指着五年前向卖花露水的犹太人买来的一架破旧的钢琴，继续说，"把你的技术表演给我们看看：茹哀！⑥"

雷戎魂不附体地坐到椅子上，因为他有生以来没有碰过钢琴。

"茹哀吧，茹哀吧。"地主反复地说。

这可怜的人绝望地敲打键盘，像敲鼓一样，胡乱地弹了一会儿……

---

① 法语：救救我，救救我，我的好先生！

② 法语："音乐，音乐，你懂音乐吗？懂吗？"的译音。

③ 法语："听得懂吗？你懂音乐吗？"的译音。

④ 法语："钢琴，你会弹吗？"的译音。

⑤ 法语：是，先生，是，是，我是一个音乐家；所有的乐器我都会奏！是，先生……救救我，先生！

⑥ 法语："请弹！"的译音。

“当时我心里想，”后来他讲给别人听，“我的救命恩人一定会抓住我的衣领，把我赶出门外去。”可是这位被迫的即席演奏者竟大吃一惊，因为地主略停了一会儿，赞许地拍拍他的肩膀，“很好，很好，”他说，“我看出你是个内行；现在请去休息吧。”

大约两星期之后，雷戎从这个地主那里转到了另一个富裕的有教养的人那里，由于愉快温柔的性格而得到他的赏识，就和他的养女结了婚，而且就了职，变成了贵族，后来把自己的女儿嫁给了奥廖尔的地主洛贝扎尼耶夫——一个退伍的龙骑兵兼诗人，他自己也迁居到奥廖尔来了。

正是这个雷戎——或者像现在人们所称呼他的弗朗茨·伊万内奇——当我在座的时候走进奥夫夏尼科夫的房里来，他和奥夫夏尼科夫之间有友好的交情……

然而，恐怕读者和我在独院小地主奥夫夏尼科夫家里已经坐得厌倦，那我就不再饶舌了。

利 哥 夫

“到利哥夫去吧，”有一次，读者已经熟悉的叶尔莫莱对我说，“我们可以在那边打到许多鸭子。”

虽然野鸭对于真正的猎人没有特殊的魅力，但是在没有别种野禽的时候（这是九月初，山鹬还没有飞来，在野外奔走着追赶鹧鸪，我已经觉得厌倦了），我就听从了我的猎人的话，出发到利哥夫去了。

利哥夫是草原上的一个大村，村里有一所极古老的、一个圆顶的砖造教堂，还有筑在罗索塔小川的沼泽地上的两个磨坊。这条小川在离开利哥夫约五俄里之外，变成了一个宽阔的池塘，池塘的四周和中央某些地方，生着茂密的芦苇，即奥廖尔人所谓“马叶尔”。就在这池塘上，在芦苇中间的水湾或静僻地方，繁殖着各种各样的许多鸭子：野鸭、混种野鸭、针尾鸭、小水鸭、潜鸭及其他。一小群一小群的鸭子常常在水面上飞来飞去，枪声响处，像乌云一般升起，使得猎人不由得一只手抓住帽子，长吁一声：“嘀——呼！”我和叶尔莫莱沿着池塘走，然而，第一，鸭子是小心的飞禽，不在岸边栖息；第二，即使有掉队的、无经验的小水鸭中了我们的枪弹而送了命，我们的狗也无法到茂密的“马叶尔”中去取得它。它们虽然有极高尚的献身精神，却既不能游泳，又不能涉水，只是徒然地让芦苇的锐利的边缘擦伤自己宝贵的鼻子而已。

“不行，”最后叶尔莫莱说，“这样不行，必须设法去弄一条小船来……我们回利哥夫去吧。”

我们就去了。我们还没有走得几步，碰见一只十分蹩脚的猎狗从茂密的爆竹柳里跑出来，在它后面出现了一个中等身材的人，穿着一件破旧的蓝大衣和一件黄背心，暗灰色的裤子草草地塞进有破洞的长统靴里，脖子里围着一条红围巾，肩上背着一支单筒枪。我们的狗以惯常的、它们的品种所特有的中国仪式[1]同它们的新朋友相嗅起来,那新朋友显然是害怕了,夹起尾巴,翘起耳朵,露出牙齿,挺直了腿,全身很快地打转。就在这时候,那不相识的人走到我们跟前,非常恭敬地鞠一个躬。他看来约有二十五岁;他的长长的、淡褐色的头发浓重地浸透了克瓦斯[2],一绺绺不动地矗立着;一双褐色的小眼睛温和地眨动,脸上仿佛因为牙痛而扎着一条黑手帕,满脸现出甜蜜的微笑。

"请允许我介绍一下自己,"他用柔媚的声音开始说,"我是这儿的猎人弗拉基米尔……我听说您来到这里,又知道您到我们的池塘上来了,如果您不嫌弃的话,我决心为您效劳。"

猎人弗拉基米尔说起话来,活像扮演初恋情人的角色的年轻的地方演员。我同意了他的建议,还没有走到利哥夫,我就已经知道了他的身世。他是一个已经赎身的家仆;在少年时代曾经学过音乐,后来当了侍仆,他识字,据我看来,他读过一些无聊的书,而现在呢,像生活在俄罗斯的许多人一样,身无分文,也没有固定的职业,几乎是靠天吃饭的。他说话态度极其文雅,显然是在卖弄自己的风度;他必定又是一个非常好向妇女献殷勤的人,而且他多半是成功的,因为俄罗斯姑娘们都喜欢能言善辩的人。在谈话之中,他让我知道:他有时访问邻近的地主,到城里去做客,玩朴烈费兰斯,又和京城里的人交往。他善于巧笑,会表现各种各样的笑容;特别适合于他的,是当他用心听别人讲话时嘴唇上现出的谦恭而沉着的微笑。他仔细地听你说话,他对你表示完全同意,然而他决不失却自尊心,仿佛要使你知道,有机会时,他也会发表自己的意见的。叶尔莫莱是一个没有受过什么教育的人,更谈不上"温文尔雅",就对他称起"你"来。弗拉基米尔对他称"您哪……"时的那种讥嘲的神情,煞是好看。

"你为什么扎着手帕?"我问他,"牙痛吗?"

"不是啊,"他回答,"这是不小心的后果。我有一个朋友,是一个好人,可完全不是一个猎人,这也是常有的事。有一天他对我说:'我

---

① 当时俄罗斯人认为中国帝王宫中仪式极其复杂,故有此语。

② 当时俄罗斯农民和家仆都用克瓦斯(一种清凉饮料)涂发。

亲爱的朋友，带我去打猎吧，我很想知道这玩意儿是怎么一回事。'我当然不愿意拒绝朋友，就给他一支枪，带他去打猎了。我们打了好一会儿猎；后来我们想休息一下。我坐在树底下；他却不休息，开始装出用枪操练的样子，而且瞄准了我。我请他停止，可是他因为没有经验，不听我的话。枪响了，我就失去了下巴和右手的食指。"

我们走到了利哥夫。弗拉基米尔和叶尔莫莱都认为没有小船是不能打猎的。

"苏乔克有一条平底船，"弗拉基米尔说，"可是我不知道他把它藏在哪里。要到他那儿跑一趟。"

"去找谁？"我问。

"这儿住着一个人，他的绰号叫做苏乔克①。"

弗拉基米尔就带着叶尔莫莱去找苏乔克了。我对他们说，我在教堂那里等他们。我在墓地上看看那些坟墓，忽然看到一块发黑的长方形墓饰，上面有如下的铭文：一面用法文写着："Ci gît Théophile Henri, vicomte de Blangy②"；另一面上写着："法国臣民布朗日伯爵之遗骸葬此石下；生于一七三七年，死于一七九九年，终年六十二岁"；在第三面上写着："祝他安静地长眠"；在第四面上写着：

石下安眠着法国侨民；
他出身于望族，富有才华。
他痛惜妻子和家属的被杀，
离弃了暴君蹂躏的祖国而远行；
他来到了俄罗斯的国土，
在老年获得了优礼的庇荫：
教养儿童，慰藉双亲……
上帝保佑他在此永远安宁。

叶尔莫莱、弗拉基米尔和有奇怪的绰号"苏乔克"的人来了，打断了我的沉思。

---

① 苏乔克，小树枝的意思。

② 法语：布朗日伯爵特奥菲尔·安里之墓。

光脚蓬头而衣衫褴褛的苏乔克,看样子是一个退职的家仆,年约六十岁。

“你有小船吗?”我问。

“有小船,”他用喑哑而破碎的声音回答,“可是坏得厉害。”

“怎么呢?”

“脱了胶;而且木桩子都从洞里掉出来了。”

“有什么大不了!”叶尔莫莱接着说,“可以塞些麻屑。”

“当然,可以。”苏乔克表示同意。

“你是做什么的?”

“地主家捕鱼的。”

“你既然是捕鱼的,你的船怎么这样破旧?”

“我们的河里根本没有鱼。”

“鱼不喜欢池沼的浮渣。”我的猎人一本正经地说。

“那么,”我对叶尔莫莱说,“去弄些麻屑来,给我们把船修好,快些。”

叶尔莫莱去了。

“我们恐怕会沉到水底去吧?”我对弗拉基米尔说。

“上帝是仁慈的,”他回答,“无论如何,我们可以想见,池塘并不深。”

“是的,池塘并不深,”苏乔克说,他说话有点奇怪,仿佛半睡半醒似的,“底上是烂泥和草,整个池塘都长着草。不过,也有深坑。”

“可是,草如果太密,”弗拉基米尔说,“就不好划船。”

“平底船哪里是划的?要撑篙。我跟你们一块儿去吧;我那儿有篙子,不然,用铲子也行。”

“用铲子不合适,恐怕有些地方够不到底。”弗拉基米尔说。

“这倒确实不合适。”

我坐在墓石上等候叶尔莫莱。弗拉基米尔为了表示礼貌,向一旁走开些,也坐下了。苏乔克仍旧站在那地方,低下头,照老习惯把两手反剪在背后。

“我问你,”我开始说,“你在这里当捕鱼的有多久了?”

“七年了。”他身体颤抖一下,回答说。

“以前你当什么呢?”

“以前当马车夫。”

“是谁把你从马车夫降下来的?”

“新的女主人。”

“哪一个女主人?”

“就是买我们的那个。您不认识吧:阿廖娜·季莫费耶夫娜,胖胖的……年纪不轻了。”

“她为什么要派你去打鱼呢?”

“那不晓得她了。她从坦博夫自己的世袭领地,来到我们这儿,吩咐把所有的仆人都召集拢来,她就出来见我们。我们起初吻她的手,她倒没有什么,并不生气……后来就一个一个盘问我们:做什么工作,担任什么职务?轮到了我;她问:‘你是做什么的?’我说:‘当马车夫。’‘马车夫?你怎么配当马车夫,你瞧瞧自己:你怎么配当马车夫?你不应该当马车夫,你给我当捕鱼的吧,把胡子剃掉。每次我来到这儿,你就送鱼来给主人家吃,听见了没有?……’从那时候起,我就算是捕鱼的了。她说:‘你得把我的池塘收拾得整整齐齐……’叫我怎么收拾得整齐呢?”

“你们以前都是谁的人?”

“是谢尔盖·谢尔盖伊奇·佩赫捷列夫的人。他是承继来的。可是他管领我们也不长久,一共六年。我就是在他那儿当马车夫的……不过不是在城里——城里他另外有马车夫,我是在乡下的。”

“你从年轻时候起就一直当马车夫吗?”

“哪里一直当马车夫!当马车夫是从谢尔盖·谢尔盖伊奇那儿开始的,以前我当厨子,不过也不是城里的厨子,而是乡下的。”

“你在谁那儿当厨子呢?”

“在以前的主人阿法纳西·涅费德奇那儿,就是谢尔盖·谢尔盖伊奇的伯父那儿。利哥夫是他买进的,是阿法纳西·涅费德奇买进的,谢尔盖·谢尔盖伊奇承继了这块领地。”

“向谁买来的?”

“向塔季扬娜·瓦西里耶夫娜。”

“哪一个塔季扬娜·瓦西里耶夫娜?”

“就是前年死去的那个,在波尔霍夫附近……不对,在卡拉契夫附近,是个老姑娘……没嫁过人。您不认识她吗?我们是从她父亲瓦西里·谢苗内奇手里传给她的。她管领我们可长久啦……大概有二十年吧。”

“你在她那儿是不是也当厨子的?”

“开头确是当厨子,后来又当咖啡师。”

“当什么?”

“当咖啡师。”

“这是怎么样的职务?”

“我不知道,老爷。在餐室里服务,把我叫做安东,不叫库兹马了。这是女主人吩咐的。”

“你本来的名字叫库兹马吗?”

“库兹马。”

“那你一直当咖啡师吗?”

“不,不是一直当这个差使,也当戏子。”

“真的吗?”

“可不是,当过戏子……还登过台。我们的女主人自己家里造了一个戏院子。”

“你扮演过什么角色?”

“您说什么?”

“你在戏台上干什么?”

“您不知道吗?他们带我去,把我打扮起来;我就这样打扮了登台,或者站着,或者坐着,那得看情形了。他们关照:你要这样说,我也就这样说了。有一回我扮一个瞎子……他们在我的每一个眼皮底下放一粒豌豆。……可不是!”

“那么后来你做什么呢?”

“后来我又当厨子。”

“为什么又把你降作厨子呢?”

“因为我的兄弟逃跑了。”

“唔,那么你在你第一个女主人的父亲那儿当什么呢?”

“当各种差使:起初当小厮,当马车夫,花匠,后来又管猎狗。”

“管猎狗?……你还带着猎狗骑马?”

“还带着猎狗骑马,跌得好厉害:我和马一起摔倒,马受了伤。我们的老主人是很严厉的;叫人打了我一顿,派我到莫斯科一个皮鞋匠那儿去当学徒了。”

“怎么当学徒?难道你管猎狗的时候还是个小孩子?”

“我那时候么,年纪大概有二十多了。”

“怎么二十岁还可以当学徒?”

“既然是老爷吩咐,大概总是可以的。幸亏他不久就死了,他们又叫我回到乡下来。”

“你是什么时候学会厨子的手艺的?”

苏乔克抬起他那又瘦又黄的脸来,微笑一下。

“这还用学吗?……娘儿们都会烧菜的!”

“唔,”我说,“库兹马,你这一生倒见过得多了!那么既然你们这儿没有鱼,现在你当捕鱼人,做些什么事呢?”

“老爷,我才不抱怨呢。派我当捕鱼人是要谢天谢地的。还有一个像我一样的老头儿——安德烈·普佩尔——女主人吩咐他在造纸厂里做打水的工作。她说,不做工吃白饭是罪过的……普佩尔还指望着开恩:他有一个堂侄子在女主人的事务所当事务员,答应替他向女主人说情。说什么情呀!……可是我亲眼看见普佩尔向他的堂侄子叩头的呢。”

“你有家眷吗?娶过亲吗?”

“没有,老爷,不曾。已经故世的塔季扬娜·瓦西里耶夫娜——祝她升入天堂!——是不许任何人结婚的。决不可以!她常常说:‘我不也是独身的吗?真是放肆!他们要结婚干吗?’”

“那么你现在靠什么生活呢?有工钱吗?”

“老爷,哪有什么工钱呀!……有一口饭吃,已经谢天谢地了!我很满足。上帝保佑我们女主人长寿吧!”

叶尔莫莱回来了。

“船修好了，”他严肃地说，“去拿篙子吧——你！……”

苏乔克跑去拿篙子了。当我同那可怜的老头儿谈话的时候，猎人弗拉基米尔时时带着轻蔑的微笑对他看。

“一个蠢人，”那人走了之后他说，“是一个完全没有教养的人，不过是一个乡下佬罢了。他不能算作家仆……他说的话全是吹牛……他哪里会做戏子，您想！您白费了精神跟他谈话！”

过了一刻钟，我们已经坐在苏乔克的平底船里了。（我们把狗留在屋里，交给马车夫叶古季尔看管。）我们觉得不很舒服，但是猎人一向是不苛求的。苏乔克站在船后面钝的一端上，在那里撑篙；我和弗拉基米尔坐在船里的横木上；叶尔莫莱坐在前面船头上。虽然用麻屑塞过，水还是很快就涌到我们脚下。幸而天气稳定，池塘仿佛睡着了一般。

我们的船走得很慢。老头儿费力地从粘泥里拔出缠满水草的青丝的长篙；睡莲的茂密的圆圆的叶子也妨碍我们的船前进。最后我们到达了芦苇的地方，这一下可热闹了。鸭子看见我们在它们的领土里突然出现，吓了一跳，轰的一声从池塘上飞起，枪弹密密地向它们后面射去，看着这些短尾巴的飞禽在空中翻筋斗，沉重地掉在水里，煞是愉快。我们当然不能把中枪的鸭子全部弄到手，因为轻伤的钻到水里去了；有些已经打死了的，却掉在那么茂密的“马叶尔”里，连叶尔莫莱那双锐利的眼睛也找不到它们；虽然如此，到了正午的时候，我们的小船里已经满满地装了一船鸭子。

使叶尔莫莱大大地快慰的，是弗拉基米尔的枪法完全不高明，在每次开枪失败之后，他就惊讶，把枪检查一下，吹一下，表示疑惑，最后就向我们说明他所以打不中的原因。叶尔莫莱打枪，同往常一样，总是成功的，我照例打得很不好。苏乔克不时地用从小替主人服务惯了的人的眼色望着我们，有时候喊着：“那边，那边还有一只鸭子！”他又常常在背上搔痒——不用手搔，而用肩胛的动作来搔。天气很好：一团团的白云高高地、徐徐地在我们头上移行，清楚地反映在水里；芦苇在四周瑟瑟作响；池塘在太阳底下处处发出闪光，像钢铁一般。我们正打算回村子去,突然发生了一件很不愉快的事。

我们早已注意到:水一直在慢慢地渗入到我们的平底船里来。弗拉基米尔被派定用勺子把水舀出去,这勺子是我那有先见之明的猎人从不留神的农妇那儿偷来以防万一的。在弗拉基米尔没有忘记自己任务的期间,倒没有问题。但是到了打猎快结束的时候,鸭子仿佛向我们道别,许多群一齐飞起,使得我们几乎来不及装枪弹。在枪弹交射的紧张时刻,我们没有去注意我们的平底船的状况,——突然,由于叶尔莫莱的一个剧烈的动作(他拼命想够到一只被打死的鸭子,把全身靠向船的一边),我们这破旧的小船一倾侧,灌满了水,就得意洋洋地沉到了池塘底上,幸而不在水深的地方。我们喊叫起来,但是已经迟了,转瞬之间我们都已站在水里,水齐到喉头,周围都漂着死鸭。现在我想起我的同伴们的恐怖而苍白的脸(大概我的脸在那时也不会是红润的),还是不能不发笑;但是在那时候,老实说,我根本没有想到要笑。我们每个人都把自己的枪举在头上,苏乔克大概是惯于模仿主人的缘故,也把篙子举在头上。叶尔莫莱第一个打破沉默。

"呸,真倒霉!"他吐一口唾沫在水里,喃喃地说,"有这样的事!都是你不好,你这老鬼!"他愤怒地向苏乔克说,"你这船是怎么搞的?"

"对不起。"老人含糊地低声说。

"你也好,"我的猎人把头转向弗拉基米尔,继续说,"你管什么来着?为什么不舀水?你,你,你……"

但是弗拉基米尔已经不能答话:他像一片叶子那样哆嗦着,牙齿同牙齿打战,毫无意义地微笑着。他的能言善辩、他的文雅的礼貌和自尊心,都不知道到哪里去了!

那可恶的平底船在我们脚底下轻轻地摇晃……在开始沉船的瞬间,我们觉得水非常冷,但是很快就习惯了。最初的恐惧过去之后,我举目眺望;但见离开我们十步之外,四周都是芦苇;远方,在芦苇的顶上,看得见岸。"糟糕!"我想。

"我们怎么办呢?"我问叶尔莫莱。

"让我们来想个办法吧,总不能在这里过夜的。"他回答。"喂,你把这枪拿着。"他对弗拉基米尔说。

弗拉基米尔乖乖地听从了他的话。

“我去找浅滩。”叶尔莫莱有把握地继续说，仿佛任何池塘里都应该有浅滩似的，——他拿了苏乔克的篙子，小心地探着水底，向岸的一边出发了。

“你会游水吗？”我问他。

“不会，不会游水。”他的声音从芦苇后面传来。

“嗯，他会淹死呢。”苏乔克淡然地说，他以前就并不是怕危险，而是怕我们发怒，现在则已经完全安心下来，只是有时喘着气，似乎并不感觉到有改变他的现状的必要。

“而且死得毫无益处。”弗拉基米尔愁苦地补充说。

叶尔莫莱过了一个钟头还不回来。这一个钟头在我们觉得是永恒。起初我们同他不断地互相呼应；后来他对我们的呼声回答得越来越少，最后完全没有声息了。村子里响起晚祷的钟声。我们彼此不交一语，而且尽力避免互相注视。鸭子在我们头上飞翔；有的想停落在我们旁边，但是突然一直线地向上飞升，叫着飞开去了。我们的身体开始发僵。苏乔克眨着眼睛，像是打算睡觉了。

叶尔莫莱终于回来了，我们欢喜得无法形容。

“怎么样？”

“我到了岸上；找到浅滩了……我们去吧。”

我们想马上就走，但是他先从浸在水里的衣袋里取出一根绳子，把打死的鸭子的脚系住，用牙齿咬住了绳子的两头，然后慢慢地向前走去；弗拉基米尔走在他后面，我走在弗拉基米尔后面。苏乔克殿后。到岸边约有两百步，叶尔莫莱大胆地不停歇地前进（他把路记得很熟），只是有时叫喊：“靠左，右面有一个坑！”或者：“靠右，走左面要陷下去……”有时水没到我们的喉头，可怜的苏乔克身材比我们都矮，两次吞了水，吐出泡沫来。“喂，喂，喂！”叶尔莫莱严厉地喊他，于是苏乔克费力地往上挣扎，晃动两只脚，跳起来，终于走到了较浅的地方，然而即使在最紧急的关头，他也不敢抓住我的大衣的衣裾。我们弄得精疲力竭，满身泥污，浑身湿透，终于到达了岸上。

过了两小时光景，我们已经尽可能地把衣服弄干，坐在一间宽敞的干草棚里,准备吃晚饭了。马车夫叶古季尔,是一个行动非常缓慢迟钝、态度审慎而带睡意的人,站在大门边,热心地请苏乔克嗅鼻烟。(我注意到,俄罗斯的马车夫们一见面就要好。)苏乔克狂吸了一会儿,吸得恶心起来:他吐着唾沫,咳嗽着,显然是感到十分愉快。弗拉基米尔显出疲劳的样子,歪着他的小头,很少说话。叶尔莫莱在揩拭我们的枪。那些狗极快地摇着尾巴,等候着燕麦粥;马在屋檐下跺脚并嘶叫……太阳落山了;它的最后的光线普照四方,放出许多宽阔的深红色光带;金黄色的云块散布在天空中,越来越细,仿佛是梳洗过的羊毛……村里传来歌声。

白净草原

这是七月里的晴明的一天，只有天气稳定的时候才能有这样的日子。从清早起天色就明朗；朝霞不像火一样燃烧，它散布着柔和的红晕。太阳——不像炎热的旱天那样火辣辣的，不像暴风雨前那样暗红色的，却显得明净清澈，灿烂可爱——从一片狭长的云底下宁静地浮出，发出鲜明的光辉，沉浸在淡紫色的云雾中。舒展着的白云上面的细边，发出像小蛇一般的闪光，这光彩好像炼过的银子……但是忽然又迸出动摇不定的光线，——于是愉快地、庄严地、飞也似地升起那雄伟的发光体来。到了正午时候，往往出现许多镶柔软白边的、金灰色的、高高的云团。这些云团好像许多岛屿，散布在无边地泛滥的河流中，周围环绕着纯青色的、极其清澈的支流，它们几乎一动也不动；在远处靠近天际的地方，这些云团互相移近，紧挨在一起，它们中间的青天已经看不见了；但是它们本身也像天空一样是蔚蓝色的，因为它们都浸透了光和热。天边的颜色是朦胧的、淡紫色的，整整一天都没有发生变化，而且四周都一样；没有一个地方暗沉沉，没有一个地方酝酿着雷雨；只是有的地方从上到下延伸着一些浅蓝色的带子：那是在洒着不易看出的细雨。傍晚，这些云团消失了；其中最后一批像烟一样黑糊糊的，映着落日形成玫瑰色的团块；在太阳像升起时一样宁静地落下去的地方，鲜红色的光辉短暂地照临着渐渐昏黑的大地，黄昏的星星像被人小心地擎着走的蜡烛一般悄悄地闪烁着出现在这上面。在这些日子里，一切色彩都柔和起来，明净而并不鲜艳；一切都带着一种动人的温柔感。在这些日子里，天气有时热得厉害，有时田野的斜坡上甚至“蒸闷”；但是风把郁积的热气吹散，赶走；旋风——是天气稳定不变的确实的征候——形成高高的白色风柱，沿着道路，穿过耕地游移着。在干燥而洁净的空气中，散布着苦艾、收割了的黑麦和荞麦的气味；甚至在入夜前一小时还感觉不到一点湿气。这种天气是农人割麦所盼望的天气……

正是在这样的日子里，我有一次到图拉省契伦县去打松鸡。我找到并打落了很多野味；装得满满的猎袋毫不留情地压痛我的肩膀，然而一直等到晚霞消失，寒冷的影子开始凝集并散布在虽然不再受到夕阳照耀却还是很明亮的空气中的时候，我才决心回家去。我快步穿过一片长长的灌木丛，爬上小丘，一看，并不是我意料中那片熟悉的、右边有一个橡树林、远处有一所低矮的白色教堂的平原，却是一个完全不同的、我所不认识的地方。我的脚下伸展着一个狭小的山谷；正对面峭壁似地矗立着一片茂密的白杨树林。我疑惑地站定了，回头一望……"啊呀！"我想，"我完全走错了路，太偏右了。"我对这错误自己觉得吃惊，急忙走下小丘。一种令人不快的、凝滞的湿气立刻包围了我，仿佛我走进了地窖里似的；山谷底上高高的茂盛的草全部是潮湿的；形成平坦的白茫茫的一片；在这上面走路有些害怕。我赶快走到另一边，向左拐弯，沿着白杨树林走去。蝙蝠已经在白杨树林的静息的树梢上飞来飞去，神秘地在薄暗的天空中盘旋着，抖动着；一只迟归的小鹞鹰在高空中敏捷地一直飞过，赶回自己的巢里去了。"好，我只要走到那一头，"我心里想，"马上就有路了，可是我走了一俄里光景的冤枉路！"

我终于走到了树林的尽头，然而那里并没有路：有一些未曾刈草的低矮的灌木丛辽阔地展现在我面前，在它们后面，远远地望得见一片荒凉的原野。我又站定了。"怎么有这样的怪事？……我走到什么地方来了？"我就回想这一天之内是怎样走的，到过哪些地方……"哈！这原来是帕拉欣灌木丛！"最后我叫起来，"一点也不错！那边大概是辛杰耶夫小树林……我怎么走到了这地方？走得这么远？……奇怪！现在又得向右走了。"

我拐向右边，穿过灌木丛。这时候夜色像阴霾一般迫近，浓重起来；仿佛黑暗随着夜气同时从各方面升起，甚至从高处泻下。我发现了一条崎岖的、杂草丛生的小路；我就沿着这条路走去，一面用心地向前探望。四周的一切很快地黑暗、寂静起来，只有鹌鹑偶然啼叫。一只小小的夜鸟展着柔软的翅膀，悄然无声地低飞着，几乎碰撞了我，连忙惊慌地潜向一旁去了。我走出了灌木丛，沿着田塍走去。现在我已经

很难分辨出远处的事物:四周的田野朦胧地发白;田野的那边,阴沉的黑暗形成巨大的团块升起,越来越逼近了。我的脚步声在凝滞的空气中发出沉重的回声。苍白的天空又变成蓝色,——但这回是夜空的蓝色了。星星在天空中闪烁。

我起先认为是小树林的,原来是一个黑糊糊的圆形丘陵。“我到底走到什么地方来了?”我出声地重复说一遍,第三次站定了,疑问地看看我那只在所有的四足动物中绝顶聪明的英国种斑黄猎狗季安卡。但是这四足动物中最聪明的家伙只是摇着尾巴,没精打采地眨眨疲倦的眼睛,并没有给我任何有用的忠告。我对它感到惭愧,就拼命地向前迈进,仿佛恍然明白了应该往哪儿去似的。我绕过丘陵,来到了一片不很深的、周围耕种过的凹地里。一种奇怪的感觉立刻支配了我。这凹地形状很像一口圆圆的边缘倾斜的锅子;凹地底上矗立着几块很大的白石头,——它们仿佛是爬到这地方来开秘密会议的,——这里面那么沉寂、荒凉,天空那么平坦、凄凉地悬挂在它上面,竟使得我的心紧缩起来。有一只小野兽在石头中间微弱地、凄凉地尖叫了一声。我连忙回身跑上丘陵去。在这以前,我一直没有失去寻找归路的希望;但是到了这时候,我终于确信我已经完全迷路,就绝不再想去辨认几乎完全沉浸在朦胧中的附近的地方,只管靠着星辰的帮助,一直信步走去……我困难地拖着两条腿,这样走了约半小时。我觉得有生以来没有到过如此荒凉的地方:没有一个地方看得见一点火光,听得见一点声响。一个平坦的山坡更换了另一个,原野无穷尽地连接着原野,灌木丛仿佛突然从地下升起在我的鼻子跟前。我一直走着,已经打算在什么地方野宿到早晨,突然走到了一个可怕的深渊上。

我连忙缩回跨出去的脚,通过黑夜的微微透明的朦胧之色,看见下面很低的地方有一片大平原。一条宽阔的河流呈半圆形向前流去,围绕着这平原;河水的钢铁般的反光有时模糊地闪烁着,指示着河流的经行。我站的小山冈突然低落,几乎形成垂直的峭壁;它的庞大的轮廓黑沉沉地突出在苍茫的虚空中,就在我的下面,在这峭壁和平原所形成的角里,在静止的、像黑镜一般的那一段河流旁边,在小山冈的陡坡下面,有两堆火相并着发出红焰,冒着烟气。火堆周围有几个人蠢动着,影子摇晃着,有时清楚地映出一个小小的、鬈发的头的前半面……

我终于认清楚了我所来到的地方。这草原就是我们附近一带有名的所谓白净草原……但回家是决不可能的了,尤其是在夜里;两腿已经疲劳得发软。我决心到火堆那里去,加入我认为是牲口贩子的人群中,等天亮。我顺利地走到了下面,但是我的手还没有放开我所攀援的最后一根树枝,忽然两只高大的、长毛蓬松的白狗凶狠地吠着向我冲过来。火堆旁边传来孩子的响亮的声音;两三个男孩很快地从地上站起来。我答应了他们发问的喊声。他们向我跑来,立刻叫回了由于我的季安卡出现而特别吃惊的两只狗,我就走到他们那里。

我把坐在火堆周围的人认为是牲口贩子,原来是弄错了。他们只是附近村子里看守马群的农家孩子。在我们那里,在炎热的夏天,人们往往在夜间把马赶到田野里来吃草,因为白天苍蝇和牛虻使它们不得安宁。把马群在日暮之前赶出来,在天亮的时候赶回去,是农家孩子们的一大乐事。他们不戴帽子,穿着旧皮袄,骑在最活泼的驽马上,高兴地叫嚷着,摆动着手脚向前飞驰,跳得高高的,大声地欢笑。轻微的尘埃形成黄色的柱子升起来,沿着道路疾驰;整齐的马蹄声传向远方,马儿竖起耳朵奔跑;当头飞驰着一匹棕黄色的乱毛马,这马竖起尾巴,不断地变换步调,乱蓬蓬的鬃毛上带着牛蒡种子。

我告诉孩子们说,我是迷了路的,就在他们旁边坐下。他们问我是从哪里来的,接着沉默了一会儿,让出点地方来。我们稍稍谈了几句。我就躺在一棵被啃光了的小灌木底下,开始向四周眺望。这景象很奇妙;火堆周围有一个淡红色的圆形光圈在抖动,仿佛被黑暗顶住而停滞在那里的样子;火焰炽烈起来,有时向这光圈外面投射出急速的火光;火光的尖细的舌头舐一舐光秃秃的柳树枝条,一下子就消失了;接着,尖锐的长长的黑影突然侵入,一直达到火的地方:黑暗在和光明搏斗。有的时候,当火焰较弱、光圈缩小的时候,在迫近过来的黑暗中突然现出一个有弯曲的白鼻梁的枣红色马头,或是一个纯白的马头,迅速地嚼着长长的草,注意地、迟钝地向我们看看,接着又低下头去,立刻不见了。只听见它继续咀嚼和打响鼻的声音。从光明的地方,难于看出黑暗中的情状,所以附近的一切都好像遮着一重近乎黑色的帷幕;但是在远处靠近天际的地方,可以隐约地看见丘陵和树林的长长的影子。黑暗的无云的天空显示出无限神秘的壮丽,庄严地、高远无极地笼罩在我们上面。呼吸着这种特殊的、醉人的新鲜气味——俄罗斯夏夜的气味,使人胸中感到一种愉快的紧缩。四周几乎听不见一点儿声响……只是有时在近旁的河里突然响出大鱼泼水的声音,岸边的芦苇被漂来的波浪微微冲击着,发出低弱的瑟瑟声……只有篝火轻轻地噼噼啪啪地响着。

孩子们围绕火堆坐着;曾经想吃掉我的那两只狗也坐在这里。它们对于我的在场,很久不能容忍,瞌睡矇眬地眯着眼睛,斜望着火堆,有时带着极度的自尊心嗥叫;起初是嗥叫,后来略带哀鸣,仿佛在惋惜自己的愿望不能实现。孩子共有五人:费佳、帕夫卢沙、伊柳沙、科斯佳和万尼亚。(我从他们的谈话中知道了他们的名字,现在就想要介绍读者和他们相识。)

第一个,最大的,是费佳,看来大约有十四岁。这是一个身材匀称的孩子,相貌漂亮、清秀而略嫌纤小,长着一头淡黄色的鬈发,眼睛明亮,经常露出半是愉快、半是不经心的微笑。从各种特征上看来,他是属于富裕的家庭的,到田野上来并不是为生活所迫,只是为了好玩。他穿着一件镶黄边的印花布衬衫,披的那件短小的新上衣,几乎要从他那窄小的肩膀上滑下来;浅蓝色的腰带上挂着一个小梳子。他那双低统靴子正是他自己的,而不是他父亲的。第二个孩子帕夫卢沙长着一头蓬松的黑发,眼睛灰色,颧骨宽阔,脸色苍白,脸上有麻点,嘴巴很大,但是生得端正,头非常大,真像所说的头大如牛,身体矮壮而粗拙。这孩子并不漂亮,——这是毫无疑义的!——可我还是喜欢他:他的眼光非常聪明、正直,而且他的声音很有力量。他的服装并不讲究,只是普通的麻布衬衫和打补丁的裤子。第三人伊柳沙相貌很平凡:钩鼻子,长脸,眼睛眯缝,脸上表现出一种迟钝的、病态的忧虑;他那紧闭的嘴唇一动也不动,蹙紧的眉头从不展开,——他仿佛因为怕火而一直眯着眼睛。他那黄黄的、几乎是白色的头发形成尖尖的涡鬈,在戴得很低的小毡帽下面露出来,他常常用两手把这小毡帽拉到耳朵上。他穿着新的树皮鞋和包脚布;一根粗绳子在他身上绕三匝,紧密地束住他那整洁的黑长袍。他和帕夫卢沙看来都不出十二岁。第四人科斯佳是一个年约十岁的孩子，他那沉思的、悲伤的眼光引起我的好奇心。他的脸庞不大，瘦削而有雀斑，下巴尖尖的，像松鼠一样；嘴唇不大看得出；然而他那双乌黑的、水汪汪的大眼睛给人异样的印象；这双眼睛似乎想表达什么意思，可是语言（至少他的语言）却表达不出。他身材矮小，体格虚弱，穿得相当贫苦。最后一人万尼亚，我起初竟没有注意到：他躺在地上，安静地蜷伏在一条凹凸不平的席子底下，只是偶尔从席子底下伸出他那淡褐色的、鬈发的头来。这孩子至多不过七岁。

我就这样躺在一旁的灌木底下眺望这些孩子们。有一堆火上面挂着一只小锅子；锅子里煮着马铃薯。帕夫卢沙照看着它，正跪着用一条木片伸进沸腾的水里去试探。费佳躺着，把头支在一条胳膊肘上，敞开着上衣的衣襟。伊柳沙坐在科斯佳旁边，老是紧张地眯住眼睛。科斯佳略微低下头，向远方的某处眺望。万尼亚在他的席子底下一动也不动。我假装睡着了。孩子们渐渐地又谈起话来。

起初他们谈着闲天，谈这样，谈那样，谈明天的工作，谈马；可是突然费佳转向伊柳沙，仿佛重新继续中断了的话头似地问他：

“喂，那么你真的看见过家神①吗？”

“不，我没有看见过，人是看不见他的，”伊柳沙用嘶哑而微弱的声音回答，这声音同他脸上的表情再适合没有了，“不过我听见过……而且不止我一个人听见。”

“他在你们那儿的什么地方呢？”帕夫卢沙问。

“在那个旧的漉纸场②里。”

“难道你们常常去造纸厂？”

“当然常常去的。我和我哥哥阿夫久什卡是磨纸工人③。”

“瞧你还是工人呢！……”

“那么，你怎样听见的呢？”费佳问。

---

① 根据民间的迷信传说，家神是一种神奇的怪物，每家都有。

② “漉纸场”是造纸厂里的一种建筑物，工人们在这里面的大桶里汲出纸浆来。这建筑物位在堤边，水车轮子下面。——原注

③ “磨纸工人”是把纸磨平、刮光的人。——原注

“是这么一回事。有一回，我和哥哥阿夫久什卡，还有米赫耶夫家的费奥多尔，还有斜眼伊瓦希卡，还有从红岗来的另一个伊瓦什卡，还有伊瓦什卡·苏霍鲁科夫，还有别的伙伴们；我们一共十来个人——整个工作班都在这里了；有一回，我们必须留在漉纸场上过一夜，本来用不着过夜，可是监工纳扎罗夫不许我们回家，他说：‘伙计们，你们何必回家去呢；明天的活很多，伙计们，你们就别回去了吧。’我们就留下来，大家睡在一起，阿夫久什卡说起话来，他说：‘伙伴们，家神来了怎么办？’……阿夫久什卡的话还没有说完，忽然有人在我们头上走动；我们躺在下面，他在上面走，在轮子旁边走。我们听见：他走着走着，他脚底下的板弯了，吱吱格格地响；后来他经过我们头上；忽然水哗啦哗啦地流到轮子上；轮子响了，响了，转动了；可是水宫①的闸本来是关好的。我们很奇怪：是谁把闸拔开了，让水流出来；可是轮子转了一会儿，转了一会，就停止了。那家伙又走到上面的门边，还从扶梯上往下走，他走的时候好像不慌不忙的样子；扶梯板在他脚底下响得可厉害呢……于是，他走到我们门边来了，在那儿待了一会儿，待了一会儿，突然门一下子敞开了。我们吓了一大跳，一看——没有什么……忽然看见一只桶上的格子框②动起来，提上去，浸到水里，在空中移来移去，好像有人在洗它，后来又回到了原来的地方。接着，另一只桶上的钩子从钉子上脱落了，又搭上了；后来好像有人走到门口，忽然大声地咳呛起来，像一只羊，可是声音响得很……我们大家吓得挤成一堆，互相往身子底下钻……这一回可真把我们吓坏了！”

“有这样的事！”帕夫卢沙说，“他为什么要咳嗽呢？”

“不知道，也许是受了湿气。”

大家沉默了一会儿。

“喂，”费佳问道，“马铃薯煮好了没有？”

帕夫卢沙试了一下。

“没有，还是生的……听，泼水的声音，”他把脸转向河的方面，接

---

① 水流到轮子上去时所经过的地方，我们那里称之为“水宫”。——原注

② “格子框”是汲纸浆用的网状物。——原注

着说，“一定是梭鱼……瞧那儿有一颗小星落下去了。”

“不，小兄弟们，我讲一件事儿给你们听听，”科斯佳用尖细的声音说起话来，“你们听着，是前几天爸爸当着我面讲的。”

“好，我们听着。”费佳带着鼓励的态度说。

“你们都知道加夫里拉，大村的那个木匠吧？”

“嗯，嗯，知道的。”

“你们可知道，为什么他老是那么不快活，一直不讲话，你们知道吗？他那么不快活，是因为：有一回，爸爸说的，有一回，我的小兄弟们，他走到树林里去采胡桃。他走到树林里去采胡桃，可就迷了路；他走到了，天晓得走到了什么地方。他走着，走着，我的小兄弟们，不行！找不到路；这时候已经夜深了。他就在一棵树底下坐下来；他说，让我在这儿等天亮吧，——他坐下来，打瞌睡了。正打着瞌睡，忽然听见有人在叫他。一看，一个人也没有。他又打瞌睡，又叫他了。他再看，再看，看见他前面的树枝上坐着一个人鱼，正在摇摆着身子，叫他走过去；那人鱼自己笑着，笑得要死……月亮照得很亮，照得可真亮，清清楚楚的，——我的小兄弟们，什么都看得见。她叫唤着他，她全身又亮又白，坐在树枝上，好像一条鳊鱼或者一条鮈鱼，要不然就像一条鲫鱼，也是那样白糊糊、银闪闪的……木匠加夫里拉发呆了，可是，我的小兄弟们，那人鱼只管哈哈大笑，老是向他招手，叫他过去。加夫里拉已经站起身来，想要听人鱼的话，可是，我的小兄弟们，准是上帝点明了他：他就在自己身上画十字……可是他画十字好费力啊，我的小兄弟们；他说他的手简直像石头一样，转不过来……啊，真不容易啊！……他画了十字以后，我的伙伴们，那人鱼就不笑了，而且忽然哭起来……她哭着哭着，我的小兄弟们，就用头发来擦眼睛，她的头发是绿色的，就跟大麻一样。加夫里拉对她望着，望着，就开始问她：‘树林里的精怪，你为什么哭？’那人鱼就对他说：‘你不该画十字，’她说，‘人啊，你应该和我快快乐乐地活到最后一天；可是现在我哭，我悲伤，因为你画了十字；而且我不单是一个人悲伤，我要你也悲伤到最后的一天。’她说了这话，我的小兄弟们，就不见了，加夫里拉马上懂得了怎样从树林里走出去……可是就从那个时候起，他一直不快活了。”

“嗨!”沉默了一会儿之后费佳说,“这个树林里的魔鬼怎么会伤害基督徒的灵魂,他不是没有听她的话吗?”

“就是这么说啊!”科斯佳说,“加夫里拉说的,她的声音那么尖细,那么悲惨,好像癞蛤蟆的声音。”

“你爸爸亲口讲的吗?”费佳继续说。

“亲口讲的。我躺在高板床①上,全都听见的。”

“真是怪事!他为什么不快活呢?……她一定是喜欢他,才叫他的。”

“啊,还喜欢他哩!”伊柳沙接着说,“说哪儿话!她想呵他痒,她就是想这样。她们这些人鱼就爱这一套。”

“这儿一定也有人鱼。”费佳说。

“不,”科斯佳回答,“这里是清净宽阔的地方。只是一点:河就在旁边。”

大家不再说话了。突然,远处传来一声拖长的、嘹亮的、像呻吟一般的声音。这是一种不可名状的夜声,这种声音往往发生在万籁俱寂的时候,升起来,停留在空中,慢慢地散布开去,终于仿佛静息了。细听起来,好像一点声音也没有,然而还是响着。似乎有人在天边久久地叫喊,而另一个人仿佛在树林里用尖细刺耳的笑声来回答他,接着,一阵微弱的咝咝声在河面上掠过。孩子们面面相觑,哆嗦一下……

“上帝保佑我们!”伊柳沙轻声说。

“哈哈,你们这些笨家伙!”帕夫卢沙喊起来,“怕什么呢?看呀,马铃薯煮熟了。(大家坐到锅子跟前,开始吃那冒着热气的马铃薯;只有万尼亚一动也不动。)你怎么了?”帕夫卢沙说。

但是他并不从他的席子底下爬出来。锅子立刻空了。

“伙伴们,”伊柳沙开始说,“你们听到过前些时在我们瓦尔纳维齐地方发生的事吗?”

“是在堤坝上吗?”费佳问。

“对,对,在堤坝上,在那个冲坏了的堤坝上。那是一个不太平的

---

① 是俄罗斯农家木屋子里装在炉子和侧壁之间的板床,有一人高。

地方,很不太平,而且又冷僻。周围都是凹地、溪谷,溪谷里常常有卡久利①。”

“唔,发生了什么事呢?你讲呀……”

“发生了这么一回事。费佳,你也许不知道,我们那个地方葬着一个淹死的人。这人是在很久很久以前,那池塘还很深的时候淹死的;只是他的坟墓现在还看得见,不过也看不大清楚:这么一个土堆……就在前几天,管家把管猎狗的叶尔米尔叫来,对他说:‘叶尔米尔,到邮局去一趟。’我们那儿的叶尔米尔是经常去邮局的;他把他的狗全都糟蹋死了:狗在他手里不知怎么的都活不长,简直从来没有养活过,不过他是个管猎狗的能手,什么都做得好。于是叶尔米尔骑马去取邮件,可是他在城里耽搁了一些时间,回来的时候已经喝醉了。这天夜里很亮,月亮照得明晃晃的……叶尔米尔就骑着马经过堤坝:他一定得走这条路。管猎狗的叶尔米尔走着走着,看见那个淹死的人的坟上有一只小绵羊在那儿走来走去,长着一身白色的鬈毛,样子挺可爱的。叶尔米尔心里想:‘让我捉住它吧,干吗让它走失。’他就下了马,把它抱起来……那只羊倒也没有什么。叶尔米尔就走到马跟前,可是马一看见他就直瞪眼,打着响鼻,摇着头;可是他把它喝住了,带着小绵羊骑到它身上,继续向前走。他把羊放在自己面前。他对它看,那只羊也直盯着他的眼睛望。管猎狗的叶尔米尔害怕起来,他说,我从来不曾见过羊这样盯住人看;可是也没有什么;他就抚摩它的毛,嘴里说着:‘咩,咩!’那只羊忽然露出牙齿,也向他叫:‘咩,咩’……”

讲故事的人还没有说完这最后一句话,突然两只狗同时站起来,拼命地吠叫着,从火边冲出去,消失在黑暗中了。孩子们都害怕得要命。万尼亚从他的席子底下跳起来。帕夫卢沙叫喊着,跟着狗奔去。它们的吠声立刻远去了……只听见一群受惊的马慌乱的奔跑声。帕夫卢沙大声地叫喊:“阿灰!阿汪!……”过了一会儿,吠声静息下去;帕夫卢沙的声音已经到了很远的地方……又过了不多时;孩子们困惑地面面相觑,似乎在等候什么事情发生……突然间传来一匹奔跑的马蹄声;这

① 奥廖尔方言:蛇。——原注

马蓦地站停在火堆旁,帕夫卢沙抓住鬃毛,敏捷地跳下马来。两只狗也跳进了光明的圈子里,立刻坐下,吐出了红舌头。

“那边怎么了? 怎么一回事?”孩子们问。

“没什么,”帕夫卢沙向马挥一挥手,回答说,“大概是狗嗅到了什么。我想是狼吧。”他淡然地补说一句,用整个胸脯急促地呼吸着。

我不由得对帕夫卢沙欣赏了一会儿。他在这时候非常可爱。他那不漂亮的脸由于骑着马快跑而充满生气,泛露着刚强的勇气和坚毅的决心。他手里没有一根棍棒,在深夜里能毫不踌躇地独自去赶狼……“多么可爱的孩子!”我望着他,心里这样想。

“你们看见过狼吗?”胆小的科斯佳问。

“这里常常有许多狼,”帕夫卢沙回答,“可是它们只有在冬天才给人找麻烦。”

他又蜷伏在火堆前。他坐下去的时候,把手搭在一只狗的毛茸茸的后脑上,那得意的畜生带着感谢的骄傲斜看着帕夫卢沙,很久不回转头去。

万尼亚又钻到席子底下去了。

“伊柳沙,你给我们讲了那么可怕的事,”费佳说起话来,他是富裕的农人的儿子,所以常常带头说话。(他自己很少说话,仿佛怕降低了自己的身分。)“这两只狗也见鬼地叫起来了……的确,我听说,你们那个地方是不太平的。”

“瓦尔纳维齐吗? ……还用说吗! 当然很不太平! 听说有人在那里不止一次看见从前的老爷——故世的老爷。听说他穿着长裾外套,老是叹着气,在地上寻找什么东西。有一回特罗菲梅奇老公公碰见了他,就问他:‘伊万·伊万内奇老爷,您在地上寻找什么东西?’”

“他问他?”费佳吃惊地插嘴说。

“是的,问他。”

“啊,特罗菲梅奇到底胆子大……唔,那么那个人怎么说呢?”

“他说:‘我寻找断锁草①。’说的声音低沉沉的,‘断锁草。’‘伊

① 断锁草是童话里的一种毒草,这草碰到锁,锁就折断。

万·伊万内奇老爷,您要断锁草做什么用啊?'‘压着我,’他说,‘坟墓压着我,特罗菲梅奇,我想走出来,走出来……’”

“有这种事!”费佳说,“大概他没有活够。”

“真奇怪!”科斯佳说,“我以为只有在荐亡节才看得见死人呢。”

“随便什么时候都可以看见死人,”伊柳沙深信不疑地接着说,据我所见,这个人对于乡村里的一切迷信,比别人知道得更清楚……“不过在荐亡节,你可以看见这一年里要轮到他死的活人。只要夜里去坐在教堂门口的台阶上,不断地向路上望。在你面前路上走过的人,就是这一年里要死的人。去年我们那里的乌里扬娜婆婆到教堂门口的台阶上去过。”

“唔,她看见了什么人没有?”科斯佳怀着好奇心问。

“可不是。起初她坐了很久很久,没有看见一个人,也不听见什么……只是好像有一只狗老是在什么地方叫着,叫着……突然,她看见一个光穿一件衬衫的男孩在路上走。她仔细一看——是伊瓦什卡·费多谢耶夫在那里走……”

“就是春天死去的那个吗?”费佳插嘴问。

“正是他。他走着,不抬起头来……乌里扬娜可认出他来了……可是后来她再一看:看见一个女人在走。她仔仔细细地一看,啊呀,天哪! 是她自己在路上走,是乌里扬娜自己。”

“真的是她自己?”费佳问。

“确实是她自己。”

“怎么,她不是没有死吗?”

“一年还没有过完呢。你瞧她:虚弱得不成样子了。”

大家又默不作声了。帕夫卢沙丢一把枯枝到火里去。它们在突然迸出的火焰里立刻变黑了,噼噼啪啪地爆响,冒出烟气,弯曲起来,烧着的一端往上翘。火光猛烈地颤抖着,向各方面映射,尤其是向上方。忽然不知从什么地方飞来一只白鸽,一直飞进这光圈里来,周身浴着通红的火光,惊惶地在原地盘旋了一会儿,又鼓着翅膀飞去了。

“这鸽子一定是迷失了家,”帕夫卢沙说,“现在只得飞着飞着,碰到什么地方,就在那里宿到天亮。”

“喂,帕夫卢沙,”科斯佳说,“这是不是一个虔诚的灵魂飞上天去,嗳?”

帕夫卢沙又投一把枯枝到火里去。

“也许是的。”最后他说。

“帕夫卢沙,我问你,”费佳开始说,“在你们沙拉莫沃地方也能看到天的预兆①吗?”

“就是太阳看不见了,对吗?当然能看到。”

“大概你们也吓坏了吧?”

“不光是我们。我们的老爷,虽然早就对我们说,你们要看见预兆了,可是到了天暗起来的时候,听说他自己也害怕得不得了。在仆人的屋子里,那厨娘一看见天暗起来,你猜怎么着,她就用炉叉把炉灶上的沙锅瓦罐统统打破,她说:‘现在谁还要吃,世界的末日到了。’于是汤都流出来。在我们的村子里,阿哥,还有这样的传说,说是白狼要遍地跑,它们要吃人,猛禽要飞到,还会看见特里什卡②本人。”

“特里什卡是什么?”科斯佳问。

“你不知道吗?”伊柳沙热心地接着说,“喂,阿弟,你是哪儿人,连特里什卡都不知道的?你们村子里都是不懂事的人,真是不懂事的人!特里什卡是一个很奇怪的人,他就要来了;他这个人非常奇怪,来了之后抓也抓他不住,拿他毫无办法,是这样奇怪的一个人。譬如农人们想抓住他,拿了棍子去追他,把他包围起来,可是他有遮眼法——他遮蔽了他们的眼睛,他们就会自己互相厮打起来。譬如把他关在监狱里,他就要求在勺子里喝点水;等到人家把勺子拿给他,他就钻进勺子里,再也找不到了。要是用镣铐把他锁起来,只要他的手一挣,镣铐就掉在地上。就是这个特里什卡要走遍乡村和城市;这个特里什卡,这个狡猾的人,要来诱惑基督教徒了……唉,可是拿他毫无办法……他是这样一个奇怪而狡猾的人。”

“嗳,是的,”帕夫卢沙用他的从容不迫的声音继续说,“是这样一

---

① 我们那里的农人们称日食为“天的预兆”。——原注

② 迷信传说中所谓“特里什卡”,大约是指关于世界末日前出现的反基督者。——原注

个人。我们那儿的人就是在等他出现。老年人都说,天的预兆一开始出现,特里什卡就要来了。后来预兆果然出现了。所有的人都走到街上,走到野外,等候事情发生。我们那儿,你们知道,是空旷而自由的地方。大家在那儿看,忽然从大村那边的山上来了一个人,样子真特别,头那么奇怪……大家高声喊叫起来:'啊,特里什卡来了!啊,特里什卡来了!'就都向四面八方逃散!我们的村长爬进了沟里;村长太太把身子卡在大门底下了,她大声喊叫,把自己的看家狗吓怕了,这狗挣脱了锁链,跳出篱笆,跑到了树林里;还有库兹卡的父亲多罗费伊奇,他跳进燕麦地里,蹲下身子,急忙学起鹌鹑叫来,他说:'杀人的仇敌对于鸟也许会怜悯的。'大家都吓成这副样子!……哪知道走来的人是我们的箍桶匠瓦维拉,他新买一只木桶,就把这只空木桶戴在头上了。"

孩子们都笑起来,接着又沉默了一会儿,这是在旷野中谈话的人们所常有的情形。我望望四周:夜色庄重而威严;午夜的潮湿的凉气换成了午夜的干燥的温暖,夜还要长时间像柔软的帐幕一般挂在沉睡的田野上;离开清晨最初的喋喋声、沙沙声和簌簌声,离开黎明的最初的露水,还有许多时间。天上没有月亮。这些日子月亮是升得很迟的。无数金色的星星似乎都在竞相闪烁着流向银河方面去。的确,你望着它们,仿佛隐约地感觉到地球在飞速不断地运行……一种奇怪的、尖锐而沉痛的叫声,忽然接连两次地从河面上传来,过了一会儿,又在远方反复着。……

科斯佳哆嗦了一下。"这是什么?"

"这是苍鹭的叫声。"帕夫卢沙泰然地回答。

"苍鹭,"科斯佳重复一遍……"帕夫卢沙,我昨天晚上听见的是什么,"他略停了一会儿又说,"你也许知道的……"

"你听见些什么?"

"我听见的是这样。我从石岭到沙什基诺去;起初一直在我们的榛树林里走,后来走到了一片草地上——你知道吗,就是溪谷里转一个大弯的地方,——那儿不是有一个水坑①吗;你知道,坑上还长满了芦

---

① 水坑,是一个很深的坑,里面积着春汛过后留下来的春水,这水到夏天也不枯干。——原注

苇;我就从这水坑旁边走过,我的小兄弟们,忽然听见这水坑里有一个东西呜呜地叫起来,声音凄惨得很,真凄惨:呜—呜……呜—呜……呜—呜!我吓坏了,我的小兄弟们!时候已经很晚了,而且声音是那么可怜。我真要哭出来了……这到底是什么东西呢?嗳?"

"前年夏天,有些强盗把守林人阿基姆淹死在这水坑里了,"帕夫卢沙说,"也许是他的鬼魂在那里诉苦。"

"原来是这样,我的小兄弟们,"科斯佳睁大了他那双本来就很大的眼睛,这样说……"我原先不知道阿基姆淹死在这水坑里;要是知道了,还要害怕呢。"

"不过,听人家说,那里有些很小的蛤蟆,"帕夫卢沙继续说,"这些蛤蟆叫起来很凄惨。"

"蛤蟆?啊,不,那不是蛤蟆……怎么会是……(苍鹭又在河面上叫了一声)哎,这家伙!"科斯佳不由地说出,"好像是林妖在叫。"

"林妖不会叫的,他是哑巴,"伊柳沙接着说,"他只会拍手,噼噼啪啪地响……"

"怎么,你看见过吗,看见过林妖的吗?"费佳用嘲笑的口吻打断了他的话。

"不,没有看见过,千万别让我看见吧;可是别人看见过。前几天我们那儿有一个农人给他迷住了:他领着他走,领着他在树林里走,老是在一块地上打圈子……好容易到了天亮的时候才回到家里。"

"那么他看见他了吗?"

"看见了。他说很大很大,黑魆魆的,身子裹着,好像藏在树背后,不大看得清楚,好像在躲着月光,一双大眼睛望着,望着,一眨一眨的……"

"啊哟!"费佳轻轻地哆嗦一下,耸一耸肩膀,这样叫出来,"呸!……"

"这坏东西为什么要生到世界上来?"帕夫卢沙说,"真是!"

"不要骂,当心会给他听见的。"伊柳沙说。

大家又默不作声了。

"看呀,看呀,伙伴们,"忽然传出万尼亚的幼童的声音,"看天上的星星呀,——像蜜蜂那样挤在一起!”

他从席子底下探出他那娇嫩的小脸来,用小拳头支撑着,慢慢地抬起他那双沉静的大眼睛。所有的孩子的眼睛都仰望天空,好一会儿不低下来。

“喂,万尼亚,”费佳亲切地说,“你的姐姐阿纽特卡身体好吗?”

“身体好的。”万尼亚回答,他的发音有些模糊不清。

“你跟她说,她为什么不到我们那里来玩?……”

“我不知道。”

“你跟她说,叫她来玩。”

“我跟她说吧。”

“你跟她说,我有礼物送给她。”

“你送不送我?”

“也送给你。”

万尼亚透一口气。

“算了,我不要。你还是送给她吧:她待我们真好。”

万尼亚又把他的头靠在地上了。帕夫卢沙站起来,手里端了那只空锅子。

“你到哪里去?”费佳问他。

“到河边去打点水,我想喝点水。”

两只狗站起来,跟着他去了。

“当心,别掉在河里!”伊柳沙在后面喊他。

“他怎么会掉?”费佳说,“他会留神的。”

“对,他会留神的。可是事情很难说,他弯下身去打水的时候,水怪就会抓住他的手,把他拖下去。后来人家就说:这个人掉在水里了……其实哪里是掉下去的?……”他倾听一下,接着说,“听,他钻进芦苇里去了。”

芦苇的确在那里分开来,发出窸窸窣窣的声音。

“真有这回事吗,”科斯佳问,“说是那个傻子阿库林娜自从掉在水里之后就发疯了?”

“正是从那时候起的……现在成了什么样子!可是听说,她从前是一个美人呢。水怪把她毁了。他大概没有想到人家会这样快把她救起来。他就在水底下把她毁了。”

（这个阿库林娜我也碰见过不止一次。她身上遮着些破衣烂衫，样子瘦得可怕，脸像煤一样黑，目光迷迷糊糊的，永远龇着牙，她常常一连几小时地在路上的某处踏步，把瘦骨嶙峋的手紧紧地贴在胸前，像笼中的野兽一般慢慢地倒换着两只脚。无论对她说什么，她都不懂，只是有时神经质地哈哈大笑。）

“听说，”科斯佳继续说，“阿库林娜因为情人欺骗了她才跳河的。”

“正是为了这个。”

“你记得瓦夏吗？”科斯佳悲哀地接着说。

“哪个瓦夏？”费佳问。

“就是淹死的那个，”科斯佳回答，“就在这条河里。这小男孩可真好！咳，这小男孩真好！他妈费克利斯塔才疼爱他呢，才疼爱瓦夏呢！她，费克利斯塔，好像预先感觉到他要在水里遭殃的。夏天，有时候瓦夏跟我们小伙伴们一同到河里去洗澡，她就浑身发起抖来。别的女人都没有什么，各自拿了洗衣盆摇摇摆摆地从旁边走过，费克利斯塔可不，她把洗衣盆放在地上，叫他：‘回来，回来，我的宝贝！啊，回来呀，我的心肝！’天晓得他是怎样淹死的。他在岸边玩儿，他妈也在那里，在耙干草；忽然听见好像有人在水里吐气泡，——一看，已经只有瓦夏的帽子浮在水面上了。就从这时候起，费克利斯塔神经错乱了：她常常去躺在她儿子淹死的地方；她躺在那儿，我的小兄弟们，还唱起歌来，——你们可记得，瓦夏常常唱这么一支歌，——她也就唱这支歌，她还哭哭啼啼地向上帝诉苦……”

“瞧，帕夫卢沙来了。”费佳说。

帕夫卢沙手里拿着盛满水的锅子，走近火堆边来。

“喂，伙伴们，”他沉默了一会儿，开始说，“事情不妙呢。”

“什么事？”科斯佳连忙问。

“我听见了瓦夏的声音。”

所有的人都猛然哆嗦一下。

“你怎么了，你怎么了？”科斯佳嘟哝地说。

“真的呢。我刚刚向水面弯身下去,忽然听见瓦夏的声音在叫我,好像是从水底下发出来的:‘帕夫卢沙,喂,帕夫卢沙,到这儿来。’我退了几步。可还是去打了水。”

“啊呀,天哪！啊呀,天哪!”孩子们画着十字说。

“这是水怪在叫你呀,帕夫卢沙,”费佳说……“我们刚才正在谈他,正在谈瓦夏呢。”

“唉,这不是好兆头。”伊柳沙从容不迫地说。

“唔,没有关系,让它去吧!”帕夫卢沙坚决地说,重新坐了下来,“一个人的命运是逃不了的。”

孩子们都安静下来。显然是帕夫卢沙的话给了他们深刻的印象。他们开始横卧在火堆面前,仿佛准备睡觉了。

“这是什么?”科斯佳突然抬起头来问。

帕夫卢沙倾听一下。

“这是小山鹬飞过发出的叫声。”

“它们飞到哪儿去?”

“飞到一个地方,听说那儿是没有冬天的。”

“有这样的地方吗?”

“有的。”

“很远吗?”

“很远很远,在暖海的那边。”

科斯佳透一口气,闭上了眼睛。

自从我来到孩子们的地方,已经过了三个多钟头了。月亮终于升起来了;我没有立刻注意到它,因为它只是个月牙儿。这没有月光的夜晚似乎仍旧像以前一样壮丽……但是不久以前还高高地挂在天心的许多星星,已经倾斜到大地的黑沉沉的一边去了;四周的一切全都肃静无声,正像将近黎明的时候一切都肃静的样子:一切都沉浸在黎明前的寂静的酣睡中。空气中已经没有强烈的气味,其中似乎重又散布着湿气……多么短促的夏夜！……孩子们的谈话和火同时停息了……连狗也打起瞌睡来;在微弱而幽暗的星光下,我看得出马也在低着头休息……轻微的倦意支配了我;倦意又转变为瞌睡。

一阵清风从我脸上拂过。我睁开眼睛:天色已经破晓。还没有一个地方泛出朝霞的红晕,但是东方已经发白了。四周的一切都看得见了,虽然很模糊。灰白色的天空亮起来,蓝起来,寒气也加重了;星星有时闪着微光,有时消失;地上潮湿起来,树叶出汗了,有的地方传来活动的声音,微弱的晨风已经在地面上游移。我的身体用轻微而愉快的颤抖来响应它。我迅速地站起身,走到孩子们那边。他们都像死一样地睡在微燃的火堆周围;只有帕夫卢沙抬起身子,向我凝神注视一下。

我向他点点头,沿着烟雾茫茫的河边回家去了。我还没有走上两俄里,在我的周围,在广阔而濡湿的草地上,在前面那些发绿的小丘上,从树林到树林,在后面漫长的尘埃的道路上,在闪闪发亮的染红的灌木丛上,在薄雾底下隐隐发蓝的河面上——都流注了清新如燃的晨光,起初是鲜红的,后来是大红的、金黄色的……一切都蠢动了,觉醒了,歌唱了,喧哗了,说话了。到处都有大滴的露珠像辉煌的金刚石一般发出红光;清澄而明朗的、仿佛也被早晨的凉气冲洗过的钟声迎面传来,忽然一群休息过的马由那些熟悉的孩子们赶着,从我旁边疾驰过去……

遗憾得很,我必须附说一句:帕夫卢沙就在这一年内死了。他不是淹死的,是坠马而死的。可惜,这个出色的孩子!

美人梅奇河*的卡西扬

我坐着一辆颠簸的小马车打猎归来,被云翳的夏日的闷热所困恼(大家都知道,在这种日子,有时往往比晴明的日子热得更难受,尤其是在没有风的时候),打着瞌睡,摇晃着身子,闷闷不乐地忍耐着,任凭燥裂而震响的轮子底下辗坏的道路上不断地扬起来的细白灰尘侵犯我的全身,——忽然,我的马车夫的异常不安的情绪和惊慌的动作唤起我的注意,他在这刹那以前是比我更沉酣地打着瞌睡的。他连扯了几次缰绳,在驾车台上手忙脚乱起来,又开始吆喝着马,时时向一旁眺望。我向周围一看,我们的马车正走在一片宽广的、犁过的平原上;有些不很高的、也是犁过的小丘,形成非常缓和的斜坡,一起一伏地向这平原倾斜;一望可以看到大约五俄里的荒凉的旷野;在远处,只有小小的白桦林的圆锯齿状的树梢,打破了差不多是直线的地平线。狭窄的小路蜿蜒在原野上,隐没在洼地里,环绕着小丘,其中有一条,在前面五百步的地方和我们的大路相交叉,我看见这条小路上有一队行列。我的马车夫所眺望的就是这个。

这是出殡。在前面,一个教士坐在一辆套着一匹马的马车里,慢慢地前进;一个教堂执事坐在他旁边赶车;马车后面有四个农人,不戴帽子,扛着盖白布的棺材;两个女人走在棺材后面。其中一人的尖细而悲戚的声音突然传到我耳朵里;我倾听一下:她正在边数落边哭着。这抑扬的、单调的、悲哀绝望的音调,凄凉地散布在空旷的原野中。马车夫催促着马:他想超过这行列。在路上碰见死人,是不祥之兆。他果然在死人还没有走上大路之前超过了他们;但是我们还没有走出一百步,忽

---

* 美人梅奇河是图拉省东部的一条河流,是顿河的支流,这条河的特色是蜿蜒曲折,河岸高而峻,旧俄人们习惯称它为“美人梅奇河”。

然我们的马车猛地震动一下，倾侧了，几乎翻倒。马车夫勒住了正在快跑的马，挥一挥手，啐了一口。

“怎么了？”我问。

我的马车夫一声不响、不慌不忙地爬下车去。

“到底怎么了？”

“车轴断了，……磨坏了。”他阴郁地回答，突然愤怒地整理一下副马的皮马套，使得那匹马完全偏斜到一旁，然而它站稳了，打了一个响鼻，抖擞一下，泰然地用牙齿搔起它的前面的小腿来。

我走下车，在路上站了一会儿，茫然地陷入了不快的困惑状态。右面的轮子差不多完全压在车子底下了，仿佛带着沉默的绝望把自己的毂伸向上面。

“现在怎么办呢？”最后我问。

“都怪它！”我的马车夫说着，用鞭子指着已经转入大路而正在向我们走近来的行列，“我以前一直留心着这个，”他继续说，“这个预兆真灵，——碰到死人……真是。”

他又去打扰那匹副马。副马看出他心绪不佳，态度严厉，决心一动不动地站着，只是偶尔谦逊地摇摇尾巴。我前后徘徊了一下，又站定在轮子前面了。

这时候死人已经赶上我们。路被我们阻住，这悲哀的行列就慢慢地从大路上折到草地上，经过我们的马车旁边。我和马车夫脱下帽子，向教士点头行礼，和抬棺材的人对看了一下。他们费力地跨着步子；他们的宽阔的胸脯高高地起伏着。走在棺材后面的两个女人之中，有一个年纪很老，面色苍白；她那板滞的、由于悲哀而剧烈地变了相的容貌，保持着严肃而庄重的表情。她默默地走路，有时举起一只削瘦的手来按住薄薄的凹进的嘴唇。另一个女人是一个年约二十五岁的少妇，眼睛润湿而发红，整个面孔都哭肿了；她经过我们旁边的时候，停止了号哭，用衣袖遮住了脸……但是当死人绕过我们的旁边，再走上大路的时候，她那悲戚的、动人心弦的曲调又响起来了。我的马车夫默默地目送那规则地摇摆着的棺材过去之后，向我转过头来。

“这是木匠马丁出丧，”他说，“就是里亚博沃的那个。”

“你怎么知道?”

“我看见了那两个女人才知道的。年纪老的那个是他的母亲,年纪轻的那个是他的老婆。”

“他是生病死的吗?”

“是的…… 生热病 …… 前天管家派人去请医生,可是医生不在家……这木匠是个好人;稍微喝点酒,可是他是一个好木匠。你瞧他的女人多伤心……不过,当然喽,女人的眼泪是不值钱的。女人的眼泪像水一样……真是。”

他弯下身子去,爬过副马的缰绳底下,双手握住了马轭。

“可是,”我说,“我们怎么办呢?”

我的马车夫先把膝盖顶住辕马的肩部,把轭摇了两摇,整理好了辕鞍,然后又从副马的缰绳底下爬出来,顺手把马脸推一把,走到了车轮旁边。他到了那里,一面注视着车轮,一面慢吞吞地从上衣的衣裾底下拿出一只扁扁的桦树皮鼻烟匣来,慢吞吞地拉住皮带,揭开盖子,慢吞吞地把他的两根肥胖的手指伸进匣子里去(两根手指也还是勉强塞进去的),揉一揉鼻烟,先把鼻子歪向一边,便从容不迫地嗅起鼻烟来,每嗅一次,总发出一阵拖长的呼哧呼哧声,然后痛苦地把充满泪水的眼睛眯起来或者眨动着,深深地陷入了沉思。

“喂,怎么样?”最后我问。

我的马车夫把鼻烟匣子小心地藏进衣袋里,不用手帮助而只是动动脑袋把帽子抖落在眉毛上,然后一股心思地爬上驾车台去。

“你打算上哪儿去呀?”我不免惊奇地问他。

“您请坐吧。”他坦然地回答,拿起了缰绳。

“可是我们怎么能走呢?”

“能走的。”

“可是车轴……”

“您请坐吧。”

“可是车轴断了……”

“断是断了;可是我们可以勉强走到新村…… 当然得慢慢地走。在那儿,树林后面,右边有一个新村,叫做尤迪内。”

“你认为我们到得了吗?”

我的马车夫并没有赏给我一个答复。

“我还是步行的好。”我说。

“随您的便吧……”

于是他挥一下鞭子。马起步了。

我们果然到达了新村,虽然右边前面的轮子勉强支持而且转动得特别奇怪。在一个小丘上,这轮子几乎脱落;但是我的马车夫用愤怒的声音吼叫一声,我们才平安地下来了。

尤迪内新村由六所低小的农舍组成,这些农舍已经歪斜了,虽然建造得大概并不久:农舍的院子还没有全部围好篱笆。我们的车子进入这新村,没有遇见一个人;路上鸡都不见一只,连狗也没有;只有一只黑色的短尾狗在我们面前匆忙地从一个完全干了的洗衣槽里跳出来(它大概是被口渴所驱使而走进这槽里去的),一声也不叫,慌慌张张地从大门底下跑进去。我走进第一所农舍,开了通穿堂的门,叫唤主人,——没有人回答我。我又叫唤一次:一只猫的饥饿的叫声从另一扇门里传出。我用脚把门踢开:一只很瘦的猫在黑暗中闪烁一下碧绿的眼睛,从我身旁溜过。我把头伸进房里去一看:黑洞洞的,烟气弥漫,空无一人。我走到院子里,那里也没有一个人……栅栏里有一头小牛在那里哞哞地叫;一只跛脚的灰鹅一瘸一瘸地向旁边拐了几步。我又走进第二所农舍,——第二所农舍里也没有人。我就走到院子里……

在阳光普照的院子的正中央,在所谓最向阳的地方,有一个人脸向着地,用上衣蒙着头,躺在那里;据我看来,这像是一个男孩。离开他若干步的草檐下,一辆蹩脚的小马车旁边,站着一匹套着破烂马具的瘦小的马。阳光穿过破旧的屋檐上狭小的洞眼流注下来,在它那蓬松的、枣红色的毛上映出一小块一小块明亮的斑点。在近旁一只高高的椋鸟笼里,椋鸟吱吱喳喳地叫着,从它们的高空住宅里带着平静的好奇心往下眺望。我走到睡着的人旁边,开始唤他醒来……

他抬起头,看见了我,马上跳起来……“什么,你要什么?怎么回事?”他半睡不醒地嘟哝着。

我没有立刻回答他,因为他的外貌把我吓坏了。请想象一个年约五十岁的矮人，瘦小而黝黑的脸上全是皱纹，鼻子尖尖的，一双褐色的眼睛小得不大看得出，鬈曲而浓密的黑发像香菌的伞帽一般铺在他的小头上。他的身体非常虚弱而瘦削，他的目光的特殊和怪异，无论如何不可能用言语描写出来。

“你要什么？”他又问我。

我就把这件事讲给他听；他听我讲，一双眼睛慢慢地眨着，一直盯住我看。

“你能不能替我们弄到一个新的车轴？”最后我说，“我愿意付钱。”

“可是你们是干什么的？是不是打猎的？”他把我从头到脚打量一番，这样问。

“是打猎的。”

“你们一定是打天上的鸟？……树林里的野兽？……你们杀上帝的鸟，流无辜的血，不是罪过吗？”

这奇怪的小老头说起话来语调拖长。他的声音也使我吃惊。在这声音里不但听不出一点衰老，而且有可惊的甘美、青春和差不多女性一样的柔和。

“我没有车轴，”他略微沉默一下之后又说，“这是不合用的（他指着他那辆小马车），你们的马车大概是大的吧？”

“那么在村子里可以找到吗？”

“这哪儿算得上村子！……这儿没有一个人有车轴……而且也没有一个人在家：都干活去了。你们走吧，”他忽然这样说，又躺在地上了。

我完全没有料到这样的结果。

“喂，老人家，”我拍拍他的肩膀，说，“劳驾，帮个忙。”

“上帝保佑，你们走吧！我累了：到城里去了一趟，”他对我说，就把上衣拉到头上。

“劳驾啦，”我继续说，“我……我会付钱的。”

“我不要你的钱。”

“帮个忙吧，老人家……”

他爬起来，盘起两条瘦腿坐着。

“或许我可以领你到林垦地[1]去。那儿有商人买了一座树林,——真作孽,砍掉了树林,盖了一个事务所,真作孽。你可以在那儿叫他们定做一个车轴,或者买一个现成的。”

“那好极了!”我高兴地叫起来,“好极了! ……我们去吧。”

“橡树木的车轴,很好的。”他继续说,并不站起身来。

“到那林垦地远不远?”

“三俄里。”

“没关系! 我们可以坐你的小马车去。”

“不行啊……”

“啊,我们走吧,”我说,“走吧,老人家! 马车夫在街上等我们呢。”

老头儿不乐意地站起来,跟我走到了街上。我的马车夫正在怒气冲冲,因为他想给马喝水,但是井里水少得很,味道又不好,而照马车夫的说法,这是头等大事……然而他一看见那老头儿,就咧着嘴笑起来,点点头,喊道:

“啊,卡西扬! 你好!”

“你好,叶罗费,正直的人!”卡西扬用消沉的声音回答。

我立刻把他的建议告诉了马车夫;叶罗费表示赞同,就把马车赶进院子去。当他用熟练的手法忙着拆除马具的时候,那老头儿肩靠大门站着,露出不愉快的样子,有时向他望望,有时向我望望。他仿佛在那里惶惑不安:据我看来,他不很喜欢我们这种不速之客。

“你也给迁移过来了吗?”叶罗费在卸去马轭的时候突然问他。

“我也给迁移过来了。”

“咳!”我的马车夫从牙缝中含糊地说,“你知道吗,木匠马丁……你不是认识里亚博沃的马丁的吗?”

“认识的。”

“嘿,他死啦。我们刚才碰见他的棺材。”

卡西扬哆嗦一下。

“死了?”他说着,低下了头。

---

① 林中伐去树木的地方。——原注

“可不是死了。你为什么不医好他呢,嗳? 人家都说你会医病的,你是医生。”

我的马车夫显然是在拿老头儿开玩笑,在挖苦他。

“怎么,这是你的马车吗?”他又接着说,用肩膀来指着它。

“是我的。”

“唉,马车……马车!”他反复说着,拿起它的车杆,几乎把它翻了个身……“马车! ……用什么送你们到林垦地去呢? ……在这车杆上我们的马是套不上的:我们的马都很大,可是这算是什么呀?”

“我可不知道,”卡西扬回答,“该用什么载你们去;要么就用这头牲口吧,”他叹一口气,这样补说一句。

“用这头牲口?”叶罗费接着说,就走近卡西扬那匹劣马去,轻蔑地用右手的中指戳戳它的颈子。“瞧,”他带着责备的态度说,“睡着了,这笨家伙!”

我要求叶罗费赶快把它套好。我想自己跟卡西扬到林垦地去,因为那里常有松鸡。后来那辆小马车完全套好了,我就带了我的狗,凑合坐在那树皮做成的凹凸不平的车身里,卡西扬缩做一团,脸上带着以前那副忧郁的表情,也坐在前面的车杆上,——这时候叶罗费走到我跟前,带着神秘的样子轻声地说:

“老爷,您跟他一同去,那很好。您可知道他这人很怪,他是个疯子呀,他的外号叫做跳蚤。我不知道您怎么会理解他……”

我想告诉叶罗费:卡西扬直到现在为止,在我看来是一个很明白道理的人,但是我的马车夫立刻用同样的声音继续说:

“您只要留神,看他是不是带您到那地方去。车轴请您自己选:要一根结实些的车轴……喂,跳蚤,”他高声地接着说,“你们这里可以弄点儿面包吃吗?”

“你去找吧,也许会找到的。”卡西扬回答,扯一扯缰绳,我们就出发了。

真出乎我意料,他的马跑得很不坏。一路上卡西扬保持固执的沉默,断断续续地、不情不愿地回答我的问话。我们不久就到达了林垦地,又在那里找到了事务所——一所高高的木房子,孤零零地建立在用堤坝草草拦截成池塘的小溪谷上。我在这事务所里遇见两个青年伙计，他们的牙齿都像雪一样白，眼睛甜蜜蜜的，说话又甜、又伶俐，笑容甜蜜而又狡猾。我向他们买了一根车轴，就出发到林垦地去。我以为卡西扬将留在马的地方等我，但是他突然走近我来。

"怎么，你去打鸟吗？"他说，"啊？"

"是的，如果找得到的话。"

"我跟你一块儿去……可以吗？"

"可以，可以。"

我们就去了。伐去树木的地方一共约有一俄里。老实说，我对卡西扬看，比对我的狗看得更多。他真不愧外号叫跳蚤。他那乌黑的、毫无遮盖的小头(然而他的头发可以代替任何帽子)在灌木丛中忽隐忽现。他走起路来特别灵巧，仿佛一直是跳着走的，常常俯下身去，摘些草揣在怀里，自言自语地嘟哝几句，又老是向我和我的狗注视，目光里显出一种努力探求的异常的神色。在矮矮的灌木丛中和林垦地上，常常有一些灰色的小鸟，这些小鸟不断地从这棵树转到那棵树上，啾啾地叫着，忽高忽低地飞行。卡西扬模仿着它们，同它们相呼应；一只小鹌鹑吱吱地叫着从他脚边飞起，卡西扬也跟着它吱吱地叫起来；云雀鼓着翅膀，响亮地歌唱着，向他头顶飞落——卡西扬接唱了它的歌。他一直不和我说话……

天气很好，比以前更好了；但是暑热仍未减退。在明澄的天空中，高高的薄云极缓慢地移行着，像春天最后的雪那样发乳白色，像卸下的风帆那样扁平而细长。它们那像棉花般蓬松而轻柔的花边，慢慢地、但又显著地在每一瞬间发生变化：这些云正在融化，它们没有落下阴影来。我和卡西扬在林垦地上走了很久。还没有长过一俄尺①高的嫩枝，用它们的纤细而光滑的茎来围绕着发黑的矮树桩；有灰色边缘的圆形的海绵状木瘤，就是那可以煮成火绒的木瘤，贴附在这些树桩上；草莓在这上面抽出粉红色的卷须；蘑菇也在这里繁密地聚族而居。两只脚常常绊住那些饱受烈日的长长的草；到处树上有微微发红的嫩叶射

---

① 1俄尺合0.71米。

出金属般的强烈的闪光，使人眼花缭乱，到处有一串串浅蓝色的野豌豆、金黄色花萼的毛茛、半紫半黄的蝴蝶花，斑斓悦目。在红色的小草标示出一条条车轮痕迹的荒径旁边，有几处地方矗立着由于风吹雨打而发黑了的、以一立方俄丈①为单位的许多木材；这些木材堆上投下斜方形的淡淡的阴影来，——此外没有一个地方有别的阴影。微风有时吹动，有时又静息了；忽然一直扑到面上，仿佛要刮大风了，——四周一切都愉快地呼啸、摇摆、动荡起来，羊齿植物的柔软的尖端袅娜地摇动，——你正想享受这风……但它忽然又停息，一切又都静止了。只有蚱蜢齐声吱吱叫着，仿佛激怒了似的，——这种不停不息的、萎靡而干巴巴的叫声使人感到困疲。这叫声和正午的顽强的炎热很相配；它仿佛是这炎热所产生的，是这炎热从晒焦的大地里唤出来的。

我们一窝鸟都没有碰到，终于来到了一处新的林垦地。在那里，新近砍倒的白杨树悲哀地横卧在地上，把青草和小灌木都压在自己身子底下；其中有几棵白杨树上的叶子还是绿色的，但已经死了，憔悴地挂在一动不动的树枝上；别的白杨树上的叶子则都已经干枯而且蜷曲了。新鲜的、淡金色的木片，堆积在润湿的树桩旁边，发出一种特殊的、非常好闻的苦味。在远处，靠近树林的地方，斧头钝重地响着，一棵葱茏的树木鞠躬似地伸展着手臂，庄严地、徐徐地倒下来……

我一直没有找到一只野禽；最后，从一片宽阔的满生着苦艾的橡树丛中飞出一只秧鸡来。我打了一枪；它在空中翻了个身，便掉下来。卡西扬听见枪声，连忙用手遮住眼睛，一动也不动，直到我装好枪，拾起秧鸡为止。我走开之后，他走到被打死的鸟落下来的地方，俯身在撒着几滴血的草地上，摇摇头，恐怖地向我看一眼……后来我听见他轻声地说："罪过！……唉，这真是罪过！"

炎热终于逼得我们走进树林里去。我投身在一丛高高的榛树下，在这树丛上面，有一棵新生的、整齐的槭树翩翩然扩展着它那轻盈的树枝。卡西扬在一棵砍倒的白桦树粗壮的一端上坐下。我对他看。树叶在高处微微地摇晃，它们的淡绿色的阴影，在他那胡乱地裹着深色上衣

---

① 1俄丈合2.134米。

的羸弱的身体上和他那瘦小的脸上徐徐地移来移去。他不抬起头来。我厌倦于他的沉默,便仰卧了,开始欣赏那些交互错综的树叶在明亮的高空中做和平的游戏。仰卧在树林里向上眺望,是一件非常有趣的事!你似乎觉得你在眺望无底的海,这海广阔地扩展在你的“下面”,树木不是从地上升起,却仿佛是巨大的植物的根,从上面挂下去,垂直地落在这玻璃一般明亮的波浪中;树上的叶子有时像绿宝石一般透明。有时浓重起来,变成金黄色的墨绿。在某处很远很远的地方,细枝的末端有一片单独的叶子,一动不动地衬托着一小块透明的淡蓝色的天空,它旁边另一片叶子在摇晃着,好像潭里的鱼儿在跳动,这动作仿佛是自发的,不是被风吹的。一团团的白云像魔法的水底岛屿一般静静地飘浮过来,静静地推移过去。忽然这片海、这炫目的空气、这些浴着日光的树枝和树叶,全部动荡起来,闪光一般震撼起来,接着就发出一种清新的、抖动的簌簌声,好像是突然来袭的微波连续不断的细碎的拍溅声。你一动也不动,你眺望着:心中的欢喜、宁静和甘美,是言词所不能形容的。你眺望着:这深沉而纯洁的蔚蓝色天空在你嘴唇上引起同它一样纯洁的微笑;一连串幸福的回忆徐徐地在心头通过,就像云在天空移行,又仿佛同云一起移行;你只觉得你的眼光愈去愈远,拉着你一同进入那安静的、光明的深渊中,而不可能脱离这高处,这深处……

“老爷,喂,老爷!”突然卡西扬用他那嘹亮的声音说起话来。

我惊异地抬起身子;他在这以前不大肯回答我的问话,忽然自己说起话来了。

“什么事?”我问。

“喂,你为什么要打死这只鸟?”他直望着我的脸,开始说。

“怎么为什么?……秧鸡——这是野味,可以吃的啊。”

“你不是为了这个打死它的,老爷,你才不会去吃它呢!你是为了取乐才打死它的。”

“你自己不是也吃鹅或者鸡之类的东西吗?”

“那些东西是上帝规定给人吃的,可是秧鸡是树林里的野鸟。不单是秧鸡,还有许多:所有树林里的生物、田野里和河里的生物、沼地里和草地上的、高处和低处的——杀死它们都是罪过,应该让它们活在世界上直到它们寿终……人吃的东西另外有规定；人另外有吃的东西和喝的东西：粮食——上帝的惠赐——和天降下来的水，还有祖先传下来的家畜。”

我惊奇地望着卡西扬。他的话流畅地迸出来；他一句话也不须踌躇，他说话时显出沉静的兴奋和温和的严肃，有时闭上眼睛。

“那么，照你看来杀鱼也是罪过吗？”我问。

“鱼的血是冷的，”他深信不疑地回答，“鱼是哑的生物。它没有恐怖，没有快乐；鱼是不会说话的生物。鱼没有感觉，它身体里的血也不是活的……血，”他略停一会儿，继续说，“血是神圣的东西！血不能见到天上的太阳，血要回避光明……把血暴露在光天化日之下，是极大的罪恶，是极大的罪恶和恐怖……唉，真作孽！”

他叹一口气，低下了头。我向这奇怪的老头儿看看，实在觉得十分惊异。他的话不像是农民说的，普通人不会说这样的话，饶舌的人也不会说这样的话。这种语言是审慎、庄重而奇特的……我从来没有听见过这样的话。

“卡西扬，请告诉我，”我开始说，眼睛一直没有离开他那微微发红的脸，“你是干什么行业的？”

他不立刻回答我的问话。他的眼光不安地转动了一会儿。

“我依照上帝的命令生活着，”最后他说，“至于行业——不，我不干什么行业。我这人很不懂事，从小就是这样；能干活的时候就干活，我干活干得很不好……我哪里行！我身体不好，一双手又很笨。在春天的时候，我捉夜莺。”

“捉夜莺？……你不是说过，所有树林里、田野里和其他地方的生物都是碰不得的吗？”

“杀死它们的确不可以；死是自然来到的。就拿木匠马丁来说吧：木匠马丁曾经活着，可是没有活得长久就死了；他的妻子现在为了丈夫，为了年幼的孩子痛苦极了……在死面前，没有一个人，没有一个生物能蒙混过去。死并不跑来找你，可是你也逃不掉它；但帮助死是不应该的……我并不杀夜莺，——决不！我捉它们来，不叫它们受苦，不伤害它们的性命，而是让人高兴高兴，得到慰藉和愉快。”

“你到库尔斯克[①]去捉夜莺吗？”

“我到库尔斯克去，有时候也到更远的地方去。在沼地里和森林里过夜，独自在野外和荒僻的地方过夜；那里有鹬鸟啾啾地啼着，那里有兔子吱吱地叫着，那里有鸭子嘎嘎地叫着……我晚上留神看，早上仔细听，天亮时就在灌木丛上撒网……有的夜莺唱歌唱得那么凄凉，婉转……真凄凉。”

“你拿它们来卖钱吗？”

“卖给心地善良的人。”

“你还做些什么事呢？”

“做些什么事？”

“你干什么活儿？”

老头儿沉默了一下。

“我什么活儿也不干……我干活干得很不好。可是我会识字。”

“你会识字？”

“我会识字。上帝和心地善良的人帮助我。”

“你有家眷吗？”

“没有，没有家眷。”

“怎么呢？……都死了，是吗？”

“不，是这样的：我的命不好。这全是上帝的意旨，我们大家都在上帝的意旨下过日子；可是做人必须正直，——这才对啦！也就是说，要合上帝的心意。”

“你有亲戚吗？”

“有的……嗯……是的……”

老头儿讷讷地说不出口了。

“请告诉我，”我开始说，“我刚才听见我的马车夫问你为什么不医好马丁，难道你会医病的吗？”

“你的马车夫是一个正直的人，”卡西扬沉思地回答我，“可也不是没有罪过。说我是医生……我怎么好算医生呢！……谁能够治病呢？

---

① 库尔斯克地方产一种夜莺，鸣声甚美，被视为珍品。

这是全靠上帝的。有些……草呀,花呀,的确有效验。就像鬼针草吧,是对人有益的草;车前草也是这样;说起这种草,也不是可耻的,因为这些都是圣洁的草——是上帝的草。别的草可就不同了,它们虽然也有效,却是罪恶的;说起它们也是罪恶的。除非做祷告……唔,当然也有些咒语……可是必须相信的人才能得救。"他降低了声音,这样补说一句。

"你什么药也没给马丁吗?"我问。

"我知道得太晚了,"老头儿回答,"可是有什么关系呢!人的命运是生下来就注定的。木匠马丁是活不长的,他在世界上是活不长的,一定是这样。不,凡是在世界上活不长的人,太阳就不像对别人一样地给他温暖,吃了面包也没有用处,——仿佛在召他回去了……嗯,上帝让他的灵魂安息吧!"

"你们移居到我们这边来已经很久了吗?"略微沉默了一会儿之后我问。

卡西扬抖动一下。

"不,不很久,大概有四年。老主人在世的时候,我们一向住在原来的地方,可是监护人把我们移过来了。我们的老主人是一个软心肠的人,脾气很好,——祝他升入天堂!可是监护人呢,下的决策当然是正确的;看来总是非这样不可。"

"你们以前住在什么地方?"

"我们是美人梅奇河的人。"

"那地方离这儿远吗?"

"大概一百俄里。"

"哦,那儿比这儿好吗?"

"比这儿好……比这儿好。那儿是自由自在的地方,有河流,是我们的老家。可是这儿地方很窄,又干旱……我们到了这儿就孤苦伶仃了。在我们那儿,在美人梅奇河上,你爬上小山冈去,爬上去一看,我的天哪,这是什么啊?嗳?……又有河流,又有草地,又有树林;那边是一个教堂,那边过去又是草地。可以望见很远很远的地方。望得可真远……你望着,望着,啊呀,实在太好了!这里呢,土壤的确好些,是砂质粘土,庄稼汉都说是很好的砂质粘土;我的谷物到处都长得很好。”

“喂,老人家,你老实说,你大概想到故乡去走走吧?”

“是的,想去看看。不过,到处都好。我是一个没有家眷的人,喜欢走动。实在嘛!坐在家里有什么好处呢?出门走走,走走,”他提高声音接着说,“精神的确爽快些。太阳照着你,上帝也更加清楚地看得见你,唱起歌来也和谐些。这时候,你看见长着一种草;你看清楚了,就采一些。这里还有水流着,譬如说泉水,是圣水;你看见了水,就喝个饱。天上的鸟儿唱着歌……库尔斯克的那边还有草原,出色的草原,叫人看了又惊奇,又欢喜,真是辽阔自在,真是上帝的惠赐!据人家说,这些草原一直通到温暖的大海,那儿有一只声音很好听的鸟叫做‘格马云’①,树上的叶子无论冬天、秋天都不掉下来,银树枝上长着金苹果,所有的人都过着富裕而正直的生活……我就想到那边去……我走的地方实在不少了!我到过罗苗,也到过美好的辛比尔斯克城,也到过有金色教堂圆顶的莫斯科;我到过‘乳母奥卡河’,也到过‘鸽子茨纳河’,也到过‘母亲伏尔加河’,我看见过许多人,许多善良的基督教徒,我游历过体面的城市……所以我真想到那边去……而且……真想……还不单是我这个有罪的人……别的许多教徒都穿了树皮鞋,一路乞讨着,去找求真理……是啊!……坐在家里有什么意思呢,啊?人间是没有正义的,就是这么一回事……”

这最后的几句话,卡西扬说得很快,几乎听不出来;以后他又说了些话,我简直听不清楚,他脸上现出那么奇怪的表情,使我不由得想起了“疯子”这名称。后来他低下头,咳嗽一下,仿佛清醒过来了。

“多么好的太阳!”他轻声地说,“多么好的惠赐,上帝啊!树林里多么温暖!”

他耸一耸肩膀,沉默了一会儿,漫不经心地望望,低声地唱起歌来。我不能听出他那悠扬的歌曲的全部词句;我只听到下面两句:

> 我的名字叫卡西扬,
> 我的外号叫跳蚤……

---

① “格马云”是神话中的鸟。

“啊!”我想,“是他自己编的……”突然他哆嗦一下,停止了唱歌,眼睛凝视着树林深处,我转过头去,看见一个年约八岁的农家小姑娘,穿着一件蓝色的长坎肩,头上包着一条格子纹头巾,太阳晒黑的、赤裸裸的手臂上挽着一只篮子。她大概决没有料到会遇见我们,她正是所谓“撞上”了我们,就一动不动地站在青葱的榛树丛中阴暗的草地上,用她那双乌黑的眼睛慌张地对我看。我才得看清楚她,她立刻躲到树背后去了。

“安奴什卡！安奴什卡！到这儿来,别害怕。”老头儿亲切地叫唤。

“我怕。”传来一个尖细的声音。

“别怕,别怕,到我这儿来。”

安奴什卡默默地离开了她的隐避所,悄悄地绕了一个圈子,——她那双小小的脚踏在浓密的草地上不大有声音,——从靠近老头儿的丛林里走了出来。她并不是像我起初按照矮小身材而推测的八岁的小姑娘,却有十三四岁了。她身材瘦小,但是体态匀称,模样儿很伶俐,漂亮的小脸蛋异常肖似卡西扬的脸,虽然卡西扬不是一个美男子。同样尖削的容貌,同样奇妙的目光,调皮而信任,沉思而锐敏,举止也相同……卡西扬对她打量一下;她站在他旁边了。

“怎么,你采蘑菇吗?”他问。

“是的,采蘑菇。”她羞怯地微笑着回答。

“采得多吗?”

“多的。”她很快地对他看一眼,又微笑一下。

“有白的吗?”

“白的也有。”

“让我看看,让我看看……(她把篮子从手臂上拿下,把一张遮盖蘑菇的阔大的牛蒡叶子揭开一半。)啊!”卡西扬俯身在篮子上,说,“多好的蘑菇啊！安奴什卡真不错!”

“卡西扬,这是你的女儿吧?”我问。安奴什卡脸上微微地泛起红晕。

“不是,唔,是亲戚。”卡西扬装出漫不经心的样子说,“好,安奴什卡,你去吧,”他立刻补充说,“去吧,上帝保佑你,小心点儿……”

“为什么让她步行回去!”我打断了他的话,“我们可以用车送她回去……”

安奴什卡的脸像罂粟花一般红了,她两手抓住篮子上的绳,惊慌地看着老头儿。

“不,她会走回去的,”他用同样淡然的、懒洋洋的声音回答,“她有什么关系……会走回去的……去吧。”

安奴什卡急忙走进树林里去。卡西扬在后面目送她,后来低下头,微笑一下。在这悠长的微笑中,在他对安奴什卡所说的不多几句话中,在他和她谈话时的声调中,有一种说不出的热爱和温柔。他又向她走去的方向望望,又微笑一下,摸摸自己的脸,点了几次头。

“你为什么这么快就打发她走了?”我问他,“我要向她买蘑菇呢……”

“您如果要买,到我家里还是可以买的。”他回答我,第一次用“您”字。

“你这小姑娘真漂亮。”

“不,……哪里……嗯……”他不情愿似地回答,就从这瞬间起,他又陷入了和以前一样的沉默。

我看出要使他再讲话的一切努力都成了徒劳,就出发到林垦地去。这时候炎热也减退了些;然而我打猎的失败,或者像我们这儿所谓“晦气”,还是照旧,我就带了一只秧鸡和一个新车轴回新村去。马车驶近院子的时候,卡西扬突然向我转过身来。

“老爷啊老爷,”他说,“我真对不起你了;是我念了个咒把你的野禽全都赶走了。”

“这是怎么回事?”

“我懂得这方法。你的狗又聪明又好,可是它一点办法都没有。你想,人啊,人算是什么,啊?就像这畜生,人把它训练成了什么?”

我想说服卡西扬,使他相信“念咒”驱除野禽是不可能的,但这是徒然的,因此我什么也没有回答他。况且这时候我们的车子马上就拐进了大门。

安奴什卡不在屋里;她早已回来过,留下了一篮蘑菇。叶罗费装配新车轴，一开始就给它苛刻而不公正的评价；过了一个钟头，我出发了。临走时我给卡西扬留下一些钱，他起初不肯收，可是后来想了一想，在手里拿了一会，揣在怀里了。在这一个钟头内，他几乎一句话也不说；他照旧靠着大门站着，不回答我的马车夫的抱怨，极冷淡地和我告别。

我刚刚回来的时候，就注意到我的叶罗费又在那里闷闷不乐了……的确，他在这村子里没有找到一点食物，马的饮水场又不好。我们出发了。他坐在驾车台上，连后脑勺也表示出不满。他一心想同我谈话，但要等我先发问，而在这等待的期间，他只是低声地发出些怨言，对马说些有教训意义的、有时刻毒的话。“村子！”他嘟哝说，“还算是村子！要点克瓦斯，连克瓦斯都没有……嘿，天晓得！水呢，简直糟透了！（他大声地啐一口）黄瓜也好，克瓦斯也好，什么都没有。哼，你呀，”他对右边的副马大声地补充说，“我认得你，你这滑头！你大概想偷懒……（他抽了它一鞭）这匹马完全变得狡猾了，以前这畜生是那么听话的……哼，哼，你敢回头瞧！……”

“叶罗费，我问你，”我开始说，“这卡西扬是怎样一个人？”

叶罗费不立刻回答我，他向来是一个有思虑而从容不迫的人；但是我立刻猜测到，我的问题使他得到了快慰。

“跳蚤吗？”终于他扯一下缰绳，说起话来，“真是一个怪人，简直是一个疯子，这样奇怪的人，还不容易找到第二个呢。他就跟，喏，就跟我们这匹黑鬃黄马一模一样，也是不听话的……就是说，不好好干活的。唔，当然，他也算不上一个劳工，——他身体很虚弱，不过总归……他从小就是这样的。起初他跟他的叔叔伯伯当搬运夫——他们是驾三套车的；可是后来大概厌烦了，不干了。他就住在家里，可是在家里也待不长久，他是那么定不下心来，——活像一个跳蚤。幸亏他的东家是个好心肠人，没有强迫他。从那时候起他就一直荡来荡去，像一头没有管束的羊。这个人那么稀奇古怪，天晓得他是怎么一回事，有时候像树桩一样不做声，有时候又突然说起话来，——说些什么呢，那只有天晓得。这像个样儿吗？这不像样。他真是一个糊涂人。唱歌倒唱得很好。确实唱得好——不错，不错。”

“他会治病，真的吗？”

“治什么病！……啊，他哪里会治病！他这样的人。不过我的瘰疬腺病倒是他治好的……”他沉默一下之后，又说，“他哪里会治病！他是一个十足的傻瓜。”

“你早就认识他吗？”

“早就认识。在美人梅奇河上的瑟乔沃，我和他是邻居。”

“那么我们在树林里碰到的那个女孩子安奴什卡，她是谁，她是他的亲属吗？”

叶罗费回头向我一看，露出满口牙齿笑起来。

“嘿！……是的，算是亲属。她是一个孤儿，没有母亲的，而且也不知道谁是她的母亲。呃，应该是亲属吧，因为相貌很像他……她就住在他那里。是一个伶俐的姑娘，没说的；她是一个好姑娘，老头儿宠爱她，真是个好姑娘。而且他，您不会相信的，他也许还想教安奴什卡识字呢。他真会干得出这个来的，他真是一个稀奇古怪的人。他这人那么反复无常，简直不像话……嗳—嗳—嗳！”我的马车夫突然打断自己的话，勒住了马，把身子弯向一边，开始嗅起来。“是不是有焦味儿？一点也不错！新车轴真讨厌……我好像涂过很多油了啊……要去拿点水来，这儿正好有一个池塘。”

于是叶罗费慢吞吞地从驾车台上爬下去，解下水桶，到池塘里去打了水回来。在听到车轮的轴衬突然受到水而发出吱吱声的时候，他很高兴……在不过十俄里的路程中，他在灼热的轮轴上浇了六次水。当我们回到家里的时候，天色已经很晚了。

总　管

在离开我的领地大约十五俄里的地方，住着我的一个熟人——青年地主，退伍近卫军官阿尔卡季·帕夫雷奇·佩诺奇金。他的领地里有许多野禽，房屋是按照法国建筑师的设计建成的，仆役们都穿英国式服装，饮食很讲究，招待客人很殷勤，可你还是不喜欢到他家里去。他为人审慎，积极有为，照例受过良好的教育，担任过军职，在上流社会厮混过，现在经营产业，颇有成就。阿尔卡季·帕夫雷奇，照他自己所说，为人严格而公正，关心他属下的幸福，惩罚他们也是为了他们好。“对待他们必须像对待孩子一样，”在这种场合下他说，“无知，mon cher; il faut prendre cela en considération.①”在所谓可悲的必要场合，他避免暴躁、剧烈的动作，不喜欢提高嗓门，而大都是伸出手来直指着那人，冷静地说：“我亲爱的朋友，我可是要求过你的。”或者：“你怎么啦，我的朋友，想想清楚吧。”这时候他只是轻轻地咬着牙齿，撇着嘴。他身材不高，风姿翩然，相貌很不坏，手和指甲都保持十分整洁；他那红润的嘴唇和面颊显得很健康。他笑得响亮而轻松，和蔼地眯着一双明亮的褐色眼睛。他的服装体面而有风格；他订阅法文书籍、图画和报纸，但不大喜欢看书：一册《流浪的犹太人》②好容易读完。玩纸牌他是能手。总之，阿尔卡季·帕夫雷奇算是我们省里最有修养的贵族和最可羡的风流男子之一；女士们为他神魂颠倒，尤其称赞他的风采。他持身处世异常谨慎，像猫一样小心，有生以来从未沾惹过任何事端；虽然有机会时也喜欢卖弄自己，刁难和捉弄怯弱的人。他非常嫌恶和坏人来

---

① 法语：我的亲爱的；必须考虑到这一点。

② 法国小说家欧仁·苏（1804—1857）所著的长篇小说。

往——恐怕损害自己的名誉；而在高兴的时候，自称为伊壁鸠鲁①的崇拜者，虽然他对于哲学没有好评，称之为德国学者的虚无的食粮，有时竟称之为妄语。他也喜欢音乐；玩纸牌时常常有感情地哼些歌曲；《露契亚》和《松那蒲拉》②中的曲子他也记得一些，但是不知为什么取音都很高。每逢冬天他就到彼得堡去。他家里收拾得异常整齐；连马车夫们也受他的影响，每天不但擦马轭，刷上衣，又洗净自己的脸。阿尔卡季·帕夫雷奇家的仆人们的眼色的确有点阴郁，但在我们俄罗斯，愁眉苦脸和睡眼惺忪原是分别不出的。阿尔卡季·帕夫雷奇说话时声音柔和悦耳，抑扬顿挫，仿佛每一个字都是乐愿地从他那漂亮的、洒满香水的髭须中吐出来的；他又常常使用法语的辞句，例如："Mais c'est impayable！③""Mais comment donc！④"等等。由于这种种原因，我至少不很喜欢去访问他，要不是为了他那里有松鸡和鹧鸪，我也许完全同他绝交了。在他家里，有一种奇怪的不安支配着你；即使生活很舒服也不能使你快乐。每天晚上，当一个穿着有纹章钮扣的浅蓝色号衣的鬈发侍仆出现在你面前，开始卑躬屈节地替你拉下长统靴的时候，你就感觉到：假使这个苍白而瘦削的人突然换了一个颧骨阔得可惊而鼻子扁得稀奇的、体格强壮的年轻小伙子（这人刚刚由主人从田间拉来，而不久以前赏赐他的土布衣服已有十处绽裂）出现在你面前，你将说不出地高兴，而乐愿蒙受和长统靴一起拉掉你的小腿的危险……

虽然我对阿尔卡季·帕夫雷奇没有好感，有一次我却在他家里过了一夜。第二天一清早，我就吩咐套好我的四轮马车，但是他不愿意让我不吃英国式的早餐就离去，便领我走进他的书房。和茶一起拿出来给我们的有肉饼、半熟的煮鸡蛋、奶油、蜜糖、干酪等等。两个侍仆戴着

---

① 伊壁鸠鲁（公元前342—前270），古希腊哲学家。他主张，人应当在合理的生活享受中找寻幸福。在当时，尤其是在俄罗斯贵族阶级之间，伊壁鸠鲁的这种思想往往被利用来为自己的游手好闲辩护。

② 《露契亚》是意大利作曲家唐尼采蒂（1797—1848）所作，《松那蒲拉》是意大利作曲家贝里尼（1801—1835）所作。这两部歌剧在俄国流行于一八三〇至一八四〇年间。

③ 法语：真有趣！

④ 法语：可不是！

洁白的手套，机警而肃静地、无微不至地侍候我们。我们坐在一只波斯式的长沙发上。阿尔卡季·帕夫雷奇穿着宽大的绸裤、黑色的丝绒短上衣，头戴一顶有蓝色流苏的漂亮的非斯卡帽①，脚踏一双平跟的中国式黄拖鞋。他喝茶，笑着，欣赏着自己的指甲，吸着烟，把坐垫垫在腰部，总之，觉得心情非常愉快。阿尔卡季·帕夫雷奇吃饱了早餐，样子显然很满足，给自己倒了一杯红酒，把酒杯端到嘴唇边，忽然皱起眉头。

"为什么酒没有温?"他用相当严厉的声音问侍仆中的一个。

那侍仆着慌了，一动不动地站着，脸色发白。

"我亲爱的朋友，我在问你话呀!"阿尔卡季·帕夫雷奇平静地继续说，眼睛一直盯着他。

这不幸的侍仆踟蹰不安地站着，拧着餐巾，一句话也不说。阿尔卡季·帕夫雷奇低下头，沉思地蹙着眉头对他看看。

"Pardon, mon cher. ②"他带着愉快的笑容说，同时亲切地用手碰碰我的膝盖，然后重又目不转睛地望着那侍仆。"嗯，去吧。"略微沉默一会之后他补说一句，然后扬起眉毛，按了铃。

一个身体肥胖、肤色浅褐、头发黑色、额角低低、眼睛浮肿的人走进来。

"费奥多尔的事……要处理一下。"阿尔卡季·帕夫雷奇泰然自若地低声说。

"知道了。"那胖子回答，就出去了。

"Voilà, mon cher, les désagréments de la campagne, ③"阿尔卡季·帕夫雷奇愉快地说，"您要到哪儿去呀? 别去了，再坐一会儿吧。"

"不，"我回答，"我该走了。"

"老是打猎! 唉，你们这些猎人啊! 您现在到哪儿去呢?"

"离开这儿四十俄里，到里亚博沃去。"

---

① 非斯卡帽是一种平顶圆锥形的帽子，某些亚非国家戴这种帽子。

② 法语：失礼了，亲爱的先生。

③ 法语：您瞧，亲爱的先生，乡村生活多没趣。

“到里亚博沃去？哈，好极了，那么我陪您一同去。里亚博沃离开我的领地希皮洛夫卡不过五俄里，我很久不到希皮洛夫卡去了，总是抽不出时间。这回真巧极了：您今天到里亚博沃去打猎，晚上回到我那儿。Ce sera charmant.① 我们一起吃晚饭，——我们带一个厨子去，——您就在我那儿过夜。好极了！好极了！”他不等我回答，就这样说，“C'est arrangé②……喂，谁在那儿？吩咐替我们套马车，要快些。您没有到过希皮洛夫卡吧？我实在不好意思请您在我的总管家里过夜，可是我知道您是很不讲究的，您在里亚博沃也许会在干草棚里过夜呢……我们去吧，我们去吧！”

于是阿尔卡季·帕夫雷奇唱起一支法国抒情歌曲来。

“您也许不知道，”他摆动着两脚，继续说，“我那儿的农民是缴代役租的。现在讲宪法了，有什么办法呢？可是他们倒能如数付给我代役租。老实说，我早就想叫他们改成劳役租制，可是地皮很少！我一直觉得奇怪，他们是怎样敷衍过去的。不过，c'est leur affaire.③我那边的总管是一个能干的人，une forte tête，④做大事业的人！您看见了就会知道……这真是一个好机会！”

没有办法。本来我早上九点钟就要动身的，但是一直拖到了两点。打猎的人都能体会我的心焦。阿尔卡季·帕夫雷奇，像他自己所说，喜欢乘机享乐一下，携带了无数内衣、食物、饮料、香水、枕垫以及各种梳妆盒，这些物质在某些俭朴自持的德国人足够一年之用呢。每次从山坡上驶下去的时候，阿尔卡季·帕夫雷奇总要对马车夫说一番简短有力的话，由此我可以断定我这位朋友是一个十足的胆小鬼。然而这次旅行十分平安地完成了；只是在一座刚修好的小桥上，载厨子的马车翻倒了，后轮压住了他的胃。

---

① 法语：妙极了。

② 法语：准定如此。

③ 法语：这是他们的事。

④ 法语：一个聪明人。

阿尔卡季·帕夫雷奇看见他那家养的卡列姆①翻倒了，这一吓非同小可，连忙叫人去问他：手有没有受伤？得到了满意的回音，立刻放心了。因为有这一切事，我们在路上走了很久；我和阿尔卡季·帕夫雷奇同坐在一辆马车里，到了旅行快终了的时候，我觉得厌烦得要命，尤其是因为在几小时的过程中，我的朋友已经完全松懈下来，开始显出自由主义作风了。我们终于到达，不过不是到里亚博沃，而是直接到了希皮洛夫卡；不知怎么一来弄成这样了。反正我在这一天里已经不能打猎，于是只得勉强地顺从我的命运。

厨子比我们早到几分钟，而且显然已经安排好，预先通知过有关的人了，因此正当我们的车子进入村子的栅门的时候，领班（总管的儿子）就来迎接我们。他是一个身材高大、体格强壮、头发棕黄色的汉子，骑着马，没戴帽子，穿着新上衣，敞开衣襟。“索夫龙在哪儿？”阿尔卡季·帕夫雷奇问他。领班先敏捷地跳下马，向主人深深地鞠一个躬，说：“您好，阿尔卡季·帕夫雷奇老爷。”然后微微抬头，抖擞一下，报告说：索夫龙到佩罗夫去了，但已经派人去叫他。“好，你跟我们来吧，”阿尔卡季·帕夫雷奇说。领班为了表示礼貌，把马牵到一边，爬上马，踏着小速步跟在马车后面，手里拿着帽子。我们的马车在村子里走。我们碰见了几个坐在空货车里的农民；他们是从打谷场来的，一路唱着歌，全身颠动着，两条悬空的腿摇摇摆摆；但是一看见我们的马车和领班，突然默不作声，脱下他们的冬帽（这时候是夏天），欠身而起，仿佛在听候命令。阿尔卡季·帕夫雷奇亲切地向他们点点头。惊慌的骚扰显然传遍了全村。穿格子裙的农妇用木片投掷那些感觉迟钝的或者过分热心的狗；一个胡子从眼睛底下生起的跛足老头儿把一匹还没有喝饱水的马从井上拉开，不知为什么在它肚子上打了一下，然后鞠躬行礼。穿长衬衫的男小孩都哭哭啼啼地跑进屋里去，把肚子搁在高门槛上，挂下了头，翘起两只脚，就这样很敏捷地滚进门里，到了黑洞洞的穿堂里，不再从那里出现了。连母鸡也都急急忙忙地加快步子走向大门

---

① 卡列姆是一八二〇年至一八四〇年间巴黎一个有名的厨师。曾经写过几部关于烹饪的书。这里是说这个厨师手艺高超。

底下的缝隙里去;只有一只黑胸脯像缎子背心、红尾巴碰着鸡冠的大胆的公鸡,停留在路上,已经完全准备啼叫,忽然困窘起来,也逃走了。总管的屋子和其他屋子相隔离,坐落在茂密的绿色大麻田中央。我们在大门前停车。佩诺奇金先生站起身,神态活现地脱下斗篷,从马车里走出来,和蔼可亲地环顾着四周。总管的妻子深深地鞠着躬迎接我们,又走过来吻主人的手。阿尔卡季·帕夫雷奇让她吻了个够,然后走上台阶去。在穿堂的暗角落里,站着领班的妻子,她也鞠躬,可是不敢走过来吻手。在所谓冷室①里——在穿堂的右边——已经有另外两个女人在那里张罗着;她们把各种废物、空罐子、僵硬的皮袄、油钵、装着一堆破布和一个肮脏的婴孩的摇篮从那里搬出,用浴室帚子来打扫灰尘。阿尔卡季·帕夫雷奇把她们赶出去,在圣像下面的长凳上坐下。马车夫们开始把大小箱笼和其他应用物件搬进来,走路的时候尽力减轻他们的沉重的靴子的踏步声。

这期间阿尔卡季·帕夫雷奇便询问领班关于收获、播种和其他农事。领班的回答使他满意,但是似乎态度萎靡而迟钝,仿佛用冻僵的手指扣外套的钮扣一般。他站在门边,常常留心张望着,给动作敏捷的侍仆让路。我通过他的强壮的肩膀,看见总管的妻子正在穿堂里悄悄地殴打另一个女人。忽然传来马车声,它在台阶面前停下,总管走进来了。

这个阿尔卡季·帕夫雷奇所谓做大事业的人,身材不高,肩膀宽阔,头发苍白,体格结实,长着一个红鼻子、一双浅蓝色的小眼睛和扇形的大胡子。我要顺便说一说:自有俄罗斯以来,国内尚未有过发福发财的人没有浓密的大胡子的前例;有的人一向只有一点稀薄的尖胡子,忽然满面生须,同光轮一样,这种毛不知道从哪儿来的!总管大概在佩罗夫喝得醉醺醺了,他的脸相当浮肿,而且酒气熏人。

“啊,您哪,我们的好老爷,我们的大恩人,”他扯着调子说起话来,脸上表示非常的感动,仿佛就要迸出眼泪来似的,“好容易赏光!……请您的手。老爷,请您的手。”他说这话时,嘴唇早已突出着了。

---

① 指不生暖炉的、夏天用的房间。

阿尔卡季·帕夫雷奇满足了他的愿望。

“喂,索夫龙兄弟,你的业务搞得怎么样?”他用亲切的声音问。

“啊,您哪,我们的好老爷!”索夫龙叫起来,“业务怎么会不好呢!您哪,我们的好老爷,我们的大恩人,您这一驾临,我们的小村子可就有光彩啦,您给我们带来了一辈子的幸福!上帝保佑您,阿尔卡季·帕夫雷奇,上帝保佑您!托您的福,一切都很顺利。”

说到这里,索夫龙沉默了一会儿,向老爷看看,然后仿佛又感情冲动起来(同时酒性也在发作),再次要求吻手,说起话来扯调子扯得比以前更厉害了。

“啊,您哪,我们的好老爷,大恩人,……咳……真是!我实在高兴得成了个傻瓜……我看了简直不相信是真的……啊,您哪,我们的好老爷!……”

阿尔卡季·帕夫雷奇向我看看,微笑一下,问道:“N'estce pas que c'est touchant?①”

“啊,老爷,阿尔卡季·帕夫雷奇,”唠叨不休的总管继续说,“您这是怎么啦?您简直把我急坏了,老爷;您没有通知我您要驾临。今天晚上在什么地方过夜呢?瞧这儿多脏,全是灰尘……”

“不要紧,索夫龙,不要紧,”阿尔卡季·帕夫雷奇微笑着回答,“这里很好。”

“啊,我们的好老爷,——对谁说来很好?对我们这班农民说来才很好;可是您……啊,您哪,我的好老爷,大恩人,啊,您哪,我的好老爷!……请原谅我这傻瓜,我发疯了,真的,完全昏头昏脑了。”

这期间端来了晚餐;阿尔卡季·帕夫雷奇开始进餐。老头儿把自己的儿子赶出去——说太闷气。

“喂,老人家,地界分好了吗?”佩诺奇金先生问,他显然要模仿农民的语调,向我眨眨眼睛。

“地界分好了,老爷,全是托您的福。前天清单已经开好。赫雷诺夫的人起初硬不答应……好老爷啊,真的,他们硬不答应。他们要求这

---

① 法语:这不是很动人的吗?

样……要求那样……天晓得他们要求什么；简直是一群傻瓜，老爷，都是蠢货。可是我们，老爷啊，托您的福，表示了谢意，满足了经纪人米科莱·米科拉伊奇；一切都按您的吩咐去做，老爷；您怎么吩咐，我们就怎么做，全都是得到叶戈尔·德米特里奇的同意才做的。”

“叶戈尔报告过我了。”阿尔卡季·帕夫雷奇郑重地说。

“可不是，老爷，叶戈尔·德米特里奇报告过了，可不是。”

“嗯，那么你们现在都满意吗？”

索夫龙正是在等这一句话。“啊呀，我们的好老爷，我们的大恩人！”他又扯着调子说起来……“那还用说吗，……我们的好老爷，我们日日夜夜在替您祈祷上帝呢……土地么，自然是少一点……”

佩诺奇金打断了他的话：

“啊，好了，好了，索夫龙，我知道的，你是我的忠心的仆人……那么，谷子打得怎么样？”

索夫龙叹一口气。

“唉，我们的好老爷，谷子打得不怎么好。是这样的，阿尔卡季·帕夫雷奇老爷，让我报告您，发生了这么一件事。（这时候他两手一摊，向佩诺奇金先生靠近些，弯下身子，眯起了一只眼睛。）我们地里发现了一个死尸。”

“这是怎么回事？”

“我也想不明白，我们的好老爷：准是仇人在那里捣鬼。幸亏发现在靠近别人地界的地方；不过，该说句实话，确是在我们的地里。我趁早马上叫人把它拖到了别人的地上，还派了人去看守，我嘱咐自己人不许声张。为了妥当起见，我对警察局长说明了，说是这么一回事；又请他喝茶，又酬谢他……老爷，您猜怎么着？这件事就卸在别人的肩膀上了；要不然，一个死尸，出两百卢布都不算一回事呢。”

佩诺奇金先生听了自己的总管的诡计，不住地笑，几次向他点着头对我说：“Quel gaillard，ah？①”

这时候天完全黑了；阿尔卡季·帕夫雷奇吩咐收拾餐桌，拿干草

---

① 法语：多么能干的人，是不是？

来。侍仆替我们铺好床单，放好枕头；我们躺下了。索夫龙领得了关于第二天的指示，回到自己屋里去了。阿尔卡季·帕夫雷奇临睡的时候，还谈了些关于这个俄罗斯农民的优秀品质的话，同时告诉我：自从索夫龙管理以来，希皮洛夫卡的农民们不曾欠过一个钱的租金……更夫敲起梆子；那个婴孩，显然还未能体会应有的自我牺牲精神，在屋子的某处啼哭起来……我们睡着了。

第二天我们起身很早。我准备到里亚博沃去了，但是阿尔卡季·帕夫雷奇想要给我看看他的领地，请求我留了下来。我自己觉得，这个做大事业的索夫龙的优秀品质，让我在事实上确证一下，也是好的。总管来了。他穿着蓝外衣，束着一条红腰带。他说话比昨天少得多，眼光锐利，一直盯着老爷看，答话有条有理，十分干练。我们和他一起到打谷场去。索夫龙的儿子，身材极其高大的领班，在各方面看来都是一个非常愚蠢的人，也跟我们去，还有一个地保费多谢伊奇也加入我们一起，他是一个退伍的兵士，长着一大堆口髭，面部表情非常奇怪：他仿佛在很久以前被某种东西大吃了一惊，从此一直没有恢复原状。我们参观了打谷场、干燥棚、烤禾房、库房、风车、家畜院、苗秧、大麻田；的确一切都井然有条。只是农民们的沮丧的脸，使我觉得有些疑惑。除了实用之外，索夫龙还顾到美观：所有的沟渠旁边都种爆竹柳；在打谷场上的禾堆中间开辟着几条小路，上面铺着沙；风车上装着一个风信子，形状像一只张开嘴巴、吐出红舌头的熊；在砖造的家畜院上，筑着一个有点像希腊风格三角墙的东西，在这三角墙下面用白粉题着字："此家畜浣。壹千捌伯肆拾年健造于希皮各夫卞村。"①阿尔卡季·帕夫雷奇心花怒放了，就用法语对我叙述代役租制的好处，然而同时又指出，劳役租制对地主的好处更多，——不过这些也不必去计较！……他开始给总管出主意：怎样种马铃薯，怎样备办家畜的饲料等等。索夫龙用心地听取主人的话，有时反驳几句，但是不再称扬阿尔卡季·帕夫雷奇为好老爷或大恩人，而只管强调地说，他们的地太少，不妨再买些。"那有

① 这题词的原文有许多拼音上的错误，译文为欲保留原意，也用了几个错字。正确的题词应该是"此家畜院。一千八百四十年建造于希皮洛夫卡村"。

什么，买吧，”阿尔卡季·帕夫雷奇说，“用我的名义买吧，①我不反对。”索夫龙听了这些话没有回答什么，只是摸摸胡子。“那么现在我们不妨到树林里去一趟。”佩诺奇金先生说。立刻有人给我们牵来了乘用的马；我们骑了马到树林里去，或者像我们那里所说，到“禁区”里去。我们在这“禁区”里看到了人迹不到的极其荒僻的景象，阿尔卡季·帕夫雷奇为此称赞索夫龙，拍拍他的肩膀。佩诺奇金先生关于造林，抱着俄罗斯人的见解，这时候便对我讲了一件他所谓非常有趣的事：说有一个爱开玩笑的地主开导他的守林人，把他的胡须拔掉了一半光景，用以证明砍伐是不能使树林繁茂起来的……不过在其他方面，索夫龙和阿尔卡季·帕夫雷奇两人都不反对新办法。回到村子里之后，总管领我们去看他最近从莫斯科定购来的簸谷机。这簸谷机的确很好，但是如果索夫龙知道这最后的散步中有多么不愉快的事情在那里等候他和主人，他大概要和我们一起留在家里了。

发生了这样的事。我们从库房里走出来，看到了下述的光景：离开门几步的地方，有一个污水坑，三只鸭子正在里面逍遥自在地拍水，水坑旁边跪着两个农民：一个是大约六十岁的老头儿，另一个是大约二十岁的小伙子，两个人都穿着打补丁的麻布衬衫，光着脚，腰里系着绳子。总管的副手费多谢伊奇在那里起劲地同他们周旋。假使我们在库房里多耽搁一会，他大概可以把他们劝走了，但是他看见了我们，就挺着身子笔直地站着，一动也不动了。领班张开嘴巴，握着踌躇的拳头，也站在那里。阿尔卡季·帕夫雷奇皱起眉头，咬紧嘴唇，走近那两个请愿人。两个人默默地向他叩头。

“你们要什么？你们请求什么？”他用严厉的、略带鼻音的声音质问。（两个农民互相看一眼，一句话也不说，只是像怕太阳似地眯起眼睛，呼吸急促起来。）

“喂，怎么啦？”阿尔卡季·帕夫雷奇继续说，立刻转向索夫龙，“这是哪一家的人？”

“是托博列耶夫家的。”总管慢吞吞地回答。

---

① 农奴无权拥有土地，只能借用地主的名义买地才生效。

“喂,你们怎么啦?”佩诺奇金先生又说,“你们没有舌头的吗? 你说,你要什么?”他向那老头儿点一点头,继续说,“别怕呀,傻瓜。”

老头儿伸长了他那暗褐色的、有皱纹的脖子,歪斜地张开了发青的嘴唇,用嘶哑的声音说:“老爷,照顾我们!”说着,又在地上叩一下头。年轻的农民也把头叩下去。阿尔卡季·帕夫雷奇尊严地望望他们的后脑,把头一仰,把两只脚稍微摆开些。

“怎么回事? 你控告谁?”

“老爷,发发慈悲! 让我们透一口气……给折磨得苦死了。”老头儿费力地说。

“谁折磨了你?”

“是索夫龙·雅科夫利奇啊,老爷。”

阿尔卡季·帕夫雷奇沉默了一会儿。

“你叫什么名字?”

“安季普,老爷。”

“这是谁?”

“是我的小儿子,老爷。”

阿尔卡季·帕夫雷奇又沉默了一会儿,翘翘髭须。

“唔,他怎样折磨了你呢?”他说时,轻蔑地从口髭上望下去看着那老头儿。

“老爷,全给他毁了。老爷,两个儿子不该轮到就被他拉去当兵,现在又要夺我第三个儿子了。老爷,昨天他把我最后一头母牛从院子里拉了去,又狠狠地打了我老婆一顿——喏,就是这位先生。”(他指指领班。)

“嗯?”阿尔卡季·帕夫雷奇说。

“别把我们全家都毁了,恩人。”

佩诺奇金先生皱起眉头。

“这究竟是怎么一回事?”他带着不满意的神情低声问总管。

“禀告老爷,这是个醉汉,”总管第一次用最恭敬的语气回答,“不肯干活儿。欠租已经第五年了。”

“索夫龙·雅科夫利奇替我付了欠租,老爷,”老头儿继续说,“已经第五个年头了，付过之后，就把我当作奴隶，老爷，还有……”

“那么你为什么欠租呢？”佩诺奇金先生厉声地问。（老头儿低下了头。）“大概是爱喝酒，在酒店里混日子吧？（老人张开嘴巴，要说话了。）我知道你们的，”阿尔卡季·帕夫雷奇暴躁地继续说，“你们的事情就是成天喝酒，躺在炕上，让规矩的农民替你们负担。”

“他还是个无赖。”总管在主人的话里插进一句。

“嗯，这还用说吗。往往是这样的；我看到已经不止一次了。一年到头放荡，无赖，现在就叩头求饶。”

“老爷，阿尔卡季·帕夫雷奇，”老头儿绝望地说，“发发慈悲，照顾我们，——我哪里是无赖？我在上帝面前发誓，我实在忍不住了。索夫龙·雅科夫利奇讨厌我，为什么讨厌我——让上帝审判他吧！家全被他毁了，老爷……就连这最后一个儿子……也要把他……（老头儿一双黄色的、有皱纹的眼睛里泪水闪闪发光。）发发慈悲，老爷，照顾照顾……”

“还不止我们一家呢。”年轻的农民开始说话……

阿尔卡季·帕夫雷奇勃然大怒：

“谁问你啦，啊？没有问你，就不许你说话……这是怎么啦？不许你说话，听见了没有？不许说话！……啊，天哪！这简直是造反了。不行，老弟，在我这里是不准造反的，……在我这里……（阿尔卡季·帕夫雷奇跨上前一步，然而，大概是想起了我的在场，就扭过脸去，两手插进袋里。）Je vous demande bien pardon, mon cher,①”他勉强装出微笑，显著地降低了声音说。“C'est le mauvais côté de la médaille②……喂，好啦，好啦，”他继续说，并不看着那两个农民，“我会吩咐下去……好啦，去吧。（两个农民不站起来。）咦，我不是对你们说过……好啦。去呀，我会吩咐下去的，听见了没有？”

阿尔卡季·帕夫雷奇背向了他们。“永远不满足。”他从牙缝里喃喃说出，就大踏步走回家去。索夫龙跟在他后面。地保突出了眼睛，仿

① 法语：请原谅我，我的亲爱的。

② 法语：这是奖章的反面。

佛准备跳到很远的地方去似的。领班把鸭子从水坑里赶走。两个请愿者又在那地方站了一会儿，互相看看，然后头也不回地慢吞吞走回家去。

大约两个钟头之后，我已经在里亚博沃，同我所熟悉的农民安帕季斯特准备出猎了。在我离开以前，佩诺奇金一直对索夫龙绷着脸。我和安帕季斯特谈起希皮洛夫卡的农民们，谈起佩诺奇金先生，问他认不认识那边的总管。

“索夫龙·雅科夫利奇吗？……噢！”

“他是怎样一个人？”

“一条狗，不是人；这样的狗，一直走到库尔斯克也找不到的。”

“怎么呢？”

“希皮洛夫卡村只不过名义上是那个……他姓什么来着，喏，就是那个佩金的产业；实际上掌管这村子的并不是他，是索夫龙在掌管。”

“真的吗？”

“他当做自己的财产掌管着。那边的农民都欠满他的债；像雇农一样替他干活：派这个赶货车，派那个到那里……把他们折磨得好厉害。”

“他们的地好像不多吧？”

“不多？光是在赫雷诺夫的农民那里，他就租了八十俄亩，在我们这里也租了一百二十俄亩；全部有一百五十俄亩。他不单靠田地，又贩卖马匹，还有牲口，还有焦油，还有黄油，还有大麻，还有这样、那样……精灵，真精灵，发财了，这骗子手！可恶的是，他要打人。这是畜生，不是人；告诉您：是一条狗，恶狗，真是一条恶狗。”

“那么他们为什么不控告他呢？”

“啊呀！老爷才不管这些事呢！只要没有欠租，他还管什么，嗯，你去试试控告他，”他略停一下又说，“哼，他就把你……嗯，你去试试……不行，他会给你点厉害瞧瞧……”

我想起了安季普，就把所看见的情况告诉了他。

“瞧吧，”安帕季斯特说，“这回他要吃掉他了；要把他一股脑儿吞下去了。领班现在要打他了。你想，这个可怜的人真倒霉！他凭什么该受这份罪……他在大伙儿面前跟他吵过嘴,跟那个总管,一定是忍不住了……这件事有什么大不了! 可是他就折磨起安季普来。现在就要把他折磨死了。他真是一条狗,一条恶狗,——上帝原谅我的罪孽,——他懂得哪些人可以欺压。有些老头儿有几个钱,家里人比较多,他就不敢碰,这个秃鬼,可是这一回他就放肆了! 所以安季普的儿子不该轮到就被他拉去当兵,这蛮不讲理的骗子手,恶狗,——上帝原谅我的罪孽。"

我们出发去打猎了。

1847 年 7 月于西里西亚的萨尔茨勃伦

事务所

这是秋天的事。我背着枪在野外徘徊已有几小时了。库尔斯克大道上的旅店里有我的三套车在等候着我。傍晚以前我大概不会回旅店去的，可是极其细密而寒冷的毛毛雨从清早起就像老处女一般无休无止地、毫不怜惜地缠住我，终于使我不得不在附近找一个避雨的所在——哪怕是临时的也好。我正在考虑向哪一方面走，忽然豌豆田旁边一个低矮的草棚映入了我的眼中。我走近这草棚，向草檐底下一望，看见一个非常衰弱的老头儿，使我立刻想起了鲁滨逊在他的孤岛上某一个山洞里所发现的那只垂死的山羊。老头儿蹲在地上，眯着他那双晦暗的小眼睛，像兔子那样急促而又小心地（这可怜的人一颗牙齿也没有了）咀嚼着干燥坚硬的豌豆粒，不断地在嘴里把它移到这边，又移到那边。他那么专心于这工作，竟没有注意我的到来。

“老大爷！喂，老大爷！”我叫唤着。

他停止咀嚼，高高地抬起眉毛，努力睁开眼睛。

“什么？”他用嘶哑的声音含糊地问。

“这附近哪儿有村子？”我问。

老人又咀嚼起来。他听不清楚我的话。我更大声地重复了我的问话。

“村子吗？……你有什么事？”

“要去躲雨。”

“什么？”

“躲雨。”

“哦！（他搔搔他那晒黑的后脑）喏，你啊，喏，这么走，”他突然这样说起来，一面乱挥着手，“喏……喏，沿着林子走，走着走着，那里就会有一条路；你别走上去，别走上这条路去，要一直向右走，一直走，一直走,一直走……喏,那儿就是阿纳尼耶沃村啦。也可以通到西托夫卡村。”

我听起老头儿的话来很费力。他的髭须妨碍他说话,而且他的舌头很不灵便。

“你是哪儿人?”我问他。

“什么?”

“哪儿人,你是?”

“阿纳尼耶沃村的人。”

“你在这儿做什么?”

“什么?”

“你做什么,在这儿?”

“在这儿看守。”

“你看守什么呀?”

“看守豌豆。”

我禁不住笑了。

“得了吧,你有多大年纪啦?”

“不知道。”

“大概你眼睛不好吧?”

“什么?”

“眼睛不好吧?”

“不好。有时候一点也看不见。”

“那你怎么能看守呢?真是天晓得!”

“这要问上头的人了。”

“上头的人!”我想,不免带着怜悯之心看看这可怜的老头儿。他摸索了一会儿,从怀里掏出一块硬面包,就像小孩子一般啃食起来,用力缩进他那本来就已凹进的两颊。

我向林子方面走去,向右拐弯,依照老人的话,一直走,一直走,终于来到一个大村子。这村子里有一所砖造的教堂,是新式的,即有柱廊的;还有一所宽广的地主邸宅,也是有柱廊的。透过密密的细雨,我从远处就看见一所有两个烟囱的板顶屋子,比别的屋子高些,多分是领班的住宅。我就向那屋子走去,希望在他那里找到茶炊、茶、糖和不太酸的鲜奶油。我带着我那打寒噤的狗登上台阶,走进前室,推开门一看,没有普通人家的陈设,却只见几张堆着文件的桌子、两个红柜子、龌龊的墨水瓶、十分沉重的锡制吸水砂匣、很长的羽毛笔等物。在其中一张桌子边坐着一个二十岁左右的小伙子,面孔浮肿而带病容,眼睛极小,前额发亮,鬓毛极多。他穿着一件普通的灰色土布外套,领上和前襟都有油光。

"您有什么事?"他仿佛一匹马突然被人拉了鼻子似地仰起头来,问我。

"这儿是管家住的……还是……"

"这儿是地主的总事务所,"他打断了我的话,"我在这儿值班……您没有看见牌子吗? 特地钉着牌子呢。"

"这里有什么地方可以烤干衣服? 村子里哪一家有茶炊?"

"怎么会没有茶炊呢,"穿灰色外套的小伙子神气地回答,"您可以到季莫费神父那儿,或者到仆人的屋子里,或者到纳扎尔·塔拉瑟奇那儿,或者到看家禽的阿格拉费娜那儿去。"

"你在跟谁讲话,你这蠢货? 害我睡不着觉,这蠢货!"邻室里传出话声。

"有一位先生来问,哪儿可以烤干衣服?"

"哪一位先生?"

"我不认识。带着狗和枪的。"

邻室里发出床铺的轧轧声。门开了,进来一个年约五十岁的人,身材矮胖,脖子像公牛,眼睛突出,两颊滚圆,满面发光。

"您有什么事?"他问我。

"我想烤干衣服。"

"这儿没有地方。"

"我不知道这儿是事务所;不过我准备付钱……"

"那么,这儿或许也可以,"那胖子说,"来,请到这边来吧。(他领我到另一个房间里,但不是他走出来的那个房间。)在这里您看好吗?"

"好,……可不可以给我些茶和鲜奶油?"

"可以,马上就来。您先脱下衣服休息一会儿,茶立刻就可以准备好。”

“这是谁的领地？”

“女主人叶连娜·尼古拉耶夫娜·洛斯尼亚科娃的。”

他出去了。我向周围一看：隔开我的房间和事务所的那道板壁跟前，摆着一只很大的皮面长沙发；两只靠背极高的椅子，也是皮面的，矗立在开向街道的唯一的窗子两旁。糊着粉红色花样绿底壁纸的墙上，挂着三幅很大的油画。一幅画上画着一只戴蓝色脖套的猎狗，下面写着字：“这是我的慰藉”；狗的脚边有一条河，河对岸的松树下面，坐着一只大得不合尺度的兔子，竖起一只耳朵。另一幅画上画着两个老头儿在吃西瓜；西瓜后面远远的地方有一个希腊式的柱廊，下面写着“如意殿”。第三幅画上画的是一个躺着的半裸体女人，画成透视缩狭形，膝盖红润润的，脚后跟很胖。我的狗刻不容缓地竭尽全力爬到长沙发底下去，但显然那里有许多灰尘，因此接二连三地大打起喷嚏来。我走到窗口，看见从地主邸宅到事务所，斜穿过街道，铺着些板：这是很有益的预防措施，因为这地带是黑土，加之连绵不断地下雨，周围泥泞得厉害。这地主庄园是背向着街道的，庄园附近所见的情状，就同一般地主庄园附近的情状一样：穿着褪色的印花布衣服的农家姑娘前前后后地钻来钻去；男仆们在泥泞中费力地跨着步，时时立定了，满腹心事地搔搔背脊；甲长的那匹系着的马，懒洋洋地摇着尾巴，高高地抬起头来啃栅栏；母鸡咯咯地叫着；好像患肺病似的火鸡不断地互相呼应。在一间黑暗而破烂的屋子（大约是澡堂）的小台阶上，坐着一个强壮的小伙子，手里拿着吉他，正在起劲地唱着一支有名的浪漫曲：

嗳——我离开这美妙世界，
远赴荒凉地带……

胖子走进我的房间来。

“给您端茶来了。”他带着愉快的微笑对我说。

穿灰色外套的小伙子，就是事务所的那个值班员，在一张旧呢面纸牌桌上放下茶炊、茶壶、垫着破茶碟的茶杯、一罐鲜奶油和一串像燧石一样坚硬的波尔霍夫面包圈。胖子走了出去。

“这是什么人，”我问值班员，“管家吗？”

“不是，他从前是会计主任，现在升作事务所主任了。”

“难道你们没有管家的？”

“没有。我们有总管，米哈伊拉·维库洛夫，可没有管家。”

“那么总务有吗？”

“当然有的。一个德国人，卡尔洛·卡尔勒奇·林达曼多尔；不过他不当家。”

“那么你们这儿谁当家呢？”

“女主人自己。”

“原来是这样的！……那么你们事务所里人多吗？”

小伙子想了一想。

“有六个人。”

“哪六个人？”我问。

“喏，是这么些人：首先是瓦西里·尼古拉伊奇，是出纳主任；还有彼得是事务员，彼得的兄弟伊万是事务员，另外一个伊万是事务员；科斯肯金·纳尔基佐夫也是事务员，还有我，——都数不完。”

“你们女主人大概有很多仆人吧？”

“不，不很多……”

“那么有多少人呢？”

“一共大概有一百五十个人。”

我们两人都沉默了一会儿。

“怎么样，你写字写得很好吧？”我又开始说话。

小伙子咧开嘴笑了，点了点头，到办公室去拿来一张写满字的纸。

“这是我写的。”他说时，一直微笑着。

我一看：一张灰色的四开纸上用漂亮而粗大的笔迹写着下列的字：

命　　令

阿纳尼耶沃村领主邸宅总事务所指令总管米哈伊拉·维库洛夫。第209号。

仰该总管奉令后速即侦查：何人昨夜醉入英国式花园歌唱猥

亵小调，惊扰法籍女家庭教师安瑞尼夫人安眠？守夜人所司何事，何人在园内守夜，而容许此等乱暴之事？上记一切，仰该总管详细查明，速即呈报本事务所。

事务所主任尼古拉·赫沃斯托夫

这命令上盖着一个很大的图章："阿纳尼耶沃村领主邸宅总事务所之印"，下面批着："切实奉行。叶连娜·洛斯尼亚科娃。"

"这是女主人亲笔批的吗？"我问。

"可不是，是她批的，她总是亲笔批的。不然这命令就不能发生效力。"

"那么，你们要把这命令送去给总管吗？"

"不，他自己会来念的。不是，是我们念给他听；我们这总管是不识字的。（值班员又沉默了一会儿）你看怎么样，"他接着说，得意地微笑着，"写得好吗？"

"很好。"

"不过不是我起的稿。在这方面科斯肯金是能手。"

"怎么？……你们写命令先起稿的？"

"可不是吗？不起稿写不清楚的。"

"你拿多少工钱？"我问。

"三十五卢布，还有五卢布靴子钱。"

"你满意吗？"

"当然满意喽。我们这儿不是随随便便的人都能进事务所的，老实说，我是靠上帝的旨意：我叔叔是当管事的。"

"你生活过得好吗？"

"好的。实在的，"他叹一口气继续说，"像我们这种人，譬如说，在商人那儿日子过得更好些。我们这种人在商人那儿好得多。昨天晚上有一个商人从韦涅夫到我们这里来，他的雇工就对我这样说……很好，没有话说，很好。"

"怎么，商人给的工钱多些吗？"

"得了吧！你如果跟他要工钱，他就抓住你的脖子把你赶走。不，在商人那儿做事要讲信用，而且要负责。他给你吃，给你喝，给你穿，给你一切。称他的心,他就多给你些……你要工钱做什么！根本不需要……而且商人生活简单,是俄罗斯式的,跟我们一样:你跟他一道出门去,他喝茶,你也喝茶;他吃什么,你也吃什么。商人……怎么好比:商人跟地主老爷不同。商人直爽;他生起气来,打你一下就完事了。不难为你,不嘲骂你……跟地主老爷在一起可受罪了！什么都不中意:这样不好,那样不对。你拿一杯水或者一些食物给他,‘啊呀,水有臭味！啊呀,食物发臭的!’你拿出去,在门外头站一会儿,再拿进来。‘唔,现在好了,唔,现在不发臭了。’讲到那些女主人啊,我告诉您,那些女主人更难伺候！……还有小姐呢！……”

“费久什卡!”办公室里传来胖子的声音。

值班员敏捷地走出去。我喝完了一杯茶,躺在长沙发上睡着了。我睡了大约两小时。

我醒过来,想起身,却被懒惰所困;我闭上眼睛,但是不再入睡。隔壁办公室里有人在轻声地谈话。我不由得倾听起来。

“是啊,是啊,尼古拉·叶列梅伊奇,”一个声音说,“是啊。不能不考虑到这个;不能不考虑到,的确……啊哼!”说话的人咳嗽一声。

“您相信我吧,加夫里拉·安东内奇,”胖子的声音回答,“您想哪,我难道还不知道这儿的规矩。”

“要是您不知道,还有谁知道呢,尼古拉·叶列梅伊奇:您在这儿可说是老大了。那么这究竟怎么办呢?”我所不熟悉的声音继续说,“我们怎样决定呢,尼古拉·叶列梅伊奇?我倒要听听。”

“怎样决定,加夫里拉·安东内奇?这件事可说全在于您;您好像不乐意吧。”

“得了吧,尼古拉·叶列梅伊奇,您说哪里话?我们的事情就是做生意,做买卖;我们的事情就是买货。我们可说是以此为业的,尼古拉·叶列梅伊奇。”

“八卢布。”胖子从容不迫地说出来。

只听见一声叹息。

“尼古拉·叶列梅伊奇,您讨价太高了。”

“加夫里拉·安东内奇,不能再少了;天地良心,不能再少了。”

接着是沉默。

我悄悄地抬起身子，向板缝里张望。胖子背向我坐着。他对面坐着一个商人，年纪大约四十岁，消瘦而苍白，面有菜色。他不断地摸自己的胡子，十分敏捷地眨巴眼睛，扭动嘴唇。

“今年的苗秧可说是好极了，”他又说起话来，“我一路欣赏着。从沃罗涅什起全都是极好的苗秧，真可说是一等的了。”

“苗秧的确不坏，”事务所主任回答，“可是您知道，加夫里拉·安东内奇，秋天长得好，春天难预料。①”

“的确是这样的，尼古拉·叶列梅伊奇：一切都是上帝的旨意；您说的一点也不错……你们的客人恐怕醒了吧。”

胖子转过身来……倾听一下……

“没有醒，睡着的。不过也许，这个……”

他走到门边。

“没有醒，睡着的。”他重说一遍，回到了原地。

“那么，怎么办呢，尼古拉·叶列梅伊奇？”商人又开始说，“这点小生意总得做成它……这样吧，尼古拉·叶列梅伊奇，这样吧，”他不断地眨巴眼睛，继续说，“两张灰票和一张白票②送给您老人家，那边呢（他朝地主的邸宅点了点头），六个半卢布。击掌为定吧，好不好？”

“四张灰票。”事务所主任回答。

“那么，三张吧！”

“四张灰票，不要白票。”

“三张，尼古拉·叶列梅伊奇。”

“三张半，一戈比也不能再少了。”

“三张，尼古拉·叶列梅伊奇。”

“别多讲啦，加夫里拉·安东内奇。”

“你这人太不讲情面，”商人咕哝地说，“那我还不如自己去同女主人解决。”

---

① 这里是指秋播春收的作物。

② 帝俄时代的纸币：灰票是五十卢布，白票是二十五卢布。

“随您的便，”胖子回答，“早就可以这样做。其实，您何必来找麻烦呢？……那样做好得多！”

“唉，算了，算了，尼古拉·叶列梅伊奇。您这就生气了！我不过这样说说罢了。”

“不，到底怎么样……”

“算了吧，我对你说，……我说过了，是闹着玩的。好吧，你就拿三张半吧，拿你有什么办法呢。”

“拿四张是应该的，可是我这傻瓜，性急了。”胖子喃喃地说。

“那么那边，女主人那儿，是六个半，尼古拉·叶列梅伊奇，——谷子卖六个半卢布喽？”

“六个半已经讲定了。”

“那么，来击掌吧，尼古拉·叶列梅伊奇（商人叉开手指在事务所主任的手掌上打了一下）。上帝保佑您！（商人站起身来）那么我，尼古拉·叶列梅伊奇老爷，我现在就去求见女主人，我就说尼古拉·叶列梅伊奇已经跟我讲定六个半卢布了。”

“您就这样说吧，加夫里拉·安东内奇。”

“现在就请您收下。”

商人把一小叠钞票递给事务所主任，鞠一个躬，摇一摇头，用两根手指拿起他的帽子，扭一扭肩膀，使自己的身子做出一个波浪形的动作，走了出去，他的靴子恰如其分地发出嘎吱嘎吱声。尼古拉·叶列梅伊奇走到墙边，据我所能看到的，他在那里点商人交给他的票子。门口伸进来一个有浓密的连鬓胡子和火红头发的头。

“怎么样？”那个头问，“一切都办妥了吗？”

“一切都办妥了。”

“多少？”

胖子懊恼地挥一挥手，指指我的房间。

“啊，好，好！”那个头回答，就不见了。

胖子走到桌子边坐下，翻开簿子，拿来算盘，开始把算盘珠拨上拨下，不用右手的食指而用中指，因为这样更体面些。

值班员进来了。

“你有什么事?”

“西多尔从戈洛普廖克来了。”

“啊!好,叫他进来。等一下,等一下……先去看看,那位老爷怎么样了,睡着呢,还是醒了。”

值班员小心地走进我的房间。我把头放在代替枕头的猎袋上,闭上眼睛。

“睡着的。”值班员回到办公室,轻轻地说。

胖子叽里咕噜地说了些埋怨的话。

“好,叫西多尔进来吧。”最后他说。

我又抬起身子。走进来的是一个身材高大的农民,年纪大约三十岁,体格强壮,双颊红润,长着淡褐色的头发和短短的拳曲的胡子。他在圣像面前祷告了一番,然后向事务所主任鞠一个躬,两手拿着帽子,直挺挺地站着。

“你好,西多尔。”胖子一面拨算盘,一面说。

“您好,尼古拉·叶列梅伊奇。”

“嗯,路上怎么样?”

“好的,尼古拉·叶列梅伊奇。稍微有些泥泞。”(农民说话慢吞吞的,也不高声。)

“你老婆身体好吗?”

“她没什么不好!”

农民喘一口气,一只脚踏上前些。尼古拉·叶列梅伊奇把笔搁在耳朵上,擤了擤鼻涕。

“唔,你来做什么?”他继续问,一面把一块方格手帕放进衣袋里去。

“是这样的,尼古拉·叶列梅伊奇,上头问我们要木匠。”

“怎么,难道你们没有木匠吗?”

“我们怎么会没有木匠呢,尼古拉·叶列梅伊奇,我们是森林地区呀——不用说了。不过现在是活儿忙的时候,尼古拉·叶列梅伊奇。”

“活儿忙的时候!这就对啦,你们都喜欢替别人做工,不喜欢替自己的女主人做工……还不是一样的嘛!”

“工作的确是一样的,尼古拉·叶列梅伊奇……不过……”

“什么?”

“工钱太……那个……”

“那又怎么样！嘿,你们被惯坏了,得了吧!”

“而且,事情明摆着,尼古拉·叶列梅伊奇,一个礼拜就可以干完的活儿,总要拖一个月。一会儿木料不够了,一会儿又派你到花园里去扫路了。”

“这有什么不可以！女主人亲自吩咐下来,我和你就没有话可说。”

西多尔默不作声了,交替地踏着两只脚。

尼古拉·叶列梅伊奇歪着头,专心地拨弄算盘珠。

“我们那儿的……庄稼汉……尼古拉·叶列梅伊奇……”西多尔终于说起话来,每个字都是讷讷不出于口,“叫我给您老人家……这儿……有……”(他把他那粗大的手揣进上衣的怀里,从那里掏出一个红花纹手巾包来。)

“你怎么啦,你怎么啦,傻瓜,你疯了吗?”胖子连忙打断他的话,“去吧,到我家里去吧,”他说着,几乎把那惊讶的农民推了出去,“你到那儿去找我老婆……她会请你喝茶,我马上就来,你去吧。别怕呀,听见吗？快去吧。”

西多尔出去了。

“真是个……冒失鬼!”事务所主任在他后面咕哝着,摇摇头,又打起算盘来。

忽然街上传来一片喊声:“库普里亚![1] 库普里亚！库普里亚可站稳了!”这喊声迫近台阶,过了不久,事务所里进来一个人,这人身材矮小,样子像有肺病似的,他的鼻子特别长,一双大眼睛呆滞不动,神态非常高傲。他穿着一件破旧的、棉绒领子的、钮扣极小的常礼服。他肩上背着一捆柴。他的周围聚集着五六个仆人,大家嚷着:“库普里亚！库普里亚可站稳了！库普里亚升作火夫了！升作火夫了!”但是,穿棉绒

---

① 库普里亚是库普里扬的卑称。

领礼服的人一点也不注意他的同伴们的喧哗吵闹,脸色丝毫不变。他跨着整齐的步子走到炉子边,卸下重物,抬起身子,从后面的袋里取出一只鼻烟盒,睁大眼睛,开始把搀灰的草木樨末塞进鼻子里去。

这一群喧哗吵闹的人进来的时候,胖子皱着眉头,从坐位上站起来;但是他知道了是怎么一回事之后,便微笑了,只是吩咐他们别大声叫嚷,因为隔壁房间里有一位猎人在睡觉。"什么样的猎人?"两个人同声问。

"是一位地主。"

"啊!"

"让他们去闹吧,"棉绒领的人摊开两手说,"不关我事!只要不来惹我。我升作火夫了……"

"升作火夫了,升作火夫了!"众人高兴地接着说。

"这是女主人的命令,"他耸一耸肩膀,继续说,"可是你们等着吧……还要派你们当看猪的呢。我本来是一个裁缝,是一个好裁缝,在莫斯科第一流师傅那里学出来的,替将军们缝过衣服……我这点本领谁也夺不去。可是你们有什么了不起?……有什么了不起?你们难道已经摆脱了主人的权势?你们都是吃白食的,懒汉,还有什么呢!要是放我出去,我不会饿死,我不会完蛋;给我身份证,我会好好地付代役租,使主人满意。可是你们呢?死掉,像苍蝇一样死掉,就是这样罢了!"

"胡说八道,"一个戴红领带、衣袖肘部破烂、毛发淡黄色的麻脸小伙子打断了他的话,"你带了身份证出去过,结果主人看不到你一戈比的代役租,你自己也赚不到一文钱:勉强拖着两条腿回家,从此只剩下一件破衣裳。"

"有什么办法呢,康斯坦丁·纳尔基济奇!"库普里扬回答,"人有了恋爱,就倒霉了,完蛋了。你先活到我的年纪,康斯坦丁·纳尔基济奇,那时候再批评我吧。"

"你算是爱上谁啦!简直是个丑八怪!"

"不,你不能这么说,康斯坦丁·纳尔基济奇。"

"谁能相信你呢?我看见过她的;去年在莫斯科,我亲眼看见的。"

“去年她的确稍微差些。”库普里扬说。

“不，诸位，”一个满面粉刺、头发鬈曲而涂油的、身材瘦长的人，大概是侍仆，用轻蔑而放任的声音说，“让库普里亚·阿法纳瑟奇把他那支小曲唱给我们听听。喂，开始唱吧，库普里亚·阿法纳瑟奇！”

“对呀，对呀！”别的人接着说，“好一个亚历山德拉！——把库普里亚难倒了，没有话说，……唱吧，库普里亚！……亚历山德拉真有办法！（仆人们为了要表示更亲昵，称呼男人的时候往往用阴性词尾。①）唱吧！”

“这里不是唱歌的地方，”库普里扬坚决地回答，“这里是主人的事务所。”

“这跟你有什么关系呢？大概你自己在想当事务员吧！”康斯坦丁带着粗野的笑声回答，“一定是这样！”

“一切都在主人的权力之下。”那可怜的人说。

“瞧，瞧，他在打主意啦，瞧他这样子？呜！呜！啊！”

大家哈哈大笑，有的人跳起来。一个十五岁模样的男孩笑得最响，他大概是仆役中贵族的儿子。他穿着有黄铜钮扣的背心，戴着淡紫色的领带，肚子已经长得很肥胖了。

“喂，库普里亚，说老实话，”尼古拉·叶列梅伊奇显然是被逗得开心了，得意扬扬地说，“当火夫不见得好吧？恐怕是很无聊的事吧？”

“得了吧，尼古拉·叶列梅伊奇，”库普里扬说，“您现在的确是当上了我们的事务所主任；这的确没有话说；可是您也曾经倒过霉，也住过农家屋子呢。”

“在我面前，你可得留神点儿，别太放肆啦，”胖子暴躁地打断了他的话，“你这傻瓜，人家是在跟你开玩笑，你这傻瓜应该懂得；人家肯理睬你这傻瓜，你应该感谢。”

“我是随口讲讲的，尼古拉·叶列梅伊奇，对不起……”

“随口讲讲，那还没有什么。”

---

① 亚历山大是男人的名字，亚历山德拉是女人的名字。此外原文中还有用阴性词尾的地方，但译文中无法表达。

门开开了,跑进一个侍童来。

“尼古拉·叶列梅伊奇,女主人叫你去。”

“谁在女主人那儿?”他问这侍童。

“阿克西尼娅·尼基季什娜和一个从韦涅夫来的商人。”

“我马上就来。喂,你们诸位,”他用劝诫的声音继续说,“最好和这新任的火夫一起离开这儿吧。万一那个德国人跑来,又要去告状。”

胖子整理一下自己的头发,用那差不多全被大衣袖子遮盖了的手捂着嘴咳嗽一声,扣好钮扣,大踏步地到女主人那里去了。不一会儿,这一群人和库普里扬也一同跟着他出去了。留在这里的只有我那老相识的值班员。他刚开始削羽毛笔,就坐在那里睡着了。几只苍蝇立刻利用这个好机会,团团地围住了他的嘴巴。一只蚊子停在他的额上,匀称地摆开两只脚,慢慢地把它的刺全部插进他那柔软的肉里去。以前那个有连鬓胡子的火红发色的头又出现在门口,张望了一会儿,又张望了一会儿,便带着他那很丑陋的身体走进事务所来。

“费久什卡! 喂,费久什卡! 老是睡觉!”那个头说。

值班员睁开眼睛,从椅子上站起来。

“尼古拉·叶列梅伊奇到女主人那儿去了吗?”

“到女主人那儿去了,瓦西里·尼古拉伊奇。”

“哦! 哦!”我想,“他就是出纳主任。”

出纳主任开始在房间里走来走去。可是他与其说是走来走去,不如说是溜来溜去,样子像一只猫。他肩上晃荡着一件后襟极狭的黑色旧燕尾服;他的一只手放在胸前,另一只手不断地去拉他那马毛做的又高又窄的领带,紧张地把头转来转去。他的靴子是山羊皮制的,走路很轻柔,没有嘎吱嘎吱的声音。

“今天亚古什金地主来找过您。”值班员又说。

“唔,来找过我? 他说了些什么?”

“他说,他晚上到秋秋列夫那里去等您。他说‘我有一件事情要同瓦西里·尼古拉伊奇商谈一下’,什么事他可没有说。他说‘反正瓦西里·尼古拉伊奇知道的’。”

“嗯!”出纳主任回答,走向窗口。

“喂,尼古拉·叶列梅伊奇在事务所里吗?”前室里传来很响的声音,一个高个子的人跨进门槛,他显然正在发怒,脸都扭歪了,但脸上富有表情而果敢,服装很整洁。

“他不在这儿吗?”他迅速地向四周一望,这样问。

“尼古拉·叶列梅伊奇在女主人那儿,”出纳主任回答,“您有什么事,对我说吧,帕维尔·安德列伊奇。您可以对我说……您要什么?”

“我要什么?你想知道我要什么?(出纳主任虚弱无力地点点头)我要教训教训他,这个不要脸的大肚子,卑鄙龌龊、挑拨是非的家伙……我要让他尝尝挑拨是非的滋味!”

帕维尔一屁股坐到椅子上。

“您怎么啦,您怎么啦,帕维尔·安德列伊奇?安静些吧!……您怎么好意思?您别忘了您说的是谁,帕维尔·安德列伊奇!”出纳主任嘟嘟囔囔地说起来。

“说的是谁?他升了事务所主任,跟我有什么相干!嘿,没有什么可说的,任用了一个好家伙!简直可以说是把山羊放进了菜园子里!”

“算了,算了,帕维尔·安德列伊奇,算了吧!别提了……这种小事提它干吗呀?”

“哼,老狐狸,摇尾巴去了!……我要等他来。”帕维尔愤怒地说,拍一下桌子,“啊,大驾到了,”他向窗子里一望,接着这样说,“提到他他就来了,我们恭候着呢!”(他站起身。)

尼古拉·叶列梅伊奇走进事务所。他脸上得意扬扬,但是一看见帕维尔,便有些着慌。

“您好,尼古拉·叶列梅伊奇。”帕维尔慢慢地迎上前去,意味深长地说,“您好。”

事务所主任一句话也不回答。门口出现了商人的脸。

“您为什么不回答我呀?”帕维尔继续说。“哦,不……不,”他又说,“这不是办法;叫骂是无济于事的。不,您最好还是老老实实地说出来吧,尼古拉·叶列梅伊奇,你为什么迫害我?你为什么想毁掉我?喂,说呀,说呀。”

“这里不是跟你讲理的地方，”事务所主任不免慌张地回答，“而且也不是时候。不过有一点我实在觉得奇怪：你何以见得我想毁灭你，或者在迫害你？况且我怎么可能迫害你呢？你不是我这事务所里的人。”

“还用说吗，”帕维尔回答，“就差这一点。可是你何必装腔作势呢，尼古拉·叶列梅伊奇？……你明明懂得我的意思。”

“不，我不懂得。”

“不，您懂得。”

“不，我当着上帝说，我不懂得。”

“还对天发誓呢！既然这样，我问你，你不怕上帝吗？啊？你为什么不让那可怜的姑娘活下去？啊？你要她怎么样？”

“你说的是哪一个呀，帕维尔·安德列伊奇？”胖子装出惊奇的样子问。

“嘿！真的会不知道？我说的是塔季扬娜。你应该怕上帝，——你为什么要报复？你不害臊吗？你是有老婆的人，你的孩子已经有我这般高大了，我并没有别的意思……我要娶她，我的行为是正当的。”

“在这点上我有什么过失呢，帕维尔·安德列伊奇？女主人不许你结婚：这是主人家的意思！跟我有什么关系？”

“跟您有什么关系？您不是跟那老鬼婆，跟那女管家串通的吗？您不是在那里挑拨是非吗，嗳？您说，您不是拿种种胡言乱语来诬害这个没有保护的姑娘吗？她不是蒙您照顾才从洗衣的变成了洗碗的吗？她挨打，穿粗布衣服，不也是您照顾的吗？……您不害臊吗，不害臊吗？您是个老人啊！眼看您就要中风了……您到上帝面前去交代吧。”

“你骂吧，帕维尔·安德列伊奇，你骂吧……看你能骂多久！”

帕维尔激怒起来。

“什么？你想吓唬我？”他愤怒地说，“你以为我怕你吗？不，老兄，你看错人了！我怕什么？……我到处都找得到饭吃。你啊——你可不是那么回事了！你只能住在这儿，挑拨是非，偷鸡摸狗……”

“瞧他好神气，”事务所主任打断他的话，他也忍不住了，“一个蹩脚医生，简直是一个蹩脚医生，没用的医生；听听他的口气，——呸！你有什么了不起！”

“哼，蹩脚医生，要没有这个蹩脚医生，你老人家早就在坟墓里烂光了……我真不该治好你的病。”他又恨恨地补说这一句。

“你治好了我的病？……不，你想毒死我；你让我吃芦荟①。”事务所主任接着说。

“可是，除了芦荟之外，别的药对你都没有效，那又怎么办呢？”

“芦荟是卫生局禁用的，”尼古拉继续说，“我还要去控告你呢。你想害死我——就是这么回事！可是上帝没有容许你。”

“你们算了吧，算了吧，二位……”出纳主任开始说……

“你别管！”事务所主任叫起来，“他想毒死我！你懂不懂？”

“我何必毒死你……你听我说，尼古拉·叶列梅伊奇，”帕维尔绝望地说，“我最后一次请求你……你逼得我这样——我实在忍不住了。你别再和我们为难了，听见吗？要是不然，我当着上帝说，我们里头总有一个人要倒霉，我告诉你。”

胖子怒不可遏。

“我不怕你，”他叫喊起来，“听见没有，你这黄口小儿！我收拾过你父亲，我杀了他的威风，这是你的榜样，留神点儿！”

“别跟我提父亲的事，尼古拉·叶列梅伊奇，别提这个！”

“滚开！我为什么要听你吩咐？”

“我关照你，别提这个！”

“我要关照你，你别太放肆了……你以为女主人那儿少不了你，可如果要她从我们两个人里头挑选一个，你是站不住脚的，我的宝贝！谁都不许造反！你留神点儿！（帕维尔气得发抖）至于塔季扬娜这姑娘，是她自作自受……你等着瞧吧，她还要受苦呢！”

帕维尔举起双手，扑上前去，事务所主任沉重地跌倒在地板上。

“拿镣铐来铐住他，铐住他。”尼古拉·叶列梅伊奇呻吟着……

---

① 芦荟是一种植物，它的浓缩液可作药用，但大剂量则有毒。

这一场的结局我不想描写了;我生怕我已经伤害了读者的感情。

当天我就回去了。过了一星期,我听说女主人洛斯尼亚科娃把帕维尔和尼古拉两个人都留用下来,却把塔季扬娜这姑娘打发走。显然是用不着她了。

孤　狼

傍晚，我独自坐了竞走马车打猎回来。离家大约还有八俄里；我那匹很会跑路的驯良的母马精神抖擞地在尘埃道上奔驰，有时打着响鼻，微微地摇动两只耳朵；那只疲劳的狗一步也不离后轮，仿佛缚在那里一般。暴风雨就要来了。前面有一大片淡紫色的乌云，慢慢地从树林后面升起来；长长的灰色的云在我头顶疾驰，向我涌过来；爆竹柳惊慌地骚动并絮语。窒息的暑热忽然变成潮湿的寒气；阴影很快地浓重起来。我用缰绳把马打一下，向峡谷跑下去，穿过一条丛生着柳树的、干枯的小川，跑上山，驶进一个树林里。道路蜿蜒地伸展在我面前那片茂密的已经笼罩着黑暗的榛树林中；我的马车困难地向前行进。百年老橡树和椴树的坚硬的根处处横断着大车轮子所碾成的纵深的车辙；马车在这上面跳动，我的马绊跌起来。狂风突然在上空怒吼，树木开始咆哮，大粒的雨点剧烈地敲打树叶。电光一闪，雷电大作，雨流如注。我的车子慢步前进，走了不久，不得不停下来：我的马陷在泥泞里，眼前一片漆黑。我好容易躲进一丛宽阔的灌木下面。我曲着身子，遮住脸，耐心地等候雷雨终止。忽然，电光一闪，我瞥见路上有一个高大的身躯。我就向那方面仔细注视，——那个身躯仿佛是从我马车旁边的地上升起来的。

“是谁？”一个洪亮的声音问。

“你是谁？”

“我是这里的守林人。”

我说出了我的姓名。

“噢，我知道！您是回家去吗？”

“回家去。可是你瞧，这么大的暴风雨……”

“是啊，暴风雨。”那个声音回答。

白晃晃的电光把守林人从头到脚照亮了;一声短促的霹雳立刻跟着它响起来。雨势加倍地增大。

“不会马上就停的。”守林人继续说。

“怎么办呢!”

“要么,让我领您到我屋里去吧。”他断断续续地说。

“那费心了。”

“请您坐着吧。”

他走到马头旁边,抓住笼头,把它从那地方拉了出来。我们就动身了。马车像“大海里的独木舟”一般摇晃着,我抓住车垫,呼唤着狗。我那可怜的母马艰难地在泥泞中跨步,有时滑一滑,有时跌一跌;守林人在车辕前向左右摇晃,像幽灵似的。我们走了相当长久;最后我的向导站定了。“我们到家了,老爷。”他用平静的声音说。篱笆门轧轧地响起来,几只小狗齐声吠叫。我抬起头,在闪电光中,看见围着篱笆的宽阔的院子里有一所小木屋。从一个小窗口透出幽暗的火光。守林人把马拉到台阶旁,便敲门。“就来了,就来了!”传出一个尖细的声音,听见光脚板的踏步声,门闩嘎嘎地响起来,一个穿着旧衬衫、腰里系着布条的十二岁模样的小姑娘手里提着一盏灯,出现在门口了。

“给老爷照路,”他对她说,“我把您的马车拉到屋檐下去。”

小姑娘朝我望望,就走进屋里去。我跟着她走。

守林人的屋子只有一间熏黑的、低矮而空落落的房间,没有高板床,也没有间壁。墙上挂着一件破烂的皮袄。长板凳上放着一支单筒枪,屋角里堆着一堆破布;炉子旁边摆着两只大瓦罐。松明在桌上燃烧着,凄惨地亮起来又暗下去。在屋子的正中央,一根长竿子的一端挂着一只摇篮。小姑娘熄灭了提灯,坐在一只小凳子上,开始用右手推动摇篮,左手整理松明。我向四周望望,——我的心郁闷起来:夜晚走进农家屋子里,是一件不愉快的事。摇篮里的婴孩沉重而急促地呼吸着。

“你就一个人住在这里?”我问小姑娘。

“一个人。”她的声音几乎听不出。

“你是守林人的女儿吗?”

“是守林人的女儿。”她轻声说。

门轧轧地一响，守林人低着头，跨进门槛来。他从地上拾起提灯，走到桌子边，点燃了烛芯。

“您大概不习惯点松明吧？”他说着，摇一摇鬈发。

我望望他。这样强壮的汉子是难得看到的。他身材高大，肩膀宽阔，体格匀称。湿透了的麻布衬衫下面显著地露出他那强壮的肌肉。拳曲的黑须髯遮住了他那严肃而刚毅的脸的一半；一双连接的阔眉毛底下，炯炯有神地露着一对褐色的小眼睛。他把一双手轻轻地叉在腰里，站在我面前。

我向他道谢，又问他的名字。

“我叫福马，”他回答，“不过外号叫孤狼①。”

“啊，你就是孤狼！”

我带着加倍的好奇心对他望望。我从我的叶尔莫莱和别人那里，常常听见关于守林人孤狼的故事，附近所有的农人都像怕火一样怕他。照他们的话说，世界上从来不曾有过这样能够尽职的人：“一束枯枝都不让人家拿走；无论在什么时候，即使在半夜里，他也会如雷轰顶地出现在你面前，而你休想抵抗。他力气大，”他们说，“又机灵，就像魔鬼一样……毫无办法收买他：请他喝酒，送他钱，无论怎样诱惑他都不行。有些人不止一次地想弄死他，可是不行——办不到。”

邻近的农民们对于孤狼就是这样评论的。

“原来你就是孤狼，”我重复说，“老弟，我听见人家说起过你。听说你是一点也不让人的。”

“我是尽我的职，”他阴沉沉地回答，“白吃主人家的饭是不行的。”

他从腰里拿出一把斧头，坐在地上劈起松明来。

“你没有老婆吗？”我问他。

“没有。”他回答，用力挥了一下斧头。

“死了吧？”

“不……是的……死了。”他说着，扭过脸去。

我不再做声；他抬起眼睛来看看我。

---

① 奥廖尔省的人称孤独而阴郁的人为孤狼。——原注

“跟过路的贩子逃跑了。”他苦笑着说。小姑娘低下头;婴儿醒了,哭起来;小姑娘走到摇篮边去。“喂,给他吧。”孤狼一边说,一边把一个肮脏的奶瓶塞到女孩手里。“就把他丢下了。”他指着婴儿低声地继续说。他走到门边,站定了,转过身来。

“老爷,您大概,”他开始说,“不要吃我们那种面包的吧,可是我这儿除了面包……”

“我不饿。”

“好,那就算了。我该替您生个茶炊,可是我没有茶叶……让我去看看您的马怎么样了。”

他出去了,碰上了门。我再度向四周观看。我觉得这屋子比先前更加凄凉了。冷却的烟烬的苦辣气味呛得我难受。小姑娘一动不动地坐在原地,也不抬起眼睛来;她有时推动摇篮,怯生生地把滑下来的衬衫拉到肩上去;她那双赤脚一动不动地挂着。

“你叫什么名字?”我问。

“乌莉塔。”她说时,悲哀的小脸儿更加低垂了。

守林人走进来,坐在长板凳上。

“暴风雨快要过去了,”略微沉默一下之后他说,“如果您吩咐,我就送您出树林去。”

我站起身。孤狼拿了枪,检看一下火药池。

“拿这个干吗?”我问。

“林子里有人在捣乱……在偷砍马谷地方的树。”他补说后面这句,用以回答我疑问的眼色。

“难道从这儿听得见?”

“从院子里听得见。”

我们一起走出去。雨停了。远处还有一团团沉重的乌云聚集着,有时闪烁着长长的电光;但是在我们头顶某些地方已经现出深蓝色的天空,星星透过稀薄的、疾驰的飞云闪闪发光。受到风吹雨打的树木的轮廓,开始在黑暗中显露出来。我们开始倾听。守林人摘下帽子,低着头。“喏……喏,”他突然说,伸出一只手来指着,“瞧,挑选了这样一个夜晚。”我却除了树叶的簌簌声之外什么也没有听见。孤狼把马从屋檐底下牵出来。“我这么一来,”他又出声地说,“也许会给他逃走的。”“我跟你一块儿去……好吗?”“行,”他回答,把马送了回去,“我们马上把他抓住,然后我再送您去。走吧。”

我们走了:孤狼走在前面,我跟着他。天晓得他怎么会认识路的,但他只有难得几次停下来,而且也是为了倾听斧声。“喏,”他喃喃地说,“听见吗? 听见吗?”“在哪儿呀?”孤狼耸一耸肩膀。我们走下峡谷去,风静止了一会儿,均匀的斧劈声清楚地传到我的耳朵里。孤狼对我看看,摇摇头。我们在湿淋淋的羊齿植物和荨麻中间一直向前走去。传来一阵沉重而持续的响声……

“砍倒了……”孤狼喃喃地说。

这时候天空更加清澄;林子里稍微明亮了些。我们终于走出峡谷。“请在这儿等一下。”守林人悄悄地对我说,弯下身子,举起枪杆,就消失在树丛里了。我开始紧张地倾听。在不断地呼啸着的风声中,我听见不远的地方有轻微的声音:斧头小心地砍树枝的声音,车轮的轧轧声,马儿打响鼻的声音……“往哪儿走? 站住!”突然响出孤狼的钢铁一般的吼声。另一个声音像兔子那样哀号着……搏斗开始了。“坏蛋,坏蛋,”孤狼喘息着,反复地叫,“你跑不了……”我向喧闹的方面赶去,一步一跌地跑到了搏斗的地方。在那棵砍倒的树旁的地上,守林人正在蠢动着;他按住那贼,用腰带把他的两手反绑起来。我走近去。孤狼站起身,把他拉了起来。我看见一个湿淋淋的、衣衫褴褛、长着乱蓬蓬的长须的农民。一匹半身盖着凹凸不平的席子的驽马和一辆货车一起站在那里。守林人一句话也不说;那农民也不做声,只是摇晃着头。

“放了他吧,”我在孤狼耳朵边轻声说,“我来赔这棵树。”

孤狼一声不响地左手抓住马的鬃毛,右手拉着贼的腰带。“喂,转过身子来,这笨蛋!”他厉声说。“那儿有把斧头,捡起来吧。”农民喃喃地说。“当然不会让它丢掉!”守林人说着,捡起了斧头。我们就走了。我走在后面……雨又开始疏落落地下起来,不久就转为倾盆大雨。我们好容易到达了小木屋。孤狼把抓来的马推在院子中央,把农民带进屋里,松了腰带的结,叫他坐在屋角里。那小姑娘已经在炉边睡着了,又跳起来,带着沉默的恐怖向我们注视。我在长板凳上坐下。

“啊，好大的雨啊，”守林人说，“只好再等一会儿了。您要不要躺一下？”

“谢谢。”

“因为您在这儿，我本来想把他关到贮藏室里去的，”他指着那农民继续说，“可是那门闩……”

“让他在这儿吧，别动他了。”我打断孤狼的话。

农民皱着眉向我看看。我在心里起誓，无论如何必须释放这可怜的人。他一动不动地坐在长板凳上。在灯光中，我能够看清楚他那憔悴多皱的脸、垂下的黄眉毛、神色不安的眼睛、瘦削的肢体……小姑娘在他脚边的地板上躺下，又睡着了。孤狼坐在桌子旁边，两手托着头。螽斯在屋角里叫响……雨打着屋顶，沿着窗子流下来；我们都默不作声。

“福马·库兹米奇，”农民突然用低钝乏力的声音说，“啊，福马·库兹米奇。”

“你要什么？”

“放了我吧。”

孤狼不回答。

“放了我吧……我是因为肚子饿……放了我吧。”

“我知道你们的，”守林人阴沉沉地反驳他，“你们村里全是些窃贼偷儿。”

“放了我吧，”农民反复地说，“管家……我们都给逼穷了，真的……放了我吧！”

“逼穷了！……偷东西总是不应该的。”

“放了我吧，福马·库兹米奇，……别把我毁了。你是知道的，你们的主人会要我的命，真的。”

孤狼转过脸去。农民直打哆嗦，好像是因寒热病而打颤似的。他抖动脑袋，呼吸不均匀了。

“放了我吧，”他灰心丧气地重复说，“放了我吧，真的，放了我吧！我赔钱，就是这样，真的。实在是为了肚子饿……孩子们哭哭啼啼，你自己也明白。真是走投无路了。”

“可你总不该偷东西。”

“那匹马,”农民继续说,“那匹马,就把它…… 我只有这头牲口……放了我吧!”

“跟你说了,不行。我也是做不了主的人:我要受处罚的。而且也不该放纵你们。”

“放了我吧! 穷啊,福马 · 库兹米奇,就是为了穷啊…… 放了我吧!”

“我知道你们的!”

“放了我吧!”

“嘿,跟你多讲有什么用;安安静静地坐着吧,不然的话,你知道吗? 你没看见老爷在这里吗?”

可怜的人低下了头……孤狼打一个哈欠,把头靠在桌上。雨还是下不停。我等候着下文。

农民突然挺直身子。他的眼睛里冒着火,满脸通红了。“哼,好,你吃了我吧,好,让你哽死,好,”他开始说,眯起眼睛,挂下嘴角,“好,你这可恶的凶手,你喝基督徒的血吧,喝吧……”

守林人转过身去。

“跟你说话,听见没有,你这野蛮人,吸血鬼,听见没有!”

“你喝醉了还是怎么的,怎么骂起人来了?”守林人惊讶地说,“你疯了吧?”

“喝醉了! ……又没有花你的钱,你这可恶的凶手,畜生,畜生,畜生!”

“嘿,你……我要把你! ……”

“我怕什么? 反正一样是死;没有了马,叫我到哪里去? 你杀了我吧,一样是完结;饿死,这样死,反正都一样。都完蛋吧:老婆,孩子,都死光吧……可是你呀,你等着吧,我们会收拾你的!”

孤狼站起来。

“打吧,打吧,”农民用愤慨的声音接着说,“打吧,来,来,打吧……(小姑娘急忙从地上跳起来,盯着他看。)打吧! 打吧!”

“住口!”守林人大喝一声,向前跨了两步。

“算了，算了，福马，”我喊起来，“别管他，……由他去吧。”

“我偏要说话，”不幸的人继续说，“反正是个死。你这凶手，畜生，你就不会死！……等着吧，你神气不了多久啦！人家会把你绞死，你等着吧！”

孤狼抓住他的肩膀……我冲上前去帮助那农民……

“别动，老爷！”守林人喊住我。

我并不怕他的威胁，已经伸出一只手去；但使我非常惊奇的是：原来他一下子把带子从农民的胳膊肘上抽去；抓住他的衣领，给他把帽子拉到眼睛上，打开门，把他推了出去。

“带了你的马滚蛋吧！”他在他后面叫嚷，“可你得留神，下回再碰上我……”

他回到屋里，在角落里摸索着。

“喂，孤狼，”最后我说，“我真想不到你会这样，我看出来，你是一个了不起的好人。”

“唉，别提了，老爷，”他懊恼地打断我的话，“只是请您不要说出去。还是让我送您走吧，”他接着说，“您要等这点小雨过去大概是等不到了……”

院子里响起农民的大车轮子的声音。

“喏，他走了！”他喃喃地说，“下回我可！……”

半小时以后，他在林子旁边同我道别。

两 地 主

宽厚的读者诸君，我已经有过把我邻近几位绅士介绍给你们的荣幸了；现在请让我顺便（在我们作家看来一切都是顺便的）再介绍两位地主和你们相识。我常常到他们那里去打猎，他们都是很可敬的、安分守己的人，受着好几县人们的普遍的尊敬。

我先给你们描写退伍陆军少将维亚切斯拉夫·伊拉里奥诺维奇·赫瓦伦斯基。请想象一个高个子的人，曾经是体态匀称，现在皮肤略微松弛了些，但是绝不衰老，甚至不是老年人，而是壮年人，即所谓正当盛年。的确，他那曾经很端正而现在也还可爱的面貌略微有些变动，双颊松弛了，眼睛边放射出一条条密密的皱纹，有几个牙齿，像普希金所引证的萨迪的话，已经不在了；①淡褐色的头发，至少现在所留下的那些，都已经变成了淡紫色，这全赖于从罗苗的马市上一个冒称亚美尼亚人的犹太人那里买来的药水的功效；可是维亚切斯拉夫·伊拉里奥诺维奇步履矫健，笑声响亮，使马刺发出叮当声，拈着髭须，而且自称为老骑兵。其实大家都知道：真的老人从来不自称为老人的。他平时穿常礼服，钮扣一直扣到上面，戴着结得很高的领带和浆过的硬领，穿着军装式的灰色花点裤子，帽子简直戴在前额上，后脑完全露出。他为人很善良，但有一些相当奇怪的见解和习惯。例如，对于并不富裕或者没有官衔的贵族，他决不能看做和自己平等的人。跟他们说话的时候，他总是把一边的面颊紧紧地撑在白色的硬领上，侧着头看他们，或者突然用明亮而呆滞的目光瞥他们一眼，默不作声，头发下的全部头皮都动起来；甚至说话时用的字眼也不一样，例如，他不说"谢谢你，帕维尔·瓦西

---

① 普希金著《叶甫盖尼·奥涅金》第八章第五十一节："有的已经不在，有的到了远方，像萨迪曾经说过的那样。"原来的意思是指朋友，现在借用来指牙齿，是诙谐的说法。

里奇”,或者“请到这里来,米哈伊洛·伊万内奇”,而说作“谢你,帕尔·阿西里奇”,或者“这来,米哈尔·万内奇”。对于社会地位低的人们,他的态度更加奇怪:他压根儿不向他们看,在对他们说出自己的愿望或者发命令以前,带着担心而沉思的神态,一连几次反复地说:“你叫什么名字? ……你叫什么名字?”把第一个字说得特别刺耳,而把其余的字说得很快,这使得他的话十分像雄鹌鹑的叫声。他是个忙忙碌碌的人,又十分吝啬,但并不是一个好当家:用一个退伍的骑兵司务长——一个非常愚蠢的小俄罗斯人①——当管家。不过,讲到管理产业,我们这里还没有一个人能比得上彼得堡的一个显宦:他从他的管家的报告中看到,他领地里的烤禾房常常遭火灾,因此损失许多粮食。他就发出一道极严格的命令:今后在火没有完全熄灭的时候,不准把禾捆放进烤禾房里去。这位显宦又曾经想把自己的全部田地都播种罂粟,这显然是出于一种极简单的打算:罂粟比黑麦贵,所以种罂粟更有利。他又命令他的女农奴都戴上根据彼得堡寄来的式样制成的头巾;果然,直到现在,他领地里的农妇们还都戴着这种头巾……不过是戴在帽子上面的……不过,我们还是回过来谈维亚切斯拉夫·伊拉里奥诺维奇吧。维亚切斯拉夫·伊拉里奥诺维奇十分爱好女色,他在自己县城里的林阴道上看见一个漂亮的女人,马上就跟着她走,但是走起路来立刻就一瘸一拐了,这光景真好看。他喜欢玩纸牌,但是只同身份比他低的人玩;他们称呼他为“阁下大人”,他却任意叱骂他们。当他同省长或其他官吏玩纸牌的时候,他的态度就发生了可惊的变化:他微笑,点头,窥伺他们的眼色——浑身表现出甜蜜的样子……即使赌输了,他也不悔恼。维亚切斯拉夫·伊拉里奥诺维奇很少看书,看书的时候,髭须和眉毛不断地抖动,仿佛把一阵波浪从脸的下部推向上部去似的。维亚切斯拉夫·伊拉里奥诺维奇脸上这种波浪式的动作,当他偶尔(自然是在客人面前)浏览《Journal des Débats》②中各栏的时候,尤为显著。选举的时候,他担任极重要的角色,但是因为舍不得钱,辞谢了贵族长这

① 小俄罗斯人是旧时对乌克兰人的蔑视的称呼。

② 法语:《评论报》。

个尊荣的称号。“诸位先生，”他常常对劝请他就任的贵族们说，声音中充满着体谅和自尊的语气，“我深深地感谢美意；但是我决心在孤独中度过我的余暇。”说过这些话之后，把头向左右摇晃几下，然后尊严地把下巴和面颊往领带上一靠。他年轻时候曾当过某要人的副官，他称呼这要人只用名字和父名；据说，他所担任的似乎不限于副官的职务，譬如说，他似乎曾经穿上全套仪仗服装，甚至扣上风纪扣，在澡堂里替他的上司擦背——传闻自然是不可尽信的。不过赫瓦伦斯基将军自己也不喜欢说起他的服务经历，这确是很奇怪的事。他似乎并没有参加过战争。赫瓦伦斯基将军独自住在一所小房子里；他一生没有经验过夫妇生活的幸福，因此直到现在还算是未婚者，甚至是优越的未婚者。然而他有一个女管家，这人年约三十五岁，黑眼睛，黑眉毛，长得丰满、娇嫩而有髭须。她平日穿浆硬的衣服，到了星期天就套上细纱袖。维亚切斯拉夫·伊拉里奥诺维奇在地主们招待省长和其他要人的大宴会上总很得意：在这里他可说是得其所哉了。这时候他倘不是坐在省长右边，总是坐在离开他不远的地方；在宴会开始的时候，他比较保持自尊感，身体向后仰，但不转动头，斜着眼睛俯视客人们圆圆的后脑和竖立的硬领；可是到宴会终了的时候，他就快活起来，开始向各方面微笑（对省长方面，他从宴会开始时就微笑的），有时竟提议，为了庆祝他所谓“地球的装饰”的女性而干杯。赫瓦伦斯基将军在一切庄严的和公开的典礼上、考场上、教堂仪式上、集会上和展览会上也很出风头；在祝福的时候他也是好手。维亚切斯拉夫·伊拉里奥诺维奇的仆役们在散场时，在渡口，以及在其他类似的场合下，既不骚扰，也不叫喊；却在拨开人群或者呼唤马车的时候，用悦耳的低沉的喉音说：“对不起，对不起，请让赫瓦伦斯基将军过去。”或者：“赫瓦伦斯基将军的马车……”赫瓦伦斯基的马车确是相当旧式的；仆役们的号衣相当破旧（自不必说，这是红镶边的灰色号衣）；那几匹马也相当年老，服务了一生一世。但是维亚切斯拉夫·伊拉里奥诺维奇不主张豪华，而且认为装阔气是不适合于自己的身份的。赫瓦伦斯基说话没有特殊的才能，不过或许是他没有机会表露他的口才，因为他不但对于争论，就是对于普通的辩驳，也不耐烦；他努力避免一切冗长的谈话，尤其是跟年轻人之间的谈话。这样做确实是有道理的;不然,对付起现在这班人来真糟糕:他们一不服从,就会对他失却尊敬。赫瓦伦斯基在地位高的人面前,大都是默不作声,但是对于地位低的、显然是他所轻蔑而仅乎交往而已的人,他说话简短而生硬,老是应用这样的语句:“可是,您说的是毫无价值的话。”或者:“归根结底,阁下,我不得不警告您。”或者:“可是,毕竟,您应该知道,您是在跟谁打交道。”诸如此类。邮政局长、常任议员和驿站长们,特别怕他。他家里不招待任何人,据说他是守财奴。虽然如此,他仍然是一个出色的地主。邻近的人们说他是“一个老军人,大公无私的人,守规矩的人,vieux grognard①”。只有一个省检察官,当人们在他面前说起赫瓦伦斯基将军的出色而庄重的品质时,独自在那里冷笑,——但嫉妒使人什么都做得出!……

可是,现在让我们来谈另一个地主吧。

马尔达里·阿波洛内奇·斯捷古诺夫一点也不像赫瓦伦斯基;他恐怕未见得在什么地方任过职,也从来没有被认为是美男子。马尔达里·阿波洛内奇是一个矮胖的小老头,秃头,双重下巴,一双手很柔软,肚子相当大。他非常好客,而且性情诙谐,所谓自得其乐地度着日子;不论冬天和夏天,他都穿着一件条纹的棉睡衣。他只有一点和赫瓦伦斯基将军相同:他也是独身者。他有五百个农奴。马尔达里·阿波洛内奇管理自己的领地相当注重外表;为了不作时代落伍者,大约十年前他就向莫斯科的布捷诺普公司买了一架脱粒机,把它锁闭在储藏室里,这就安心了。只有在晴明的夏日,他才吩咐套竞走马车,坐了到田野里去看看庄稼,采些矢车菊。马尔达里·阿波洛内奇的生活完全是古风的。他的房子也是旧式建筑:在前室里,有很浓烈的克瓦斯、兽脂烛和皮革的气味;就在这儿右边,有一个餐具橱,里面放着烟斗和毛巾;餐厅里挂着家人的肖像,有苍蝇,有一大盆天竺葵和一架蹩脚钢琴;客厅里有三张长沙发、三张桌子、两面镜子和一架声音嘶哑的自鸣钟,钟面的珐琅已经发黑,两根青铜指针上雕着花纹;书房里有一张堆着文据纸张的桌子,一个贴着从上世纪各种作品上剪下来的图片的蓝色屏风,几个

---

① 法语:爱抱怨的老人。

装着发霉的书籍、蛛网和黑灰尘的柜子，一把松软的安乐椅，一扇意大利式窗子，以及一扇钉死了的通往花园的门……总而言之，一切应有尽有。马尔达里·阿波洛内奇有许多仆役，都穿旧式服装：高领子的蓝色长外套、灰暗色裤子和黄色短背心。他们称呼客人为“老爹”。经管他的产业的，是一个农民出身的、大胡子遮着整件皮袄的总管；料理家务的是一个包着褐色头巾、满脸皱纹的吝啬的老太婆。马尔达里·阿波洛内奇的马厩里有三十匹各种各样的马；他出门时乘坐自制的一百五十普特重的四轮马车。他招待客人很殷勤，款待得很丰盛，这就是说，由于俄罗斯烹饪的令人心醉的特性，使得他们直到晚上除了玩朴烈费兰斯以外绝不可能做一点别的事情。他自己从来不做任何事情，连一本《圆梦书》也不看了。但是这样的地主在我们俄罗斯还多得很；也许有人要问，我由于什么原因，为了什么目的，要在这里讲起他呢？……好，让我把我有一次访问马尔达里·阿波洛内奇的情况告诉你们，用以代替回答吧。

在一个夏天的傍晚七点钟光景，我坐马车来到他家里。他刚刚做完晚祷，一个样子非常羞怯、新从神学校出来的青年教士坐在客厅里靠门的一张椅子边上。马尔达里·阿波洛内奇照例十分亲热地接待我；每一个客人来了都使他感到真心地欢喜，他的为人大体上是极善良的。教士站起身，拿了帽子。

“等一下，等一下，神父，”马尔达里·阿波洛内奇说时没有放开我的手，“别走……我叫他们给你拿伏特加去了。”

“我不会喝酒。”教士忸怩不安地喃喃说，脸红到了耳根。

“笑话！你们这种人怎么会不喝酒呢！”马尔达里·阿波洛内奇回答，“尤什卡！尤什卡！给神父拿伏特加来！”

尤什卡，一个年约八十岁的又高又瘦的老头儿，用一只肉色斑纹的深漆盘子端着一杯酒走进来。

教士开始辞谢。

“喝吧，神父，别扭扭捏捏，这样不好。”地主带着责备的口气说。

可怜的年轻人就服从了。

“好，神父，现在你可以去了。”

教士开始鞠躬。

“啊,好了,好了,去吧……真是个好人,”马尔达里·阿波洛内奇目送着他,继续说,“我对他很满意;只是一点:还年轻。老是说教,连酒都不喝。嗳,您怎么样,我的老爹?……您怎么样,您好吧?我们到阳台上去吧,——瞧,多么可爱的黄昏。”

我们走到阳台上,坐下来开始谈天。马尔达里·阿波洛内奇朝下面望望,突然激动得不得了。

“这是哪家的鸡?这是哪家的鸡?”他喊起来,“哪家的鸡在我们花园里走?……尤什卡!尤什卡!快去看看,哪家的鸡在花园里走?……这是哪家的鸡?我禁止过多少次了,说过多少次了!”

尤什卡跑去了。

“这么乱七八糟!”马尔达里·阿波洛内奇反复地说,“真要命!”

不幸的鸡,我现在还记得,两只花斑的和一只白色有冠毛的,依旧在苹果树底下悠然漫步,有时用几声拖长的咯咯声来表现自己的感情;突然,头上不戴帽子、手里拿着棍子的尤什卡和另外三个壮年的仆人,协力同心地向它们猛扑过来。这一下可热闹了:母鸡叫着,拍着翅膀跳着,大声地咯咯地叫着;仆人们跑来跑去,跌跌绊绊;主人在阳台上气急败坏地叫喊:“抓住,抓住!抓住,抓住!抓住,抓住,抓住!……这是哪家的鸡,这是哪家的鸡?”最后,一个仆人把那只有冠毛的鸡的胸脯按在地上,居然把它捉住了。正在这时候,一个蓬头垢脸、年约十一岁的小姑娘手里拿着一根长竿,从街上跳过花园的篱笆。

“啊,原来是她家的鸡!”地主得意扬扬地叫起来,“是马车夫叶尔米尔家的鸡!瞧,他打发他的纳塔尔卡来赶它们了……倒没有派帕拉莎来,”地主轻声地补说一句,意味深长地微笑一下。“喂,尤什卡,不要管鸡了,给我把纳塔尔卡抓来。”

可是,气喘吁吁的尤什卡还没有跑到大惊失色的小姑娘身旁,不知女管家从哪里出现了,她抓住小姑娘的手,在她背上打了几下……

“对啦,嗳,对啦,”地主接着说,“啧啧啧!啧啧啧!……”他又大声地说,“把鸡扣留下来,阿夫多季娅。”然后眉飞色舞地对我说,“老爹,这次的追捕怎么样,嗳?我汗都出来了,您瞧。”

于是马尔达里·阿波洛内奇哈哈大笑起来。

我们仍旧留在阳台上。黄昏的景色确实异常美好。

有人给我们端来了茶。

"请问,"我开始说,"马尔达里·阿波洛内奇,迁移在那边峡谷后面大路上的那几户农家,是您的吗?"

"是我的……怎么?"

"您为什么这样做呢,马尔达里·阿波洛内奇?这真是罪过。分配给他们的屋子又脏又窄;四周看不见一棵树;连养鱼池都没有;只有一口井,而且是派不了用场的。难道您就不能另找一个地方吗?……听说您把他们以前的大麻田也夺去了?"

"地界这样划分,你拿它有什么办法?"马尔达里·阿波洛内奇回答我,"划分地界真伤脑筋(他指指他的后脑勺)。我从这划分地界看不出一点好处来。至于我夺去他们的大麻田呀,没有给他们那边挖一个养鱼池呀,——关于这些,老爹,我自有道理。我是一个普普通通的人,照老规矩行事。照我看,老爷总归是老爷,农民总归是农民……就是这么回事。"

对于这样明白有力的论据,自然是没有话可以回答的。

"况且,"他继续说,"那些农民都很坏,受过惩罚的。尤其是那边有两户人家;先父——祝他升入天堂——在世的时候,就不喜欢他们,很不喜欢他们。告诉您,我有这样的体会:如果父亲是贼,那么儿子也是贼;随您怎么说……唉,血统,血统,——这是很重要的事!坦白告诉您吧,我把那两户人家没轮到的人也送去当兵,就这样把他们往各处送走;可是不能根除,有什么办法?这些可恶的人繁殖起来很快。"

这时候四周完全寂静了。只有风偶尔一阵阵吹来,最后一阵风在屋子附近停息下来的时候,从马厩那边发出一种均匀而频繁的敲打声,传到我们耳朵里。马尔达里·阿波洛内奇刚刚把倒满茶的碟子①端到嘴唇边,已经掀动鼻孔,想喝茶了,——大家都知道,土生土长的俄罗斯人,没有一个不是这样喝茶的,——但是他停止了,倾听一下,点点头,

---

① 旧式的俄罗斯人喝茶时先把茶杯里的茶倒在垫碟里,然后用垫碟喝。

喝了一口茶，然后把碟子放到桌上，带着最仁慈的微笑，仿佛本能地配合着那敲打声喊着："嚓嚓嚓！嚓嚓！嚓嚓！"

"这是怎么回事？"我惊奇地问。

"那儿，按照我的命令，正在惩罚一个调皮捣蛋的家伙……那个管餐厅的瓦夏，您知道吗？"

"哪一个瓦夏？"

"就是刚才伺候我们吃饭的。还长着一脸大胡子呢。"

最强烈的愤慨，遇到马尔达里·阿波洛内奇的明朗而柔和的目光，也是抵挡不住的。

"您怎么啦，年轻人，您怎么啦？"他摇着头说，"您这样盯住我看，难道以为我是个坏人吗？惩罚他是出于爱护，您也知道的吧。"

过了一刻钟，我向马尔达里·阿波洛内奇告别。我的车子经过村子的时候，我看见了管餐厅的瓦夏。他正咬着核桃，在街上走。我吩咐马车夫把马勒住，叫他过来。

"喂，老弟，你今天受罚了吗？"我问他。

"您怎么知道？"瓦夏回答。

"你家老爷告诉我的。"

"老爷自己告诉您的？"

"他为什么要下命令惩罚你？"

"这是我应得的，老爹，是我应得的。我们这儿为了一点小事是不会受罚的；我们没有这种规矩——绝对没有。我们的老爷不是那样的人；我们的老爷……这样的老爷是全省里找不出的。"

"走吧！"我对马车夫说。"这就是旧俄罗斯！"我在归途上这样想。

列别迪扬

我的亲爱的读者诸君，打猎的主要好处之一，是它使得你不断地乘了马车从一个地方到另一个地方，这对有闲的人来说，是非常惬意的事。不过，有时候（尤其是在雨天）确实不太愉快，例如在乡间的道路上徘徊，穿过没有路径的原野，遇见一个农民，就叫住了问他：“喂，朋友！我们要到莫尔多夫卡去，怎样走？”而到了莫尔多夫卡，又探问一个迟钝的农妇（雇工们都下地去了）：到大路上的旅店路远不远？怎样走法？车子走了十来俄里，并没有旅店，却来到了地主家的七零八落的胡多布勃诺夫村里，把一大群猪吓得要命——它们齐耳朵没在街路中央深褐色的泥泞里，绝对没有料到会有人去惊扰它们。还有不愉快的，是通过不坚固的小桥，往峡谷中驶下去，走浅滩渡过两岸都是沼地的小川；还有不愉快的，是整整一昼夜行驶在一片绿野之中的大路上，或者，——但愿千万别碰上，——在一面标着数字22、另一面标着数字23的条纹里程标前面的泥泞里一连陷上几小时；还有不愉快的，是一连几星期都是吃的鸡蛋、牛奶和人们所赞扬的黑麦面包……但是这一切不便和倒霉，都被另一种好处和满足所抵偿了。现在就开始叙述正题吧。

有了上述的一切话，我在大约五年前怎样来到列别迪扬集市①的杂沓中，不须对读者说明了。我们猎人往往在某一天早上乘着马车从多少算是祖传的领地出发，打算第二天傍晚就回来，可是不停地射击鹬鸟，走呀走的，结果可能就来到美好的伯绍拉河岸边；况且凡是喜欢枪和狗的人，也都是世界上最高尚的动物——马的热烈的崇拜者。因此，我来到了列别迪扬，在旅馆里下榻，换了衣服，就到集市上去。（旅馆的茶房，一个有甘美的男高音鼻音嗓子的、二十来岁又高又瘦的小伙

---

① 列别迪扬是坦波夫省的一个县，以马市闻名。

子，已经告诉过我，说某公爵大人，即＊＊＊联队的马匹采购员，住在他们这旅馆里；另外还来了许多绅士；又说每天晚上有茨冈人唱歌，剧院里正在上演《特瓦尔多夫斯基老爷》①；又说马的价钱很高，但马都是好马。）

在这集市的广场上，停着无数排大车，大车后面有各种各样的马匹：跑大步的马、养马场的马、拉重车的马、拉货车的马、驿马和普通的农家马。另外还有肥壮的油光水滑的马，依毛色归类，盖着各种颜色的马衣，用短缰绳系在高高的架木上，胆怯地往后边斜眼望着它们的马贩子老板手里的、它们十分熟悉的鞭子；草原贵族们从一两百俄里外送出来的家养的马，由一个衰老的马车夫和两三个迟钝的马夫监视着，摇晃着它们的长长的脖子，跺着脚，不耐烦地啃着木桩子；黄褐色的维亚特种马紧紧地互相偎依着；尾巴波浪形、蹄上毛茸茸的、臀部宽阔的跑大步的马，有灰色带圆斑的，有乌黑的，有枣红色的，都像狮子一般庄严稳健地站着。行家们恭敬地站在它们面前。在一排排的大车中间形成的一条条路上，聚集着各种身份、各种年龄和各种外貌的人们：穿蓝大褂、戴高帽子的马贩子，狡猾地窥视着，等待着买主；眼睛突出的鬈发的茨冈人发疯似地奔来奔去，看看马的牙齿，扳起马的腿和尾巴，叫骂着，替人家做中人，抽签，或者拼命缠住一个戴军帽、穿海狸皮军大衣的马匹采购员。一个结实的哥萨克高高地骑在一匹脖子像鹿颈那样的消瘦的骟马上，要“整个儿”卖掉它，就是说连马鞍和笼头一起出卖。穿着腋下破烂的皮袄的农民们，拼命往人丛里钻进去，成群地挤到套着“试用”马的大车旁去；或者，在一旁靠着灵巧的茨冈人的帮助，精疲力尽地在那里讲价钱，一连拍了一百遍巴掌，各人坚持自己的价格；这期间，他们所争论的对象，一匹身上盖着弯曲的席子的蹩脚马，自管在那里眨眼睛，仿佛事情同它无关似的……事实上，今后将由谁来打它，在它还不是一样的！有些宽额角的地主，染着髭须，脸上带着威严的表情，戴着波兰式四方帽，穿着厚呢外衣，只套着一只袖子，正在跟戴绒毛帽和绿手套的大肚子商人谦逊地谈话。各团队的军官也在这里闲逛；一个

① 俄国作曲家韦尔斯托夫斯基（1799—1862）的歌剧（1828）。

身材非常高大的德国籍胸甲骑兵正在冷静地问一个瘸腿的马贩子："这匹栗毛马要卖多少钱?"一个十九岁模样的淡黄发骠骑兵正在替一匹瘦健的溜蹄马挑选一匹副马;一个驿站车夫,戴着有孔雀毛的低矮的帽子,穿着褐色上衣,狭窄的绿腰带里塞着一双皮手套,正在找求一匹辕马。马车夫们在替自己的马编尾巴,把马的鬃毛弄湿,向绅士们作恭敬的忠告。已经成交的人们,视各人境况不同,或者跑到大酒家里去,或者跑到小酒店里去……所有这些人都在那里纷忙,叫喊,蠢动,争吵,和解,骂着,笑着,个个都是泥污满膝。我想替我的四轮马车买三匹像样一点的马,因为我那些马快不中用了。我找到了两匹,第三匹还没有来得及挑选。吃过了我现在不打算描写的一餐午饭之后(爱尼[1]早就知道,回想过去痛苦的事是多么不愉快),我就走到每晚聚集着马匹采购员、养马场主任和其他来客的所谓咖啡馆里去。在弥漫着烟草的灰色雾气的台球房里,有二十来个人。这里面有穿匈牙利式轻骑兵短上衣和灰色裤子的、鬓发很长而髭须抹油的、落拓不羁的青年地主,正在神气活现地向周围观望;另有几个穿哥萨克服装的、脖子很短而眼睛浮肿的贵族,也在那里苦闷地喘息;商人们坐在一旁,即所谓"另席"上;军官们在那里随意不拘地交谈着。那位公爵正在打台球,他是一个年约二十二岁的青年人,脸上现出愉快而略带骄矜的神气,穿着没有扣上钮扣的常礼服、红色的绸衬衫和宽大的丝绒灯笼裤;他正在和一个退伍的陆军中尉维克托·赫洛帕科夫打台球。

退伍陆军中尉维克托·赫洛帕科夫是一个年约三十岁、肤色黝黑、身材瘦小的人,长着黑色的头发、深棕色的眼睛和扁扁的狮子鼻。凡是选举会和集市,他总是热心地到场。他走路跳跳蹦蹦,昂然地展开一双圆弧形的手臂,歪戴着帽子,卷起他那灰蓝色细棉布衬里的军大衣的袖子。赫洛帕科夫先生善于巴结彼得堡的豪富的纨绔子,跟他们一起抽烟,喝酒,玩纸牌,跟他们称兄道弟。他们为什么赏识他,却很费解。他并不聪明,而且也不滑稽,并不适宜供人笑乐。的确,他们也只不过是随随便便地亲近他,像对待一个善良而无聊的人那样;跟他交往了两三

---

① 爱尼是希腊神话中的英雄。

个星期之后，忽然不跟他打招呼，他也不招呼他们了。陆军中尉赫洛帕科夫的特点，是他在一年、有时在两年里面，总说同样的一句话——合适的或不合适的，这句话一点也不滑稽，然而天晓得为什么，大家听了都要笑。大约在八年之前，他无论到哪里都说这句话："我向您致敬，衷心地感谢。"他那时期的恩主们每次都笑得要命，而且要他重复说"我向您致敬"；后来他改用一句相当复杂的话："不，您真是那个，凯斯凯赛①——往往结果是这样。"这句话也获得辉煌的成功；大约过了两年，他又发明了新的俏皮话："您不要性急，②老实人，被缝上了羊皮。"诸如此类。说来也奇怪！您瞧，这几句毫不足道的话，能够给他带来吃的喝的和穿的。（他的财产早已胡乱花光了，现在单靠朋友过日子。）您得注意，除此以外，他对别人就绝对不再有任何效劳之处了；的确，他每天能抽一百烟袋"茹科夫"烟，而且打起台球来右脚抬得比头还高，瞄准了，发狂似地抡着手里的台球杆，——可是这种优点毕竟不是人人都喜欢的。他也很会喝酒……但是在俄罗斯靠喝酒是不容易出名的……总而言之，他的成功，在我觉得完全是一个谜……只有一点：他很谨慎，不宣扬别人的家丑，不讲别人的坏话……

"嘿，"我看见赫洛帕科夫时心里想，"他现在的口头禅是什么呢？"

公爵打中了白球。

"三十比零。"一个脸色阴郁、眼睛下面发青的患肺病的记分员高叫。

噗的一声，公爵把一个黄球打进了边袋里。

"嗨！"坐在屋角里一张摇晃的独脚桌子旁边的一个肥胖的商人，从丹田里发出一声赞扬的叫声，叫出了又羞怯起来。幸而谁也没有注意到他。他松一口气，摸摸胡子。

"三十六比零！"记分员用鼻音喊起来。

"喂，老弟，怎么样？"公爵问赫洛帕科夫。

"怎么样？不用说啦，是流—流—流—氓，十足的流—流—流—

---

① 法语："这是什么"的译音。

② 此句是法语和俄语混合着说的。

流一氓！”

公爵噗哧一笑。

“怎么，怎么？再说一遍！”

“流—流—流—氓！”退伍陆军中尉得意地重复了一遍。

“哦，这就是他的口头禅了！”我想。

公爵把红球打进了袋里。

“嗳！不要这样，公爵，不要这样，”一个眼睛发红、鼻子很小，脸上有婴儿般的睡态的淡黄头发的小军官突然嘟嘟囔囔地说起来，“不要这样打……应该……不要这样！”

“怎么样呢？”公爵回过头去问他。

“应该……那个……用双回球的打法。”

“是吗？”公爵喃喃地说。

“怎么样，公爵，今天晚上去茨冈人那儿吗？”狼狈的青年人连忙接着说，“斯乔什卡要唱歌呢……还有伊柳什卡……”

公爵并不回答他。

“流—流—流—氓，老弟。”赫洛帕科夫狡猾地眯住了左眼说。

公爵哈哈大笑起来。

“三十九比零。”记分员宣告。

“零，零，……瞧我打这黄球……”

赫洛帕科夫手里抡着台球杆，瞄准了打去，但是滑了一杆。

“嗳，流—流—氓。”他懊恼地叫起来。

公爵又笑了。

“什么，什么，什么？”

可是赫洛帕科夫不肯重复说他那句话：应该扭捏一下。

“您滑了一杆，”记分员说，“请让我把球杆上涂些白粉……四十比零！”

“对啦，诸位先生，”公爵向全体在场的人说，但是不特别注视着某一个人，“你们知道，今天晚上在剧院里一定要叫韦尔任比茨卡娅出来谢幕。”

“当然，当然，一定要叫韦尔任比茨卡娅……”以回答公爵的话为莫大荣幸的几个绅士争先恐后地叫起来。

“韦尔任比茨卡娅是出色的女演员,比索普尼亚科娃好得多。”一个长着髭须、戴着眼镜的可怜巴巴的人从屋角里尖声尖气地说。这不幸的人！他心里其实是非常爱慕索普尼亚科娃的,而公爵却连看都不看他一眼。

“来人哪,拿烟斗!”一个身材高大、相貌端正、气度高贵的绅士俯在自己的领带上说,从各方面看来他是一个赌棍。

侍役跑去拿烟斗,回来的时候报告公爵大人,说车夫巴克拉加要见他。

“啊！好,叫他等一等,拿点伏特加给他喝。”

“是。”

后来有人告诉我,巴克拉加是一个年轻漂亮、极受宠爱的驿站车夫;公爵喜欢他,送他马匹,同他赛马,曾和他一起度过一连好几个夜晚……这位公爵从前曾经是一个淘气而好挥霍的人,现在你们可认不出他了……现在他身上洒着许多香水,衣服笔挺,多么骄傲！多么忙于职务,而主要的是多么审慎!

然而烟草的雾气开始刺激我的眼睛了。最后一次听过了赫洛帕科夫的叫声和公爵的大笑之后,我就回到自己的房间里;在那儿一张有高高的弯靠背的、窄小而坍陷了的鬃垫长沙发上,我的侍役已经给我铺好被褥了。

第二天我挨家挨户地去看马,先从有名的马贩子西特尼科夫那里看起。我走进便门,来到一个撒着沙土的院子里。在马厩完全敞开的门前边,站着老板本人,这人年纪已经不轻,高大而肥胖,穿着高翻领的兔皮外套。他看见了我,就慢慢地迎上前来,双手把帽子在头上举了一会,拖长声音说:

“啊,您好。大概乐意看看马吧?”

“对,我是来看马的。”

“请问要什么样的马?”

“给我看看,您有些什么马。”

“遵命。”

我们走进马厩里。有几只白色的小狗从干草里站起身,摇着尾巴,向我们跑来;一只长胡须的老山羊不情愿地走了开去;三个穿着结实而油污了的皮袄的马夫默默地向我们鞠躬。左右两边,在做得高出地面的马栏里,站着大约三十匹养得很好、洗得很干净的马。横木上有鸽子飞来飞去,咕咕叫着。

"您要做什么用的马:乘用的,还是作种马用的?"西特尼科夫问我。

"既要乘用的,也要作种马的。"

"知道了,知道了,知道了,"马贩子抑扬顿挫地说,"彼佳,把银鼠牵出来给这位先生看看。"

我们走到院子里。

"要不要从屋里端一张凳子出来?……不要?……那就请便啦。"

马蹄嘚嘚地踩响木板,鞭子咔嚓一声响,彼佳,一个麻脸、肤色黝黑、年约四十岁的男子,和一匹体态匀称的灰色公马一起从马厩里跑出来。他让它用后脚站起,牵着它在院子里跑了两圈,然后敏捷地把它在显著的地方勒住。银鼠挺一挺身子,嘶嘶地喷出鼻息,翘起尾巴,转动一下头,向我们瞟了一眼。

"这家伙很有本领!"我心里想。

"让它自由活动,让它自由活动。"西特尼科夫说着,目不转睛地盯住我看。

"您看怎么样?"最后他问我。

"马是不坏,两条前腿不大可靠。"

"腿很出色!"西特尼科夫确信地回答,"还有臀部……您瞧……宽得像炕一样,简直可以在上面睡觉。"

"蹄腕骨长了点。"

"哪里长!天地良心!让它跑,彼佳,让它跑,走快步,快步,快步……别让它跳。"

彼佳又带着银鼠在院子里跑了一阵子。我们都不做声。

"好,带它回去吧,"西特尼科夫说,"把鹰给我们牵出来。"

鹰是一匹像甲虫一样乌黑的荷兰种公马,臀部下垂,身体瘦健,看来比银鼠好些。它是属于猎人们所谓“能斩、能砍、能俘虏”的那一类马，这就是说，走路的时候前脚向左右一弯一踢，而很少前进。中年的商人们偏爱这种马，因为它们跑起路来好像伶俐的客店伙计的剽悍的步态；饭后出门闲逛的时候，叫这种马独匹拉车是很适宜的：它们走路的样子很神气，弯着脖子，热心地拉着粗糙的轻便马车，车上载着饱得动弹不得的马车夫，患胃灼热的肥胖的商人，和穿着浅蓝色绸外衣、戴着淡紫色头巾的虚胖的商人妻子。鹰我也拒绝了。西特尼科夫又给我看几匹马……最后，一匹灰色带圆斑的沃耶伊科夫公马使我中意了。我不能自制，欢喜地拍拍它的脖子。西特尼科夫立刻装出淡然的样子。

“那么，它拉车拉得好吗？”我问。（说起跑大步的马时，往往不说跑得好不好。）

“拉得好。”马贩子泰然地回答。

“可以试试吗？……”

“当然可以。喂，库济亚，把追儿套上车。”

驯马师库济亚是这一行的能手，他驾着马在街上从我们面前经过了两三次。马跑得很好，步调不乱，臀部不耸动，运脚自由，尾巴翘起，走路稳健。

“这匹马你要卖多少钱？”

西特尼科夫讨价非常高。我们就在街上讲起价钱来，忽然一辆由选配得很出色的三匹马拖着的驿马车从街角上隆隆地飞驰过来，昂然地停在西特尼科夫家的大门口了。在这辆狩猎用的华丽的马车上坐着那位公爵；他旁边矗立着赫洛帕科夫。巴克拉加驾着车……驾驭得多么高明！仿佛可以驾着车穿过耳环似的，这家伙！两匹枣红色的副马小巧而活泼，乌黑的眼睛，乌黑的腿，神态那么活跃，行动那么敏捷；只要唿哨一声，就会拔脚飞奔的！深褐色的辕马像天鹅一般仰着颈子，挺起胸脯，四条腿像箭一样笔直，不断地摇晃着脑袋，骄傲地眯着眼睛……好极了！这样的马替伊凡·瓦西里耶维奇沙皇[1]在复活节上驾车也够格！

① 即伊凡四世，又称伊凡雷帝。

“大人！欢迎光临！”西特尼科夫喊起来。

公爵跳下马车，赫洛帕科夫慢慢地从另一边爬下。

“你好，老弟……有马吗？”

“大人要，怎么会没有呢！请进来……彼佳，把孔雀牵出来！叫他们把嘉奖也准备好。至于您的事，先生，”他向着我继续说，“我们以后再决定吧……福姆卡，给大人端凳子来。”

从我以前未曾注意到的一个特殊的马厩里，牵出了孔雀。这匹强壮的暗红色马走路简直四脚腾空。西特尼科夫竟扭转头，眯起了眼睛。

“呜，流一流一氓！”赫洛帕科夫欢呼起来，“瑞姆萨①。”

公爵笑了。

要勒住孔雀可不容易；它反而拖着马夫在院子里跑；终于把它抵到墙边。它打着响鼻，颤抖着，蜷缩起来，可是西特尼科夫还去撩惹它，向它挥动鞭子。

“你往哪儿瞧？我把你这！呜！”马贩子带着亲切的威吓对它说，同时不由自主地欣赏着自己的马。

“多少钱？”公爵问。

“大人要买，算五千吧。”

“三千。”

“不行哪，大人，请原谅……”

“对你说，三千，流一流一氓。”赫洛帕科夫接着说。

我没有等他们成交就走了。在街道尽头的转角上，我看见一所灰色的小房子，大门上贴着一大张纸。纸的上方用钢笔画着一匹马，尾巴像烟囱，脖子极长，在马蹄下面，用古体字写着如下的文字：

> 此处出卖之各种毛色马匹，均系由坦博夫地主阿纳斯塔西·伊万内奇·切尔诺拜之著名草原养马场运到列别迪扬集市者。此种马匹体态优美，驯育完全，性情温良。诸位买主惠顾，请径向阿纳斯塔西·伊万内奇本人接洽；如阿纳斯塔西·伊万内奇不在，请向驭者纳扎尔·库贝什金接洽可也。诸位买主，请惠顾老人！

---

① 法语：“我喜欢这个”的译音。

我站定了。我想,让我看看切尔诺拜先生著名草原养马场的马吧。

我想从便门进去,但发现这便门迥异寻常,是锁着的。我就敲门。

“是谁? ……顾客吗?”一个女人尖声地说。

“顾客。”

“就来了,先生,就来了。”

便门开了。我看见一个年约五十岁的妇人,没戴帽子,穿着靴子和敞胸皮袄。

“恩人,请进来,我马上去通知阿纳斯塔西·伊万内奇……纳扎尔,喂,纳扎尔!”

“什么事?”一个七十岁老人的沙哑的声音从马厩里传出。

“把马准备好;顾客来了。”

老妇人跑进屋里。

“顾客,顾客,”纳扎尔用埋怨的口气回答她,“我替它们洗尾巴还没洗完呢。”

“啊,好一个世外桃源!”我想。

“你好,先生,欢迎。”从我背后慢慢传来一个滋润悦耳的声音。我回头一看:在我面前站着一个穿蓝色长裾大衣的中等身材的老头儿,白发苍苍,一双浅蓝色的眼睛很漂亮,脸上现出亲切的微笑。

“你要马吗? 好的,先生,好的……要不要先到我那儿去喝杯茶?”

我辞谢了。

“好,那就请便吧。先生,请你原谅我:我是照古风的。(切尔诺拜先生说话从容不迫,而且 O 音很重。)你可知道,我这里一切都很简朴……纳扎尔,喂,纳扎尔。”他并不提高嗓子,只是拖长了声音叫唤。

纳扎尔,一个长着鹰钩鼻和尖胡子的满脸皱纹的小老头,出现在马厩门口。

“先生,你要什么样的马?”切尔诺拜先生继续说。

“要不太贵的,套篷马车用的。”

“好……有的,好……纳扎尔,纳扎尔,把那匹灰色的骟马给老爷看看,知道吗,站在边上的那一匹,还有那匹额上有白斑的枣红马,或者另一匹枣红马,美人儿生的那匹,知道吗?”

纳扎尔回到马厩里。

“你就这样拉着笼头牵它们出来吧，”切尔诺拜先生在他后面喊道，“先生，我这里，”他用明亮而温和的眼光望望我的脸，继续说，“不像那些马贩子一样，——他们真可恶！他们用各种姜，还用盐、酒糟，[1]都见鬼去吧！……可是我这里，你看见的，一切了如指掌，不耍花招。”

马牵出来了。它们都不能使我中意。

“好，把它们带回去吧，”阿纳斯塔西·伊万内奇说，“另外牵几匹出来给我们看看。”

另外几匹马带出来了。最后我选定了一匹比较便宜的。我们就开始讲价钱。切尔诺拜先生并不急躁，说话很审慎，郑重地请上帝来作证，这就使我不得不“惠顾老人”：我付了定钱。

“好，现在，”阿纳斯塔西·伊万内奇说，“请让我按照老风俗，用衣裾裹着缰绳把马交到你的衣裾里……为了这匹马，你会感谢我的，……这是一匹多么强壮的马！结实得像胡桃一样……完整无恙……草原出产的！任何马具都配得上。”

他画了十字，把自己大衣的衣裾盖在手上，牵住了笼头，把马交给我。

“现在是你所有的了……还是不想喝杯茶吗？”

“不，多谢你，我该回去了。”

“请便吧……叫我的马车夫现在就跟着你把马送去吗？”

“嗳，如果可以的话，现在就送。”

“可以，亲爱的，可以，……瓦西里，喂，瓦西里，跟老爷一块儿去；把马送去，收钱回来。那么，再见了，先生，上帝保佑你。”

“再见，阿纳斯塔西·伊万内奇。”

马送到了我住的地方。第二天一看，原来是一匹有气肿病的瘸腿的马。我想把它套上车，可是我这匹马往后退；用鞭子打它，它就倔强起来，用脚踢着，而且躺倒了。我马上到切尔诺拜先生那里去。我问：

“在家吗？”

---

① 给马吃酒糟和盐，马会很快地长膘。——原注

“在家。”

“您这是怎么回事，”我说，“您把一匹有气肿病的马卖给了我。”

“有气肿病的？……哪有这事！”

“还是瘸腿的，而且脾气又倔强。”

“瘸腿的？我不知道，一定是你的马车夫不知怎么的把它弄伤了……我在上帝面前起誓……”

“说实在的，阿纳斯塔西·伊万内奇，您应该收回这匹马。”

“不行，先生，请别见怪：马一出院子，就完结了。你要事先看清楚啊。”

我明白是怎么回事了，只得顺从自己的命运，笑一笑就走了。幸而我为这教训没有偿付太高的代价。

过了两三天，我离开了。一星期之后，我又在归途中经过列别迪扬。我在咖啡馆里遇到的几乎还是那几个人，又碰见那位公爵在打台球。可是赫洛帕科夫先生的命运已经发生了照例的变化。淡黄头发小军官代替他受着公爵的宠幸。可怜的退伍陆军中尉在我面前又把自己的口头禅试了一次，——以为或许还能像从前一样讨人喜欢，——可是公爵不但不笑，竟皱起眉头，耸一耸肩膀。赫洛帕科夫先生低下头，畏缩起来，钻到屋角里，开始悄悄地给自己的烟斗装上烟丝……

塔季扬娜·鲍里索夫娜和她的侄儿

亲爱的读者,让我牵着您的手,一同乘车出游去吧。天气晴明;五月的天空显出柔和的蔚蓝色;爆竹柳的平滑的嫩叶闪闪发光,仿佛洗刷过似的;宽阔平坦的大路上长满着绵羊最爱啃食的红茎小草;左右两边,在缓缓倾斜的小丘的长坡面上,青葱的黑麦轻轻地荡漾着;小块的浓云投射下疏淡的影子,在它上面移行。远处是一片片黑压压的树林,一些亮闪闪的池塘和几个橙黄色的村庄;无数的云雀飞起来,唱着歌俯冲而下,伸长了脖子站立在土堆上;白嘴鸦停在路上,向您望着,身子紧贴地面,等您的车子走了过去,就跳两下,笨重地飞向一旁;峡谷那边的山上,有一个农民正在耕地;一匹短尾巴的鬃毛蓬松的花斑小马以不稳的脚步,跟在母亲后面跑着,可以听见它那尖细的嘶声。我们的车子驶入白桦林里;浓烈的新鲜空气愉快地渗入呼吸。村庄的栅门到了。马车夫走下车来,马打着响鼻,两匹副马扭回头望望,辕马甩着尾巴,把头贴在轭上……栅门轧轧地开了。马车夫坐上车……走吧!我们的眼前就是村庄了。大约经过了五个院落,我们就向右拐弯,下到一片洼地里,又驶上堤坝。在一个小池塘的那边,在苹果树和丁香树的圆形树梢后面,望得见一个以前曾是红色的板屋顶,屋顶上有两个烟囱;马车夫沿着围墙向左驶,在三条很老的长毛狗的尖锐而嘶哑的吠声中,驶进了敞开的大门,威风地在宽阔的院子里兜一个圈子,经过马厩和库房旁边,他向一个横着身子跨过高门槛走进贮藏室敞开的门里去的管家婆婆漂亮地行一个礼,终于在一所窗户明亮的深色小屋的台阶面前停了车……我们来到塔季扬娜·鲍里索夫娜家里了。瞧,她已经亲自打开通风窗,正在向我们点头呢……您好,老太太!

塔季扬娜·鲍里索夫娜是一位年约五十岁的女人,一双灰色的鼓出的大眼睛,鼻子扁扁的,面颊红润,有双重下巴。她脸上流露着和蔼亲切的表情。她结过婚,但不久就寡居了。塔季扬娜·鲍里索夫娜是个非常出色的女人。她住在自己的小领地里,不出门,很少和邻居往来,只是喜欢接待年轻人。她出身于很穷的地主家,没有受过任何教育,就是说不会讲法语;连莫斯科也从来没有去过,——但是不管这一切缺憾,她为人却是那么质朴善良,感情思想开通,很少沾染小地主太太所常有的那些习气,这的确是不得不令人惊异的……说实在的:一个女人终年住在乡村里,生活在穷乡僻壤,不搬弄是非,不怨天尤人,不屈膝行礼,不恓恓惶惶,不灰心丧气,不由于好奇心而战栗……这真是奇迹!她通常穿灰色的塔夫绸连衫裙,头上戴着挂雪青缎带的白色便帽;她喜欢吃东西,但是不过量;蜜饯、干果、腌菜,都让女管家去做。那么她一天到晚做些什么事呢?——您会问……看书吗?不,她不看书;老实说,书不是为她出版的……如果家里没有客人,我的塔季扬娜·鲍里索夫娜冬天就坐在窗子底下织袜子;夏天就到花园里去,种种花,浇浇水,和小猫一连逗玩几小时,喂喂鸽子……她很少管她的田产。但如果她家来了客人——她所喜欢的邻近的年轻人,塔季扬娜·鲍里索夫娜就整个活跃起来;她让他坐,请他喝茶,听他讲话,对他笑,有时拍拍他的面颊,但她自己不大讲话;要是那人遭到灾难,遇到不幸,她就安慰他,给予善意的忠告。有多少人把自己家庭的秘密、心中的隐私信任地向她诉说,伏在她怀里哭泣!她常常和客人对面坐着,轻轻地支着胳膊肘,那么同情地望着他的眼睛,亲切地微笑,使得客人不由地想:"您是多么可爱的女人,塔季扬娜·鲍里索夫娜!让我把我心里的话讲给您听吧。"在她家那些舒适的小房间里,使人感到舒服和温暖;她家里的天气常常是晴朗的,如果可以这样说的话。塔季扬娜·鲍里索夫娜是一位了不起的女人,然而没有一个人对她感到惊异:她的健全的思想、坚强的性格和落落大方的态度、对别人的不幸和欢乐的感同身受,总而言之,她的一切美德,仿佛是她生来就有的;她获得这些,毫不费力,也不麻烦……对于她,不可能有别种看法;所以根本不必感谢她。她特别喜欢看青年人游戏和淘气;她把两手交叉在胸前,仰着头,眯起眼睛,微笑着坐在那里,忽然叹一口气,说:"啊,你们呀,我的孩子们,孩子们!……"人们往往很想走近她去,握住她的手,对她说:"您听我说,塔季扬娜·鲍里索夫娜，您不了解您自己的价值，您无论怎样简朴而没有学问，您却是一位非凡的人物！”只要说起她的名字，就使人感到稔熟可亲，人们都喜欢称道她的名字，她的名字可以引起人们亲切的微笑。例如，我曾经好几次叩问途遇的农民，譬如说：“老兄，到格腊切夫卡去怎样走法？”“老爷，您先到维亚佐沃耶，从那儿到塔季扬娜·鲍里索夫娜家，塔季扬娜·鲍里索夫娜那儿的人都会告诉你的。”提到塔季扬娜·鲍里索夫娜的名字时，这农民就意味深长地摇晃一下脑袋。她的仆人不多，适合于她的身份。住宅、洗衣房、贮藏室和厨房，她都交给当过她保姆的女管家阿加菲娅去照料，这是一个软心肠的、好哭的、没有牙齿的老妇人；两个脸庞像安东诺夫苹果①一般结实而泛红的健壮的姑娘，供她使唤。担任侍仆、管事和餐室管理人职务的，是一个七十岁的男仆波利卡尔普，这人非常古怪，博学多识，是一个退职的小提琴手、维奥蒂②的崇拜者，拿破仑——或者像他所说：波拿巴季什卡③——的个人仇敌、夜莺的热烈爱好者。他房间里经常喂养着五六只夜莺；早春时候，他一连几天坐在鸟笼旁边，等候第一声“莺啼”，等着了，就双手遮住脸，呻吟起来：“唉，可怜，可怜！”接着就痛哭流涕。波利卡尔普身边有一个助手，是他的孙子，名叫瓦夏，是一个年约十二岁的男孩，长着一头鬈发，一双眼睛十分灵活；波利卡尔普非常钟爱他，一天到晚和他缠个不休。他又管他的教育。“瓦夏，”他说，“你说一声：波拿巴季什卡是强盗。”“说了给我什么呢，爷爷？”“给你什么？……什么也不给……你是哪儿人？你不是俄罗斯人吗？”“我是安姆钦人，爷爷，我是生在安姆钦斯克④的。”“啊，傻瓜！安姆钦斯克在什么地方呢？”“那我怎么知道？”“安姆钦斯克在俄罗斯，傻瓜。”“在俄罗斯又怎么样呢？”“怎么样？已经故世的斯摩棱斯克公爵米哈伊洛·伊

---

① 俄国一种晚熟的苹果。

② 维奥蒂（1755—1824），意大利小提琴家，作曲家。

③ 波拿巴，拿破仑的名字。波拿巴季什卡是其卑称。

④ 民间称姆岑斯克城为安姆钦斯克，称其地居民为安姆钦人。安姆钦人都很勇敢机敏；所以我们那里的人常常对仇人说这样的咒语：“安姆钦人要上你家门来了。”——原注

拉里奥诺维奇·戈列尼谢夫-库图佐夫①得到上帝的帮助,把波拿巴季什卡从俄罗斯国境赶了出去。关于这件事还编了一支歌:‘波拿巴不能跳舞了,他的吊袜带丢了……’懂吗:公爵救了你的祖国。”“这关我什么事?”“嘿,你这傻孩子,傻瓜!如果米哈伊洛·伊拉里奥诺维奇公爵不把波拿巴季什卡赶走,现在就会有一个麦歇拿棍子来打你的脑袋。他会走到你跟前,说:‘贡芒·芙·波尔推-芙?’②就扑扑地打你。”“可我用拳头打他的肚子。”“他会对你说:‘蓬茹,蓬茹,维内·伊西。’③就抓住你的头发,抓住你的头发。”“我就打他的腿,打他的腿,打他的长满疙疸的腿。”“这倒是真的,他们的腿都是长满疙疸的……那么,他来捆绑你的手,你怎么办?”“我不让他捆绑;我叫马车夫米海来帮我。”“可是,瓦夏,难道法国人对付不了米海?”“哪里对付得了!米海气力可大呢!”“那么,你们把他怎么样呢?”“我们打他的背,打他的背。”“那他就要喊巴尔东④了:‘巴尔东,巴尔东,瑟芙泼莱!’⑤”“我们就对他说:‘不给你瑟芙泼莱,你这个法国佬!……’”“瓦夏是好样的!……那么你喊一声:‘波拿巴季什卡是强盗!’”“那你要给我吃糖呀!”“好家伙!……”

塔季扬娜·鲍里索夫娜同女地主们不大往来;她们不喜欢到她这里来,她也不善于同她们周旋。她们絮絮不休地说起话来,她就打瞌睡,抖擞一下,努力睁开眼睛,却又打瞌睡了。一般说来,塔季扬娜·鲍里索夫娜是不喜欢女人的。她的朋友之中有一个性情温良的好青年,他有一个姐姐,是一个三十八岁半的老处女,心地善良,但是性情乖戾、矫情而热狂。她的弟弟常常把他的女邻居的情况讲给她听。有一天早晨,我的老处女一句话也不说,就吩咐给她备马,出发到塔季扬娜·鲍里索夫娜家去了。她穿着一件长长的连衫裙,头戴一顶帽子,盖着绿色

① 库图佐夫(1745—1813),俄国元帅,一八一二年俄国卫国战争中击败拿破仑的侵略军。同年被授予斯摩棱斯克公爵爵位。

② 法语:“您好吗?”的译音。

③ 法语:“您好,您好,到这儿来。”的译音。

④ 法语:“饶恕我吧。”的译音。

⑤ 法语:“请您饶恕我吧,饶恕我吧!”的译音。

的面纱,披散着鬈发,走进前室,在把她当作人鱼而吃惊的瓦夏旁边经过,一直跑进了客堂里。塔季扬娜·鲍里索夫娜吓了一跳,想站起来,但是两腿发软。“塔季扬娜·鲍里索夫娜,”客人用哀求的声音说起话来,“请原谅我的唐突;我是您的朋友阿列克谢·尼古拉耶维奇·克＊＊＊的姐姐,我从他那儿听到了许多关于您的情况,因此决心要来和您相识。”“我很荣幸,”吃惊的女主人含糊地说。客人把帽子脱下来丢在一旁,摇一摇鬈发,在塔季扬娜·鲍里索夫娜旁边坐下,握住了她的手……“这就是她,”她用若有所思的神经质的声音开始说,“这就是那个善良、开朗、高尚、圣洁的人!这就是她,这个纯朴而又深刻的女子!我多么高兴!我多么高兴!我们一定会相互爱慕!我这才松了口气!……我所想象的她正是这样,”她轻声地补说一句,双眼盯住塔季扬娜·鲍里索夫娜的眼睛,“您真的不生我的气吗,我的善人,我的好人?”“说哪儿话,我很高兴……您要喝茶吗?”客人谦逊地微笑一下。“Wie wahr, wie unreflectirt,①”她轻声说,仿佛在自言自语,“亲爱的,请允许我拥抱您!”

老处女在塔季扬娜·鲍里索夫娜家坐了三个钟头,一刻也不停嘴。她努力向这位新相识说明她自己的长处。这不速之客一走,可怜的女主人立刻去洗澡,喝了些椴树花茶,躺到床上。可是第二天老处女又来了,坐了四个钟头,临走的时候表示以后每天要来访问塔季扬娜·鲍里索夫娜。看样子,她是想要充分发展并培养这个她所谓天分那么丰富的人。这样下去,塔季扬娜势将被她折磨得疲惫不堪,幸而情况变更了:首先,过了大约两星期之后,她对于她弟弟的这位女朋友感到了“完全的”失望;其次,她爱上了一个过路的青年学生,立刻同他积极而热情地通起信来;在她的信里,无非是祝福他过圣洁而美好的生活,表示甘愿奉献“全身心”,只要求他称她为姐姐,还大写特写自然界,论及歌德、席勒、贝蒂纳和德国哲学,——终于使这可怜的青年陷入了悲观的失望。但是青春的力量占了上风:有一天早晨他醒来,对于他的“姐姐和好朋友”感到了非常激烈的憎恨,一时气愤,几乎打了自己的侍

① 德语:多么真诚,多么直爽。

仆；此后长时期内，他只要稍稍听到一点暗示着崇高纯洁的爱情的话，就恨之入骨……而从此以后，塔季扬娜·鲍里索夫娜比以前更加不愿接近女邻居们了。

呜呼！世事是无常的。我讲给您听的关于我这位善良的女地主的日常生活，已经是过去的事了；她家的那一片宁静，永远被破坏了。现在她家里住着她的侄儿，是从彼得堡来的画家，已经住了一年多。这件事是这样发生的：

大约八年前，塔季扬娜·鲍里索夫娜家里住着一个父母双亡的年约十二岁的孤儿，是她已故的哥哥的儿子，名叫安德留沙①。安德留沙有一双明亮的水汪汪的大眼睛，小小的嘴巴、端正的鼻子和漂亮的高高的前额。他说话的声音文静悦耳，经常保持整洁，态度彬彬有礼，对客人亲切而殷勤，常常带着孤儿的多情吻姑母的手。往往你一来到，他就把椅子端给你了。他一点也不淘气，平时没有声音；坐在屋角里看书，那么谦恭而温顺，甚至不靠在椅背上。有客人进来，我的安德留沙就站起来，彬彬有礼地微笑一下，脸红了；客人出去，他又坐下，从衣袋里拿出一把有镜子的小刷子，梳理着自己的头发。他从小就喜欢画画。他只要得到一小片纸，立刻就向女管家阿加菲娅要一把剪刀，仔细地把纸剪成正方形，在四周画上一道边，然后开始工作：画一只瞳孔很大的眼睛，或者一个又高又直的鼻子，或者一间烟囱里喷出螺旋形烟气的房子，画一只像长凳一样的、“en face②”的狗、停着两只鸽子的小树，然后题款：“安德烈·别洛夫佐罗夫画，某年某月某日，于小勃勒基村。”在塔季扬娜·鲍里索夫娜的命名日之前，他特别热心地工作了约两个星期：他第一个出来祝贺，并且呈上一个束着粉红色带子的画卷。塔季扬娜·鲍里索夫娜吻了侄儿的额角，解开结：画卷展开了，在观者的好奇的目光下展现出一座圆形的、大胆地涂着阴影的殿堂，这殿堂有一排柱廊，中央有一个祭坛；祭坛上有一颗燃烧着的心、一个花冠；在上面，在曲折的飘带上，用清晰的字写着：“侄儿献给敬爱的姑母和恩人塔季扬

① 安德留沙是安德烈的小名。

② 法语：面孔正对着。

娜·鲍里索夫娜·波格丹诺娃,以表眷恋之诚。”塔季扬娜·鲍里索夫娜又吻他,给他一个银卢布。然而她对他并不感到多大的眷恋,因为她不很喜欢安德留沙的卑躬屈节。后来安德留沙渐渐长大,塔季扬娜·鲍里索夫娜开始担心起他的前程来了。一个意外的机会使她摆脱了困境……

事情是这样的:大约八年前,有一回,有一个六级文官和勋章获得者彼得·米哈伊勒奇·别涅沃连斯基先生来访问她。别涅沃连斯基先生以前曾经在附近的县城里任过职,那时常常来访问塔季扬娜·鲍里索夫娜;后来他迁居到彼得堡,进了部里,获得了相当重要的地位,他屡次因公出差,有一回他想起了自己这位老友,就带着“在幽静的乡村的怀抱里”①休息两天以调剂公务的操劳的企图,顺便来到她家。塔季扬娜·鲍里索夫娜以她一贯的殷勤来招待他,于是别涅沃连斯基先生……但是在继续叙述之前,亲爱的读者,请让我先把这个新人物介绍给您。

别涅沃连斯基先生是一个胖胖的人,中等身材,态度温和,有短短的腿和圆肥的手;他穿着十分整洁的宽大的燕尾服,戴着一条系得很高的阔领带,衬衫雪白,绸背心上挂着一根金链条,食指上戴着一只宝石戒指,头上戴着淡黄色的假发;他说话恳切而温和,走路没有声音,愉快地微笑着,愉快地转动眼睛,愉快地把下巴埋在领带里:总之,是一个愉快的人。天赋予他的心地很善良:他容易流泪,容易狂喜;加之对艺术燃烧着无私的激情,——真正是无私的,因为别涅沃连斯基先生对艺术,如果说实话,根本是一窍不通的。说也奇怪:他这种激情是从哪里来的,是由于怎样神秘莫测的法则力量而获得的?他似乎是一个实际的、甚至平凡的人……不过在我们俄罗斯,这样的人多得很……

对艺术和艺术家的爱好,使这些人有一种说不出的肉麻的气味;和他们往来,同他们谈话,是令人难堪的:他们真像涂蜜的木头人。例如,他们从来不把拉斐尔叫做拉斐尔,从来不把柯勒乔叫做柯勒乔,而总是

① 引自普希金的《叶甫盖尼·奥涅金》第七章第二节。

说成“神圣的桑齐奥,无匹的德-阿雷格里”①,而且说话时必定把重音放在 O 上。凡是不高明的、自傲的、狡狯的和没有才气的人,都被他们尊称为天才,或者说得更确切些,尊称为“尖才”:“意大利的碧空”,“南国的柠檬树”,“布伦塔河畔的芬芳之气”,是不离开他们的嘴的。“啊,瓦尼亚,瓦尼亚,”或者“啊,萨沙,萨沙②,”他们互相含情地说,“我们应该到南国去,到南国去,……我们的心灵都是希腊人的,古希腊人的!”在展览会上某些俄罗斯画家的某些作品前面,可以观察到他们的模样(应当指出:这些绅士大部分是热烈的爱国者)。他们有时退后两步,仰起了头,有时再走近画去;他们的眼睛上好像覆着一层油光……“啊,我的天哪,”最后他们慷慨激昂地说,“有灵魂,有灵魂!啊,心灵,心灵!啊,灵气充斥,灵气磅礴!……构思多么出色!多么巧妙!”可是他们自己客堂里的画怎么样呢!每天晚上到他们家里来喝茶、听他们讲话的是些怎么样的画家呢!他们为这些画家展现的自己房间里的透视图景是怎样的呢:右边有一把地板刷子,擦亮的地板上有一堆垃圾,窗边桌子上有一个黄色的茶炊,主人穿着晨衣,戴着便帽,面颊上带着圆圆的光点。来访问他们的、热狂而轻蔑地微笑的、长头发的缪斯③之徒,是怎样的人!面色发青的小姐们在他们家的钢琴边怎样尖声怪气地叫着!又因为在我们俄罗斯已经有了这样的习惯:一个人不能只醉心于一种艺术,对各种艺术都要会一点。所以毫不足怪:这班爱好文艺的绅士们对俄罗斯文学——尤其是戏剧文学,也大加赏识……《雅柯勃·萨纳扎尔》④就是为他们写的:已经被描写过一千次的、不为世人承认的天才们对人类及全世界之间的斗争,照样使他们感动到心灵深处。

别涅沃连斯基先生来到后的第二天,塔季扬娜·鲍里索夫娜在喝茶的时候叫侄儿把他的图画拿出来给客人看。“他会画画的?”别涅沃连斯基先生不无惊讶地说,感兴趣地转向安德留沙。“可不是吗,他会

① 拉斐尔·桑齐奥(1483—1520)和柯勒乔·德-阿雷格里(1494—1534)均为意大利文艺复兴时期的画家。

② 瓦尼亚是伊万的爱称;萨沙是亚历山大的爱称。

③ 古希腊神话中九位司文艺和科学女神的通称。

④ 《雅柯勃·萨纳扎尔》是俄国作家库科利尼克(1809—1868)的剧作。

画画，”塔季扬娜·鲍里索夫娜回答，“他非常喜欢画画！而且是自己画，没有老师。”“啊，给我看看，给我看看。”别涅沃连斯基先生接着说。安德留沙的脸红了，微笑着把自己的画册递给客人。别涅沃连斯基先生装作内行的样子翻起画册来。“画得好，年轻人，”最后他说，“画得好，画得很好。”于是他抚摩一下安德留沙的头。安德留沙赶忙吻了吻他的手。“您瞧，多么有天才！……恭喜您，塔季扬娜·鲍里索夫娜，恭喜您。”“可是，彼得·米哈伊勒奇，在这儿没办法替他请到老师。从城里请来太贵；邻近的阿尔塔莫诺夫家里有一位画家，听说很高明，可是女主人不许他给别人教课。说是会有损自己的鉴赏力。”“嗯，”别涅沃连斯基先生应了一声，沉思起来，蹙着眉头看看安德留沙。“好，这件事我们再商量吧，”他突然补说一句，搓搓自己的手。就在这一天，他请求塔季扬娜·鲍里索夫娜和他单独谈话。他们两人关起门谈了一会。过了半个钟头，他们喊安德留沙。安德留沙进来了。别涅沃连斯基先生站在窗边，脸上微微泛红，两眼炯炯发光。塔季扬娜·鲍里索夫娜坐在屋角里擦眼泪。“唉，安德留沙，”她终于开口了，“谢谢彼得·米哈伊勒奇：他要做你的保护人，带你到彼得堡去。”安德留沙呆若木鸡地站着。“你坦白对我说吧，”别涅沃连斯基先生用充满威严和慷慨的声音开始说，“年轻人，你是不是希望做一个画家，你是不是感觉到对艺术的神圣的使命？”“我希望做画家，彼得·米哈伊勒奇，”安德留沙战战兢兢地回答。“既然这样，那我很高兴。当然，”别涅沃连斯基先生继续说，“你离开你所尊敬的姑妈，当然是一件痛苦的事；你对她一定怀着热烈的感激之情。”“我热爱我的姑妈，”安德留沙打断了他的话，眨起眼睛来。“当然，当然，这很容易理解，你是很可赞许的；可是，请想象，将来会多么欢喜……你的成就……”“拥抱我吧，安德留沙，”善良的女地主低声含糊地说。安德留沙扑过去搂住了她的脖子。“好，现在去谢谢你的恩人吧……”安德留沙便抱住别涅沃连斯基先生的肚子，踮起脚尖，好容易够着了他的手，恩人虽然接受了这一吻，但并不那么爽脆……他总得使这孩子得到安慰和满足，同时自己也可略微享受一下。过了两天，别涅沃连斯基先生带着他新收的被保护人离开了。

安德留沙在别后的最初三年内常常写信来，有时在信里附些图画。

别涅沃连斯基先生偶尔也在信里添写几句话,大抵是赞扬的;后来信渐渐少起来,终于完全绝迹了。侄儿整整一年没有消息;塔季扬娜·鲍里索夫娜不放心起来,忽然她收到了一封内容如下的短简:

亲爱的姑妈!

三天前,我的保护人彼得·米哈伊勒奇逝世了。残酷的中风夺去了我最后的依靠。当然,我现在已经二十岁了;在七年内我获得了显著的进步;我确信自己的才能,可以靠它生活;我并不灰心,不过如果可能的话,还是请您即速汇给我二百五十卢布。吻您的手,恕不尽述。

塔季扬娜·鲍里索夫娜把二百五十卢布汇给了侄儿。过了两个月他又来要求;她凑集了最后一笔钱,又汇了去。第二次汇出之后不到六个星期,他又作第三次要求,说什么要替捷尔捷列舍涅娃公爵夫人向他预定的一幅肖像画买颜料。塔季扬娜·鲍里索夫娜拒绝了。"那么,"他写信给她说,"我想回到您的村子里来养病。"在这一年的五月份,安德留沙果真回到了小勃勒基村。

塔季扬娜·鲍里索夫娜起初不认识他了。根据他的来信,她推想他是一个病弱而瘦削的人,但看见的却是一个肩膀宽阔、身体肥胖、面孔又阔又红、头发鬈曲而丰腴的小伙子。纤弱而苍白的安德留沙变成了一个壮健的安德烈·伊万诺夫·别洛夫佐罗夫。他不但外表上改变而已。当年的拘谨的羞涩、小心和整洁,变成了粗拙的鲁莽、令人难忍的肮脏;他走路左右摇晃,一屁股坐到安乐椅上,偃卧在桌子上,懒洋洋地伸展着四肢,尽情地张大了嘴巴打哈欠;对待姑妈和仆人们态度粗鲁。他说,我是画家,自由的哥萨克!瞧我们多威风!他常常好几天不执笔;一旦所谓灵感来了,他就苦闷地、笨拙地、絮聒地装腔作势,仿佛喝醉了似的;他双颊通红,目光朦胧;大谈自己的才华、自己的成就、自己如何发展、如何进步……而事实上,平平常常的肖像画技能他才勉强具备。他完全不学无术,从来不看书,画家何必看书呢?大自然、自由、诗——这就是他的好尚。他常常抖动鬈发,夸夸其谈,深深地吸着"茹科夫"烟!俄罗斯人的豪放性格是很好的,但并不是对每个人都相称;

而没有天才的次等波列查耶夫①是令人难以忍受的。我们的安德烈·伊万诺夫长住在姑妈家里，不花钱的面包显然适合他的口味。他使客人们烦闷得要命。他常常坐在钢琴前（塔季扬娜·鲍里索夫娜家里也有一架钢琴），用一根手指摸索着弹出《飞快的三套车》；配着和音，敲着键盘；一连几小时痛苦地哀号着瓦拉莫夫的抒情歌曲《孤松》或者《不，医生，不，不要来》，眼睛浮肿得只剩一条缝，面颊像鼓一般发亮……或者突然吼出《平静吧，热情的波涛》……塔季扬娜·鲍里索夫娜哆嗦了一下。

"真奇怪，"有一次她对我说，"现在作的歌曲都是那么颓伤的，我们那时候就不是这样：悲哀的歌曲也有，可是听起来还是悦耳的……譬如：

请君来到草原上，
我在那里空伫候；
请君来到草原上，
我在那里泪常流……
呜呼，当你来到草原上的时候，
已经太迟了，亲爱的朋友。"

塔季扬娜·鲍里索夫娜调皮地微笑一下。

"我好苦——闷，我好苦——闷。"侄儿在隔壁房间里哀号着。

"你唱得够了，安德留沙。"

"离别的时候，我的心发愁。"不肯安静的歌手继续唱着。

塔季扬娜·鲍里索夫娜摇摇头。

"唉，这批画家真是！……"

从那时候起一年过去了。别洛夫佐罗夫现在还住在姑妈家，一直准备到彼得堡去。他在乡村里长得腰围和身长一样了。姑妈——谁料得到呢——把他当做性命，附近的姑娘们迷恋着他……

从前的许多朋友不再到塔季扬娜·鲍里索夫娜家里去了。

① 波列查耶夫（1804—1838），俄国诗人，曾作诗讽刺专制政治，触犯尼古拉一世。

死

我有一个邻居，是一个青年地主，又是一个青年猎人。七月里有一天早晨，我骑了马到他家里，提议一同去打松鸡。他同意了。“不过，”他说，“让我们走我的小丛林，到祖沙去；我顺便去看看恰普雷吉诺树林；您知道我这个橡树林吗？现在正在砍伐呢。”“我们走吧。”他就吩咐备马，穿上一件野猪头形状的青铜钮扣的绿色常礼服，挂了一只毛线绣花的猎袋和一个银水壶，肩上背了一支崭新的法国枪，得意地向镜子里左照右照，喊了一声他的狗埃斯佩朗斯，这只狗是他的表姐——一个心地善良、没有头发的老处女——送给他的。我们出发了。我的邻居带着甲长阿尔希普同行，这是一个四方脸、颧骨极高的矮胖的农民；还带了一个新近从波罗的海沿岸省份雇用来的管家戈特利布·封-德尔-科克先生——一个年约十九岁的青年，身体瘦削，头发淡黄色，眼睛非常近视，肩膀下垂，脖子很长。我的邻居是新近管理这块领地的。把领地作为遗产留给他的是姑妈，五等文官的夫人卡尔东·卡塔耶娃，一个异常肥胖的女人，即使躺在床上也老是愁苦地呻吟着。我们骑着马走进了小丛林。“你们在这块空地上等我一下！”阿尔达利翁·米哈伊雷奇（我的邻居）对自己的同行者说。那个德国人行一个礼，下了马，从衣袋里拿出一个小本子，似乎是约翰娜·叔本华①的小说，就坐在一棵灌木底下了；阿尔希普仍旧留在阳光底下，而且在一小时之内一动也不动。我们两人在灌木丛里兜了几圈，一窝鸟也找不到。阿尔达利翁·米哈伊雷奇对我表示，他想到树林里去。我自己这一天也有点不相信打猎会成功，就跟了他去。我们回到那块空地上。德国人记下

---

① 约翰娜·叔本华是德国小说家，哲学家叔本华的母亲。她的作品在当时有广大读者。

了书的页码，站起身，把书藏进衣袋里，费力地爬上了他那匹蹩脚的短尾母马，这马是略微一碰就会嘶叫而踢脚的；阿尔希普猝然一振，一下子扯动两根缰绳，摆动着两腿，终于策动了他那匹受惊的、负重的驽马。我们出发了。

阿尔达利翁·米哈伊雷奇的树林是我从小就熟悉的。我和我的法国家庭教师德西雷·弗勒里先生——一个心地极善良的人（不过他要我每天晚上服列鲁阿药水，几乎损害了我终身的健康。）——常常到恰普雷吉诺树林去。这树林全部约有两三百棵巨大的橡树和梣树。它们的整齐而粗大的树干，威严地黑压压地耸立在榛树和花楸树的金黄透亮的绿叶上面；这些树干高高地上升，在明净的碧空中映出整齐的轮廓线，像天幕一般展开着它们的伸展的、多节的枝桠；鹞鹰、青鹰、茶隼在静止的树梢底下飞鸣着，杂色的啄木鸟用力啄着很厚的树皮；黑鸫鸟的响亮的歌声突然在茂密的树叶丛中跟着黄鹂的抑扬婉转的叫声而响出；在下面，在灌木丛中，知更鸟、黄雀和柳莺啾啾地叫着，歌唱着；燕雀沿着小径敏捷地跑；雪兔小心地"一跷一拐"，悄悄地沿着树林边上走，红褐色的松鼠活泼地从这棵树跳到那棵树，突然坐下来，把尾巴翘过头顶。在草地上一些高高的蚁冢周围，蕨类植物的雕刻似的美丽的叶子的淡影下面，开着紫罗兰和铃兰花，长着红菇、毛头乳菌、乳蘑、橡树牛肝菌和红色的毒蝇蕈；在宽阔的灌木丛林里的草地上，长着鲜红的草莓……树林里的阴凉地方多么好啊！在正午最热的时候，竟和夜里一样：幽静，芬芳，凉爽……我曾经在恰普雷吉诺树林里度过愉快的时光，因此，老实说，我现在进入这个太熟悉的树林时，不禁产生哀愁之感。一八四〇年的灾难性的、无雪的冬天①，竟不饶过我的老朋友——橡树和梣树；它们枯萎了，凋零了，有几处还覆盖着病态的绿叶，悲哀地高耸在"前来接班，代替了你们"②的小树林上面……有些树下边还生着叶

① 一八四〇年冬天严寒，到了十二月底还不下雪；苗秧都冻死了，这无情的冬天又毁了许多很好的橡树林。要恢复旧观很困难，因为土地的生产力显然减弱了；在"禁区"的（曾经捧着圣像绕行过的）空地上，代替从前高贵的树木的，是自生自长的白桦和白杨，我们目前还不懂得设法造林。——原注

② 引自普希金的《叶甫盖尼·奥涅金》第一章第十九节。

子，它们的无生气的、折断的枝条仿佛怨尤而绝望地向上矗立着；另一些树的叶子虽然不像以前那样铺天盖地，却还很茂密，树叶中间伸出粗大而干枯的枝桠来；有的树上树皮已经脱落；有的树简直全部倒下，像尸体一般在地上腐烂着。当时谁能够预料到：绿荫，在恰普雷吉诺树林里绿荫一点也找不到了！我望着垂死的树木，心里想："你们大概感到可耻和悲哀吧？"……我想起了柯里佐夫①的诗：

高深的言论，
骄傲的力量，
王者的豪气，
消失在何方？
你的绿色的浓荫，
现在也都不知去向！

"怎么，阿尔达利翁·米哈伊雷奇，"我开始说，"这些树木为什么不在去年砍伐呢？现在卖不到从前的价钱的十分之一了。"

他只是耸了耸肩膀。

"这要问我的姑妈了；商人们来过，送钱来，纠缠不清。"

"**Mein Gott! Mein Gott!**②"封-德尔-科克走一步叫一声，"多么可笑！多么可笑！"

"怎么可笑？"我的邻居微笑着问。

"不是，我的意思是说，多么可惜③。"（大家都知道，凡德国人费力地学会了我们的字母 л 的发音之后，就拼命把这字母读得重。）

特别使他感到可惜的是横在地上的橡树，——的确，有的磨坊主会出重价购买它们的。甲长阿尔希普却保持着不动声色的平静，一点也不悲叹；反之，他竟高兴地在它们上面跳过，又用鞭子抽打着它们。

我们来到了伐木的地方，忽然，在一棵树轰隆一声倒下之后，传来叫喊声和说话声，过了一会儿，一个脸色苍白、头发散乱的青年农民从

---

① 柯里佐夫(1809—1842)，俄国诗人。下面的诗句引自他的《森林》。

② 德语：我的天啊！我的天啊！

③ 德国人发音不正确，把"可惜"读成"可笑"。

密林里向我们奔来。

“什么事？你跑到哪儿去?”阿尔达利翁·米哈伊雷奇问他。

他立刻站定了。

“啊呀,阿尔达利翁·米哈伊雷奇老爷,不好了!”

“什么事?”

“老爷,马克西姆让树给压坏了。”

“是怎么一回事？……是包工的马克西姆吗?”

“是包工的,老爷。我们砍一棵梣树,他站着看……他站着,站着,就走到井边去取水了:大概是想喝水。这时候那棵梣树突然格格地响起来,一直往他身上倒下去。我们喊他:跑开,跑开,跑开……他要是往旁边跑就好了,可是他一直往前跑……大概是吓慌了。梣树的树梢就压在他身上。这棵树为什么倒得这么快,真是天晓得……大概树心已经烂空了。”

“那么,马克西姆给打坏了?”

“给打坏了,老爷。”

“死了吗?”

“没有,老爷,还活着,——可是两条腿和两只手都压断了。我刚才就是跑去请谢利维尔斯特奇,请医生去的。”

阿尔达利翁·米哈伊雷奇吩咐甲长骑马飞奔到村里去请谢利维尔斯特奇,自己快马向开垦地跑去……我跟着他去。

我们看到可怜的马克西姆躺在地上。十来个农民站在他周围。我们下了马。他几乎没有呻吟,有时睁开眼睛,把眼睛睁得大大的,仿佛惊异似地向周围看看,咬着发青的嘴唇……他的下巴发抖,头发粘在额上,胸脯不均匀地起伏着:他快死了。一棵小菩提树的淡淡的影子在他脸上轻轻地掠过。

我们弯下身去看他。他认出了阿尔达利翁·米哈伊雷奇。

“老爷,”他说话的声音几乎听不出来,“请牧师来……派人去……请您吩咐……上帝……惩罚我……腿,手,全都断了……今天……礼拜天……可我……可我……喏……不让伙计们歇工。”

他沉默了一会儿,呼吸紧迫起来。

“我的钱……请交给……交给我老婆……扣掉……喏，奥尼西姆知道的……我欠谁……欠多少……”

“我们派人去请医生了，马克西姆，”我的邻居说，“也许你还不会死。”

他睁开眼睛，用力抬起眉毛和眼睑。

“不，我快死了。瞧，在走近来了，瞧，死神，瞧……请宽恕我，伙计们如果有什么……”

“上帝会宽恕你的，马克西姆·安德列伊奇，”农民们瓮声瓮气地齐声说，都摘下了帽子，“请你宽恕我们。”

他忽然绝望地摇摇头，胸部难受地一起一伏。

“可是总不能就让他死在这里，”阿尔达利翁·米哈伊雷奇高声说，“伙计们，把那边大车上的席子拿来，让我们把他送到医院里去。”

有两三个人跑向大车去了。

“我向叶菲姆……瑟乔夫村的……”垂死的人含糊地说，“昨天买了一匹马……付了定钱……这马是我的了……也把它……交给我老婆……”

他们把他放到席子上……他好像中了枪的鸟，全身颤抖起来，接着就挺直了……

“死了。”农民们喃喃地说。

我们默默地骑上马，离开了。

可怜的马克西姆的死，使得我陷入了沉思。俄罗斯的农民死得真奇怪！临终前的感情，既不能说是漠然，也不能说是迟钝；他的死好像是举行仪式一般：冷静而简单。

几年之前，在我另一个邻居的村子里，有一个农民在烤禾房里被烧坏了。（他几乎被烧死在烤禾房里，幸亏一个过路的小商把半死的他拉了出来：这小商先把自己在一桶水里浸一下，然后跑去打掉熊熊燃烧着的屋檐底下的那扇门。）我到他家里去看他。屋子里黑洞洞的，气闷，充满烟气。我问：“病人在哪儿？”“在那边，老爷，在炕上。”一个悲恸的农妇拉长了声音回答我。我走近去，看见这农民躺着，身上盖着一件皮袄，正在沉重地喘息。“你觉得怎么样？”病人在炕上动起来，想坐起来，但是全身烧伤，就要死了。“躺着吧，躺着吧，躺着吧……嗯？怎么样?”“当然不好。”他说。“你痛吗?”他不做声。“你需要什么吗?”他不做声。“要不要拿点茶给你?”“不要。”我离开他,坐到长板凳上。坐了一刻钟,坐了半小时,——屋子里死一般的寂静。在屋角里,圣像底下的桌子边,躲着一个五岁模样的小姑娘,在吃面包。母亲有时吓唬她。前室里有人在走动,发出敲击声和谈话声:弟媳妇在切白菜。“唉,阿克西尼娅!”终于病人说话了。“要什么?”“给我点克瓦斯。”阿克西尼娅给了他克瓦斯。又是一片寂静。我低声问:“给他行过圣餐礼没有?”“行过了。”这样看来,一切都准备好了:只是等死。我忍不住,就走了出去……

我又回想起,有一回我到红山村的医院里去访问我所认识的医士卡皮通——一位热心的猎人。

这医院原先是地主邸宅的厢房;这是女地主亲自创办的,这就是说,她吩咐在门的上方钉一块浅蓝色木板,板上写着白字“红山医院”,又亲手交给卡皮通一本很漂亮的册子,用来登记病人的名字。这本册子的第一页上,由这位乐善好施的女地主的一个谄媚的仆役题着如下的诗句:

Dans ces beaux lieux, où règne l'allégresse,
Ce temple fut ouvert par la Beauté;
De vos seigneurs admirez la tendresse,
Bons habitants de Krasnogoriè![①]

另一位绅士在底下添写着:

Et moi aussi j'aime la nature!

Jean Kobyliatnikoff[②]

---

① 法语:
在快乐所统治的妙境里,
美人亲自开辟这所殿堂;
看吧,红山善良的居民们,
你们的主人多么慷慨!

② 法语:
我也爱大自然!
伊万·科贝利亚特尼科夫

医士用自己的钱买了六张床铺，得到了许可，开始医治上帝的子民们了。除了他以外，医院里还有两个人：患神经病的雕刻工帕维尔，和担任厨娘职务的、一只手萎缩的农妇梅利基特里萨。他们两人调制药剂，把药草弄干或浸湿；他们还制服患热病的人。患神经病的雕刻工外表阴郁，很少说话；到了夜里就唱起《美丽的维纳斯》的歌，又走到每一个过路人面前去，要求那人允许他同早已死去的马拉尼亚姑娘结婚。一只手萎缩的农妇打他，要他看守火鸡。有一回我坐在医士卡皮通那里。我们刚开始谈到我们最近一次的打猎，忽然一辆大车进入院子里，拉车的是一匹只有磨坊主才有的、特别肥胖的瓦灰色的马。车上坐着一个穿新上衣、斑白胡须、体格结实的农民。“啊，瓦西里·德米特里奇，”卡皮通从窗子里喊道，“欢迎……是雷波夫希诺的磨坊主。”接着他低声对我说。那农民呻吟着下了车，走进医士的房间，举眼找寻圣像，画了十字。“怎么样，瓦西里·德米特里奇，有什么新闻吗？……您大概不舒服吧，您的脸色不好。”“是的，卡皮通·季莫费伊奇，我有点不舒服。”“您怎么了？”“是这样的，卡皮通·季莫费伊奇。不久前我在城里买了几块磨石，就把它们运回家来，从大车上搬出来的时候，大概太用劲了，只觉得肚子里一震，好像什么东西断了……打那时候起就不舒服。今天难过得够呛。”“嗯，”卡皮通应着，嗅了嗅鼻烟，“这是疝气病。您这病起了多久了？”“已经第十天了。”“第十天了？”医士从牙缝里吸进一口气，摇摇头。“让我检查检查。”“唉，瓦西里·德米特里奇，”最后他说，“我同情你，可怜的人，你的情况不妙啊；你这病不是开玩笑的；住在我这儿吧；我一定尽我的力量，不过决不敢担保。”“有那么厉害吗？”吃惊的磨坊主喃喃地说。“是的，瓦西里·德米特里奇，很厉害；您早两天到我这儿来，就没事了，马上就治好；可是现在已经发炎，眼看就要变成坏疽了。”“不可能吧，卡皮通·季莫费伊奇。”“我对您说就是这样。”“这怎么会呢！（医士耸一耸肩膀。）难道我为了这丁点儿事会死去？”“我没有这么说……只是请您留在这里。”农民想了又想，看看地上，后来又向我们望望，搔搔后脑勺，就伸手去拿帽子。“您往哪儿去呀，瓦西里·德米特里奇？”“往哪儿去？自然是回家去，既然病这么重了。要是这样，也该去安排一下。”“您这样就害了您自己，瓦西里·德米特里奇,得了吧;我已经在奇怪,您怎么会赶着车来到了这里?留下来吧。”“不,老兄,卡皮通·季莫费伊奇,既然要死,就死在家里;死在这里怎么行,——天晓得我家里会发生什么事情。”“情形怎么样,还不能确定,瓦西里·德米特里奇……病当然是危险的,很危险的,没有疑问……所以您应该留在这儿。”(农民摇摇头。)“不,卡皮通·季莫费伊奇,我不能留下来……要么请您开个药方。”“光吃药是没有用的。”“我说过了,不能留下。”“那就听便吧……以后可别怪我啊!”

医士从册子上撕下一张纸,开了个药方,关照了还应该做什么事。农民拿了药方,送卡皮通半个卢布,走出房间,坐上大车。“再见了,卡皮通·季莫费伊奇,过去要是有什么得罪的地方,请多多原谅,万一怎么了,请您别忘了孤儿们……”“咳,留下吧,瓦西里!”农民只是摇摇头,用缰绳打一下马,就驶出院子去了。我走到街上,在后面目送他。道路泥泞而崎岖;磨坊主小心地、从容不迫地驾着车,敏捷地控制着马匹,还同碰到的人打招呼。……第四天他就死了。

俄罗斯人总是死得很奇怪的。有许多死者现在浮现到我的记忆中来。我记起了你,我的老朋友,没有毕业的大学生阿韦尼尔·索罗科乌莫夫,优秀而高尚的人!现在我重又看到你那患肺病的青色的脸、你那淡褐色的稀薄的头发、你那温和的微笑、你那热情洋溢的眼色、你那瘦长的肢体;听到你那微弱、亲切的声音。你住在大俄罗斯的地主古尔·克鲁皮亚尼科夫家里,教他的孩子福法和焦佳学俄文、地理和历史,耐性地忍受主人古尔的令人难堪的戏谑、管家的粗暴的亲切、恶毒的男孩们的庸俗的淘气;你带着苦笑而毫无怨言地接受无聊的女主人的刁钻古怪的要求;然而,每当晚餐之后,你休息下来多么逍遥自在啊,那时你终于摆脱了一切责任和事务,坐在窗前沉思地抽着烟斗,或者贪婪地翻阅那本残缺而油污的厚杂志——是同你一样无家可归的、苦命的土地丈量员从城里捎来给你的!那时你多么爱好所有的诗和小说,你的眼睛多么容易流泪,你多么乐意地笑着;对人们的真挚的爱、对一切美好事物的高尚的同情,渗透着你那稚朴纯洁的心灵!应该说老实话:你并不是十分机灵的人;你既没有天赋的记忆力,也没有生来的勤勉;在大学里你被看做劣等生之一,上课的时候你睡觉,考试的时候你庄重地不开口；然而，是谁为了同学的进步和成功而欢喜得眼睛炯炯发光，是谁激动得喘不过气来？是阿韦尼尔……是谁盲目地信任自己朋友们的崇高使命，是谁骄傲地赞扬他们，拼命地保护他们？是谁既不妒忌，又没有虚荣，是谁慷慨地自我牺牲，是谁乐意地服从那些连替你解靴带都不配的人？……都是你，都是你，我们善良的阿韦尼尔！我记得：你为了履行“聘约”而离去时怀着悲伤的心情和同学们分手；不祥的预感折磨着你……果然，你到了乡村里就境遇不佳；在乡村里你没有可以虔敬地恭听的人，没有可以惊叹的人，没有可以爱慕的人……草原居民和受教育的地主，都像对待教师一样对待你：有的态度粗暴，有的随意不拘。加之你的模样并不动人；你胆怯，容易脸红，冒汗，说话结结巴巴……乡村的空气竟不能恢复你的健康，你像蜡烛一般熔化着，可怜的人！的确，你的房间朝着花园；稠李树、苹果树、菩提树把它们的轻盈的花朵撒在你的桌子上、墨水瓶上、书本上；墙上挂着一个蓝绸的放时钟的垫子，这是一位善良而多情的德国女子——长着金色鬈发、碧蓝眼睛的女家庭教师，在临别时送给你的；有时老朋友从莫斯科来访你，以别人的或竟是自己的诗篇引得你欣喜若狂；然而，孤独的生活，教师职务的难堪的奴隶似的身份，不可能获得的自由，无穷尽的秋天和冬天，缠身的疾病……可怜啊，可怜的阿韦尼尔！

我在阿韦尼尔去世前不久访问了他。他已经差不多不能走路了。地主古尔·克鲁皮亚尼科夫没有把他赶出去，但是停止发给他薪俸，替焦佳另外雇了一个教师……让福法进了武备中学。阿韦尼尔坐在窗边的一张旧的伏尔泰式安乐椅上。天气非常美好。明爽的秋日的天空，在一排深褐色的、叶子落尽的椴树上显出愉快的蔚蓝色；树上有些地方，最后几片发金光的叶子微微地抖动，簌簌地响着。凝寒的大地正在太阳底下冒水汽，渐渐地解冻；斜斜的、红色的阳光微微地落在淡白色的草上；空中飘来轻微的噼啪声；花园里传来雇工们清晰分明的说话声。阿韦尼尔穿着一件破旧的布哈拉宽袍；绿色的围巾在他那异常憔悴的脸上投射出死气沉沉的色调。他看见我非常高兴，伸出手来，开始说话，但接着就咳嗽起来。我让他安静下来，在他旁边坐下……阿韦尼尔膝上放着一册仔细抄写的柯里佐夫的诗集；他微笑着用手轻轻地拍

拍它。“真是个诗人。”他努力克制着咳嗽,含糊地说,接着就用几乎听不出的声音诵读起来:

鹰的翅膀
已被缚住了吗?
它的前途
都被阻住了吗?

我止住了他,因为医生禁止他说话。我知道该讲些什么来让他高兴。索罗科乌莫夫对于科学从来没有所谓“追求”过,但是他喜欢知道,伟大的学者们现在已经达到了怎样的地步?他往往在屋角里拉住一个同学,向他问长问短:他倾听着,惊诧着,相信他的话,以后就重复说他的话。他对于德国哲学特别有浓烈的兴趣。我就开始对他讲黑格尔。(您可以想见,这是很久以前的事了。)阿韦尼尔肯定地摇晃着脑袋,扬起眉毛,微笑着,轻声地说:“我明白,我明白!……啊!好极了,好极了!……”这垂死的、无家可归的、孤苦伶仃的人的孩子气的求知欲,实在使我感动得流泪。必须指出,阿韦尼尔同一切患肺病的人相反,关于自己的病情一点也不欺骗自己……可是他怎么样呢?——既不叹息,又不悲伤,甚至从来没有一次提到过自己的情况……

他振作起精神,开始谈到莫斯科,谈论同学们,谈论普希金,谈论戏剧,谈论俄罗斯文学;他回忆起我们的聚餐、我们小组里热烈的辩论,惋惜地说出两三个已经死去的朋友的名字……

“你记得达沙吗?”最后他又说,“真是黄金般的心灵!多好的心肠!她曾经那么爱我!……现在她怎么样了?这可怜的人,大概瘦损了,憔悴了吧?”

我不忍使病人失望,实际上,又何必让他知道呢,他的达沙现在胖得多了,跟商人孔达奇科夫弟兄来往,涂脂抹粉,尖声尖气地说话,骂人。

“可是,”我望着他那疲惫不堪的脸,心里想,“能不能把他从这儿搬出去呢?也许还有可能治好他……”但是阿韦尼尔没有让我说完我的建议。

“不,老兄,谢谢您,”他说,“死在哪里,反正都一样。我反正活不到冬天了……为什么徒然地打扰人呢？我在这屋子里已经住惯了。虽然这儿的主人……”

“都很厉害吧？”我接着说。

“不，并不厉害！都是些木头人。可是我不能抱怨他们。这里有邻居：地主卡萨特金有一个女儿，是一个受过教育的、可爱的、很善良的姑娘……不骄傲……”

索罗科乌莫夫又咳嗽不止了。

“什么都不在乎，”他休息一下，继续说，“只要允许我抽烟……”他狡猾地眨眨眼睛，又说，“我不会就这样死去，我要抽烟！谢天谢地，我活得够了，结识了不少好人……”

“你至少该写封信给你的亲戚。”我插嘴说。

“何必写信给亲戚呢？帮助——他们是不会帮助我的；我死了，他们自会知道。可是何必谈这些呢……最好请你给我讲讲，你在国外看见了些什么？”

我开始讲了。他出神地听我。傍晚我离去了，过了十来天，我接到克鲁皮亚尼科夫先生这样一封信：

> 敬启者：贵友阿韦尼尔·索罗科乌莫夫先生，即居住舍下之大学生，于三日前午后二时逝世，今日由鄙人出资，安葬于敝教区之教堂内。贵友嘱鄙人送上书籍及手册，兹随函附奉。彼尚有款项二十二卢布又半，已连同其他物件送交其亲戚收讫。贵友临终时神志清明，可谓十分安泰，即与舍下全家诀别之时，亦了无哀恋之色。内子克列奥帕特拉·亚历山德罗夫娜嘱笔道候。贵友之死，内子甚为悼惜，鄙人托庇粗健。敬请
>
> 大安。
>
> 古尔·克鲁皮亚尼科夫顿首。

还有许多例子浮现在我的脑际，——但是不能尽述。只限再说一个。

一个年老的女地主临终时，我正在她旁边。教士开始替她念送终祈祷，忽然看见病人真个在断气了，连忙把十字架递给她。女地主不满

意地把身子挪开些。“你忙什么,神父,”她用僵硬的舌头说,“来得及的……”她恭敬地吻了十字架,刚刚把手伸进枕头底下,就断气了。枕头底下放着一个银卢布:这是她想为自己的送终祈祷付给教士的……

啊,俄罗斯人死得真奇怪!

歌　手

小小的科洛托夫卡村，曾经属于一个因为性情大胆泼辣而被附近的人取绰号叫做泼婆娘（她的真名字反而不传了）的女地主，但是现在归彼得堡一个德国人所有了。这个小村位在一个光秃秃的山坡上，一个可怕的峡谷从上到下把这山坡切断，这峡谷像深渊一般张开了大口，处处带着崩裂和冲毁的痕迹，蜿蜒在街道中央，比河流——河上至少还可以架桥，——更严格地把这可怜的小村子划分为两部分。几棵憔悴的爆竹柳胆怯地在它两岸的砂坡上往下长；在干燥的、像铜一般发黄的谷底上，横着黏土质的巨大的铺石。这是不愉快的光景，自不必说了；然而附近所有的居民却都很熟悉到科洛托夫卡去的道路，他们常常喜欢到那里去。

在峡谷的顶上，离开峡谷开始处的狭缝若干步的地方，矗立着一间四方形的小木屋，孤零零的，和其他的屋子相隔离。这小木屋顶上盖着麦秆，有一个烟囱；一扇窗子好像一只锐利的眼睛似地望着峡谷；冬天晚上，窗子里点了灯，远处都可以在朦胧的寒气中望见它，它向不止一个过路的农民闪烁，犹如一颗指路星。小木屋的门上方钉着一块浅蓝色的木板；这小木屋是一家名叫“安乐居”的酒店。这酒店里的酒不见得比规定价格卖得便宜，生意却比附近所有同类的店兴隆得多。其原因在于酒保尼古拉·伊万内奇。

尼古拉·伊万内奇曾经是一个体态匀称、头发鬈曲、面颊红润的小伙子，现在却已经是异常肥胖，头发斑白，面孔浮肿，小眼睛狡猾而温和，前额油亮，上面起着像线条一般的皱纹，——他住在科洛托夫卡村已经有二十多年了。尼古拉·伊万内奇同大多数酒保一样，是一个机敏伶俐的人。他对人并不特别亲昵，也不多说话，但是具有吸引顾客、留住顾客的本领，他们坐在他的柜台前，在这位冷静的主人的虽然锐利却很平静和蔼的目光下感到很愉快。他有许多合理的见解;他很熟悉地主、农民和小市民的生活习俗;在困难的情况下,他可能给人相当聪明的忠告,但他是一个小心谨慎的人,又是一个利己主义者,因此总是宁愿站在局外,至多只是用转弯抹角的、仿佛毫无企图的暗示来指点他的客人——还得是他所喜欢的客人——走向真理之路。他对于俄罗斯人所喜爱而重视的一切都很在行:对于马匹和家畜,对于森林,对于砖头,对于器皿,对于布匹毛呢和皮革制品,对于歌曲和舞蹈。在没有顾客的时候,他总是盘着两只瘦腿,像麻袋一般坐在自己小屋门前的地上,用亲切的话跟所有的过路人打招呼。他一生见识得多,他比几十个到他这儿买烧酒的小贵族都活得长;他知道周围一百俄里内发生的一切事情,但从来不多嘴,甚至不让人看出,连目光最锐利的警察局长都没有猜疑到的事他也知道。他总是默不作声,有时微笑着,动动酒杯。邻近的人都尊敬他:县里身份最高的地主,三级以上的文官谢列佩坚科,每次经过他的小屋的时候,总是宽容地向他打招呼。尼古拉·伊万内奇是一个有威信的人:一个有名的盗马贼从他朋友家里偷去了一匹马,他要他还了出来;邻村的农民们反对新来的总务,他说服了他们;诸如此类,不一而足。然而不应当认为他做这些事是出于对正义的爱好,出于对他所亲近的人的热心——不!他只是为了防止可能破坏他安宁的一切事情。尼古拉·伊万内奇已经结婚,而且有了孩子。他的妻子是一个机敏的、鼻尖眼快的小市民,最近也同她丈夫一样身体有些发胖。他一切都信托她,钱也由她锁起来。爱发酒疯的人都怕她;她不喜欢这种人,因为从他们身上得不到多少好处,吵闹得却很厉害;沉默寡言、闷闷不乐的人,比较称她的心。尼古拉·伊万内奇的孩子们还小;最初生的几个都死了,留下的几个倒都像起父母亲来了:看着这些健康的孩子的聪明的小脸蛋,真是愉快。

七月里炎热难堪的一天,我慢慢地跨着步,带着我的狗,沿着科洛托夫卡的峡谷,向"安乐居"酒店走上去。太阳猛烈地在天空燃烧;蒸闷和焦热固执不退;空气中弥漫着窒息的尘埃。羽毛发光的白嘴鸦和乌鸦,张开了嘴,可怜地望着行人,仿佛在乞求他们的同情;只有麻雀不忧愁,竖起羽毛,比以前更加起劲地吱吱喳喳叫着,在栅栏上打架,有时一齐从尘埃道上飞起，像乌云一般在绿色的大麻田上空飞过。我口渴得很难受。附近没有水：在科洛托夫卡，像在其他许多草原村庄一样，农民们因为没有泉水和井水，都喝池塘里的浑水……但是谁能把这种恶劣的饮料称为水呢？我想到尼古拉·伊万内奇那里去要一杯啤酒或者克瓦斯。

老实说，科洛托夫卡一年四季没有令人悦目的景色；但是在这里，特别引起人们哀愁之感的，是七月的骄阳的强光炽烈地照耀着的这些景色：褐色的半破的屋顶；深邃的峡谷；晒焦而充满灰尘的牧场上，瘦瘦的长脚鸡绝望地徜徉着；一所灰色的白杨木屋架子，窗子的地方只剩了几个窟窿，这是从前的地主邸宅的遗迹，现在周围长着荨麻、杂草和苦艾；盖着鹅毛的、黑糊糊的、晒得滚烫的池塘，四周围着半干的泥泞地和倒向一边的堤坝；堤坝旁边踏成灰末的泥地上，有一些绵羊正在热得喘不过气来，打着喷嚏，悲哀地互相偎依，怀着颓丧的耐性尽量低下头，仿佛在等候这难堪的酷热到底什么时候离去。我拖着疲乏的脚步，终于走近了尼古拉·伊万内奇的酒店，照例引起了孩子们的惊奇，使他们紧张地、毫无意义地向我注视，又引起几条狗的愤慨，使它们吠叫的声音那么嘶哑而凶猛，仿佛它们的内脏都破裂了似的，后来它们自己也咳呛而喘不过气来了。正在这时候，酒店的门槛上忽然出现了一个高个子的男人，这人没有戴帽子，穿着一件厚呢大衣，低低地束着一条浅蓝色的腰带。看样子他是一个家仆；浓密的灰色头发蓬乱地矗立在他那干枯多皱的脸的上方。他正在呼唤一个人，急急忙忙地挥着两只手，他的手显然挥动得比他自己所希望的厉害得多。可见他已经喝醉了。

“来，来呀！”他用力抬起一双浓眉毛，嘟嘟囔囔地说起话来，“来，‘眨眼’，来！老兄，瞧你这样慢吞吞的，真是。这不像话，老兄。人家在等你，可你这样慢吞吞的……来呀！”

“噢，来了，来了。”传来一个颤抖的声音，屋子右边走出一个矮胖的瘸子来。他穿着一件相当整洁的呢外衣，套进一只衣袖；高高的尖顶帽一直盖到眉毛上，使他那圆胖的脸显出狡猾、嘲笑的表情。他那双黄色的小眼睛不断地转动，薄薄的嘴唇上永远浮着拘谨而勉强的微笑，又尖又长的鼻子无耻地向前突出，像一把舵。“来了，亲爱的，”他继续说,一瘸一拐地向酒店方面走去,“你叫我干吗? ……谁在等我?”

“我叫你干吗?”穿厚呢大衣的人带着责备的口气说,“‘眨眼’,你这人真怪,老兄,叫你到酒店里来,你还要问‘干吗?’许多好人都等着你:‘土耳其人’雅什卡呀,‘野老爷’呀,还有日兹德拉来的包工呀。雅科夫①和包工打赌:赌一大瓶啤酒——谁胜过谁,就是说,谁唱得好,……你懂吗?”

“雅什卡要唱歌了?”绰号叫“眨眼”的人兴奋地说,“你不撒谎吗,‘笨蛋’?”

“我才不撒谎呢,”“笨蛋”一本正经地回答,“你自己在瞎扯。既然打了赌,当然要唱,你这蠢货,你这骗子,‘眨眼’!”

“好,我们去吧,呆子。”“眨眼”回答。

“那么,至少要吻我一下,我的宝贝。”“笨蛋”张大了两臂,喃喃地说。

“瞧你这个娇嫩的伊索②。”“眨眼”轻蔑地回答,用肘推开了他,两人就弯下身子,走进那扇低矮的门里。

我听到的这一番对话,强烈地引起了我的好奇心。我已经不止一次地听说过,“土耳其人”雅什卡是附近一带最好的歌手,今天突然碰到了听他同另一个能手竞赛的机会。我就加紧脚步,走进酒店里去。

我的读者中,有机会看到乡村酒店的人大概不多;可是我们当猎人的,什么地方没有到过呢。这种酒店的构造极其简单。它们大都由一间黑洞洞的前室和一间有烟囱的内屋组成,这内屋用板壁隔分为二,板壁里面是无论哪个顾客都不可以走进去的。在这板壁上,在一张宽阔的橡木桌上方,开着一个直长的大洞。酒就在这张桌子或柜台上出售。正对着这壁洞的架子上,并排地摆着各种大小的封好的瓶头酒。内屋的前半部分是顾客使用的,其中放着些长凳子和两三只空酒桶,屋角里放着一张桌子。乡村酒店大都是很黑暗的,而且你几乎从来不会在它的由原木积叠成的墙壁上看到农舍中大都少不了的那种色彩鲜明的通

---

① 雅科夫是雅什卡的本名。

② 伊索是著名的古希腊寓言作家(公元前6世纪);但“伊索”这名称在俄国旧时用作讽刺语,用以表示言语费解而行为古怪的人。

俗版画。

当我走进“安乐居”的时候，里面已经聚集着很多人了。

在柜台后面，照例站着尼古拉·伊万内奇，他的身体差不多填充了整个壁洞；他穿着一件印花布衬衫，丰满的面颊上带着懒洋洋的微笑，正在用他那又白又胖的手替刚才进来的朋友“眨眼”和“笨蛋”倒两杯酒；在他后面的屋角里靠近窗子的地方，望得见他那目光锐利的妻子。房间中央站着“土耳其人”雅什卡，他是一个身材瘦削而匀称的人，大约二十三岁，穿着一件浅蓝色的长裾土布外衣。他看来是一个能干的工厂职工，身体似乎不能说是十分健康的。他的面颊凹进，一双灰色的大眼睛显出不安定的神色，鼻子直，小鼻孔常常翕动，前额白皙而平坦，淡金色的鬈发梳向后面，嘴唇厚厚的，然而很漂亮，富有表情——他的整个脸庞显示出他是一个敏感而热情的人。他非常兴奋：眨着眼睛，不均匀地呼吸着，他的手像患热病似地发抖，——他正是患着热病，就是在群众面前讲话或唱歌的人都很熟悉的那种惶惑不安的、突如其来的热病。他旁边站着一个男人，年约四十岁，肩膀宽阔，颧骨突出，前额很低，眼睛像鞑靼人一般窄小，鼻子短而扁平，下巴是方形的，乌黑光亮的头发像鬃毛一样刚硬。他那黝黑而带铅色的脸的表情，尤其是他那苍白的嘴唇的表情，要不是那么沉着安定的话，几乎可说是凶暴的。他几乎一动也不动，只是有时像轭下的公牛一般慢慢地向周围望望。他穿着一件有光滑的铜钮扣的破旧的常礼服；一条黑绸旧围巾围着他那粗大的脖子。人们称呼他“野老爷”。他的正对面，圣像下边的长凳上，坐着雅什卡的竞赛对手——日兹德拉来的包工：这是一个年约三十岁的、身材不高而体格结实的男人，脸上有麻点，头发鬈曲，长着一个扁扁的狮子鼻，褐色的小眼睛很生动，胡须稀薄。他把两只手垫在身子底下，机敏地环顾四周，穿着镶边的漂亮的长统靴的脚悠然地摇摆着，拍打着地面。他穿着一件崭新的、薄薄的、有棉绒领的灰呢上衣，这棉绒领显著地衬托出那件紧紧扣住他喉头的红衬衫的边。在对面的一角里，门的右边，桌子旁边坐着一个农民，穿着一件灰色的旧长袍，肩膀上破了一个大洞。太阳的稀薄的黄色光带，穿过了两扇小窗子的积着灰尘的玻璃照射进来，似乎不能制胜房间里的经常的黑暗：一切物件上都映出一块块微光。然而房间里竟很凉快，我一跨进门槛，窒息和炎热的感觉就像一副重担从我肩上卸下了。

我的到来——我能看出这一点——起初略微惊扰了尼古拉·伊万内奇的客人们；但是他们看见他像对熟人一样招呼我，就都安心下来，不再注意我了。我要了啤酒，在屋角里那个穿破长袍的农民旁边坐下。

“喂，怎么样！”“笨蛋”一口气喝干了一杯酒，突然高叫起来，同时用手的奇妙的挥动配合自己的喊声，没有这种挥动他显然是一个字也说不出的。“还等什么呢？要开始就开始。嗳？雅什卡？……”

“可以开始了，可以开始了。”尼古拉·伊万内奇赞成地接着说。

“我们就开始吧，”包工带着自信的微笑冷静地说，“我准备好了。”

“我也准备好了。”雅科夫激动地说。

“好，开始吧，弟兄们，开始吧。”“眨眼”尖声叫道。

然而，尽管大家一致表示愿望，却没有一个人开始；包工甚至没有从长凳上站起来，——大家都好像在等待什么似的。

“开始吧！”“野老爷”阴沉沉地断然说出。

雅科夫身子一抖。包工站起身来，把腰带往下一拉，咳了几下清清嗓子。

“可是谁先唱呢？”他用略微变了的声音问“野老爷”，“野老爷”还是一动不动地站在房间中央，宽宽地叉开了两条肥胖的腿，把两只粗壮的手插在灯笼裤的袋里，几乎齐到肘部。

“你先，你先，包工，”“笨蛋”喃喃地说，“你先，老兄。”

“野老爷”蹙着眉头瞅他一眼。“笨蛋”轻轻地尖叫一声，困窘起来，向天花板看看，耸耸肩膀，默不作声了。

“抓阄吧，”“野老爷”从容不迫地说，“把酒放在柜台上。”

尼古拉·伊万内奇弯下身子，呼哧呼哧地从地板上拿起一瓶酒来，把它放到桌子上。

“野老爷”向雅科夫看一眼，说：“来！”

雅科夫把手伸进自己的口袋里掏了一会儿，拿出一个铜币来，用牙齿在它上面咬一个印子。包工从上衣的裾下掏出一只新的皮钱包，不慌不忙地解开带子，倒了许多零钱在手里，选了一个新铜币。“笨蛋”

拿出他那帽檐已经破碎脱落的旧帽子;雅科夫把自己的铜币丢进帽子里,包工也丢进了他自己的。

"你选一个吧。""野老爷"对"眨眼"说。

"眨眼"得意地笑一笑,两手端着帽子,开始把它摇动。

刹那间屋子里鸦雀无声了,只听见两个铜币互相碰撞,发出轻微的叮当声。我注意地向四周观看:所有的人脸上都表现出紧张的期待的神情;"野老爷"自己也眯起了眼睛;就连我邻座那个穿破长袍的农民,也好奇地伸长了脖子。"眨眼"把手伸进帽子里,拿出包工的铜币来,大家透一口气。雅科夫脸红了,包工用手摸摸头发。

"我早就说过了,你先,""笨蛋"高声说,"我早就说过了。"

"好了,好了,别聒噪了!""野老爷"轻蔑地说,"开始吧,"他继续说,向包工点点头。

"我唱哪一支歌呢?"包工陷入激动的状态中,这样问。

"唱你爱唱的歌,""眨眼"回答,"你想到哪一支,就唱哪一支。"

"当然,唱你爱唱的歌,"尼古拉·伊万内奇慢慢地把两手交叉在胸前,附和着说,"这个不能指定你。唱你爱唱的歌吧;只是要唱得好;然后我们凭良心判断。"

"当然喽,凭良心。""笨蛋"接着说,舐一舐空酒杯的边。

"弟兄们,让我清一清嗓子。"包工说着,用手指摸摸上衣的衣领。

"好,好,不要耽搁了——开始吧!""野老爷"断然地说,低下了头。

包工略微想了一想,昂一昂头,走上前些。雅科夫的两眼盯住他……

但是在我着手描写这场竞赛之前,先就我这故事中每一个登场人物略讲几句话,我认为不是多余的。他们里面有几个人的生活情况,我在"安乐居"酒店里碰到他们的时候早已知道了;关于另外几个人的情况,是我后来打听到的。

先从"笨蛋"讲起。这个人的真名字叫做叶夫格拉夫·伊凡诺夫;但是附近一带的人全都叫他"笨蛋",他自己也承认这个绰号,因为它对他非常合适。的确,对于他那貌不惊人和老是慌里慌张的特点来说,这绰号再适当没有了。这是一个放荡的独身家仆,他原来的主人早就抛弃他了,他什么职业也没有,一个铜子的工钱也没有,然而他有办法每天花别人的钱来大吃大喝。他有许多熟人,这些人都请他喝酒,喝茶,他们自己也不知道为的是什么;其实他不但不能给人助兴,相反地,他那无聊的饶舌、难堪的纠缠、热狂的动作和不断的不自然的笑声,使大家都觉得讨厌。他既不会唱歌,又不会跳舞;有生以来不但不曾说过一句聪明的话,也不曾说过一句有用的话,老是絮絮叨叨,胡说八道——真是一个"笨蛋"! 可是在周围四十俄里之内,没有一处酒会上没有他那又高又瘦的身子在客人们中间转来转去,——人们对他已经习惯,就像不可回避的灾祸一般容忍他在座。人们对他固然都很轻蔑,但是能制服他的狂妄的发作的,只有"野老爷"一人。

"眨眼"一点也不像"笨蛋"。"眨眼"这个绰号对他也很合适,虽然他的眼睛并不比别人眨得多;大家都知道:俄罗斯人是取绰号能手。虽然我曾努力探听这个人的比较详细的历史,但是在他的生涯中,我觉得——恐怕别的许多人也觉得——还有暧昧之点,即读书人所谓埋没在不可知的黑暗中的地方。我只打听到他曾在一个年老而没有子女的女主人那里当过马车夫,带着托付他照管的三匹马逃跑了,失踪了整整一年,后来大概体验到了流浪生活的无益和不幸,就自动回来,但已经变成了瘸腿,他向女主人叩头哀求,在若干年内,用模范行为来抵赎了自己的罪行,渐渐得到女主人的宽恕,终于完全获得了她的信任,当了管家;女主人死后,不知怎么一来,他获得了自由,变成了小市民,向邻人租些菜地,发了财,现在过着逍遥的生活。这是一个阅世很深、胸有城府的人,并不凶恶,也不善良,却是个比较谨慎的人;这是一个老江湖,识人,善于利用人。他谨慎小心,同时又像狐狸一样会动脑筋,他像老妇人一样多嘴饶舌,可是自己从来不会说漏嘴,却能让别人什么话都说出来;然而,他不像别的同类的滑头那样假痴假呆,要他装假根本是困难的;我从来没有见过比他那双狡猾的小眼睛更锐利机灵的眼睛。这双眼睛从来不单纯地看,总是东张西望或者窥视着。"眨眼"有时一连几个星期考虑一件明明是很简单的事,或者突然决心做一件十分大胆的事,看来似乎他在这上面要倒霉了……岂知完全成功,一切都非常顺利。他是一个走运的人,相信自己的幸运,相信预兆。总之,他很迷信。人们都不喜欢他,因为他对谁都不关心,但是人们都尊敬他。他的全部家属就只是一个儿子,他很溺爱儿子,这儿子受这样的父亲的教养,想必会前程远大的。"'小眨眼'很像他父亲呢。"现在夏天的傍晚,老人们坐在土台上闲谈的时候就已经在低声谈论他了;大家都懂得这话的意思,一句话也不须再补充了。

关于"土耳其人"雅科夫和包工,没有详情可以叙述。雅科夫的绰号叫"土耳其人",因为他确实是被俘的土耳其女子所生。他在心灵上是一个十足的艺术家,但身份是一个商人的造纸厂里的汲水工人;至于包工呢,老实说,他的身世我还不知道,我只觉得他是一个机敏干练的城市小商人。但是关于"野老爷",值得比较详细地谈一谈。

这个人的样子给你的第一印象,是一种粗犷、笨重、然而无法抗拒的力量的感觉。他的身子很笨拙,即我们那里所谓"粗蛮"的,然而他身上显示出一种不可摧毁的健康气质,而且——说也奇怪——他那熊一般的身体,并不缺乏某种特殊的优雅,这种优雅大概是他对于自己的威力的泰然自若的信心所产生的。初见的时候,很难判断这个赫拉克勒斯①属于哪个阶层;他不像家仆,也不像小市民,也不像退职的穷书吏,也不像领地很少的破落贵族——猎犬师和爱打架的人。他简直是一个特殊人物。没有一个人知道他是从哪里跑到我们这县里来的。据传说,他是独院小地主出身,以前曾在某处任职,但是关于这一点没有人确切知道,也无从探悉,——从他本人是探询不出来的,因为比他更沉默、更阴涩的人是没有的了。也没有人能够确实地说出他是靠什么生活的;他没有从事任何手艺,也不到任何人那里去,几乎不同任何人交往,可是他有钱;钱虽然不多,但是有的。他为人并不谦恭,——他根本谈不上谦恭,——但是很安详;他生活着,仿佛没有注意到自己周围的人,也绝不需要任何人。"野老爷"(这是他的绰号;他的真名是佩列夫列索夫。)在附近一带地方非常有威望;虽然他不但没有任何权利命令任何人,而且甚至自己也绝不向偶然接触的人表示要求服从,但是人们总是立刻心甘情愿地顺从他。他说话,人们都听从,他的力量常常发

---

① 赫拉克勒斯,古希腊神话中的大力士。

生作用。他几乎不喝酒,也不同女人交往,他热爱唱歌。这个人有许多神秘的地方;似乎有一种巨大的力量抑郁地潜隐在他身上,这种力量仿佛自己知道,一旦上升起来,一旦爆发出来,就会毁灭自己以及一切接触到的东西;如果这个人的生涯中并没有发生过这一类的爆发,如果他不是受了经验教训而仅免于毁灭,因而现在牢牢地、极严格地掌握自己,那么我的判断完全错了。特别使我惊奇的是,他这人身上混合着一种天生的凶暴和一种也是天生的高贵,——这种混合是我在别人身上从未看到过的。

且说,包工走上前来,半闭着眼睛,用极高的假嗓子开始唱歌了。他的声音虽然略带沙哑,但是十分甜美悦耳;他的歌声婉转回旋着,仿佛陀螺一般,不断地从高音转向低音,又不断地回到高音上,然后保持着高音,尽力延长下去,终于停息了,接着又突然以豪迈奔放的勇气接唱以前的曲调。他的曲调的转折有时很大胆,有时很滑稽,这种唱法能使内行人得到很大的快感;德国人听了是要愤慨的。① 这是俄罗斯的 tenore di grazia, ténor léger②。他唱的是一首愉快的舞曲,这曲子的歌词,我从它的无穷尽的装饰音、附加的辅音和叫声中所能够听到的,只是下面的几句:

我这年轻轻的人儿
耕种小小的田地;
我这年轻轻的人儿
播种鲜红的花儿。

他唱着;大家全神贯注地听他。他显然是感觉到正在内行人面前表演,因此真是所谓使尽了吃奶的气力。的确,在我们这一带地方,人们对于唱歌都很在行,无怪乎奥廖尔大道上的谢尔吉耶夫斯克村以它的特别和谐悦耳的歌调驰名于全俄国。包工唱了很久,并没有在他的听众中引起特别强烈的感动,因为他没有合唱的支持;最后他唱到一个特别成功的转折处,使得"野老爷"也微笑了,这时候"笨蛋"高兴之极,

① 当时俄国人认为德国人是爱好典雅音乐的国民,不喜欢这种华丽的乐风。
② 意大利语和法语:抒情男高音。

不禁叫将起来。大家抖擞一下。“笨蛋”和“眨眼”开始轻轻地随声和唱,时而喊叫几声:“棒极了! ……加把劲,好小子! ……加把劲,延长,这坏蛋! 再延长! 再来一段出色的,你这狗儿! ……凶神要勾你的魂!”喊的都是这一类话。尼古拉·伊万内奇在柜台后面赞许地把头向左右摇晃着。“笨蛋”终于跺起脚来,扭扭捏捏地跨着小步,扭动着肩膀。至于雅科夫,眼睛像炭火一般燃烧,全身像树叶一般颤抖,神经质地微笑着。只有“野老爷”脸上没有变化,照旧一动不动地站在原地;但他那凝视着包工的目光稍稍柔和起来了,虽然嘴唇上还留着轻蔑的表情。包工为全体听众欢欣的表示所鼓舞,简直就像旋风似的呼啸起来,而且开始附加花腔,莺啼一般、打鼓一般地弄着舌头,发狂地运转着喉咙,终于疲倦了,脸色苍白,浑身都是热汗,于是他全身向后一仰,放出最后一个不绝如缕的声音,全体听众疯狂地迸发出一片喝彩声来报答他;“笨蛋”奔过去挽住他的脖子,用他那双长长的瘦骨嶙峋的手臂搂得他喘不过气来;尼古拉·伊万内奇的胖脸上泛出红晕,他仿佛年轻了;雅科夫发狂似地叫喊着:“好极了,好极了!”连我邻座那个穿破长袍的农人也忍不住了,用拳头在桌子上敲一下,喊起来:“啊哈! 真好,见鬼,真好!”然后毅然决然地向一旁吐一口唾沫。

“啊,老兄,痛快!”“笨蛋”叫着,抱住精疲力尽的包工不放,“痛快,没说的! 你赢了,老兄,你赢了! 恭喜你——酒是你的了! 雅科夫比你差得远呢……我告诉你:差得远呢……你相信我吧!”他又把包工搂在胸前。

“喂,放了他呀;放手呀,纠缠不清的……”“眨眼”懊恼地说,“让他在凳子上坐一会儿吧;你瞧他累了……你这傻瓜,老兄,真是个傻瓜! 干吗死缠住他?”

“好,那么让他坐下,我要为他的健康干一杯。”“笨蛋”说着,向柜台走去。“算你的账,老兄,”他转向包工补说一句。

包工点点头,坐到长凳上,从帽子里取出一条毛巾,开始擦脸;“笨蛋”连忙贪馋地喝干了一杯酒,按照酒鬼的惯例发出一阵咯咯的喉音,然后装出一副忧虑担心的神气。

“唱得好,老兄,唱得好,”尼古拉·伊万内奇亲切地说,“现在轮到你了，雅什卡：当心点，别胆小。让我们看看，究竟谁胜过谁，让我们看看……包工唱得可真好，实在好。”

“好极了。”尼古拉·伊万内奇的妻子说，带着微笑看看雅科夫。

“好啊！”我邻座的人低声地重复一遍。

“啊，促狭鬼波列哈①！”“笨蛋”忽然叫起来，走近肩上有破洞的农民，用手指点着他，跳跳蹦蹦地，发出颤抖的笑声。“波列哈！波列哈！加，巴杰②，滚出去吧，促狭鬼！你来做什么，促狭鬼？”他边笑边叫。

可怜的农民慌张起来，已经打算站起来赶快逃跑，忽然听见“野老爷”的铜一般的声音：

“这畜生怎么这样讨厌？”他咬牙切齿地说。

“我没有什么，”“笨蛋”喃喃地说，“我没有什么……我只是……”

“好吧，那就别做声啦！”“野老爷”说，“雅科夫，开始吧！”

雅科夫用手捂住喉咙。

“哦，老兄……这个……嗯……我实在不知道，这个……”

“咳，得了，别害怕。你不害臊吗！……干吗这么扭扭捏捏的？……想着什么就唱什么吧。”

“野老爷”低下头等候着。

雅科夫沉默一下，向四周看看，用一只手遮住了脸。大家的眼睛都紧盯住他，尤其是包工，他脸上除了通常的自信和得意的神情之外，又显出一种不自觉的、轻微的不安。他把身子靠在墙上，重又把两手垫在身子底下，但是两条腿已经不再摆动了。终于，雅科夫露出脸来——这张脸像死人一样苍白；眼睛透过下垂的睫毛微微发光。他深深地透一口气，然后唱起来……他最初唱出的一个音微弱而不稳，似乎不是从他胸中发出，而是从远处传来，仿佛是偶然飞进房间里来的。这颤抖的、银铃般的音，对于我们所有的人都发生了奇怪的作用；我们大家面面相觑，尼古拉·伊万内奇的妻子竟挺直了身子。在这第一个音唱出之后，

① 从波尔霍夫县和日兹德拉县的边境开始的一片绵长的森林地带即南部波列西耶的居民，叫做“波列哈”。他们的生活方式、性情和语言有很多特点。由于他们的性情多疑而吝啬，所以被称为促狭鬼。——原注

② 波列哈说话时，差不多每一句上都加一种喊声：“加”和“巴杰”。——原注

第二个音就跟上来,这个音比较坚定而悠长,但显然还是颤抖的,仿佛弦线突然被手指用力一拨而响出之后终于急速地静息下去时的震动声;在第二个音之后,又来了第三个,然后渐渐地激昂起来,扩展起来,倾泻出凄凉的歌声。他唱着:"田野里的道路不止一条",我们大家都觉得甘美而又惊心动魄。我实在难得听到这样的声音:它稍稍有些微弱,仿佛有些发颤;开头甚至还带有一种病态的感觉;但是其中有真挚而深切的热情,有青春,有力量,有甘美的情味,有一种销魂而广漠的哀愁。俄罗斯的真实而炽烈的灵魂在这里面鸣响着,它紧紧地抓住了你的心,简直抓住了其中的俄罗斯心弦。歌声飞扬,四散飘荡。雅科夫显然已经如醉如狂了:他不再胆怯,他完全委身于幸福;他的声音不再战栗——它颤抖着,但这是一种不很显著的、内在的、像箭一般刺入听者心中的热情的颤抖,这声音不断地增强、坚定、扩大起来。记得有一天傍晚退潮的时候,海涛在远处威严而沉重地汹涌着,我在海岸的平沙上看见一只很大的白鸥:它那丝绸一般的胸脯映着晚霞的红光,一动不动地坐在那里,只是偶尔对着熟悉的海,对着深红色的落日,慢慢地展开它那长长的翅膀,——我听了雅科夫的歌声,就想起这只白鸥。他唱着,完全忘记了他的竞赛者和我们所有的人,但显然是凭着我们的沉默而热烈的同情的支援,像勇敢的游泳手凭着波浪的支援一样。他唱着,他的歌声的每一个音都给人一种亲切和无限广大的感觉,仿佛熟悉的草原一望无际地展现在你面前。我觉得泪水在心中沸腾,从眼睛里涌出;忽然一阵喑哑的、隐忍的哭声使我大吃一惊……我回头一看,酒保的妻子把胸脯贴在窗上,正在哭泣。雅科夫急速地向她一瞥,唱得比以前更加响亮,更加甘美了,尼古拉·伊万内奇低下了头,"眨眼"把脸扭向一旁;浑身软化了的"笨蛋"呆呆地张开了嘴巴站着;那个穿灰色长袍的农民悄悄地在屋角里啜泣,悲戚地低语着,摇着头;连"野老爷"的铁一般的脸上,紧紧地靠拢的眉毛下面,也慢慢地流出大滴的眼泪来;包工把紧握的拳头放在额前,身体一动也不动……要不是雅科夫在一个很高的、特别尖细的音上仿佛嗓子崩裂了似地突然结束,我真不知道全体听众的苦闷怎样才能解脱呢。没有人喊一声,甚至没有人动一动;大家都仿佛在等待着,他是否还要唱;但是他似乎对我们的沉默感到惊讶,睁大了眼睛,用疑问的眼光向所有的人环顾一下,他看到胜利是属于他的了。……

“雅什卡。”“野老爷”叫了一声,把手搭在他的肩膀上,不再说话了。

我们大家都仿佛呆住了。包工悄悄地站起身来,走近雅科夫。“你……是你的……你赢了。”终于他费力地说出,从房间里奔了出去……

他的迅速而坚决的行动仿佛打破了全场的迷梦:大家突然笑语喧哗地讲起话来。“笨蛋”纵身一跳,嘴里喃喃地说着什么,两手像风车翅膀一般挥动起来;“眨眼”一瘸一拐地走近雅科夫,同他亲吻;尼古拉·伊万内奇站起身来,郑重地宣布:他自己再添出一瓶啤酒;“野老爷”那么和蔼地笑着,我从来没有想到他脸上会有这样的笑容;穿灰色长袍的农民用两只袖子擦着眼睛、面颊、鼻子和胡须,不时地在自己的角落里反复说着:“啊,好,真好,就算我是狗养的,真好!”尼古拉·伊万内奇的妻子满脸通红,急忙站起身来走了开去。雅科夫像小孩一般享受着自己的胜利;他的脸完全变了样;尤其是他的一双眼睛,竟闪耀着幸福的光辉。人们把他拉到柜台边;他把哭个不停的穿灰色长袍的农民也喊过来,又派酒保的小儿子去请包工,但是小儿子没有找到他,于是大家开始喝酒了。“你还会给我们唱一曲哩,你会给我们一直唱到晚上哩。”“笨蛋”高高地举起两手,反复地说。

我再向雅科夫看了一眼,就走出去了。我不想留在这里,我生怕破坏了我所得的印象。但是炎热依旧难堪。它仿佛形成了浓重的一层,笼罩在大地上;在深蓝色的天空中,似乎有一种微小的明晃晃的火花,透过极细的、几近于黑色的灰尘而回旋着。万籁俱寂;在困疲的自然界的这片沉寂之中,有一种绝望的、压抑的感觉。我走到干草棚里,躺在刚刚割下、但几乎已经干燥的草上。我很久不能入睡;雅科夫的不可抗拒的声音一直在我耳朵里响着……终于炎热和疲劳占了优势,我像死去一般睡着了。当我醒来的时候,周围的一切都已经黑暗起来;散乱的草发出强烈的香气,还有点潮湿,苍白的星星透过半已破损的屋顶的细木条,无力地闪烁着。我走出去。晚霞早已消失,它的最后的余晖在天边微微发白；但在不久以前炙热的空气中，透过凉爽的夜气，还感觉到热烘烘的，胸中还渴望着凉风。没有风，也没有乌云；整个天空纯净、黑暗而清澈，静悄悄地闪烁着不可胜数却又不甚清晰的星星。村子里隐约地闪现着灯火；从不远处灯烛辉煌的酒店里飘来一阵紊乱而模糊的喧哗声，其中我似乎听见雅科夫的声音。从那里时时迸发出热烈的笑声。我走近窗子去，把脸贴在玻璃上。我看见了一种虽然多样而生动、却很不愉快的光景；大家都喝醉了——从雅科夫开始，大家都喝醉了。他袒露着胸膛，坐在长凳上，正在用嘶哑的嗓子哼着一支庸俗的舞曲，一面懒洋洋地弹拨着吉他的琴弦。汗水湿透的头发一束束地挂在他那苍白得可怕的脸上。在酒店中央，"笨蛋"脱去上衣，仿佛神经完全失常了似的，正在那个穿灰色长袍的农民面前跳跳蹦蹦地跳着花样舞；那个农民呢，也费力地把一双软弱的脚在地上跺着，摩擦着，蓬松的胡须中间露出无意义的微笑，有时挥着一只手，仿佛想要说："不管怎么样啦！"再没有比他的脸更可笑的了；无论他把眉毛抬得怎样高，那沉重的眼睑总是不肯抬起来，一直盖在不容易看出的、朦胧的、却又极甘美的眼睛上。他正处在一种酩酊大醉的人的得意状态中，无论哪个过路人看看他的脸，必然会说："好极了，老兄，好极了！""眨眼"全身像虾一样通红，张大了鼻孔，在屋角里恶毒地笑着；只有尼古拉·伊万内奇，到底是真正的酒保，保持着他的不变的冷静。屋子里添了许多新人物，但是我没有看到"野老爷"。

我回转身，快步走下科洛托夫卡村所在的小山冈去。这小山冈的脚下扩展着一片宽阔的平原；这片平原沉浸在弥漫动荡的夜雾中，愈加显得广漠无边，仿佛同黑暗的天空融合在一起似的。我沿着峡谷旁边的道路大踏步地走下去，忽然远远地从平原上传来一个男孩的响亮的声音："安特罗普卡！安特罗普卡——阿！……"他顽强地带着哭声拼命叫着，把最后一个字拖得很长很长。

他略微沉默一下，又叫起来，他的声音在静止的、沉沉欲睡的空气中响亮地传布开去。他叫安特罗普卡的名字至少叫了三十次，突然，从林中草地的那一端，仿佛从另一个世界里，传来勉强听得清楚的回答：

"什——么——事？"

男孩立刻带着欢喜的愤怒叫起来：

“到这里来，小——鬼！”

“干——吗？”过了好一会，那声音回答。

“因为爸爸要——打——你。”第一个声音急忙叫出。

第二个声音不再答应了，于是男孩重新开始呼吁似地叫着安特罗普卡。他的叫声越来越疏，越来越弱，到了天色全黑的时候，还传到我的耳朵里来，这时候我正向着离开科洛托夫卡村四俄里的围住我的村子的那座树林旁边走去……

“安特罗普卡——阿——阿！”这声音似乎一直还在充满夜色的空气中响着。

彼得·彼得罗维奇·卡拉塔耶夫

大约五年前的一个秋天,在从莫斯科到图拉的路上,因为弄不到马匹,我在驿站的屋子里坐了几乎一整天。我打猎回来,没有考虑周到,把自己的三匹马先打发走了。驿站长是一个上了年纪的人,样子阴沉,头发一直挂到鼻子上,一双小眼睛矇眬欲睡,他对我的一切诉苦和要求,都用断断续续的抱怨的话来回答,愤愤地把门弄得乒乓乱响,仿佛在诅咒自己的职务;他走到台阶上去骂马车夫,这些马车夫手里捧着沉重的马轭在泥泞中慢吞吞地跨着步,或者坐在长凳上打呵欠,搔痒,对于他们上司的愤怒的叫喊并不加以特别的注意。我已经喝过三次茶,几次想睡都不成功,把窗上和墙上的题字都念遍了:简直无聊得要命。我带着冷淡而绝望的心情望着我的马车翘起的车杆,忽然铃声响处,一辆驾着三匹疲惫不堪的马的小马车停在台阶面前了。来客从车上跳下,嘴里喊着:“赶快套马!”就走进房间里来。当他带着照例的惊讶听驿站长说“没有马”的时候,我已经用一个百无聊赖的人所有的全部贪婪的好奇心把我这位新伙伴从头到脚打量了一下。他看样子靠近三十岁。天花在他脸上留下了不可磨灭的痕迹,这张脸枯瘦而发黄,泛着令人不快的铜色反光;蓝黑色的长头发,后面一卷一卷地挂在衣领上,前面卷成神气的鬓发;一双发肿的小眼睛没有一点表情;上嘴唇上翘着几根髭须。他的服装像赶马市的放浪不羁的地主:他穿着一件十分油污的有花纹的短上衣,系着一条褪色的雪青丝领带,还有一件有铜钮扣的背心和大喇叭口裤腿的灰色裤子,裤腿底下略微露出没有擦亮的靴子的尖端。他身上发散出强烈的烟酒味;在他那几乎被上衣衣袖遮盖住的又红又胖的手指上,有几只银戒指和图拉戒指。这样的人物,在俄罗斯可以碰见不止几十,而有几百;必须说老实话,同这些人交往,毫无一点趣味;然而,尽管我抱着成见观察这位来客,我却不能不注意到他脸上那无忧无虑的和善热烈的表情。

“瞧,这位先生也在这里等了一个多钟头了。”驿站长指着我说。

“一个多钟头!”这家伙在取笑我。

“可是他也许并不那么急着要。”来客回答。

“这个我们可不知道了。”驿站长阴沉沉地说。

“难道毫无办法吗?简直没有马吗?”

“没有办法。一匹马也没有。”

“唉,那么叫他们给我拿茶炊来。只得等一会儿,有什么办法呢。”

来客坐到长凳上,把帽子丢在桌上,用手摸摸头发。

“您喝过茶了吗?”他问我。

“喝过了。”

“要不要再一块儿喝一回?”

我同意了。棕黄色的大茶炊第四次出现在桌子上。我拿出一瓶甜酒来。我把我的对话人看做一个小地产的贵族,并没有看错。他名叫彼得·彼得罗维奇·卡拉塔耶夫。

我们交谈起来。他来到还没有经过半小时,已经非常坦率地把他的生平讲给我听了。

“现在我到莫斯科去,”他喝着第四杯茶,对我说,“在乡下我现在已经没有事可做了。”

“为什么没有事可做呢?”

“实在没有事可做了。家道衰败了,说实话,农民被我弄得贫困到极点;碰上了荒年:收成不好,还有种种的不幸,您知道……”他沮丧地向旁边瞥一眼,接着又说:“不过,我算得上是什么当家人啊!”

“为什么呢?”

“不行,”他打断了我的话,“哪有像我这样的当家人!”他把头侧向一边,专心地吸着烟,继续说,“照您看来,也许以为我是那个……可是我,老实告诉您,我只受过中等教育,又没有财产。请您原谅我,我是一个心直口快的人,而且……”

他没有把话说完,就挥一挥手。我开始向他声明,说他想错了,说我很喜欢同他会晤等等;后来又向他指出:经管田地似乎并不需要过分高深的教育。

“我同意，”他回答，“我同意您的话。不过总需要一种特殊的管理法。有的人把农民的钱刮得精光，倒反而没有什么！可我……请问，您是从彼得堡来的，还是从莫斯科来的？”

“我是从彼得堡来的。”

他从鼻孔里喷出一缕很长的烟。

“我是到莫斯科去谋个差事的。”

“您打算到哪儿去谋差事呢？”

“那我可不知道；到了那里再说了。我老实告诉您，我怕当差，因为当了差就要负责任。我一直住在乡下；住惯了，您知道……可是没有办法……穷啊！唉，我真穷得够呛！”

“您以后倒是要住在京城里了。”

“住在京城里……唉，我不知道京城里有什么好。且看吧，也许是好的……可是我似乎觉得没有比乡下更好的地方了。”

“您已经不可能再在乡下住下去了吗？”

他叹一口气。

“不可能了。村子现在差不多已经不是我的了。”

“怎么呢？”

“那边有一个好心人——一个邻居——弄了去……一张字据……”

可怜的彼得·彼得罗维奇用手摸摸脸，想了想，摇摇头。

“唉，有什么办法呢！……”他略微沉默一会儿之后又接着说，“可是，老实说，我怨不得谁，是我自己不好。我爱胡来！……真见鬼，爱胡来！”

“您在乡下生活很愉快吗？”我问他。

“先生，”他直盯着我的眼睛，从容不迫地说，“我有十二对猎狗，这么好的猎狗，我告诉您，是不可多得的。（他扯着调子说出这最后一句话）追起灰兔儿来劲头十足，对付起珍贵的野兽来，厉害得像蛇一样，简直是毒蛇。还有我那些波尔扎亚猎狗①，也是值得一夸的。现在已

① 是一种头部狭长、身躯强壮而四肢细长的猎狗。

经成为过去的事了,用不着说谎。我也带着枪去打猎。我有一条狗叫做孔捷斯卡;它发现猎物时做出的姿势妙极了,嗅觉很灵敏。有时我走向沼地去,喊一声:‘找!’如果它不肯找的话,你就是带了一打狗去也不行,一点也找不到!可是如果它肯去找了,简直死在那里都高兴!……而且它在家里是那么彬彬有礼。你用左手给它面包,说‘犹太人吃过的’,它就不要吃;要是用右手给它,说‘小姐尝过的’,它马上就抓去吃了。我还有一只小狗,是它生的,真出色,我本来想带它到莫斯科去的,可是我的朋友把这小狗连同一支枪向我要去了;他说:老兄,你在莫斯科哪里用得到这些;老兄,你到了那边情况完全两样了。我就把小狗送给他,把枪也送给他;全都留在那儿了,您知道。”

“其实您在莫斯科也可以打猎的。”

“不打了,打什么呀?以前不懂得克制,现在只有忍受了。还是让我请教您,莫斯科的生活程度怎么样,高吗?”

“不,不太高。”

“不太高?……请问,莫斯科有茨冈人吗?”

“什么样的茨冈人?”

“喏,就是在集市上来来往往的。”

“有的,在莫斯科……”

“哦,那很好。我喜欢茨冈人,真见鬼,我喜欢……”

彼得·彼得罗维奇的眼睛闪出放任的愉悦。可是他突然在长凳上不安地转动起来,然后陷入了沉思,低下头,把空杯子递给我。

“请把您的甜酒给我一些。”他说。

“可是茶已经喝完了。”

“没关系,就这样,不用茶……唉!”

卡拉塔耶夫两手托着头,把臂肘支在桌面上。我默默地望着他,等待着酒醉的人所不吝惜的那种感伤的叫叹,或者竟是眼泪,岂知当他抬起头来的时候,他脸上那种沉痛的表情实在使我大吃一惊。

“您怎么了?”

“没什么……想起了往事。这样的一段故事……我想讲给您听,可是不好意思打扰您……”

“哪儿的话！”

“嗯，”他叹一口气，继续说，“世间往往有这样的事，……譬如说，我也碰到过。如果您要听，我就讲给您听。不过，我不知道……”

“请讲吧，亲爱的彼得·彼得罗维奇。”

“这件事也许有点……喏，是这样，”他开始说，“可是我实在不知道……”

“啊，别多说了，亲爱的彼得·彼得罗维奇。”

“嗯，好吧。我碰到过这样的一件事。我住在乡下……忽然我看中了一个姑娘，啊，那么好的一个姑娘……又漂亮，又聪明，而且心地很善良！她叫马特廖娜。可她是一个普通姑娘，就是说，您懂吗，是个农奴，简直就是个女奴。而且她不是我家的，而是别人家的，——糟就糟在这里。于是我爱上了她，——这确是一个逸话，——她也爱上了我。马特廖娜就请求我，要我替她向女主人赎身；关于这件事我也考虑过了……可是她的女主人是一个很有钱、很厉害的老太婆，住在离开我大约十五俄里的地方。终于，有这么一天，我吩咐给我套上一辆三套车，我的辕马是一匹并步马，特种亚洲种的马，因此名字叫做兰普尔多斯，——我穿上讲究的衣服，坐车到马特廖娜的女主人那儿去。到了那儿一看，房子很大，有厢房，有花园……马特廖娜在路边拐角上等我，想跟我说话，可是只吻了一下我的手，就走开了。于是我走进前室，问：‘主人在家吗？……’一个高个子的听差对我说：‘请教贵姓？’我说：‘就说地主卡拉塔耶夫到这儿来有点事要跟主人谈谈。’听差进去了；我等着，心里想：会不会有什么问题？也许那老鬼婆要讨重价，尽管她很有钱。也许要讨五百卢布。终于听差回来了，说：‘请进。’我跟着他走进客厅。一个瘦小的、脸色发黄的老太婆坐在圈椅上，眨巴着眼睛。‘您有何贵干？’起初，您知道，我认为必须说几句‘初次拜见，荣幸之至’的话。‘您弄错了，我不是这儿的女主人，我是她的亲戚……您有何贵干呢？’我就告诉她，我需要跟女主人谈谈。‘玛丽亚·伊利尼奇娜今天不见客：她身体不好……您有何贵干？’我心里想，没有办法，只得把我的事情对她说明了。老太婆听完了我的话。‘马特廖娜？哪一个马特廖娜？’‘马特廖娜·费多罗娃，库利克的女儿。’‘费多尔·库利克的女儿……您怎么认识她呢?'‘偶然认识的。'‘她知道您的打算吗?'‘知道的。'老太婆沉默了一下,忽然说:‘这贱货,我要给她点颜色看看!……'老实说,我吃了一惊。‘您怎么说这个话!……我准备为她出一笔钱,只是请指定数目。'这老家伙哑声哑气地咕哝起来:‘你想拿这个来吓唬我们:我们才不稀罕你的钱!……瞧着吧,我要给她点厉害瞧瞧,我要……我要打掉她的傻气。'老太婆恶狠狠地咳嗽起来,‘她在我们这儿还嫌不好吗?……嘿,这女妖精,上帝原谅我的罪孽!'这一下我可实在冒火了,‘你为什么威胁这可怜的姑娘?她有什么过错?'老太婆画了个十字。‘啊呀,我的上帝,耶稣基督!难道我不能自由处置我的奴仆吗?'‘她又不是你的人!'‘这是玛丽亚·伊利尼奇娜的事,先生,跟你没有关系;我一定要给马特廖娜点厉害看看,让她知道她是谁家的奴仆。'说实话,我那时候差一点儿要冲过去打这可恶的老太婆了,可是想起了马特廖娜,就觉得双手无力了。我竟胆怯得难以形容;我开始央求老太婆:‘随您要什么都可以。'‘可是你要她去做什么呢?'‘我喜欢她,好妈妈;请您替我着想吧……请让我吻您的手。'我真的就吻了这鬼婆娘的手!‘嗯,'这妖婆含糊地说,‘让我告诉玛丽亚·伊利尼奇娜;看她怎样吩咐;您过两三天再来吧。'我惶惑不安地回到了家里。我渐渐觉察到:这件事办得不好,徒然让她们知道了我对她的爱慕,但是我想到这一点已经太迟了。过了两三天,我到女主人那里去。仆人领我走到书房里。这里有许许多多花,陈设很漂亮,女主人坐在一张很别致的圈椅上,她的头靠在一个枕头上;上次看见的那个亲戚也坐在那里,还有一个穿绿衣服、歪嘴巴、长着淡黄色头发的姑娘,大概是女伴当。老太婆用鼻音说:‘请坐。'我坐下了。她就盘问我:多大年纪啦,在哪里服务过,以后打算做什么事。她说话时样子很高傲,很神气。我详细地回答了。老太婆从桌子上拿起一块手帕,在自己面前挥来挥去……她说:‘卡捷琳娜·卡尔波夫娜已经把你的意思给我报告了,报告了,'她说,‘可是我,'她说,‘定下了一条家规:不放仆人出去侍候人。这种事有失体统,而且在体面人家很不相宜,因为这是不像话的。这件事我已经处理好,'她说,‘你不必再费心了。'‘说什么费心,……大概是您需要马特廖娜·费多罗娃吧?'‘不,'她说,‘我不需要。’‘那您为什么不肯把她让给我呢?’‘因为我不愿意,不愿意,就是这么回事。我已经处理好了:把她打发到草原村子里去。’我好像被雷击了一下。老太婆用法语对穿绿衣服的姑娘说了两句话,她就走了出去。‘我,’她说,‘是一个严守规矩的妇人,而且我的身体柔弱,不能忍受烦恼。你还是年轻人;我已经是老年人了,所以我有权利忠告你。你最好安排一个工作,娶一门亲,找一个门当户对的;有钱的未婚女子很少,可是清贫而品行端正的姑娘是可以找到的。’我望着这老太婆,完全不懂得她在那里胡扯些什么;只听见她在谈结婚,可是‘草原村子’这句话一直在我耳朵里响着。结婚!活见鬼……”

讲话的人说到这里突然停止了,对我看看:

“您没有结婚吧?”

“没有。”

“当然,事情已经很清楚。我忍不住了,就说:‘得了吧,好妈妈,您在瞎扯些什么呀?现在谈什么结婚呢?我只是要问您,您肯不肯把您的马特廖娜姑娘让给我?’老太婆叫嚷起来,‘哎哟,他打搅了我!哎哟,叫他走吧!哎哟!……’那个亲戚就跑到她身边,向我大声呵斥。老太婆还在那里唉声叹气:‘我为什么碰到这样的事?……这样看来,我在自己家里已经不是主人了吗?哎哟,哎哟!’我抓起帽子,发疯似地跑了出去。”

“也许,”讲话的人继续说,“您要责备我,因为我那样热烈地爱上了一个下层阶级的姑娘。我也不想替自己辩护……反正已经是这么回事了!……您相信吗,我日日夜夜不得安宁……我痛苦极了!我想,我为什么要害这个不幸的姑娘!我一想起她穿了粗布衣服赶鹅,在主人的命令之下受虐待,那个领班的,穿着涂柏油的长统靴的农民,百般地辱骂她,冷汗就从我身上一滴滴地流下来。我终于忍不住了,打听到她被遣送到哪一个村子里,就骑了马到那儿去。第二天傍晚才到达。他们显然没有预料到我会做出这么意外的事来,所以并没有发出关于我的任何指示。我一直到管事那里去,装作邻村的人一般;走进院子里一看:马特廖娜坐在台阶上,用手托着头。她喊叫起来,我连忙阻止了她,指了一下后院那边的田野。我走进屋子里去,和管事聊了几句,向他胡编了一大套谎话,就找个机会跑出来,走到马特廖娜那儿。这可怜的人儿搂住了我的脖子。脸色苍白了,面容消瘦了,我的心肝宝贝。于是,我就对她说:‘不要紧的,马特廖娜,不要紧的,你别哭,’可是我自己眼泪流个不住……后来我觉得不好意思起来,就对她说:‘马特廖娜,眼泪是不能解决痛苦的;必须行动起来,像人们说的,要下决心;你必须跟我逃跑,必须这样做。’——马特廖娜愣住了……‘那怎么行!我要完结了,他们会要我的命!’‘你这傻子,谁找得到你?’‘找得到的,一定找得到的。谢谢您,彼得·彼得罗维奇,我一辈子也忘不了您的恩情,可是现在请您丢开了我吧;看来我是命该如此的。’‘唉,马特廖娜,马特廖娜,我一向认为你是一个性格坚强的女子。’的确,她很有性格……她的心好,高贵的心灵!‘你留在这里有什么意思呢!反正是一样,不会更坏的。你说:管事的拳头你尝够了吗,啊?’马特廖娜满脸通红,她的嘴唇发抖了。‘为了我,我家里的人活不成了。’‘你家里的人……会被流放出去吗?’‘会的;哥哥一定会被流放出去。’‘父亲呢?’‘父亲不会被流放;他在我们那里是一个好裁缝。’‘那就好了;至于你哥哥,决不会为了这件事完蛋的。’您信不信,我好容易说服了她;她还想起来,说是您将来要为这件事受累呢……我说:‘这不关你的事……’我终于把她带走了……不是在这一次,而是在另一次:夜里,我坐了马车来,把她带走了。”

“带走了?”

“带走了……于是,她就住在我家里。我的房子不大,仆人也少。我可以坦白告诉您,我的仆人是很尊敬我的;他们为了任何利益都不会出卖我。我就开始过逍遥自在的日子。可爱的马特廖娜休息之后,恢复了健康;我和她难舍难分了……这姑娘真好啊!不知道哪里学来的:又会唱歌,又会跳舞,又会弹吉他……我不让邻居们看见她,生怕他们多嘴!可是我有一个朋友,一个知己朋友,名叫戈尔诺斯塔耶夫·潘捷列伊——您认识他吗?他简直热烈地爱慕她;像对一位夫人那样吻她的手,真的。我告诉你,戈尔诺斯塔耶夫不像我:他是一个有学问的人,普希金的书他全都看过;有时候他跟马特廖娜和我谈起话来,我们都出神地听着。他教她学会了写字,他真是个怪人!我给她穿怎么样的衣服呢,——简直比省长太太还讲究;我给她缝了一件毛皮镶边的深红色丝绒大衣……她穿着这件大衣多合身啊!这件大衣是莫斯科一家时装店的女老板照新颖式样缝制的,是束腰的。可是这马特廖娜真奇怪!她有时陷入沉思,一连坐上几小时,眼睛望着地板,眉毛都不动一动。于是我也坐着,对她看,看不厌的,好像从来没有见过她似的……她微微一笑,我的心就哆嗦一下,好像有人在呵我痒。有时她突然笑起来,说着笑话,跳起舞来;那么热情地、那么紧紧地拥抱我,弄得我头晕目眩了。有时,我一天到晚只是考虑:什么可以博得她的欢心?您信不信,我送东西给她,只是为了要看:她——我的心肝——怎样欢天喜地,高兴得脸蛋通红,怎样试一试我的礼物,怎样换了新装走到我面前来和我接吻。不知怎么的,她父亲库利克打听到了这件事;老头儿就来看我们,他哭得多厉害!……是为了高兴才哭的,您以为怎么的?我们送了很多东西给库利克。她——我的亲爱的——后来亲自拿出五卢布钞票来给他,他就噗通一声给她叩一个头——这么奇怪的人!我们这样过了大约五个月;我多么希望永远和她在一起这样生活,可是我的命运真可恶!”

彼得·彼得罗维奇停止了。

“发生了什么事?”我同情地问他。

他挥一下手。

“一切都完蛋了。还是我害她的。我的马特廖娜最喜欢乘雪橇,她常常自己驾车;她穿了她的大衣,戴了托尔若克城制的绣花手套,一路只管叫喊。我们总是傍晚出门,您知道,就是为了不碰到什么人。有一回选了一个很好的日子,天气寒冷,晴朗,没有风,……我们就出发了。马特廖娜拿起缰绳。我看着,看她驶到哪儿去。难道要到库库耶夫卡,到她女主人的村子里去吗?正是到库库耶夫卡去。我就对她说:‘痴丫头,你要到哪儿去?’她回头对我一看,笑了。她说:‘让我去胡闹一下吧。’‘唉!’我想,‘随她去吧!……’从主人的住宅旁边经过是好玩的吗?您倒是说说,是好玩的吗?我们就驶过去。我的并步马走得像游水一般流畅,两匹副马呢,告诉您,完全像旋风似地飞驰,——一会儿,库库耶夫卡的教堂望得见了;忽然看见一辆绿色旧轿车在路上慢吞吞地行驶，一个仆人耸立在车身后面的脚踏板上……女主人，女主人坐着车来了！我胆怯起来，可是马特廖娜拼命用缰绳打马，向轿车直冲过去！那个马车夫呀，您知道，他看见我们的车子飞也似地冲过来，就想避到一旁，他转得太急，那辆轿车就翻倒在雪堆里了。窗玻璃打破了——女主人喊起来：'啊唷，啊唷，啊唷！啊唷，啊唷，啊唷！'那女伴当尖声地叫：'停车，停车！'可是我们溜之大吉了。我们一路飞奔着，我心里想：'糟了，我不应该让她驶到库库耶夫卡去。'您知道怎么样？女主人认出了马特廖娜，也认出了我，这老家伙！她就控告我，说：我的逃亡女奴住在贵族卡拉塔耶夫家里；她还送了一份厚礼。果然，警察局长来找我了；这警察局长我认识的，叫做斯捷潘·谢尔盖伊奇·库佐夫金，是一个好人，这就是说，实际上是一个坏蛋。他来了，就如此这般地说明了情由，他说：'彼得·彼得罗维奇，您怎么干出这种事来？……这件事很严重，法律上规定得明明白白。'我对他说：'好，关于这件事，我们当然要谈谈，不过，您路上辛苦了，要不要吃点东西？'他同意吃东西了，但是说：'公事公办，彼得·彼得罗维奇，您自己想一想吧。''这个，当然，公事公办，'我说，'这个，当然，……可是我听说，您有一匹小黑马，要不要交换了我那匹兰普尔多斯？……至于那个姑娘马特廖娜·费多罗娃，可并不在我这里呀。''唔，'他说，'彼得·彼得罗维奇，姑娘确是在您这里，要知道我们不是住在瑞士啊……至于拿我的马交换您的兰普尔多斯倒是可以的；或许可以就这样把马牵走。'这一次我好容易把他打发走了。可是老太婆闹得比以前更厉害了；她说，花一万卢布也不可惜。您知道吗，她当初见了我，顿时起了一个念头，想要我娶她那个穿绿衣服的女伴当，——这是我后来才知道的，所以她才那么愤怒。这些太太们真是什么都想得出来！……大概是因为太寂寞了吧。我的情况糟糕起来了：我不惜金钱，而且把马特廖娜藏起来，——可是不行！他们老缠着我不放松，就像猎狗追赶兔子一样。我负了债，丧失了健康……有一天夜里，我躺在床上想：'我的天，我为什么受这样的罪？叫我怎么办呢，既然我不能撇开她？……唉，不能，决不能！'忽然马特廖娜走进我的房间来。那时候我已经把她藏在离开我家两俄里的农庄里了。我大吃一惊。'怎么？你在那儿也给他们找到了？'

‘不是,彼得·彼得罗维奇,’她说,‘在布勃诺沃没有一个人来打扰我;可是这件事能拖得长久吗?’她说,‘我心里痛苦极了,彼得·彼得罗维奇,我舍不得你,我的亲爱的;我一辈子也忘不了你的恩情,彼得·彼得罗维奇,可是现在我来向您告别。’‘你怎么了,你怎么了,痴丫头? ……怎么告别? 怎么告别?’‘是这样的,……我去自首。’‘我要把你这痴丫头锁在阁楼里……你想毁了我吗? 你要送掉我的命,是吗?’姑娘默不作声,眼睛望着地板。‘喂,你说呀,你说!’‘我不愿再给您添麻烦,彼得·彼得罗维奇。’唉,跟她怎么说也没用……‘可是你知道吗,傻瓜,你知道吗,痴……痴丫头……’”

彼得·彼得罗维奇嚎啕痛哭了。

“你猜怎么着?”他用拳头敲一下桌子,继续说,同时尽力蹙紧眉头,可是眼泪还是在他那火热的面颊上流下来,“这姑娘真的自首了,她真的去自首了……”

“马准备好了!”驿站长得意扬扬地叫着,走进房间里来。

我们两人都站起身。

“马特廖娜怎么样了呢?”我问。

卡拉塔耶夫挥一下手。

我和卡拉塔耶夫相逢后一年,我有机会来到了莫斯科。有一回,我在午餐前来到猎人市场后面的一家咖啡馆里——这是莫斯科一家有特色的咖啡馆。在台球房里,透过烟气的波浪,隐约地显出一些通红的脸、小胡子、额发、老式的匈牙利外衣和新式的斯拉夫外衣。几个穿着朴素的常礼服的瘦小的老头儿在那里看俄文报纸。仆人们端着盘子,轻轻地踏着绿色的地毯,敏捷地来来去去。商人们带着痛苦的紧张神情在那里喝茶。忽然从台球房里走出一个头发有点散乱而脚步不很稳的人来。他把两手插在袋里,低着头,毫无表情地向周围望望。

“啊呀,啊呀,啊呀! 彼得·彼得罗维奇! ……您近来怎么样?”

彼得·彼得罗维奇几乎要扑上前来抱住我的脖子,他拉着我,微微摇晃着身子,把我带进一个单独的小房间里。

“这里来,”他说着,殷勤地拉我坐到一张圈椅上,“在这里您可以舒服些。来人哪，拿啤酒来！不，拿香槟酒来！啊，实在想不到，想不到……到这儿长久了吗？打算久住吗？这真是所谓有缘啊……”

“是的，您可记得……”

“怎么不记得，怎么不记得，”他连忙打断我的话，“这是过去的事了，……过去的事了……”

“那么您现在在这儿做些什么呢，亲爱的彼得·彼得罗维奇？”

“就像您看见这么生活着。这儿生活很好，这儿的人都很亲切。我在这儿得到了安宁。”

他透一口气，抬起眼睛望望上面。

“你担任职务吗？”

“不，还没有担任职务，可是我打算不久就要去就职。可是职务有什么意思呢？……交朋友才是主要的。我在这儿认识了多么好的人啊！……”

一个男孩用一个黑盘子端着一瓶香槟酒进来了。

“瞧，这也是个好人……对不对，瓦夏，你是个好人？祝你健康！”

男孩站了一会儿，斯文地摇一摇头，微笑一下，就出去了。

“的确，这里的人都很好，”彼得·彼得罗维奇继续说，“有情感，有灵魂……要不要我给您介绍？那么出色的小伙子……他们一定都高兴认识您。我告诉您……波勃罗夫死了，真不幸啊。”

“哪一个波勃罗夫？”

“谢尔盖·波勃罗夫。是一个出色的人；他曾经照顾我这个没有知识的乡下人。戈尔诺斯塔耶夫·潘捷列伊也死了。都死了，都死了！”

“你一直住在莫斯科？没有到您的村子里去过吗？”

“到村子里……我的村子卖掉了。”

“卖掉了？”

“是拍卖掉的……可惜您没有买！”

“您以后靠什么生活呢，彼得·彼得罗维奇？”

“我不会饿死，上帝会保佑的！钱不会有，朋友是会有的。钱算得了什么？——尘土！黄金是尘土！”

他眯住眼睛，用手在衣袋里摸索了一会儿，拿出两个十五戈比钱币和一个十戈比钱币来，放在手掌上给我看。

“这是什么？是尘土！（钱币飞落到地上）最好请您告诉我，您读过波列扎耶夫①的诗吗？”

“读过。”

“看过莫恰洛夫②扮演的哈姆莱特吗？”

“没有，没有看过。”

“没有看过，没有看过……（卡拉塔耶夫脸色发白了，眼睛不安地转动起来；他把脸扭向一旁；轻微的痉挛在他嘴唇上掠过。）啊，莫恰洛夫，莫恰洛夫！‘死了；睡着了’。”他用低沉的声音说。

> 什么都完了；要是在这一种睡眠之中，
> 我们心头的创痛，以及其他无数血肉之躯
> 所不能避免的打击，都可以从此消失，
> 那正是我们求之不得的结局。死了；睡着了……③

“睡着了，睡着了！”他喃喃地说了几遍。

“请问，”我开始说；可是他继续热心地念下去：

> 谁愿意忍受人世的鞭挞和讥嘲、
> 压迫者的凌辱、傲慢者的冷眼、
> 被轻蔑的爱情的惨痛、法律的迁延、官吏的横暴
> 和费尽辛勤所换来的小人的鄙视，
> 要是他只要用一柄小小的刀子，
> 就可以清算他自己的一生？……在你的祈祷之中，
> 不要忘记替我忏悔我的罪孽。④

于是他把头无力地俯向桌面上。他开始结结巴巴地说起胡话来。

---

① 波列扎耶夫（1805—1835），俄国诗人。诗中常流露出绝望、受难、孤独的情绪。

② 莫恰洛夫（1800—1848），俄国优秀的悲剧演员。

③④ 见《哈姆莱特》第三幕第一场。引用朱生豪的译文。下同。

“过了一个月!”他重新提起精神说:

短短的一个月以前,
她哭得像个泪人儿似的,
送我那可怜的父亲下葬;
她在送葬的时候所穿的那双鞋子还没有破旧,
她就,她就——上帝啊!一头没有理性的畜生
也要悲伤得长久一些……①

他把一杯香槟酒端到嘴唇边,可是没有喝下去,继续念:

为了赫卡柏!
赫卡柏对他有什么相干,他对赫卡柏又有什么相干,
他却要为她流泪?……
可是我,一个糊涂颟顸的家伙……
我是一个懦夫吗?谁骂我恶人?……
谁当面指斥我胡说?……
我应该忍受这样的侮辱,
因为我是一个没有心肝、
逆来顺受的怯汉……②

卡拉塔耶夫滑下了酒杯,抱住自己的头。我似乎觉得我已经了解他了。

“唉,算了,”最后他说,“旧事不必重提了……对吗?(他笑起来)祝您健康!”

“您要在莫斯科住下去吗?”我问他。

“我要死在莫斯科!”

“卡拉塔耶夫!”隔壁房间里传来一个声音,“卡拉塔耶夫,你在哪儿?到这儿来,亲爱的人儿!”

“在叫我呢,”他说着,困难地从坐位里站起来,“再见;如果有空,

---

① 见《哈姆莱特》第一幕第二场。

② 见《哈姆莱特》第二幕第二场。

请到我那儿去弯弯,我住在＊＊＊。”

可是下一天,由于意外的情况,我必须离开莫斯科,就没有和彼得·彼得罗维奇·卡拉塔耶夫再见面。

约　会

秋天,九月半左右,我坐在白桦林里。从清早起就下一阵一阵的细雨,其间又时时照射出温暖的阳光;这是变幻无常的天气。天空有时密布着轻柔的白云,有时有几处地方突然刹那间一片洁净,从散开的云后面露出蓝天,明朗可爱,好像一只美丽的眼睛。我坐着,眺望着周围,倾听着。树叶在我头上轻轻地沙沙作响;仅由这种沙沙声,也可以知道现在是什么季节。那不是春天愉快、欢乐的颤抖,不是夏天柔和的私语声和绵长的絮语声,不是晚秋羞怯、冷漠的喋喋声,而是一种不易听清楚的、令人昏昏欲睡的闲谈声。微风轻轻地吹拂着树梢。被雨淋湿的树林的内部,由于日照或云遮而不断地变化着;有时大放光明,仿佛突然其中的一切都微笑起来:不很茂密的白桦树的细干突然蒙上了白绸一般的柔光,落在地上的小树叶忽然发出斑斓的、赤金般的光辉,高大繁茂的蕨类植物的优美的茎,已经染上像过熟的葡萄似的秋色,参差掩映,没完没了地交互错综着显示在你眼前;有时四周一切忽然又都微微发青:鲜艳的色彩刹那间消失了,白桦树显出白色,不再有光彩,就像还没有被冬日的寒光照临过的、新降的雪一样白;于是树林里悄悄地、狡狯地撒下细雨来,发出潇潇的声音。白桦树上的叶子虽然已经显著地苍白了些,但几乎还是全部绿色的;只在某个地方,长着一棵孤零零的小白桦,全部是红色的或金色的,你可以看到,当阳光突然迷离恍惚地穿过新近由晶莹的雨水冲洗过的稠密细枝而照射进来的时候,这棵白桦树在阳光中是何等鲜艳夺目。鸟声一点也听不到:它们都栖息了,默不作声;只是偶尔听见山雀嘲笑似的声音铜铃般响着。在我歇足于这白桦树林之前,我曾经带着我的狗穿过一个高高的白杨树林。老实说,我不很喜欢这种树——白杨树——及其淡紫色的树桩和尽量往上升的、像颤抖的扇子一般展开在空中的灰绿色的金属似的叶子;我不喜欢它那些圆圆的不整洁的叶子笨拙地吊在长叶柄上摇曳不停。只有在某几个夏天的傍晚,它在低矮的灌木丛中孤零零地耸立着,正对着落日的红光,从根到梢浴着同样的火红色,闪耀着,颤抖着;或者,在晴朗有风的日子里,它整个儿在蔚蓝色的天空中喧哗地翻腾着,瑟瑟地絮语,它的每一张叶子似乎都希望摆脱枝干而飞向远方——只有在这些时候,这种树是可爱的。但我一般说来还是不喜欢这种树,所以不在白杨树林里休息,而来到白桦树林,在一棵枝条生得很低因而可以给我遮雨的树底下找到一个栖身之所,欣赏一下周围的景色之后,便进入了只有猎人才能体会的安稳、温柔的梦乡。

我不知道睡了多少时间,但是当我睁开眼睛来的时候,林子里全部充满了阳光,四面八方,通过欢欣地喧噪的树叶,透露出闪闪发亮的明蓝色的天空;云消失了,是被阵风吹散的;天朗气清,空气中有一种特殊的干燥凉爽之气,使人心中充满朝气蓬勃的感觉,这几乎经常预示着在阴雨的一天之后将出现一个明朗宁静的黄昏。我已经准备起身,再去试试运气,忽然我的目光停留在一个一动不动的人形上。我仔细一看,这是一个年轻的农家姑娘。她坐在离开我二十步的地方,若有所思地低着头,两手放在膝上;一只手半张开着,掌心放着一束茂密的野花,随着她的每一次呼吸这束花慢慢地滑到格子裙上。洁白的衬衫,领口和袖口都扣着,形成短短的柔和的皱襞包围着她的身体;大粒的黄色珠串盘成双行,从她的颈子上挂到胸前。她的相貌长得很不错。漂亮的浅灰色的浓密金发仔细地梳成两个半圆形,在一条狭窄的鲜红色发带下向两旁分开,这发带束得很低,几乎压在象牙般白皙的前额上;她的脸庞的其他部分,因日晒而微微显出金黄的黝黑色,这种颜色是只有细嫩的皮肤才有的。我看不见她的眼睛,——她不抬起眼睛来;但我清楚地看见她那纤细的高高的眉毛,她那长长的睫毛:这睫毛是润湿的,在她的一个面颊上有干了的泪痕在阳光下闪现着,这泪痕一直挂到略微苍白的嘴唇边。她的整个头都很可爱;就是稍稍圆肥了些的鼻子也没有损害她的容貌。我特别喜欢她脸上的表情:这表情是那么纯朴温柔,那么忧郁,对于自己的忧郁充满着那么稚气的怀疑。她显然是在那里等候一个人;树林里有什么东西发出轻微的窸窣声,她就立刻抬起头,回顾一下;在透明的阴影里,她那双像扁角鹿一般又大又亮的怯生生的眼睛在我面前迅速地闪现一下。她睁大了眼睛注视着发出轻微声音的地方,倾听一会,叹一口气,悄然地扭回头来,俯得比以前更低了,开始慢慢地摆弄着花朵。她的眼睑红了,嘴唇痛苦地颤抖一下,浓密的睫毛底下重又流出泪水,停留在面颊上,闪闪发光。这样地经过了很多时间;这可怜的姑娘一动也不动,只是有时苦闷地移动着两只手,倾听着,一直倾听着……树林里又有什么东西发出声音,她精神一振。这声音不停息,清楚起来,渐渐逼近,终于变成了果断而急速的脚步声。她挺直身子,仿佛胆怯了;她那凝神的目光颤抖了,闪耀着期待的光芒。透过密密的树木,迅速地闪现出一个男人的身影。她仔细一看,突然脸红了,欢乐而幸福地微笑着,想站起身来,又立刻全身俯下,脸色苍白,不知所措,直到那人走近她身旁站定了,她才抬起颤抖的、几乎是哀求的目光来望着他。

我怀着好奇心从我的隐避所窥察他一下。老实说,他没有给我愉快的印象。这个人,从各方面来看,是豪富的青年地主的一个宠仆。他的服装显示出他的追求时髦和炫耀放浪:他穿着一件短短的古铜色大衣,大概是主人的赏赐,钮扣一直扣到上面,系着一条两头雪青色的粉红领带,镶金边的黑色丝绒帽子直压到眉毛上。他的白衬衫的圆领毫不容情地顶住他的耳朵,划着他的面颊,浆硬的套袖遮住他的手,一直遮到红润弯曲的手指边,手指上戴着镶绿松石琉璃草纹样的银戒指和金戒指。他那红润、焕发而厚颜的脸,属于这样一种类型,据我所注意到的,这类脸型几乎总是为男人所厌恶,但不幸却屡屡博得女人的欢心。他显然是要在自己粗鲁的相貌上努力装出轻蔑而厌倦的表情;他不断地眯起他那双本来就很小的乳灰色眼睛,皱着眉头,挂下嘴角,不自然地打着哈欠,带着漫不经心的、虽然不太自然的放肆态度,有时用手整理着鬈曲得很神气的火红色鬓发,有时捻弄着矗立在厚厚的上嘴唇上的黄髭须,——总而言之,装模作样得使人受不了。他一看见正在等候他的农家姑娘,就装模作样起来;他慢吞吞地蹒跚着走到她跟前,站了一会,耸耸肩膀,把两只手插进大衣袋里,勉强投给这可怜的姑娘草率、冷漠的一瞥,便在地上坐下来。

“怎么样，”他开始说，眼睛依旧望着旁边某个地方，摇晃着一条腿，打着哈欠，“你在这儿很久了吗？”

姑娘没有能够马上回答他。

“很久了，维克托·亚历山德雷奇。”终于她用勉强听得出的声音说。

“唉！（他脱下帽子，庄严隆重地用手摸摸几乎从眉边生起的鬈得很紧的浓头发，神气活现地向四周望望，又爱惜地把帽子盖到他那宝贵的头上。）可我差点儿完全忘了。而且你瞧，天又下雨！（他又打一个哈欠）事情多得很，要件件顾到是不行的，那一位还要骂人呢。我们明天要动身了……”

“明天？”姑娘说着，吃惊的目光直射着他。

“明天……哎，哎，哎，你别哭呀，”他看见她全身战栗、慢慢地低下了头，就连忙懊恼地接着说，“阿库林娜，你别哭呀。你知道，我现在受不了这个。（他皱起他那扁扁的鼻子）不然我马上就走……多愚蠢，哭哭啼啼的！”

“嗯，我不哭，我不哭，”阿库林娜急忙说，努力咽下泪水。“那么您明天动身了？”略微沉默一下之后她说，“什么时候上帝保佑和您再见面啊，维克托·亚历山德雷奇？”

“会见面的，会见面的。不是明年，就是以后。老爷大概要到彼得堡去就职，”他漫不经心、瓮声瓮气地继续说，“我们也许还要到外国去。”

“您会忘了我，维克托·亚历山德雷奇。”阿库林娜悲哀地说。

“不，怎么会呢？我不会忘记你的：只是你要放聪明些，别傻里傻气的，要听你父亲的话……我不会忘记你，不——会。”他泰然自若地伸一个懒腰，又打一个哈欠。

“别忘了我，维克托·亚历山德雷奇，”她用哀求的声音继续说，“我真是爱您到了极点，一切都为着您……您说我应当听父亲的话，维克托·亚历山德雷奇……可是我怎么能听父亲的话呢……”

“怎么？”他说时正仰卧着，两手垫在头底下，这话仿佛是从胃里说出来的。

“我怎么能呢，维克托·亚历山德雷奇，您自己明白……”

她默不作声了。维克托玩弄了一下他的钢表链条。

“阿库林娜，你不是一个愚蠢的姑娘，”终于他说起话来，“所以不要说蠢话。我要你好，你懂得我的意思吗？当然你并不傻，可以说，不完全是个乡下女人的样子；你母亲也并不一直是个乡下女人。可你到底没受过教育，所以别人对你说话，你应该听从。”

“可这是多么可怕，维克托·亚历山德雷奇。”

“咳，胡说，亲爱的，有什么可怕！你这是什么？”他坐近她些，继续说，“是花吗？”

“是花，”阿库林娜垂头丧气地回答，“这是我采来的艾菊，”她稍稍抖起精神，继续说，“给小牛吃是很好的。这是鬼针草，可以医治瘰疬腺病的。您瞧，多奇怪的花；这么奇怪的花我从来还没见过呢。这是琉璃草，这是香堇……还有，这是我送给您的，”她说着，从黄色的艾菊底下取出一小束用细草扎好的浅蓝色矢车菊，“您要吗？”

维克托懒洋洋地伸出一只手，拿了花，漫不经心地嗅嗅，用手指把花束转动起来，带着若有所思的傲慢态度，眼睛朝上望望。阿库林娜望着他……她那悲哀的目光里充满着温柔的忠诚、虔敬的顺从和爱情。她又怕他，又不敢哭，又要和他告别，又要最后一次把他看个够；而他呢，像土耳其皇帝那样伸手伸脚懒洋洋地躺着，带着宽宏大量的耐心和迁就态度容忍她的崇拜。老实说，我怀着愤怒注视着他那张通红的脸：在这张脸上，透过装模作样的轻蔑的冷漠表情，显出一副得意而厌烦的自负之色。阿库林娜这时候非常可爱：她的整个心灵信任而热情地展开在他面前，倾心于他，向他表示亲热；而他呢……他把矢车菊丢在草地上，从大衣的插袋里拿出一片镶铜边的圆玻璃片，把它装到一只眼睛上；但是，无论他怎样努力地皱拢眉毛，掀起面颊甚至鼻子来支持它，玻璃片还是掉下来，落在他手里了。

“这是什么？”惊讶的阿库林娜终于问了。

“单眼镜。”他神气活现地回答。

“做什么用的？”

“戴了可以看得更清楚。”

“给我看看。”

维克托皱起眉头，但还是把玻璃片递给了她。

“小心，别打破。”

“放心，不会打破的。（她怯生生地把它放到一只眼睛上。）我一点也看不见呢。”她天真地说。

“你要把那只眼睛眯起来呀，”他用不满意的老师的口气说。（她把对着玻璃片的那只眼睛眯起来了。）“不是这只，不是这只，傻瓜！是那一只呀！”维克托叫着，没有让她矫正错误，就把单眼镜从她那儿抢了回来。

阿库林娜脸红了，微微地笑着，转过脸去。

“可见我们是不合用的。”她说。

“当然喽！”

可怜的姑娘沉默一会儿，深深地叹一口气。

“唉，维克托·亚历山德雷奇，您不在了，我们日子好难过啊！”她突然说。

维克托用衣裾擦擦单眼镜，仍旧把它放回衣袋里。

“是的，是的，”终于他说起话来，“起初你确实会难过。（他体谅地拍拍她的肩膀；她悄悄地从肩上拉下他的手，羞怯地吻了吻它。）唔，是的，是的，你的确是个好姑娘，”他自满地微笑一下，继续说，“可是有什么办法呢？你自己想想！我和老爷决不能留在这儿；现在快到冬天了，冬天在乡下——你是知道的——真讨厌。在彼得堡就大不相同啦！在那儿，简直妙极了，像你这样的傻瓜是做梦也想象不到的。多么好的房子、街道，还有交际、文明——真是了不起！……（阿库林娜像小孩一样略微张开嘴，贪婪地用心听他讲。）不过，”他在地上翻一个身，补充说，“我何必讲这些给你听呢？反正你是不会懂得这些的。”

“为什么呢，维克托·亚历山德雷奇？我懂；我全都懂。”

“瞧你这样子！”

阿库林娜低下了头。

“以前您对我说话不是这样的，维克托·亚历山德雷奇。”她说，并不抬起眼睛。

“以前？……以前！嘿！……以前！”他说时似乎在发怒。

两人都默不作声了。

“我该走了。”维克托说着，已经用胳膊肘撑起身子……

“再等一会儿吧。”阿库林娜用恳求的声音说。

“等什么呢？……我已经跟你道过别了。”

“等一会儿吧。”阿库林娜重复说。

维克托又躺下，吹起口哨来。阿库林娜的眼睛一直不离开他。我看得出，她渐渐地激动起来：她的嘴唇抽搐着，她那苍白的面颊微微泛红。

“维克托·亚历山德雷奇，”她终于用断断续续的声音说，“您太狠心了……您太狠心了，维克托·亚历山德雷奇，真的！”

“什么狠心？”他皱着眉头问，略微抬起头来转向着她。

“太狠心了，维克托·亚历山德雷奇。在分别的时候，您哪怕对我说一句好话也行；说一句话也行，对我这孤苦伶仃的苦命人……”

“要我对你说什么呢？”

“我不知道；这个您知道得更清楚，维克托·亚历山德雷奇。您就要走了，说一句话也行……我为什么要得到这样的报应？”

“你这个人真怪！我有什么办法呢？”

“说一句话也行……”

“瞧，说的老是这一套。”他懊恼地说，站起身来。

“别生气，维克托·亚历山德雷奇。”她好容易忍住了眼泪，连忙说。

“我并不生气，只是你太蠢……你要求什么呢？反正我是不能跟你结婚的，我怎么可能？那么，你还要求什么呢？要求什么呢？”他把脸突出些，仿佛在等候回答，同时叉开了手指。

“我什么也……什么也不要求，”她结结巴巴地回答，勉强壮着胆向他伸出一双颤抖的手，“说一句话也行，在分别的时候……”

她的眼泪像泉水一般淌下来。

“瞧，就是这样，又哭起来了。”维克托冷淡地说，把帽子拉到了眼睛上。

“我并不要求什么，”她两手遮住脸啜泣着，继续说，“可是叫我以后在家里怎么办呢，怎么办呢？我会遭遇到什么呢，我这苦命人会遭遇到什么呢？他们会把我这孤苦无依的人嫁给我不喜欢的人……唉，我这苦命人！”

“号哭吧，号哭吧！”维克托替换着两脚站在那里，喃喃地低声说。

“您说句话也行，只说一句也行……就说‘阿库林娜，我……’”

突然迸发的伤心的号哭不让她把话说完，她倒下身子，把脸贴在草地上，伤心地哭起来……她全身痉挛地起伏着，后脑勺忽高忽低……长久压抑着的悲哀终于急流般地迸发出来。维克托在她面前站了一会儿，站了一会儿，耸耸肩膀，转过身子，大踏步离去了。

过了一会儿……她安静下来，抬起头，跳起来，回头望了望，惊讶地拍一下手；她想跑去追他，可是两腿发软，她跪下了……我忍不住了，向她奔过去；但是她一看见我，不知道从哪里来的一股力量，立刻轻轻地叫一声，站起身来，消失在树木背后了，把散乱的花遗留在地上。

我站了一会儿，拾起那束矢车菊，走出林子，来到田野里。太阳低低地挂在淡白、明净的天空中，它的光线也似乎暗淡而冷却了，不再辉耀，而是流泛成平静如水的一片光明。离开黄昏不过半个钟头了，但晚霞稀少得很。风一阵阵掠过收割了的黄色干枯的麦田，迅速地向我吹来；蜷曲的小叶子在风中急促地飞腾起来，从一旁疾驰而过，穿过道路，沿着树林边缘飞去；田野上形成一堵墙似的那片小树林，全部颤抖着，发出细碎的闪光，清晰而不耀目；在橙红色的草木上，在草茎上，在麦秆上，到处都有无数蛛网的丝丝在闪烁，起伏着。我站定了……我觉得哀愁起来；透过凋零的大自然的虽然清新却不愉快的微笑，似乎有即将来临的冬天的凄凉的恐怖悄悄地逼近来了。一只小心的老鸦，用双翅沉重而强烈地划破空气，高高地从我头顶飞过，又转过头来向我斜看一眼，接着就向上飞升，断断续续地叫着，隐没在树林后面了；一大群鸽子敏捷地从打谷场上飞起，成群结队地盘旋一转，纷纷散落在田野中——这是秋天的特征！有人驾着大车在光秃秃的小丘后面驶过，空车在地面上轧轧震响。

我回到家里。但是可怜的阿库林娜的形象久久地没有离开我的脑际;她的矢车菊早已枯萎了,至今还保存在我这里……

施格雷县的哈姆莱特

在一次旅行中,富裕地主兼猎人亚历山大·米哈伊雷奇·格＊＊＊邀请我去吃午饭。他的村庄离开我当时所住的小村约五俄里。我穿了燕尾服——我劝任何一个出门人即使去打猎时也非穿这种衣服不可——到亚历山大·米哈伊雷奇家去。午餐约定在六点钟;我五点钟来到,已经有许许多多穿制服、便服、和其他难以定名的各种服装的贵族先到了。主人殷勤地迎接我,但立刻又跑进餐室管理员的房间里去了。他正在等候一个显贵的官员,心情有些兴奋,——这兴奋对于他的独立的社会地位和富裕是完全不相称的。亚历山大·米哈伊雷奇一直没有结过婚,也不喜欢女人;到他家里来聚会的都是独身者。他生活阔绰,大规模地增筑并装修祖传的大厦,每年向莫斯科定购约一万五千卢布的酒,向来受到人们极大的尊敬。亚历山大·米哈伊雷奇很久以前就退职,并没有获得任何光荣头衔……那么,是什么原因使得他要强请这位显贵光临,并且在盛宴的这天从清早起就兴奋呢?这正如我所认识的一位司法稽查官所说的话,别人问他拿不拿甘愿送他的贿赂时他回答说:无可奉告。

我同主人分手后,就在各个房间里走来走去。几乎所有的客人都是我素不相识的;有二十来个人已经坐在纸牌桌旁了。在这些朴烈费兰斯的爱好者之中,有两个军人,相貌高贵而略带憔悴;有几个文官,系着又紧又高的领带,留着只有果断而安分守己的人才有的下垂的染色髭须(这些安分守己的人整理纸牌时神气十足,并不转动头而只是侧目斜视着走近来的人);有五六个县城官吏,肚子圆肥,两手丰满而多汗,两只脚规规矩矩地一动也不动。(这些先生们用柔软的声音说话,温和地向各方面微笑,把纸牌拿得紧靠着胸衣,出王牌时不敲拍桌子,反之,用波浪形的动作把纸牌飞送到绿呢桌面上,收取赢牌时发出轻微而极其彬彬有礼的哧哧声。)其余的贵族有的坐在长沙发上,有的一群群地挤在门口或窗边;有一个年纪已经不轻、外貌像女人的地主,站在屋角里,打着哆嗦,红着脸,忸怩不安地在腰际捻弄他的表坠,虽然并没有人去注意他;还有几位先生,穿着莫斯科裁缝——终身行会技师菲尔斯·克柳欣做的圆形燕尾服和格子纹裤子,肆无忌惮而兴致勃勃地在那里议长论短,同时随意地转动他们的肥润光秃的后脑勺;有一个二十岁光景的、眼睛很近视、头发淡黄色的青年,从头到脚穿着一身黑的,样子很腼腆,但在刻薄地微笑着……

我渐渐地觉得有些寂寞起来,忽然有一个名叫沃伊尼岑的人来招呼我了;这是一个没有毕业的青年大学生,住在亚历山大·米哈伊雷奇家里,算是一个……究竟算是什么,很难说。他打枪打得很好,又善于训练狗。我还是在莫斯科时就认识他。他属于这样的一种青年:这种青年往往在每一次考试时都"装木头人",这就是说,对于教授的问话绝不回答一个字。为求音节的美丽,人们又称这些先生们为"生连腮胡子的人"。(您可以想见,这是很久以前的事了。)事情是这样的:例如叫到沃伊尼岑的名字。沃伊尼岑在这以前挺直身子一动不动地坐在自己的长凳上,从头到脚直冒热汗,眼睛迟缓而茫茫然地向周围望着,这时他就站起身来,急忙扣好制服的钮扣,侧着身子挤到考试桌前。"请拿一张考题。"教授和悦地对他说。沃伊尼岑伸出手去,手指战战兢兢地碰到了那叠考题。"请不要挑选。"有一个外来参加监考而很容易激动的小老头——别系的教授——忽然憎恨起这不幸的"生连腮胡子的人"来,用颤抖的声音说。沃伊尼岑只得顺从自己的命运,拿了一张考题,出示一下号码,走过去在窗子边坐下,等候他前面的一个学生回答好自己的试题。沃伊尼岑坐在窗边,眼睛不离开考题,至多只是像刚才那样迟缓地向四周望望,身体却一动也不动。可是他前面的学生回答完了,教授们按照他的才能对他说"好,你去吧",或者竟是"很好,好极了"。于是叫沃伊尼岑了。沃伊尼岑站起身,用坚决的脚步走近桌子前。"把你的考题念一遍。"教授对他说。沃伊尼岑双手把考题捧到鼻子边,慢慢地念了,慢慢地放下两只手。"现在请你回答吧。"那教授懒洋洋地说,同时把身体往后靠,两手交叉在胸前了。死一般的寂静支配了考场。“你怎么啦?”沃伊尼岑不开口。外来监考的小老头焦灼起来。“多少讲一点儿呀!”我的沃伊尼岑一声不响,仿佛已经麻痹了。他那剃光的后脑勺一动不动地突出着,在那里迎接全班同学的好奇的目光。外来监考的小老头的眼睛几乎跳了出来,他对沃伊尼岑恨极了。“这可奇怪了,”另一个监考人说,“你为什么像哑巴一样站着?是不是回答不出?那就照实说呀。”“请让我另外拿一张考题,”这不幸的人用低钝的声音说。教授们互相看看。“好,你拿吧。”主考人挥一挥手回答。沃伊尼岑重又拿一张考题,重又走到窗边,重又回到桌子前,重又像死人一样一声不响。外来监考的小老头恨不得把他活活地吞下去。结果他们把他赶走,打了个零分。你以为现在他至少会走出去了吧?没有这回事!他回到自己的坐位上,照样一动不动地坐着,直到考试结束,走出去的时候叫嚷着:“唉,受罪!真倒霉!”这一天就整日在莫斯科街上彷徨,有时抓着脑袋,痛骂自己无才,遭此不幸。书本他当然碰都不碰,第二天上午再反复同样的情况。

就是这个沃伊尼岑来招呼我了。我同他谈到莫斯科,谈到打猎。

“您愿不愿意,”他突然低声对我说,“我介绍您认识这儿最爱说俏皮话的一个人?”

“好,费心了。”

沃伊尼岑领我走到一个穿咖啡色燕尾服、系花领带、额发高耸而长着髭须的、身材矮小的人那里。他那肝火旺的、灵活善变的面貌,的确显示出机敏相和刻毒相。飘忽的、讥讽的微笑不断地扭歪他的嘴唇;一双黑色的眯缝的小眼睛在不整齐的睫毛下表现出果敢的神色。他旁边站着一个地主,身体宽阔,态度柔软而甜蜜,真正是个甜言蜜语的人,而且是独眼的。他在这矮小的人还没说出俏皮话之前就笑着,仿佛高兴得全身融化了似的。沃伊尼岑把我介绍给这位爱说俏皮话的人,他叫彼得·彼得罗维奇·卢皮欣。我们相识后,交换了初次见面的敬意。

“请允许我把我的一个好朋友介绍给您。”卢皮欣抓住了这甜蜜的地主的手,突然用刺耳的声音说。“不要固执呀,基里拉·谢利凡内奇,”他又说,“不会吃掉您的。来,”他继续说,这时,狼狈的基里拉·谢利凡内奇笨拙地鞠着躬,仿佛他的肚子落下来了似的。“来,我来介绍:这是一位最好的贵族。他五十岁以前身体一直很健康,忽然想起要给自己治眼睛,因此就变成了独眼。从此以后他给自己的农民治病,也得到同样的成功……而他们呢,当然还是同样表示忠诚……”

“您这人真是。”基里拉·谢利凡内奇含糊地说着,笑起来。

“您说下去呀,我的朋友,嗳,说下去呀,”卢皮欣接着说,“您恐怕免不了要给人家选作法官了,一定会选上的,您瞧着吧。当然喽,那时候会有陪审官来替您出主意的;可是无论如何,您总得会说话,即使说说别人的见解也好。万一省长来了,就会问:‘为什么法官说起话来结结巴巴?’别人就会回答他:‘因为得了麻痹症。’省长就说:‘那么给他放血吧。’这在您的地位是不体面的,您一定同意这话吧。”

甜蜜的地主笑得要命。

“瞧,他笑了,”卢皮欣继续说,恶狠狠地望着基里拉·谢利凡内奇的起伏的肚子,“他怎么不笑呢?”他又转向我说,“他吃得饱饱的,身体健康,没有孩子,农奴没有抵押出,——他还给他们治病呢,——太太傻头傻脑。(基里拉·谢利凡内奇把脸略微扭向一旁,装作没有听清楚的样子,但是一直笑着。)我也要笑,我老婆跟一个土地测量员逃跑了。(他咧着嘴笑着)您不知道这回事吗?可不是!她拿定主意,就逃跑了,给我留下一封信,信上写着:‘亲爱的彼得·彼得罗维奇,请原谅我;我为爱情所吸引,跟我的心上人一同离去了……’她爱这测量员,只是为了他不剪指甲,而且穿紧身裤子。您觉得奇怪吗?您会说:‘这个人真直爽。’唉,我的天!我们草原上的人说话就是这样直言不讳的。可我们还是走开些吧……我们为什么要站在未来的法官旁边呢……”

他拉住我的手臂,我们走到了窗边。

“这里的人都认为我是爱说俏皮话的,”在谈话之中他对我说,“您别相信这话。我只不过是一个脾气暴躁的人,要大声骂人,因此我毫无拘束。实际上,我又何必拘谨呢?无论是谁的意见,我都看得不值一文,我什么也不追求;我是一个恶人,——这又有什么关系呢?恶人至少不需要才智。这是多么爽快,您不会相信吧……喏,譬如说,喏,您看我们的主人!天晓得,他为什么要这样奔走,时时刻刻看表,微笑,出汗,装神气,而让我们饿肚子？一个显贵人物,有什么稀罕！瞧,瞧,他又跑了——还是一瘸一拐的呢,您瞧。”

于是卢皮欣尖声地笑起来。

“只是一个缺陷,没有太太们,”他深深地叹了一口气,继续说,“是单身汉的宴会,——不然,我们这班人就得意了。您瞧,您瞧,”他突然叫起来,“科泽尔斯基公爵来了——就是那个高个子的男人,留着胡子,戴黄手套的。一看就知道他是到过外国的……总是这么迟到。我告诉您,他是一个傻瓜,就像商人的一匹马一样;您要是看见过就好了,他对我们这班人讲起话来多么谦虚,我们那些如饥似渴的母亲们和女儿们恭维他时,他多么宽宏大量地微笑！……他有时也说几句俏皮话,虽然他只是顺便经过才住在这里的;他可真会说俏皮话！简直就像钝刀子割纤索。他讨厌我……让我去招呼他一下。”

于是卢皮欣跑去迎接公爵了。

“啊,我私人的仇敌来了,”他突然回到我这里,低声说,“您看见吗？那个胖子,面孔焦黄色的,头上长着硬毛,喏,就是手里抓着帽子、靠着墙壁走路、像狼一样探头探脑的那个人。我卖一匹马给他,只卖了四百卢布,这匹马却值一千,这个不声不响的家伙现在有充分的权利来轻视我了;其实他是那么缺乏思考力,尤其是在早晨,喝茶以前,或者刚吃饭以后,如果你对他说一声‘您好’,他就回答:‘什么?’啊,文官来了,”卢皮欣继续说,“退职的文官,破产的文官。他有一个甜菜糖似的女儿,和一所制造瘰疬腺病的工厂……对不起,我说倒了……可您是懂得的。啊！建筑师也到这儿来了！是个德国人,可是留着髭须,而且不熟悉自己的业务,真是怪事！……其实他又何必熟悉自己的业务呢;他只要拿贿赂,替我们这些柱子贵族①多立几根柱子就好了！”

卢皮欣又大笑起来……忽然一种骚乱的兴奋散布在整个屋子里。大人物来了。主人马上奔到前室里。几个忠诚的家人和热心的客人跟着他跑……嘈杂的谈话声变成了柔和而愉快的絮语声,好像春天的蜜蜂在自己蜂房里发出的嗡嗡声。只有一只不停不歇的黄蜂——卢皮

① 柱子贵族是世袭贵族的意思。这里因为和建筑有关,只能照字面直译。

欣——和一只很神气的雄蜂——科泽尔斯基——没有压低嗓门……终于蜂王进来了——大人物进来了。人心雀跃地欢迎他，坐着的人都欠身而起；甚至那个以廉价向卢皮欣买马的地主，甚至这个地主也把下巴贴在胸前。大人物神气非常威严，无以复加：他常把头向后面仰，仿佛在点头的样子，同时说几句嘉许的话，每一句话都用一个拖长的带鼻音的“啊”字开头；他极其愤慨地看看科泽尔斯基公爵的胡子；向有工厂和女儿的、破产的文官伸出左手的食指。过了几分钟，——在这几分钟内，大人物已经把他没有迟到而非常欣幸的话说了两遍，——大家走进餐厅去，有权势的人走在前面。

不须对读者详述：大人物如何被安排坐在首位，文官和省贵族长的中间——这位省贵族长脸部表情自然而尊严，同他那浆硬的胸衣、极其宽大的背心和装法国烟末的圆形鼻烟盒十分相称；主人如何张罗，奔走，忙乱，敬客，经过大人物后面时向他的背脊微笑，像小学生般站在屋角里，匆忙地接过一盘子汤或者一小块牛肉吃着；听差长如何端上一条嘴里插着一束花的、长一个半俄尺的鱼；穿号衣的仆役如何板起了脸，阴郁地硬要给每一个贵族斟玛拉加酒或乾马德拉酒；差不多所有的贵族，尤其是年长的贵族，如何像尽义务似地勉强喝干一杯一杯的酒；最后，如何砰砰地开香槟酒，开始举杯祝颂健康——所有这一切，读者大概都太熟悉了。但我觉得特别出色的，是大人物在全体欢乐的肃静中所讲的一段逸话。有一个人，好像是那个破产的文官，他是熟悉新文学的，他提到了女性的一般影响，尤其是对青年人的影响。“对，对，”大人物接着说，“这是实在的；但是对青年人应该严加管束，不然，恐怕他们一看见女人的裙子就要发疯。”（全体客人的脸上都浮出孩子般愉快的微笑；有一个地主的眼色中竟露出感激之情。）“因为，青年人是愚蠢的。”（大人物大概是表示神气的缘故吧，有时改变单词通行的重音。）“就像我的儿子伊万，”他继续说，“这傻瓜还只二十岁，可有一回他突然对我说：‘爸爸，让我结婚吧。’我对他说：‘傻瓜，先要有职业啊……’于是他就失望，流眼泪，……可是我……才不管呢……”（大人物说“才不管呢”这句话时，仿佛不是从嘴唇上而是从肚子里说出来的；他沉默一下，威严地看看他邻座的文官，同时把眉毛抬得极高，高得出乎意料之外。文官愉快地略微向一侧低头，把对着大人物的那只眼睛极迅速地眨动起来。）“结果怎么样呢，”大人物又说话了，“现在他自己写信给我，说：‘父亲，谢谢你，开导了我这傻瓜……’可见事情是应该这么办的。”全体客人当然对讲话的人表示十分赞同，而且仿佛因为得到满足和指导而活跃起来……宴会完毕之后，大家站起身，走向客厅里去，发出较大的、然而仍是彬彬有礼的、仿佛这时候所特许的嘈杂声……大家坐下来玩纸牌。

我好容易等到了晚上，吩咐我的马车夫在明天早上五点钟给我套车，就去睡觉了。可是我被注定在这一天内还要认识一个特出的人。

因为来客很多，没有一个人能有单独的卧室。亚历山大·米哈伊雷奇的听差长领我走进一间绿色的有潮气的小房间里，这里面已经住着另一位客人，衣服都脱光了。他一看见我，就敏捷地钻进被窝里，把被一直盖到鼻子上，在松软的绒毛褥子上翻来覆去了一阵子，安静下来，然后用锐利的目光从他那棉布睡帽的圆边底下向我注视。我走向另一张床（这房间里共有两张床），脱了衣服，躺到潮湿的被褥里。我的邻人在床上辗转反侧起来……我向他道了晚安。

过了半个钟头。不管我怎样努力，我无论如何也睡不着，不必要的模糊的念头，形成了无穷尽的行列，顽强而单调地一个个移行，就像扬水机上的吊桶似的。

“您大概没有睡着吧？”我的邻人说。

“是啊，”我回答，“您也睡不着吧？”

“我从来就不想睡。”

“这是怎么回事？”

“就是这样。我自己也不知道为什么要睡；躺着，躺着，就睡着了。”

“您既然还不想睡，为什么要躺到床上去呢？”

“那么叫我做什么呢？”

我没有回答我邻人的问题。

“我觉得奇怪，”略微沉默一会儿之后他继续说，“为什么这里没有跳蚤。这里没有的话，哪里有呢？”

“您好像可怜它们。”我说。

“不,不是可怜它们;不过我喜欢一切事情都合乎逻辑。”

“瞧,”我想,“他用这样的字眼。”

邻人又默不作声了。

“您肯跟我打赌吗?”他突然很响地说。

“赌什么?”

我的邻人开始使我感到兴味了。

“唔……赌什么?就赌这个:我相信您一定把我当做傻瓜。”

“哪有这样的事?”我吃惊地含糊说。

“当做草原上的乡巴佬,当做大老粗……您老实说吧……”

“我还没有和您相识的荣幸,”我回答说,“为什么您能断定……”

“为什么!单是听您说话的声音就可以知道:您这样随随便便地回答我……不过我完全不是您所想象的人……”

“请听我说……”

“不,请您听我说。第一,我讲的法语不比您差,讲的德语甚至还比您好;第二,我在外国住过三年,光是在柏林就住了八个月。我研究过黑格尔哲学,先生,我能够背诵歌德的作品;而且,我长时期恋爱过一位德国教授的女儿,回国后娶了一个患肺病的小姐,是个秃头,可是人品优秀。可见我和您是一样的人;我并不是您所想象的草原上的乡巴佬……我也拼命地反省,我一点也不鲁莽。”

我抬起头,加倍注意地看看这个怪人。在寝灯的幽暗的光线中,我勉强才能看清楚他的面貌。

“喏,您现在望着我,”他整一下他的睡帽,继续说,“您大概在问自己:‘怎么我今天没有注意到他?’我告诉您,为什么您没有注意到我,因为我不高声说话;因为我躲在别人后面,站在门背后,不跟任何人讲话;因为听差长端着盘子在我面前走过的时候,预先把手臂抬得同我的胸部一样高……这一切都是为什么呢?为了两个原因:第一,我穷,第二,我已经与世无争……请您老实告诉我,您没有注意到我吧?”

“遗憾得很,我的确没有……”

“嗳,对啦,嗳,对啦,”他打断我的话,“我知道的。”

他坐起身,交叉了两臂;他的睡帽的长长的影子从墙上折照到天花板上。

"请您坦白说,"他突然斜看我一眼,继续说,"您一定觉得我是一个很古怪的人,就是所谓反常的人;或者,也许比这更坏:也许您以为我是假装怪人的吧?"

"我必须再度向您说明,我不熟悉您……"

他把头低了一会儿。

"为什么我跟您,跟我素不相识的人,这样冒昧地说起话来呢——天知道,只有天知道!(他叹一口气)并不是因为我们的心灵相接近啊!您和我两个都是正派人,也就是利己主义者:您对我毫无关系,我对您也毫无关系;是吗?可是我们两个人都睡不着……那为什么不聊聊天呢?我现在精神饱满,这在我是很难得的。您看得出吗,我是很胆怯的,我胆怯并不因为我是外省人,没有官职的人,穷人,而因为我是一个自尊心非常强的人。可有的时候,在我既不能确定,也不能预知的偶然发生的良好情况的影响下,我的胆怯完全消失了,譬如现在就是这样。现在即使叫我同达赖喇嘛面对面,我还想跟他讨点鼻烟来嗅嗅呢。可是,也许您想睡觉了吧?"

"相反,"我连忙回答,"我很高兴跟您谈话。"

"您的意思是说,我把您逗乐了……那更好了……那就让我告诉您吧,这里的人都叫我怪人,这就是说,在别的无聊话中间偶然提起我的名字的那些人,都这样称呼我。'我的命运绝没有一个人关心。'①他们想要侮辱我……唉,我的天!他们哪里知道……我所以倒霉,就是因为我这个人一点也不怪的缘故,除了像我现在跟您说话这样的冒昧以外,一点也不怪;但是这种冒昧是一文钱也不值的。这是一种最廉价、最低级的怪癖。"

他把脸转向我,挥动两只手。

"先生!"他喊叫一声,"我认为:通常只有怪人才能生活在世界上;只有他们才有权生存。有一个人说:Mon verre n'est pas grand, mais je

---

① 引自莱蒙托夫的诗《遗言》(1840)。

bois dans mon verre.①您瞧,”他低声插一句,“我的法语说得多纯正。我认为:即使你脑袋大,装得下许多东西,即使你理解一切,知识丰富,追随时代,但如果你完全没有一点自己的、特殊的、固有的东西,有什么用处呢!只不过在世间增添了一个陈腔滥调的仓库罢了,谁能够从这里得到什么快感呢?不,你即使是个蠢人也好,但必须有自己独特的见解!要有自己的气质,自己固有的气质,就是这么回事!您不要以为我对这种气质要求很高……决不!这样的怪人多得很:不论你往哪儿瞧,到处都是怪人;所有活着的人都是怪人,可是我不在其内!”

“其实,”他略微沉默一会儿之后继续说,“我在青年时代有过多大的抱负啊!我在出国前以及回国后最初一段时期,曾多么自命不凡!在国外的时候我十分警惕,老是独来独往,我们这种人是应该这样做的,我们老是自己领会,领会,可是直到最后,竟连最基本的东西都不懂,都没领会!”

“怪人,怪人!”他带着责备的口气摇摇头接着说……“人家把我称为怪人,……可是事实上,世界上再也没有比在下我正常的人了。我大概生来就是模仿别人的……真的!我的生活也仿佛是模仿着我所读过的各种作家,我辛辛苦苦地生活着;我曾经求学,恋爱,最后还结了婚,好像不是出于我本人的意愿,好像是履行一种义务,或者上一门功课,——谁分得清呢!”

他从头上拉下睡帽,把它丢在床上。

“要不要我把我的生活讲给您听听?”他用断断续续的声音问我,“或者还是把我生活中的几个要点讲给您听听?”

“好,费心吧。”

“不,我最好给您讲讲我是怎样结婚的吧。结婚原是一件大事,是整个人的试金石;结婚好像一面镜子,能反映出……可是这种比喻太陈腐了……对不起,我要嗅一嗅鼻烟。”

他从枕头底下取出鼻烟盒,把它打开,一边摇晃着打开的鼻烟盒,一边又讲起来。

---

① 法语:我的杯子虽不大,可是我用我自己的杯子喝水。

“先生,请您设身处地替我想一想……请您判断一下,我能从黑格尔的百科全书中得到什么样的,什么样的,您倒是说说,得到什么样的好处?在这百科全书和俄罗斯生活之间,您倒是说说,有什么共通点?叫我怎样把它应用到我们的生活上来?不单是这百科全书而已,还有一般的德国哲学……说得过分些,甚至全部科学。”

他在床上跳起来,恨恨地咬着牙齿,喃喃地低声说:

“啊,原来如此!原来如此!……那你为什么要到外国去?为什么不坐在家里,就近研究你周围的生活呢?这样你就可以认识生活的要求和未来,也可以弄清楚你自己的所谓使命了……可是,得了吧,”他又换一种声调继续说,仿佛在替自己辩护而胆怯起来,“那种还没有经任何圣贤写到书本里去的东西,叫我们到哪里去研究呢!我很乐意向它——向俄罗斯生活——学习,可是它这宝贝不开口。它说,你就这样理解我吧;可是我没有这能力:请您给我作一个结论,下一个判断吧……判断吗?他会说,这就是一个判断:你听听我们莫斯科人说话——不是像夜莺一样吗?可是糟就糟在这里:他们像库尔斯克的夜莺那么啭着,而不是像人那样说话……于是我再三考虑,我想:‘科学大概到处都是一样的,真理也是一样的。’我就打定主意动身到外国去,到异教徒那儿去了……有什么办法呢!青春和自负支配着我。您知道吗,我不希望自己到时候就发胖起来,虽然人家说胖是健康的。不过,如果造物不给你肉,你的身体就不会胖起来!”

“可是,”他略微想了一想又说,“我好像答应过给您讲讲我是怎样结婚的。请听吧。第一,我告诉您,我妻子已经不在人世了;第二……第二呢,我觉得我必须给您说说我的青年时代,要不您什么也不能理解……您不想睡觉吗?”

“不,我不想睡觉。”

“那好极了。您听听……隔壁房间里坎塔格留欣先生打鼾打得多难听!我是并不富裕的父母所生的,——我说父母,是因为根据传闻,我除了母亲以外还有一个父亲。我不记得他了;据说,他是个不大聪明的人,大鼻子,满脸雀斑,头发是火红色的,用一个鼻孔吸鼻烟;我母亲的卧室里挂着他的画像,穿着红色的制服,黑色的衣领碰着耳朵,相

貌非常难看。我常常被带到他的画像旁边去挨鞭子,这时候我母亲总是指着画像说:‘要是你父亲在世,他还不止这样对付你呢。’您可以想象,这对我有多么大的鞭策。我没有兄弟,也没有姊妹;不,说实在的,我有过一个不中用的兄弟,后脑上生了英国病①,不久就痛苦地死去了……真奇怪,英国病为什么要钻到库尔斯克省的施格雷县来? 可是问题不在这里。母亲怀着草原女地主的坚强毅力从事我的教育:她从我出世的那个辉煌的日子开始就教育我,一直到我满十六岁。……您是不是在听我讲?”

“当然喽,请讲下去吧。”

“唔,很好。到了我满十六岁的时候,我母亲立刻毫不踌躇地撵走了我的法语家庭教师——从涅仁的希腊区来的德国人菲利波维奇;她带我到莫斯科,在大学里报了名,就一命归天了,把我留给我的亲叔叔照看,叔叔是一个司法稽查官,名叫科尔通-巴布拉,是不仅施格雷县一地闻名的人物。我的亲叔叔,司法稽查官科尔通-巴布拉,照例把我的财产都侵吞了……可是问题也不在这里。我进大学的时候——应该为我母亲说句公道话——已经具有相当好的素养;可是我的缺乏独特性在那时候就已经显露出来。我的童年时代跟其他青年的童年时代毫无差别:我也是那么愚蠢、萎靡地长大起来,好像裹在羽毛褥子里那样;也是很早就开始背诵诗篇,而且消沉起来,借口喜欢幻想……幻想什么呀? ——哦,对了,幻想美等等。我在大学里不走别的路:我立刻加入了小组②。那时候和现在不同。……可是您也许不知道,什么叫做小组? 记得席勒在一首诗里说:

> Gefährlich ist's den Leu zu wecken,
> Und schrecklich ist des Tigers Zahn,
> Doch das schrecklichste der Schrecken—

---

① 即佝偻病。

② 十九世纪三十年代,莫斯科出现种种小组。有的崇奉德国的唯心主义哲学,主张主观的自我完成;有的崇奉法国的空想社会主义,否定俄罗斯的现实。此人所加入的小组属于前者,但对于理想主义与俄罗斯现实的背驰感到绝望。

Das ist der Mensch in seinem Wahn!①

“我向您保证，他要说的并不是这个；他要说的是：Das ist ein‘小组’……in der Stadt Moskau!②”

“您认为小组有什么可怕呢？”我问。

我的邻人抓住他的睡帽，把它拉到了鼻子上。

“我认为有什么可怕的？”他叫起来，“是这样的：小组，是一切独创发展的毁灭；小组，是社交、女性、生活的丑恶的代用品；小组……唉，且慢；让我告诉你，什么叫做小组！小组，是懒散、疲沓的生活的共存并列，人们却给它蒙上合理事业的名义和外形；小组用议论代替谈话，使你习惯于毫无成果的空谈，使你不能独自做有益的工作，使你染上文学的疥疮，终于剥夺了你灵魂的清新和纯洁。小组，这是亲睦、友爱的幌子下的庸俗和无聊，这是以坦白和同情为借口的争论不休和自命不凡的凑合；在小组里，凭仗每个朋友的权利，无论何时何刻，都可以把自己的污秽的手指一直插进同伴的内心深处，无论谁的心灵上，都没有一处纯洁无瑕的地方；在小组里，人们都崇拜空口说漂亮话的人，自尊心很强的自作聪明的人，少年老成、爱戴庸碌无才而有‘隐晦’思想的诗人；在小组里，十七岁的年轻小伙子狡猾地、巧妙地谈论女人和爱情，可是在女人面前一声不吭，或者像对付书本一样跟她们谈话，——谈的都是些什么呀！在小组里盛行着巧言舌辩；在小组里互相监视不亚于警察官……啊，小组！你不是小组，你是一个魔法圈，在这圈子里毁灭了何止一个正派的人！”

“唔，您太夸张了，请允许我指出。”我打断了他的话。

我的邻人默默地对我一看。

“也许是的，天晓得，也许是的。可是我们这种人只剩下一件乐

---

① 德语：

唤醒狮子很危险，
老虎牙齿多可怕，
但世间最可怕的——
是精神错乱的人！

② 德语：是莫斯科城里的“小组”！

事,那就是夸张。于是,我就这样在莫斯科住了四年。先生,我没法形容给您听,这一段时光过得多么快,快得不得了;回想起来,竟使我感到悲哀和懊丧。往往早晨起来,就像乘了雪橇滑下山去一样……眼睛一眨,已经飞到了山脚下;转眼黄昏到了;于是一个睡眼矇眬的仆人给你穿上一件绷紧的常礼服——你穿好衣服,不慌不忙地去到朋友那儿,抽几筒烟,喝几杯淡茶,谈谈德国哲学、爱情、精神的永恒的源泉,以及其他海阔天空的话题。不过在那里我也碰到过有独创见解的出类拔萃的人:有的人无论怎样摧毁自己,压迫自己,可仍然保持着自己的本性;只有我这个不幸的人,像柔软的蜡那样捏塑自己,我可怜的本性一点也不表示反抗!那时候我二十一岁了。我接受了我的承继产,或者,更正确地说,接受了我的承继产中我的保护人认为可以留给我的那部分,我把全部世袭领地托付给一个已经赎了身的家仆瓦西里·库德里亚舍夫照管,便出国去,到了柏林。我在国外,我已经对您说过了,住了三年。可是怎么样呢?在那儿,在国外,我仍然是一个平平常常的人。首先,不用说,我对于欧洲本身,对于欧洲的生活,丝毫也不了解;我不过是在德国教授和德国书的诞生地听德国教授讲课和读德国书罢了,所不同的就是这一点。我度着孤独的生活,像修道士一样;我和几个退伍的俄国陆军中尉厮混,他们像我一样为渴求知识而苦闷,不过理解力很迟钝,也不善于辞令;我又结交一些从平扎和其他农业省份里来的愚钝的人家;我常上咖啡馆,读读杂志,晚上去看看戏。我和当地人很少往来,跟他们谈话似乎很紧张,他们之中没有一个人来访问我,除了两三个纠缠不清的犹太籍骗子,他们时常跑到我这里来,向我借钱,以为der Russe① 容易受骗。最后,一个奇妙的机会偶然把我带到了我的一个教授家里;事情是这样的:我到他那里去登记听讲,但他忽然邀请我参加他家的晚会。这位教授有两个女儿,年纪都在二十七岁左右,身体矮矮壮壮的——天晓得——鼻子那么大,头发鬈曲,淡蓝色的眼睛,红润的手,淡白色的指甲。一个名叫林亨,另一个名叫明亨。以后我就常常到教授家去。我必须告诉您:这教授并不笨,可是好像受过打击,他在讲坛

① 德语:俄罗斯人。

上讲话头头是道,但在家里舌头就大了,而且老是把眼镜戴在额上;此外,他还是个博学的人……于是怎么样呢?忽然我觉得我爱上了林亨,这种感觉整整持续了六个月。我跟她谈话的时候实在很少,老是对着她看;可是我把各种动人的作品朗诵给她听,偷偷地握她的手,到了晚上就和她一块儿幻想着,目不转睛地看着月亮,或者单看天空。此外,她煮咖啡煮得好极了!……这样看来,还等待什么呢?只是有一点使得我很窘:在所谓不可名状的幸福的瞬间,不知怎的,我的心窝里老是隐隐作痛,一阵苦闷、寒冷的颤抖掠过胸怀。我终于忍受不了这种幸福,就逃跑了。此后我又在国外过了整整两年:到过意大利,在罗马看过《基督变容》①,也曾伫立在佛罗伦萨的维纳斯②像前;我突然陷入了过度的兴奋,仿佛着了魔似的;晚上常常做诗,开始写起日记来;总之,那时候我的举止行动和大家一样。可是您瞧,要成为一个怪人是多么容易。譬如我对于绘画和雕塑是一窍不通的……这一点我照理可以公开地说……可是不,那怎么可以!还是得找个向导,跑去看看壁画。……"

他又低下头,又脱下了睡帽。

"终于我回到了祖国,"他用疲倦的声音继续说,"来到了莫斯科。在莫斯科,我发生了奇怪的变化。在国外我大都是沉默的,可是到了这里,忽然高谈阔论起来,同时天晓得为什么变得妄自尊大了。碰到一些谦虚的人,几乎把我看做天才;女士们同情地倾听我的夸夸其谈;但是我不善于保持我的声望。有一天早晨,发生了对我的诽谤(谁造出来的,我不知道,一定是某一个男性的老处女,——这种老处女在莫斯科多得很),发生之后,就像草莓一样生芽抽须。我被纠缠住了,想跳出来,切断这些黏缠不清的线,可是不行……我就离开了。在这一点上也表明了我是一个荒谬的人;我应该静静地等候这次袭击过去,像等候荨麻疹痊愈一样;那么这班谦虚的人会重新欢迎我,这些女士们会重新微笑着听我讲话……但是糟就糟在这里:我不是一个怪人。您知道,我的

---

① 意大利文艺复兴盛期画家拉斐尔(1483—1520)的作品。

② 一位不知名的雕塑家的作品,收藏在意大利佛罗伦萨的乌飞齐美术馆。

良心忽然苏醒了，我觉得不好意思再讲空话，絮絮不休地讲呀，讲呀——昨天在阿尔巴特，今天在特鲁巴，明天在西弗采维-弗拉瑞克，讲的老是这一套……但是别人要听这一套可又怎么办呢？请看这方面的真正的战士：他们对于这个满不在乎；相反的，他们需要的就是这个；有的人二十年不停地饶舌，而且老是这一套……这就是自信心和自尊心！我也有过这种自尊心，直到现在还没有完全消失……但是坏就坏在这里：因为我，再说一遍，并不是怪人，我是中不溜儿的；上天应该赋给我更多的自尊心，或者索性完全不给我。但在最初的时期，我的确弄得走投无路；加之旅居外国，彻底耗尽了我的财产，而要我娶一个年纪还轻而身体已经弱得像果冻的商人的女儿，我又不肯，——我就退避到自己的村子里去。”接着我的邻人又斜看我一眼，继续说，“关于乡村生活的第一印象、自然界的美、孤寂生活的幽静的魅力等等，我大概可以略去不谈了吧。”

“可以，可以。”我回答。

“况且，”讲话的人继续说，“这些都是无聊的，至少我所接触到的是如此。我在乡村里很寂寞，就像一只被关起来的小狗；虽然，我承认，春天第一回在归途上经过熟悉的白桦树林的时候，我头晕目眩了，我的心由于一种模糊的甜蜜的期望而怦怦跳动了。但是这种模糊的期望，您知道，是永远不会实现的；相反的，却实现了完全没有料到的另一些情况，例如：兽疫啦，欠租啦，拍卖啦，诸如此类。我由总管雅科夫帮助，一天一天地勉强混日子；这总管是代替以前的管家的，到后来就变成了即使不比前者更厉害，至少也一样的掠夺者，外加他那涂焦油的长统靴的气味毒害了我的身心；有一回我想起了邻近一家相识的人家——一个退伍陆军上校的夫人和两个女儿，就吩咐套马车去访问这邻家。这一天应该是我永志不忘的纪念日：六个月以后，我就娶了这位上校夫人的第二个女儿！……”

讲话的人低下了头，把双手举向上面。

“不过，”他热情地继续说，“我不愿意使您对我死去的妻子有不好的看法。决不可以！这是一个极高尚、极善良的人，一个可爱的、能忍受一切牺牲的人；虽然如此，我应当在您我之间说老实话：要是我没有遭到丧妻的不幸，我大概不可能在今天跟您谈话了，因为我家的库房里的梁木至今还在，我曾经不止一次准备悬梁自尽呢！”

“有些梨子，”他略微沉默一会儿之后又开始说，“要放在地窖里过一些时候，它们的所谓真滋味才能出来，我那已故的妻子看来也是属于这一类造物的。只有到了现在，我才能为她说句完全公道的话。只有到了现在，譬如说，我回想起结婚前和她在一起度过的几个黄昏，非但不引起我一丝痛苦，反而使我感动得几乎流下泪来。她们的家境并不富裕；她们的房子很老式，是木造的，但是很舒适，建造在山上，位于一个荒芜了的花园和一个杂草丛生的院子之间。山下有一条河，透过茂密的树叶，隐约望得见河水。一个大凉台从屋子里通向花园，凉台前面有一个长满蔷薇花的椭圆形的花坛，美不胜收；花坛的每一端都长着两棵相思树，已故的主人在它们还细嫩的时候就把它们编绕成螺旋形。稍远的地方，在荒芜了的野生的马林果丛中，有一个亭子。亭子内部装饰得很精巧，但是外貌却那样陈旧衰朽，使人看了心里怪不舒服的。凉台上有一扇玻璃门通往客厅；在客厅里，有这样的光景呈现在观者的好奇的眼前：屋角里都砌着瓷砖火炉；右面有一架蹩脚钢琴，上面堆着些手抄的乐谱；一张长沙发蒙着褪色的白花纹浅蓝色缎子；一张圆桌；两个玻璃橱，上面放着叶卡捷琳娜时代的瓷器玩具和玻璃珠玩具；墙上挂着一幅有名的肖像画，上面画着一个淡黄发少女，胸前抱着一只鸽子，眼睛朝上看；桌上放着一瓶新鲜的蔷薇花……您瞧，我描写得多么详细。就在这客厅里，就在这凉台上，演出了我的恋爱的一切悲喜剧。这女邻居本人是一个凶恶的女人，说话常常带着凶狠的嘶哑声，是一个强横的泼妇；两个女儿中一个叫薇拉，跟普通县城里的小姐没有什么两样；另一个叫索菲娅，我爱上了索菲娅。姊妹俩另外还有一个房间，是她们共同的卧室，这里面有两张简朴的木床，有颜色发黄的纪念册，有木犀草，有画得很拙劣的男女朋友的铅笔肖像画（其中有一个绅士的肖像很特出，他脸上的表情特别刚劲有力，画上的签字更加刚劲有力，他在青年时代曾使人对他怀着过高的期望，但是结果同我们大家一样——一事无成），还有歌德和席勒的胸像，德文书籍，干枯了的花冠以及其他留作纪念的东西。但是这房间里我难得进去，而且不喜欢进去:我在那儿不知道为什么透不过气来。还有——真奇怪!我最喜欢索菲娅,是当我背对她坐着的时候,或者,当我在凉台上,尤其是在黄昏,思念她或更多是幻想她的时候。那时候我望着晚霞,望着树木,望着已经变暗而还清楚地显出在蔷薇色天空中的细碎的绿叶;在客厅里,钢琴旁边,坐着索菲娅,她正在不停地弹奏贝多芬作品中她所喜欢的热情沉着的一个乐句;那凶恶的老太婆坐在长沙发上安稳地打鼾;在充满夕照的餐室里,薇拉忙着准备茶;茶炊发出奇妙的咝咝声,仿佛有什么乐事;脆饼折断时发出愉快的爆裂声,匙子碰着茶杯时发出叮当声;金丝雀不饶人地啭了一整天,突然静息,只是难得啾啾地叫几声,好像在打听什么;从透明的轻柔的云层中偶尔掉下几点疏落落的雨滴……我坐着,坐着,听着,听着,望着,我的胸襟开朗起来,我又感觉到我在恋爱了。于是,就在这样的黄昏的影响之下,我有一回向老太婆请求娶她的女儿,大约过了两个月,我就结婚了。我似乎觉得我是爱她的……到现在这时候,应该知道了,可是我实在到现在也还不知道我到底爱不爱索菲娅。这是一个善良、聪明、沉默寡言的人,有一颗温柔的心;但是天晓得是为了什么缘故,是为了久居乡村的缘故还是另有别的缘故,在她的心底上(如果心有底的话)有一个创伤潜隐着,或者不如说,有一个伤口在溃烂着,这伤口没有办法治好,而且无论是她还是我,都说不出它的名称。关于这个创伤的存在,我当然是在结婚之后才猜测到的。我为它费尽心机,都没有用!我童年时养过一只黄雀,有一回给猫抓住了,又被救出来,治好了伤,可是我这可怜的黄雀不能复健;它闷闷不乐,憔悴起来,不再唱歌了……结果,有一天夜里,一只大老鼠钻进它那开着的笼子里,咬掉了它的嘴,它这才决心死了。不知道一只什么样的猫把我妻子也抓了一下,她也闷闷不乐,憔悴起来,像我那不幸的黄雀一样。有时她自己显然想振作一下,在新鲜空气中、阳光底下、自由天地里振奋起来;她尝试一下,又缩成了一团。她是爱我的,她曾好几回向我保证,她更无别的愿望了,——呸,见鬼!——她的目光黯然失色了。我想,会不会过去有过什么事情?我就调查,但是结果一无所得。好,现在请您判断:如果是个怪人,大概会耸耸肩膀,叹两口气,照旧过自己的生活;可是我,因为不是个怪人,就要想到悬梁。我的妻子深深地沉浸在老处女的一切习惯中——贝多芬、夜游、木犀草、和朋友们通信、纪念册等等，——因而对于任何其他生活方式，尤其是对于主妇的生活，她无论如何也不能习惯；可是，一个已经出嫁的女人为无名的烦恼而苦闷，每天晚上唱《你不要在黎明时唤醒她》，实在是可笑的。

"于是，我们就这样享了三年福；第四年上索菲娅在第一次分娩时死了，而且——真奇怪——我仿佛早就觉得，她是不可能给我一个女儿或儿子，给世上一个新居民的。我记得她殡葬时候的情景。那时候是春天。我们教区的教堂并不大，已经很旧了，圣幛发黑了，墙壁上光秃秃的，砖地有好几处破损了；每一个唱诗班席位上供着一个古老的大圣像。棺材抬进来，安放在圣幛正门前面正中央的地方，罩上了褪色的盖棺布，周围摆着三个蜡烛台。仪式开始了。一个衰老的教堂执事后面拖着一条小辫，低低地系着一条绿色的腰带，在读经台前悲哀地诵读经文；教士年纪也老了，相貌和善，双眼矇眬，穿着黄色花纹的紫色法衣，兼任着助祭的职务在做祷告。窗子都敞开着，垂枝白桦的新鲜的嫩叶填满了窗口，在那里摇曳着，发出簌簌的声音；院子里飘进青草的气味；蜡烛的红色火焰在明丽的春光中变成了淡白色；整个教堂里都听得见麻雀的吱喳吱喳声，有时圆屋顶下飞进一只燕子来，发出响亮的叫声。在金粉似的太阳光里，几个农民的淡褐色的头很快地起伏着，正在热心地为死者祈祷；香炉的洞孔里冒出一缕淡蓝色的烟来。我看着我妻子的遗容……我的天！就是死，就是死神亲自来到，也不能解救她，不能治好她的创伤：还是这么一副病态的、胆怯的、隐忍的表情，——她仿佛进了棺材还不自在……我心中充满悲痛。她是个善良的，善良的人；可是为她自己着想，还是死了的好！"

讲话的人双颊通红，眼睛黯淡无光。

"终于，"他又说起话来，"我摆脱了我妻子死后我所感到的沉重的颓丧，我就打算去从事所谓事业。我在省城里就了职；但是在公家机关的大房间里，我觉得头痛得厉害，目力也坏起来；正好发生了其他的事由……我就辞职。我想到莫斯科去一趟，可是第一，钱不够用；第二……我已经对您说过，我是与世无争了。这与世无争是突如其来的，又不是突如其来的。在精神上，我早就与世无争了，可是我的头还不肯低下去。我认为我的思想感情的质朴,是受了乡村生活和不幸事件的影响……另一方面,我早就注意到:差不多所有我的邻居,年轻的和年老的,起初由于我有学问,到过外国,以及我的教养方面的其他情况而感到惶恐,现在不但已经完全看惯了,竟开始对我粗暴或者轻率起来,不再听完我的议论,对我说话也不再用恭敬的称呼了。我还忘了告诉您:在我结婚后的第一年中,因为寂寞,我曾经尝试写作,还寄了一篇文章到一个杂志社去,要是我没有记错的话,那是一个中篇小说;但是过了一些时候,收到编辑一封彬彬有礼的信,信里有一段是说:我的智慧是不能否定的,但是缺乏才华,而在文学中需要的就是才华。还有,我听人家说:有一个过路的莫斯科人,倒是一个善良的青年人,在省长的晚会上顺便批评了我,说我是一个才能枯竭而毫无价值的人。但是我的半自发的盲目性还是继续存在着,您知道,我不愿意打自己的'耳光';终于有一天早晨,我睁开了眼睛。是这么一回事:县警察局长来找我,他的目的是要我注意我领地里有一座桥坍了,而这座桥是我绝对没有能力修理的。这个宽宏大量的秩序监督者用一块鲟鱼干下一杯烧酒,同时用长辈的口吻责备我的疏忽,不过,他为我设身处地想,劝我只要叫农民们堆些粪料上去就行了;接着他吸起烟斗,和我谈论即将来到的选举。那时候,有一个叫做奥尔巴萨诺夫的人正在图谋省贵族长这个荣誉的称号;他是一个无聊的空谈家,又是一个受贿的人。况且他在财富和声望上都不是特出的人。我发表了对他的看法,而且说得很不客气;老实说,我看不起奥尔巴萨诺夫先生。县警察局长对我看看,亲切地拍拍我的肩膀,和气地说:'喂,瓦西里·瓦西里耶维奇,我和您是不该议论这种人的——我们哪里配呢?……安分守己些吧。''得了吧,'我生气地反驳,'我和奥尔巴萨诺夫先生之间有什么差别呀?'警察局长把烟斗从嘴里取出,睁大了眼睛,突然噗哧一声哈哈大笑起来。'哈,这人真滑稽,'最后他流着眼泪说,'说出这样的话来,……啊!怎么啦?'直到离去为止,他不断地嘲笑我,有时用胳膊肘推推我的身体,而且竟直呼我的名字。他终于走了。这是我所缺少的最后一滴;我的杯子满得要溢出来了。我在房间里踱来踱去好几回,在镜子面前停下来,久久地注视着自己的狼狈的脸,慢慢地伸出舌头,带着苦笑摇摇头。

我眼睛上的翳落下来了，我清楚地看到，比在镜子里看自己的脸更清楚地看到，我是一个多么无聊的、不足道的、没有用的、平凡的人！”

讲话的人沉默了一会儿。

“在伏尔泰的一出悲剧里，”他颓丧地继续说，“有一个贵族因为不幸到了极点而感到欢喜。在我的命运中虽然没有一点悲剧性的事件，但是老实说，我也体味过这一类心情。我领略到了冷酷的绝望中的尖酸的狂喜；我感受到整个早晨从容不迫地躺在自己床上诅咒自己的出生时日是多么甜蜜；我还不能一下子与世无争。而实际上，请您想想，贫穷把我困住在我所痛恨的乡村里；什么产业啦、职务啦、文学啦——都与我无缘；我避免和地主们来往，书读厌了；至于那些抖动着鬈发而热狂地絮聒着‘人生’这个字眼的、水肿、病态、神经质的小姐们，自从我停止了空谈和赞扬以来，她们对我一点也不感兴趣了；我不善于而且也不可能完全离群索居……我就开始，您知道怎么着？我就开始到邻居们那里去闲逛。我好像醉心于自轻自贱似的，故意去招致各种琐碎的屈辱。餐桌上仆人斟酒送菜时漏掉我，人们冷淡、傲慢地对待我，终于完全不理会我；他们竟不让我加入共同的谈话，于是我往往就故意在屋角里向一个最愚蠢的发言人唯唯称是，这种人当我在莫斯科时是乐意吻我脚上的灰尘和大衣的边角的……我竟不愿意想起我正在委身于讽刺的痛苦的快感……算了吧，孤单一人还谈得上什么讽刺！瞧，我就是这样地一连过了好几年，直到现在还是这样……”

“这太不像话了，”邻室里坎塔格留欣先生的瞌睡懵懂的声音埋怨说，“是哪一个傻瓜半夜里在谈天？”

讲话的人迅速地钻进被窝里，胆怯地探出头来望着，举起一根手指来警告我。

“嘘……嘘……”他低声说，接着，仿佛是向坎塔格留欣说话的方向道歉和赔礼，恭敬地说，“知道了，知道了，对不起……”继而又低声说，“应该让他睡觉，他需要睡觉，他要恢复体力，那么，至少明天吃起东西来可以照样地满意。我们没有权利打扰他。况且我所要谈的，似乎都对您谈过了；您大概也想睡了。祝您晚安。”

讲话的人极迅速地转过脸去，把头埋到枕头里。

“至少让我请教尊姓……”我问。

他连忙抬起头来。

“不,看上帝面上,”他打断我的话,“请您不要问我姓名,也不要向别人打听。就让我在您心目中成为一个无名的人——为命运所伤害的瓦西里·瓦西里耶维奇吧。况且我是一个不奇怪的平凡的人,也就不配有独特的姓名……但是如果您一定要给我一个称呼,那您就称呼……称呼我为施格雷县的哈姆莱特吧。无论在哪个县份里,都有不少这样的哈姆莱特,不过别的您也许没有碰见过……再见吧。”

他又钻进他的羽绒被里去了;第二天早晨他们来叫醒我的时候,他已经不在房里。他在黎明之前就离去了。

切尔托普哈诺夫和涅多皮尤斯金

在夏天一个炎热的日子里,我打完猎坐着马车回来;叶尔莫莱坐在我旁边打盹。睡着的猎狗都像死的一般,躺在我们脚边,随着车子的颠簸而跳动。马车夫不断地用鞭子驱赶马身上的牛虻。白茫茫的灰尘像轻云一般在车子后面飞扬。我们进入一片灌木林。道路凹凸不平起来,车轮常常碰着树枝。叶尔莫莱猛然醒来,向周围看看……"嗳!"他说,"这里一定有松鸡。我们下车吧。"我们停了车,走进树丛里。我的狗碰到了一窝鸟。我开了一枪,正要重新装弹药,忽然我后面发出窸窸窣窣的响声,一个骑马的人用手分开树枝,向我走来。"请问,"他用傲慢的声音说,"您有什么权利在这里打猎,先生?"这不相识的人说话特别快,断断续续的,还带有鼻音。我看看他的脸:我有生以来没有见过这样的人。亲爱的读者,请想象一个身材矮小的人,淡黄色的头发,红红的狮子鼻,长长的火红色髭须。一顶深红色呢绒尖顶波斯帽,一直盖到额上的眉毛边。他穿一件破旧的黄色短上衣,胸前挂着黑色棉绒弹药袋,衣缝里全部镶着褪色的银带;他肩上背着一个号角,腰带上插着一把匕首。一匹瘦弱的、鼻子凸出的栗毛马在他身子底下不住地折腾着;两只瘦削的弯爪的灵猩猎狗就在马蹄旁边打转。这个陌生人的面貌、目光、声音、每一动作,整个人,都表现出狂妄的豪勇和见所未见的过度的傲慢;他那双淡蓝色的、玻璃球似的眼睛像醉汉一样东转西瞟;他仰起头,鼓起两颊,鼻子里嗤嗤作响,浑身颤抖,仿佛不可一世似的——样子活像一只火鸡。他重复了他的问话。

"我不知道这里是禁止打猎的。"我回答。

"先生,您是在这里,"他继续说,"在我的土地上。"

"好,我这就离开。"

"可是请问,"他说,"您是贵族吗?"

我说出了自己的姓名。

“那么，请您打猎吧。我自己也是贵族，很乐意为贵族服务。……我叫做潘捷列伊·切尔托普哈诺夫。”

他弯下身子，大喝一声，在马脖子上抽了一鞭；马摇着头，用后脚站起来，冲向一旁，踩着了一只狗的脚。那只狗尖声地叫起来。切尔托普哈诺夫激怒了，嘴里咕哝着，用拳头在马的两耳中间的头部打一下，比闪电更迅速地跳到地上，察看一下狗的脚，向伤处啐了几口唾液，在狗肚子上踢了一脚，叫它不要叫，然后抓住马的鬃毛，把一只脚插进马镫里。马昂起头，竖起尾巴，侧着身子冲进丛林里；他独脚跳着跟着它走，然而终于坐上了鞍子，发狂似地挥着皮鞭，吹着号角，驰骋而去。切尔托普哈诺夫突如其来的出现使我吃了一惊，我还没有恢复过来，忽然一个年约四十岁的、身体胖胖的人骑着一匹小黑马，差不多毫无声息地从丛林里走出来。他站定了，从头上脱下绿色皮帽，用尖细而柔和的声音问我，有没有看见一个骑栗毛马的人？我回答他说，看见的。

“这位先生往哪个方向去了呢？”他用同样的声音继续问，并不戴上帽子。

“往那边。”

“多谢您啦。”

他用嘴唇发出啧啧的声音，两只脚在马肚子上敲敲，跨着小步子嘚嘚地走向我所指示的方向去了。我目送着他，直到他的出角的帽子隐没在树枝后面为止。这个新来的陌生人在外表上一点也不像他前面的那个人。他的脸像球一样圆肥，表现出羞涩、和善而温顺的神情；鼻子也很圆肥，上面全是青筋，表明他是一个好色之徒。他的头上前边一根头发也不剩了，后边簇着稀疏的淡褐色发卷；小眼睛只有一条缝，好像是用芦苇叶子划出来的，亲切地眨动着；红润的嘴唇甜蜜地微笑。他穿着一件有竖领和铜钮扣的常礼服，很旧，但很干净；他的呢裤吊得很高；在长统靴的黄贴边上面露出胖胖的小腿肚。

“这个人是谁？”我问叶尔莫莱。

“这个？是吉洪·伊万内奇·涅多皮尤斯金。住在切尔托普哈诺夫家里的。”

“怎么，他是个穷人吗？”

“没有什么钱；可是切尔托普哈诺夫也是一个铜子也没有的。”

“那么他为什么要住在他那儿呢？”

“他们才要好呢，两个人随便到哪儿都在一起……真是豁出命去也要跟着……”

我们走出了丛林；突然我们旁边两只追兽的猎狗吠叫起来，一只壮大的雪兔跳进已经长得很高的燕麦田里。几只普通的狗、追兽猎狗和灵猩猎狗跟着它从树林里跳出，切尔托普哈诺夫本人在狗后面冲将出来。他不叫喊，不向狗发号令要它们去追捕；他气喘吁吁的，上气不接下气；他那张开的嘴巴里有时发出些断断续续的、毫无意义的声音；他瞪着眼睛奔驰着，发狂地用皮鞭抽打不幸的马。灵猩猎狗追上了雪兔……雪兔蹲踞一下，迅速地向后转，经过叶尔莫莱面前，钻进树丛里去了……灵猩猎狗飞奔而过。“逮——住，逮——住！”发愣的猎人口齿不清地用力叫喊，“老兄，逮住！”叶尔莫莱开了一枪……受伤的雪兔倒栽在平坦干燥的草上，往上一跳，在袭击过去的猎狗的牙齿里悲惨地号叫起来。几只追兽猎狗立刻都跑拢来了。

切尔托普哈诺夫像翻筋斗似地跳下马，拔出匕首，叉开两腿跑到狗旁边，怒气冲冲地咒骂着，攫取了被它们撕碎的兔子，然后抽搐着整个脸，把匕首插进兔子的喉咙里，直插到只有柄露在外面……插进之后，就咯咯地叫喊起来。吉洪·伊万内奇出现在树林边。“咯咯咯咯咯咯咯咯！”切尔托普哈诺夫又叫一次……“咯咯咯咯。”他的同伴从容不迫地附和着。

“夏天照理是不应该打猎的。”我指着被踩倒的燕麦对切尔托普哈诺夫说。

“这是我的田。”切尔托普哈诺夫气喘地回答。

他割下兔子的爪子，把胴体挂在鞍子后面的皮带上，把爪子分给狗吃了。

“朋友，我叨光你的弹药了，”他按照打猎的规矩对叶尔莫莱说，“还有您，先生，”他又用那种断断续续的生硬的声音对我说，“谢谢。”

他跨上马。

“请教……我忘记了……您尊姓大名?”

我又说了我的姓名。

“我能和您相识,非常荣幸。倘有机会,欢迎您到我家来……”继而他又愤怒地说:“那个福姆卡到哪里去了,吉洪·伊万内奇?追捕雪兔的时候他不在这里。”

“他骑的马跌倒了。”吉洪·伊万内奇微笑着回答。

“跌倒了?奥尔巴桑跌倒了?嘿,呸!……他在哪儿,在哪儿?”

“在那边,林子后面。”

切尔托普哈诺夫用皮鞭抽了一下马脸,急速地奔驰而去。吉洪·伊万内奇向我鞠了两次躬——一次为他自己,一次为他的同伴,然后又让马跨着小步子,徐徐地走进树林里去了。

这两位先生强烈地引起我的好奇心……这两个性情完全不同的人的牢不可破的友谊是凭什么结合起来的呢?我就开始调查。我所打听到的情况如下:

潘捷列伊·叶列梅伊奇·切尔托普哈诺夫是附近一带闻名的危险而狂妄的人,头等的傲慢人和莽汉。他在军队里服务过极短的一个时期,因为发生“不快事件”,就以当时人们所谓“母鸡不是鸟”的军衔[①]退了伍。他出身于曾经是富裕的旧家;他的祖先们依照草原居民的习俗,生活很阔气,这就是说,邀请的和没有邀请的客人都招待,请他们大吃大喝,分发给客人三套车的马车夫每人一俄石[②]燕麦,家里养着乐师、歌手、帮闲和狗,在节庆日款待众人喝葡萄酒和家酿啤酒,每逢冬天用自己的马驾着沉重的大马车到莫斯科去;有时却一连几个月没有一文钱,靠吃家禽来果腹。潘捷列伊·叶列梅伊奇的父亲所得到的产业,已经破落了;到他手里又被尽情地挥霍一番,他死的时候,留给他唯一的承继人潘捷列伊的,只是已经抵押出的别索诺沃村连同三十五个男农奴和七十六个女农奴,还有科洛勃罗多瓦亚荒原上十四又四分之一俄亩没有用的土地,不过在先人的文件中并没有找到关于这块土地的

① 当时俄罗斯谚语:“母鸡不是鸟,准尉不是军官。”可知他的军衔是准尉,是极小的职衔。

② 俄石是俄国旧容量单位,1 俄石合 209.91 公升。

任何契纸。这位先人实在是由于非常奇怪的方式而破产的:是“经济核算”毁了他。照他的见解,贵族们不应该依靠商人、市民和类乎此的他所谓“强盗”;他在自己的领地内创设了各种各样的手艺作坊;“又体面,又便宜,”他常常说,“这就是经济核算!”他终身没有放弃这种致命的思想;正是这种思想使他破了产。然而他博得了一时的欢乐!他所有的奇怪想头都被实行了。在种种发明之中,有一次他依照自己的想法造了一辆庞大的家庭马车,这辆马车笨重极了,尽管他把整个村子里所有的农家马连同马的主人们都赶了来,叫他们齐心协力地拉,但它在第一个斜坡上就翻了车,摔得粉碎。叶列梅伊·卢基奇(潘捷列伊的父亲名叫叶列梅伊·卢基奇)吩咐在这斜坡上立一个纪念碑,心里却一点也不懊丧。他又曾动念头建造一个教堂,当然是自己设计,不要建筑师帮助。他把整个树林的木材拿来烧砖,奠定了基础——大得不得了!竟同省里的大教堂的基础一样;造好墙壁,开始建造圆屋顶,圆屋顶塌下来。他再造,圆屋顶又坍塌了;他第三次造,圆屋顶第三次崩溃了。我的叶列梅伊·卢基奇就寻思起来:这事情不妙……一定是可恶的巫术在那里捣蛋……突然下个命令:把村里所有的老太婆都鞭打一顿。老太婆都被鞭打过了,但圆屋顶还是造不起来。于是他开始按照新计划替农人改建住屋,一切都根据经济核算;他把每三家农户排成三角形连在一起,中央立一根竿子,竿子上装一只油漆的椋鸟笼,插一面旗。他往往每天想出一个新花样来:有时用牛蒡叶来煮汤,有时把马尾剪下来给家仆做帽子,有时打算用荨麻代替亚麻,用蘑菇来喂猪……然而他不单是爱搞经济上的花样,又关心他的农民的福利。有一回他在《莫斯科时报》上读到了哈尔科夫的地主赫里亚克-赫鲁皮奥尔斯基的一篇关于农民日常生活中道德的好处的文章,第二天就发出命令:所有的农民必须立刻把哈尔科夫地主的这篇文章熟读到会背诵。农民们把文章读熟了;主人问他们是否懂得这里面所写的话。管家回答说:“怎么不懂呢!”就在那时候,他为了维护秩序和便于经济核算起见,命令把他属下所有的农民编起号码来,每个人在衣领上缝着他的号码。遇见主人时,每个人都要喊一声:“我是第×号!”主人就和气地回答:“你去吧!”

然而,不管怎样讲究秩序和实行经济核算,叶列梅伊·卢基奇渐渐地陷入了极困难的境况中,起初他把自己的几个村子抵押出去,后来又卖掉了;最后的祖传的旧居,就是那个有一所未完成的教堂的村子,是由公家来卖的,幸而不在叶列梅伊·卢基奇生前,——他一定受不了这个打击,——而是在他逝世后两星期。他总算还能够死在自己家里,自己的床上,有自己人围绕在旁边,由自己的医生照料着;但可怜的潘捷列伊所得到的只是一个别索诺沃村。

潘捷列伊知道父亲生病的消息时,已经在服役了,正在前述的"不快事件"的高潮上。他还只十九岁。他从童年时代起就没有离开过家庭,一向由他母亲养育着。他母亲是一个心地善良而十分愚蠢的女人,名叫瓦西里萨·瓦西里耶夫娜,她把他养成了一个宠子和小少爷。她一手包办他的教育;叶列梅伊·卢基奇专心于他的经济设计,无暇及此。有一次他固然也曾亲手鞭打他的儿子,因为他把字母 рцы(尔则)读作 арцы(阿尔则),但是那一天叶列梅伊·卢基奇心里深深地怀着隐痛,因为他的一只最好的狗在树上撞死了。不过瓦西里萨·瓦西里耶夫娜对于潘捷列伊的教育的操心,也只限于一次艰苦的努力:她费了九牛二虎之力替他请到一个家庭教师——阿尔萨斯的一个退伍军人,名叫比尔科普夫的。直到她死为止,她一看见这家庭教师就像树叶一般发抖。她想:"啊,要是他不干了,我就糟了!叫我怎么办呢?哪里找得到别的家庭教师呢?这一个还是好不容易从一个女邻居那儿挖来的!"比尔科普夫是一个机敏的人,立刻利用自己地位的优越,拼命地喝酒,一天到晚睡觉。潘捷列伊结束了"学业",就去服役。这时瓦西里萨·瓦西里耶夫娜已经不在人世。她是在这重大事件发生之前半年受惊而死的:她梦见一个穿白衣服的人骑着一头熊,胸前标着"反基督者"的字样。叶列梅伊·卢基奇不久也追随他的老伴去了。

潘捷列伊一听到父亲生病的消息,骑着马火速赶回家里,但已经来不及见父亲一面。当这个孝子突然从富裕的继承人变成穷人的时候,他是多么吃惊啊!很少有人能受得住这样的剧变。于是潘捷列伊性情变得粗野、冷酷无情起来。他原来虽然暴躁放肆,却是一个很正直、慷慨而又善良的人,现在却变成了一个傲慢的鲁莽汉;同邻居们不往来了,——他羞见富人,又厌恶穷人,——他对所有的人态度都非常粗鲁,甚至对地方当局也如此,他说:“我是世袭贵族。”有一回警察局长没有脱帽走进他的房间来,险些儿被他开枪打死。当局方面当然也不放松他,有机会的时候也叫他知道当局的厉害;然而人们还是有点怕他,因为他的脾气异常暴躁,一言不合,便拔刀相见。别人稍有一点反对意见,切尔托普哈诺夫的眼睛就骨溜溜地乱转,声音断断续续了……“啊呀—呀—呀—呀—呀,”他嚷起来,“我不顾死活了!”……简直要发疯了!除此以外,他又是一个清白的人,从来不沾染一点坏事。当然没有一个人去拜访他……虽然如此,他的心地却是善良的,甚至有他自己的伟大之处:他路见不平和欺压,就不能忍受;他尽力庇护自己的农民。“怎么?”他发狂似地敲着自己的头说,“想碰一碰我的人,我的人?除非我不是切尔托普哈诺夫……”

吉洪·伊万内奇·涅多皮尤斯金的出身不像潘捷列伊·叶列梅伊奇那么可以自傲。他的父亲出身于独院小地主,经过四十年服役,才获得了贵族的地位。世间有一种人,灾难像对私人仇敌一般毫不放松地紧紧追逐着他——老涅多皮尤斯金先生便是属于这一种人的。这可怜的人在整整六十年的生活过程中,从出生到死去,一直在同小人物所特有的一切贫困、疾病和灾祸做斗争;他拼命挣扎,吃不饱,睡不足,低头哈腰,东奔西走,忧愁疲劳,为每一个戈比发抖,他的确是为了服役而“无辜地”受罪;始终没有为自己或孩子们赚得一块起码的面包,就死在阁楼里或地窖里了。命运像猎狗追逐兔子一般折磨他。他是一个善良而诚实的人,但“按照职位”受一点贿赂——从十戈比到两个卢布。老涅多皮尤斯金曾经有过一个瘦弱的、患肺病的妻子;也有过几个孩子;幸而不久就死掉了,只剩下吉洪和一个女儿名叫米特罗多拉,绰号叫做“买卖人家的一枝花”,经过许多可悲、可笑的事件之后,嫁给了一个退职的司法诉讼代理人。老涅多皮尤斯金先生总算在生前替吉洪安顿了一个事务所的编外官员的职位;但父亲一死,吉洪立刻就退职。永远的提心吊胆,对饥寒的艰苦斗争、母亲的忧愁苦闷、父亲的绝望的奔忙,老板和店东的粗暴的压迫,——这些日常不断的痛苦,在吉洪的性情中养成了一种说不出的胆怯:一看见上司的影子,他就发抖而失神,好像一只被捕的小鸟。他放弃了职位。漫不经心的、也许是开玩笑的造物,往往把各种能力和嗜好赋给人们而完全不考虑到他们的社会地位和财产;它用它所固有的关心和亲爱,把吉洪这个穷官吏的儿子塑造成一个多情善感、游手好闲而性格温柔的人——一个特别适宜于享乐的、具有极灵敏的嗅觉和味觉的人……塑造完毕,仔细加工之后,就让它这个作品靠酸白菜和臭鱼成长。这个作品长大了,就开始所谓"生活"。这下子可热闹起来啊。纠缠不已地折磨老涅多皮尤斯金的命运,照样地折磨起这儿子来:它显然是尝到了甜头。但它对付吉洪的办法不同:它并不虐待他,而是拿他来寻开心。它从来不使他陷入绝望,从来不让他感受到饥饿的可耻的痛苦,却驱使他在全俄罗斯漂泊,从大乌斯提尤格到察列沃-科克沙伊斯克,从一个低卑可笑的职位到另一个:有时照顾他在一个爱吵闹而脾气暴躁的贵族女善人家里当管家;有时安插他在一个富裕而吝啬的商人家里作食客;有时派他替一个头发剪成英国式的、眼睛突出的贵族老爷当私人秘书;有时委任他替一个养猎犬的人当半家仆、半小丑的职务……总而言之,命运强迫可怜的吉洪一滴一滴地喝干寄生生活的苦味的毒汁。他终生替游手好闲的老爷们的难堪的奇想和带睡意而恶毒的烦闷服务……有好几回,一群客人拿他尽情地玩笑取乐之后,终于释放他独自回到自己的房间里,这时候,他的羞耻心燃烧起来,眼睛里噙着绝望的冷泪,发誓明天一定要偷偷地逃跑,到城里去碰碰运气,即使找到一个抄写员的小差事也好,否则,索性饿死在街头了事。然而第一,上帝没有给他力量;第二,他生性胆怯;还有第三,到底怎样去替自己谋职位,去求谁呢?"他们不会要我的,"这苦命人常常悲伤地在床上翻来覆去,轻声地说,"他们不会要我的!"于是第二天重新去干苦差使。他的处境越来越痛苦了,因为那对他关怀备至的造物竟不肯赋给他起码的、吃滑稽饭所几乎非具有不可的能力和天才。例如,他不善于反穿熊皮大衣跳舞跳到累得要倒下来;不善于在鞭子在近旁抽得哗哗响的地方说笑话和献殷勤;在零下二十度的时候要他赤身裸体,他有时会伤风;他的胃既不能消化搀着墨水和其他污物的酒,又不能消化加醋的极细小的毒蝇蕈和红菇。要不是他最后的恩人——一个发了财的专卖商人——偶尔高兴在自己的遗嘱中添写这么一笔,吉洪的前途真是不堪设想呢。那遗嘱里写着:“将我自购的别谢连杰耶夫卡村及其一切属地交与焦札(即吉洪)·涅多皮尤斯金,作为他永远世袭的财产。”过了几天,这恩人在吃鲟鱼汤时突然中风而死。一时骚动起来;法院里突然来了人,把财产都贴上封条。亲戚们会集拢来,打开遗嘱宣读后,就找寻涅多皮尤斯金。涅多皮尤斯金来了。大部分在场的人都知道涅多皮尤斯金在恩人这里是当什么差使的,因此纷纷用震耳的叫嚣和嘲笑的祝辞来迎接他。“地主来了,看呀,他是新地主!”别的继承人这样叫喊。“可真有点那个,”一个有名的爱说俏皮话的滑稽家接着说,“一点也不错,……的的确确……那个……可以称为……那个……继承人。”大家哄的一声大笑起来。涅多皮尤斯金很久不肯相信自己的幸福。人们把遗嘱给他看,他脸红了,眯住眼睛,挥着两手,号啕大哭起来。众人的笑声变成了一片乱哄哄的喧嚣声。别谢连杰耶夫卡村一共只有二十二个农奴,人们都不大可惜它,所以何不乘此机会寻寻开心呢?只有一个彼得堡来的继承人,是一个有希腊式鼻子和高贵的面部表情的仪表堂堂的男子,名叫罗斯季斯拉夫·阿达梅奇·施托佩尔的,忍不住了,横着身子走向涅多皮尤斯金,骄傲地转过头去看看他。“先生,据我所知道,”他轻蔑而随便地说,“您不是在这位可敬的费多尔·费多罗维奇家里担任所谓逗趣的家奴的职务吗?”这位彼得堡绅士的话说得异常清晰、麻利而确切。心慌意乱的涅多皮尤斯金没有听清楚这位不相识的绅士的话,但是别的人立刻都默不作声了;一个滑稽家宽容地微笑一下。施托佩尔先生搓搓手,重复了他的问话。涅多皮尤斯金吃惊地抬起眼睛,张开了嘴。施托佩尔刻薄地眯起眼睛。

“恭喜您,先生,恭喜您,”他继续说,“自然喽,用这种方式来替自己赚得起码的面包,可以说不是任何人都愿意的;但是 de gustibus non est disputandum——这就是说,各有所好……对不对?”

后面有一个人迅速地、然而斯文地发出一声惊喜的尖叫声。

“请问,”施托佩尔先生大大地被众人的微笑所鼓励,接着说,“您有什么特殊的才能,而有资格享受您的幸福? 不,不要怕难为情,说吧,我们这儿可以说都是自家人,en famille[①]。对不对,诸位先生,我们都是 en famille?”

施托佩尔偶然问到这几句话的那个继承人,可惜不懂法语,所以只能发出些表示赞成的轻微的支吾声。可是另外一个额上有黄斑的年轻的继承人连忙接着说:“乌衣,乌衣,[②]当然喽。”

“也许,”施托佩尔先生又说,“您会两脚朝天用手走路?”

涅多皮尤斯金苦恼地向四周看看——所有的脸上都露出恶意的微笑,所有的眼睛都被欢喜的眼泪濡湿了。

“或许您会学公鸡叫吧?”

四周发出一阵哄笑,立刻肃静了,等候下文。

“或许您会在鼻子上……”

“住口!”突然一个响亮刺耳的声音打断了施托佩尔的话。“您欺侮弱者,怎么不害臊!”

大家回过头去一看。门口站着切尔托普哈诺夫。他是已故的专卖商人的远房侄儿,所以也收到亲戚会议的请帖。在读遗嘱时,他像往常一样,为了骄傲,一直很自负地站在远离别人的地方。

“住口。”他傲然地把头一昂,又说一遍。

施托佩尔先生迅速地转过身去,看见一个衣衫褴褛、相貌不扬的人,就低声地问旁边的一个人(小心总是不错的):

“这是谁?”

“切尔托普哈诺夫,不是什么了不起的人物。”那个人在耳朵边回答他。

施托佩尔就装出高傲的神气。

“您是谁,敢在这里发号施令?”他用鼻音说,眯起了眼睛。“请问,您是什么东西?”

切尔托普哈诺夫像火药碰着火花一般爆发起来。他愤怒得透不过

---

① 法语:自家人。

② 法语:“是的,是的”的译音。

气来了。

“嗤—嗤—嗤—嗤，”他叫着，仿佛喉咙被掐住了似的，突然雷鸣一般大叫，“我是谁？我是谁？我是潘捷列伊·切尔托普哈诺夫，是世袭贵族，我的祖先曾替沙皇效劳，而你是谁？”

施托佩尔脸色苍白，向后退了一步。他没有料到这样的回击。

“我是一个，我，我是一个……”

切尔托普哈诺夫冲上前来；施托佩尔狼狈之极，连忙向后退，客人们都向着这个激怒了的地主跑过来。

“决斗，决斗，马上在一块手帕的距离上决斗！”怒气冲冲的潘捷列伊喊着，“否则向我道歉，也向他道歉……”

“道歉吧，道歉吧，”一些惊慌的继承人在施托佩尔周围唧唧呱呱地说，“他是个疯子，会动刀的呢。”

“请原谅，请原谅，怪我不知道，”施托佩尔吃吃地说，“我是不知道……”

“也向他道歉！”不肯罢休的潘捷列伊大声叫喊。

“请您也原谅我。”施托佩尔又向着涅多皮尤斯金说，涅多皮尤斯金正在像患热病似地发抖。

切尔托普哈诺夫安静下来，走向涅多皮尤斯金，拉住他的手，果敢地向四周望望，并没有接触到任何人的目光，就在鸦雀无声的静默中带着死者自购的别谢连杰耶夫卡村的新领主威风凛凛地走出房间去了。

就从这一天起，他们两人不再分离了（别谢连杰耶夫卡村离开别索诺沃村只有八俄里）。涅多皮尤斯金的无限感谢立刻变成了卑屈的爱慕。怯弱、柔顺而不完全纯洁的吉洪，拜倒在大胆无畏、公正无私的潘捷列伊脚下了。“真是不容易的事！”他有时暗地这样想，“跟省长谈话，直盯着他看……真的啊，简直就这样盯着他看！”

他不可思议地、竭尽全力赞美他，尊崇他为非凡的、聪明博学的人。当然喽，切尔托普哈诺夫所受的教育无论怎样差，然而比起吉洪的教育来，可算得是出色的了。切尔托普哈诺夫俄文书实在读得很少，法语也学得不好，不好到这样的程度：有一次有一个瑞士家庭教师问他：

“Vous Parlez français, monsieur?①”他回答说：“热不会。”想了一下，又加上一个“巴”字②。然而他总算记得世界上有一个富于机智的作家伏尔泰，还记得普鲁士国王腓特烈一世在军事方面也是一个非凡出众的人。在俄罗斯作家中，他崇拜杰尔查文③，又爱好马尔林斯基④，曾把一只最好的雄狗取名为阿马拉特·贝克⑤……

我同这两位朋友初次见面之后几天，我就到别索诺沃村去访问潘捷列伊·叶列梅伊奇。从远处就望得见他那所小屋子；这屋子矗立在离村子半俄里的荒地上，即所谓“在空旷的地方”，仿佛一只鹞鹰站在耕地上。切尔托普哈诺夫的整个庄园共有四间大小不同的破旧屋子，即厢房、马厩、棚屋和澡堂。每一间屋子都独立，自成一体，没有篱垣，也不见大门。我的马车夫犹豫地把车子停在一个井栏半已腐烂而淤塞了的井旁边。在棚屋旁边，有几只瘦瘦的乱毛灵猩小狗在那里咬一匹死马，大概就是奥尔巴桑了；其中一只小狗抬起染血的嘴脸，匆忙地吠叫几声，重又去啃食那些露出的肋骨。马的旁边站着一个年约十七岁的小伙子，面孔浮肿而发黄，穿着侍童的服装，光着脚；他正在一本正经地看守交给他照管的狗，有时用鞭子抽打那些最贪吃的狗。

“老爷在家吗？”我问。

“谁知道他！”那小伙子回答，“你敲门吧。”

我跳下马车，走到厢房的台阶前。

切尔托普哈诺夫先生的住宅样子很凄凉：原木颜色发黑，向前凸出，烟囱坍塌，屋角霉烂而歪斜，灰蓝色的小窗在蓬松而低垂的屋顶下面显得异常萎靡，好像某些荒淫的老妇人的眼睛。我敲敲门；没有人答应。可是我听见门里面有刺耳的声音：

“а, б, в；得啦，笨蛋，”一个嘶哑的声音说，“а, б, в, г…… 不对！г,

---

① 法语：先生，您会讲法语吗？

② 法语“我不会”是 Je ne comprends pas. 第一个 Je（我）发音如“热”，最后一个 pas（否定的语助词）发音如“巴”。他把俄语和法语混杂了说，又漏了一个 pas。

③ 杰尔查文（1743—1816），俄国古典主义诗人。

④ 马尔林斯基（1797—1837），俄国浪漫派作家。

⑤ 阿马拉特·贝克是马尔林斯基的代表作《阿马拉特·贝克》中的主角。

д,е! е! ……哎,笨蛋!”

我又敲门。

就是刚才那个声音喊起来:

“进来,是谁?”

我走进一间空落落的、小小的前室,通过开着的门,看见切尔托普哈诺夫。他穿着油污的布哈拉长袍和宽大的灯笼裤,戴着红色的小圆便帽,坐在椅子上,一只手抓住一只幼小的狮子狗的嘴脸,另一只手伸在狗鼻子上面,手里拿着一块面包。

“啊!”他尊严地说着,照旧坐在那里,“很欢迎您光临。请坐。瞧我正在跟文佐尔打交道……”接着他又提高声音叫唤:“吉洪·伊万内奇,到这儿来。客人来了。”

“就来了,就来了,”吉洪·伊万内奇在隔壁房间里回答,“玛莎,把领带给我。”

切尔托普哈诺夫重又转向文佐尔,把那块面包放到它鼻子上。我向四周看看。在这房间里,除了一张可以拉开来的、高低不平的、有十三条长短不齐的腿的桌子,和四只坐坍了的麦秆椅子以外,没有别的家具。很久以前粉刷过的墙壁上,显出一块块青色的星形斑点,有许多地方已经剥落;两扇窗子中间挂着一面镶在很大的红木框里的模糊的破镜子。屋角里放着些长烟管和火枪;天花板上挂着又粗又黑的蛛丝。

“а,б,в,г,д,”切尔托普哈诺夫慢慢地念,突然狂暴地叫起来:“е! е! е! ……这笨畜生! ……е! ……”

但是倒霉的狮子狗只是抖了一下身子,始终不张开嘴巴;它照旧坐在那里,痛苦地卷起尾巴,扭歪着脸,没精打采地眨眨眼睛,眯起眼睛,仿佛在自言自语:“当然随您的便!”

“吃吧,来! 抓住!”絮聒不休的地主反复地说。

“您把它吓坏了。”我说。

“嗯,那就让它去吧!”

他踢它一脚。这可怜的东西慢慢地站起来,掉下了鼻子上的面包,十分委屈地、仿佛踮起脚似地走向前室里去了。它的确是受委屈了:陌生客人第一次来到,主人就这样对待它。

通向另一个房间的门小心地打开了，涅多皮尤斯金先生笑容可掬地鞠着躬走出来。

我站起身鞠了一个躬。

“不敢当，不敢当。”他口齿不清地说。

我们坐下来。切尔托普哈诺夫到隔壁房间去了。

“您光临到我们这地方很久了吧?”涅多皮尤斯金用手遮着嘴巴小心地咳嗽一下，用柔和的声音说起话来，为了表示礼貌，说话时把手指在嘴唇上按了一会儿。

“一个多月了。”

“唔，是的。”

我们沉默了一会儿。

“这几天天气真好，”涅多皮尤斯金继续说，同时带着感激的神情看看我，仿佛天气好是由于我的关系，“庄稼可说是长得好极了。”

我点点头，表示同意。我们又沉默了一会儿。

“潘捷列伊·叶列梅伊奇昨天用猎狗追捕了两只灰兔，”涅多皮尤斯金不免费力地说，显然是想要使谈话生动起来，“啊，很大的灰兔。”

“切尔托普哈诺夫先生的猎狗好吗?”

“好极了!”涅多皮尤斯金高兴地回答，“可说是全省第一。(他向我移近些)哎呀！潘捷列伊·叶列梅伊奇真了不起！他只要希望什么，只要想到什么，立刻就做到，什么事都劲道十足。我告诉您，潘捷列伊·叶列梅伊奇……”

切尔托普哈诺夫走进房间来了。涅多皮尤斯金笑笑，不说下去了，他用眼色示意要我看看他，仿佛想说：“您自己看了就知道。”我们就开始谈打猎。

“要不要我把猎狗给您看看?”切尔托普哈诺夫问我，不等我回答，就叫唤卡尔普。

走进一个结实的小伙子来，这人穿着一件有浅蓝色衣领和号衣钮扣的绿色土布外套。

“吩咐福姆卡，”切尔托普哈诺夫断断续续地说，“叫他把阿马拉特和萨伊加牵来，要整整齐齐的，懂吗?”

卡尔普满面笑容,发出一个含糊的声音,就出去了。福姆卡来了,头发梳得光光的,衣服束得紧紧的,穿着长统靴,牵着几条狗。为了礼貌关系,我对这些愚蠢的畜生赞赏了一番(灵猩猎狗都是极其愚蠢的)。切尔托普哈诺夫朝阿马拉特的鼻孔啐了几口唾沫,然而这显然没有使这只狗得到一点儿快感。涅多皮尤斯金也从后面抚摸着阿马拉特。我们又闲谈起来。切尔托普哈诺夫的态度渐渐变得很温和了,不再作威作福;他脸上的表情变了。他望望我,又望望涅多皮尤斯金……

"嗳!"他突然叫起来,"为什么让她一个人坐在那儿?玛莎!喂,玛莎!到这儿来。"

隔壁房里有人动作的声音,但是没有回答。

"玛——莎,"切尔托普哈诺夫又亲昵地叫一声,"到这儿来。没有关系,不要怕。"

门慢慢地开了,我看见一个年约二十岁的女人,身材苗条修长,有一张茨冈人的浅黑色的脸、一对黄褐色的眼睛和一条漆黑的辫子;又大又白的牙齿在丰满红润的嘴唇里闪闪发光。她穿一件白色连衫裙;披着浅蓝色的披肩,紧靠喉头的地方用一只金别针扣住,这披肩把她的纤细、壮健的手臂遮住了一半。她带着村野女子羞涩不安的态度向前跨了两步,站定了,低下头。

"来,让我介绍一下,"潘捷列伊·叶列梅伊奇说,"说她是妻子,又不是妻子,但是几乎同妻子一样。"

玛莎微微地脸红了,忸怩不安地微笑一下。我向她低低地鞠一个躬。我很喜欢她。纤细的鹰鼻和张开的半透明的鼻孔,高高的眉毛的刚强的轮廓,苍白而略微凹进的面颊,——她的整个相貌表现出一种任性的热情和无所顾忌的勇敢。盘好的辫发底下有两缕发亮的短发在宽阔的脖子上一直生向下面——这是血统和力量的象征。

她走到窗子边坐下了。我不愿意增加她的窘迫,就同切尔托普哈诺夫谈起话来。玛莎微微转身,低首蹙额,偷偷地、羞怯地、迅速地向我瞥了两眼。她的目光像蛇芯一般闪耀着。涅多皮尤斯金坐到她身旁,在她耳朵边轻声地说了些什么。她又微笑了。她笑的时候微微皱着鼻子,翘起上嘴唇,使她脸上显出一种又像猫又像狮子的表情……

“啊,你是含羞草。”我心里这样想,就也偷偷地看看她那纤细柔软的身躯、凹陷的胸部和生硬而敏捷的动作。

“喂,玛莎,”切尔托普哈诺夫问,“应该拿点东西出来招待招待客人吧,啊?”

“我们有蜜饯。”她回答。

“好,把蜜饯拿来,顺便拿点伏特加来。喂,玛莎,你听我说,”他在她背后叫起来,“把吉他也带来。”

“要吉他做什么? 我不唱歌。”

“为什么呢?”

“不愿意。”

“哎,哪里,你会愿意的,只要……”

“什么?”玛莎立刻皱起眉头问。

“只要请求你。”切尔托普哈诺夫说完了这句话,不免有点狼狈。

“啊!”

她走出去了,不久就拿了蜜饯和伏特加回来,仍旧坐在窗子旁边。她的额上还看得出一条皱纹;两条眉毛有时抬起,有时垂下,好像黄蜂的触须……读者注意到吗,黄蜂的脸是多么凶狠?“唔,”我想,“暴风雨要来了。”谈话进行得并不顺利。涅多皮尤斯金一声不响,勉强微笑着;切尔托普哈诺夫气喘吁吁,面红耳赤,瞪着一双眼睛;我已经打算走了……玛莎突然站起来,豁地一下把窗子打开,探出头去,怒气冲冲地喊一个过路的农妇:“阿克西尼娅!”那农妇吓了一跳,想转过身来,可是滑了一跤,啪哒一声沉重地跌倒在地上。玛莎仰着身子,哈哈大笑起来,切尔托普哈诺夫也笑了,涅多皮尤斯金高兴得尖叫起来。我们大家精神振奋了。一个闪电,雷雨就过去……空气又澄清了。

半个钟头之后,谁都认不得我们了:我们像小孩一般谈笑取乐。玛莎最会戏耍,切尔托普哈诺夫贪婪地望着她。她脸色发白,鼻孔张开,眼睛一会儿炯炯发光,一会儿又黯然失色。这个野女子玩得入迷了。涅多皮尤斯金拖着他那两条矮胖的腿在她后面蹒跚着,仿佛雄鸭追赶雌鸭。连文佐尔也从前室的板凳底下爬出来,站在门口,看看我们,突然跳起来,汪汪吠叫。玛莎飞奔到另一个房间里,拿来了吉他,从肩上卸下披肩，迅速地坐下，抬起头，唱起茨冈歌曲来了。她的声音响亮而颤抖，好像一只有碎缝的玻璃铃；歌声一会儿昂奋起来，一会儿低沉下去……使人听了心中觉得又美妙，又恐怖。"啊，燃烧吧，说吧！……"切尔托普哈诺夫跳起舞来了。涅多皮尤斯金跺着脚，走着碎步。玛莎全身扭动，好像火里燃烧的桦树皮那样；纤细的手指在吉他上敏捷地移动，肤色浅黑的喉部在双重的琥珀项链底下慢慢地一起一伏。有时她突然默不作声，困惫地坐下，仿佛不愿意地弹拨着琴弦；于是切尔托普哈诺夫站定了，只是耸动着肩膀，在原地替换着脚站着；涅多皮尤斯金像中国瓷人一般摇晃着脑袋。有时她又发狂似地迸出歌声，挺起身子，突出胸脯，于是切尔托普哈诺夫又蹲到地上，高高地跳得几乎碰着天花板，像陀螺一般旋转，嘴里喊着："加油！"……

"加油，加油，加油，加油！"涅多皮尤斯金像说绕口令一样接着叫。

到了很迟的晚上，我才离开别索诺沃村……

切尔托普哈诺夫的结局

一

我访问潘捷列伊·叶列梅伊奇之后过了两年，他开始遭到灾难——真正的灾难。在那以前他就遇到过不如意、失败，甚至不幸的事，但是他不去理会这些，照旧“主宰”着一切。最初来袭击他的灾难，是使他最伤心的：玛莎离开了他。

她在他家里似乎已经很习惯了，是什么原因使得她离开这儿呢？这很难说。切尔托普哈诺夫直到他一生最后的日子为止，始终确信玛莎变心的原因在于邻近的一个青年人，一个退伍的枪骑兵大尉，绰号叫亚弗的。据潘捷列伊·叶列梅伊奇说，他所以能博得玛莎欢心，只是因为他不断地拈髭须，拼命地涂香油，而且时常发出意味深长的哼哼声；然而，在这方面起作用的，更可能是玛莎血管里的流浪的茨冈人的血液。不管怎样，总之，有一个夏天的傍晚，玛莎把一些零星物件打了一个小包裹，便走出了切尔托普哈诺夫的家。

在这以前，她约有三天坐在屋角里，身子蜷缩着紧靠在墙上，好像一只受伤的狐狸，对任何人也不说一句话，只是转动着眼睛，沉思冥想，有时抬抬眉毛，微微露出牙齿，移动着两手，仿佛要把自己遮蔽起来。她以前也有过这样的情绪，但从来不持续长久。切尔托普哈诺夫知道这一点，所以他并不担心，也不去惊扰她。有一天他的猎犬管理人告诉他，说最后两只追兽猎狗死了，但是当他到狗棚里去看了回来的时候，他碰见一个女仆用发抖的声音报告他说：玛丽亚·阿金菲耶夫娜叫她向他致意，并转言祝他万事如意，可是她不再回到他这里来了。切尔托普哈诺夫在原地转了两圈，发出一阵嘶哑的咆哮声，立刻去追赶这个逃亡女子去了,还随身拿了手枪去。

他在离开他家两俄里一座白桦树林旁边通向县城的大道上追着了她。太阳低低地挂在天边,四周的一切——树木、青草和大地,突然全都变成了深红色。

“你是到亚弗那里去！到亚弗那里去!”切尔托普哈诺夫一看见玛莎就呻吟着说,“到亚弗那里去!”他重复说着,几乎一步一跌地向她跑过去。

玛莎站定了,把脸转向他。她背光站着,因此全身黑色,仿佛用乌木雕成的。只有她的眼白像银色的扁桃仁一般突出着,而眼睛本身——瞳孔——也就显得更加黑了。

她把自己的包裹丢在一边,交叉了两臂。

“你是到亚弗那里去,你这坏女人!”切尔托普哈诺夫重复说着,想抓住她的肩膀,然而一碰到她的目光就心慌意乱,踌躇不前。

“我并不是到亚弗先生那儿去,潘捷列伊·叶列梅伊奇,”玛莎平静地小声回答,“可是我不能再跟您住在一起了。”

“为什么不能跟我住在一起？为什么？难道我有什么地方得罪了你?”

玛莎摇摇头。

“您并没有得罪我,潘捷列伊·叶列梅伊奇,只不过是我在您家里住得不耐烦了……我感谢您过去的好意,可是我不能再住下去了——决不能了!”

切尔托普哈诺夫吃了一惊;他竟用两只手拍一拍自己的大腿,跳了起来。

“这是怎么一回事？你住在我这里一向过着安乐幸福的生活,现在却突然不耐烦了！你想要抛弃我！包上头巾就走了。你享受的一切尊荣并不比夫人差呢……”

“这些我一点也不在乎。”玛莎打断了他的话。

“怎么不在乎？从一个无赖的茨冈女人变成了夫人,还说不在乎？怎么不在乎,你这贱种？这能叫人相信吗？你一定偷偷地变心了,变心了!”

他又发出低哑的咝咝声。

“我一点也没有想到过变心,从来没有想到过,”玛莎用她那嘹亮而清楚的声音说,“我已经对你说过:我厌烦了。”

“玛莎!”切尔托普哈诺夫大叫一声,用拳头打一下自己的胸脯,“唉,别再那样了,算了吧,你折磨得我好苦……唉,够了!真的啊!你只要想想吉洪会说些什么;你至少可怜可怜他吧!”

“请你替我向吉洪·伊万内奇问好,对他说……”

切尔托普哈诺夫挥动两手。

“不行,胡说八道,你走不了!你的亚弗会白等你!”

“亚弗先生。”玛莎开始说……

“什么亚弗先生,”切尔托普哈诺夫模仿她的语调说,“他是一个十足的骗子手,诡计多端的家伙,他那副嘴脸就像个猴子!”

切尔托普哈诺夫和玛莎相持了足足半个钟头。他有时向她走近去,有时又跳开,有时举手想打她,有时又向她深深地鞠躬,哭泣,叫骂……

“我受不了,”玛莎重复地说,“我烦闷极了……厌烦得要命。”她脸上渐渐显出非常冷淡的、几乎昏昏欲睡的表情,竟使得切尔托普哈诺夫问她,是不是有人给她吃了麻醉药?

“厌烦。”她第十次说。

“那么我打死你,好吗?”他突然叫喊,从袋里拿出手枪。

玛莎微笑了;她的脸生动起来。

“有什么呢?打死我吧,潘捷列伊·叶列梅伊奇,随您的便;回去我是不回去了。”

“你不回去?”切尔托普哈诺夫扳起手枪的扳机。

“不回去了,亲爱的。一辈子也不回去了。我的话是坚决的。”

切尔托普哈诺夫突然把手枪塞到她手里,坐在地上了。

“那么,还是你把我打死吧!没有了你,我不想活了。你讨厌我,我对世间一切就都觉得讨厌了。”

玛莎弯下身子,拾起她的包裹,把手枪放在草地上,使枪口不对着切尔托普哈诺夫,然后挨近他坐下来。

“唉，亲爱的，你何必伤心呢？你难道不了解我们茨冈女人吗？我们的性格生来就是这样的。只要‘厌烦’这个离间者一来到，灵魂就被召唤到别的遥远的地方去，哪儿还肯留下来呢？请你记住你的玛莎，这样的女朋友你再也找不到第二个了；我也不会忘记你的，亲爱的。可是我们一起的生活已经结束了！”

“我一向爱你，玛莎。”切尔托普哈诺夫用手蒙着脸，从指缝中间喃喃地说……

“我也一向爱你，我的知心人潘捷列伊·叶列梅伊奇！”

“我一向爱你，我现在爱得你发狂了，神魂颠倒了。我现在想想，你这样无缘无故、好端端地抛弃了我，要到处去流浪，我就觉得如果我不是一个倒霉的穷光蛋，你大概不会丢掉我吧！”

玛莎听了这些话只是微微一笑。

“你以前还说我是不爱金钱的女人呢！”她说着，举起手在切尔托普哈诺夫的肩上打了一下。

他跳了起来。

“那么至少让我给你些钱，一个钱也没有怎么行呢？不过最好你还是打死了我！我明白告诉你：你马上打死我吧！”

玛莎又摇摇头。

“打死你？亲爱的，我为什么要被流放到西伯利亚去呢？”

切尔托普哈诺夫身子一抖。

“原来你只是为了这个，为了怕服苦役刑……”

他又倒在草地上。

玛莎默默地在他旁边站了一会儿。“我可怜你，潘捷列伊·叶列梅伊奇，”她叹一口气说，“你是一个好人……可是没有办法了。再见吧！”

她转过身去，走了两步。夜色已经来临，到处涌起晦暗的阴影。切尔托普哈诺夫敏捷地站起身，从后面抓住玛莎的两条胳膊肘。

“你就这么走了，你这狠心的人？到亚弗那里去！”

“再见吧！”玛莎含有深意地、决断地重复说一遍，便挣脱他的手去了。

切尔托普哈诺夫目送了她一阵，接着跑到放手枪的地方，拿起枪，瞄准了，开了一枪……但是他在扳动枪机以前，先把手向上一翘，因此枪弹嗖的一声从玛莎头上飞过。她一边走，一边回过头来向他看看，接着就继续前进，不慌不忙地摇摆着身子，仿佛在撩惹他。

他捂住脸，急忙跑了……

但是他还没有跑开五十步，突然一动不动地站定了。一个熟悉的、太熟悉的声音向他飘来。玛莎在唱歌。她在唱：《美好的青春时代》[①]，每一个音符都在黄昏的空气中飘扬开来，悲哀而又热烈。切尔托普哈诺夫倾耳而听。歌声渐渐地远去；有时消失了，有时又飘过来，不大听得清楚，然而还是热辣辣的……

"她这是故意刺激我的，"切尔托普哈诺夫这样想，但是他立刻又呻吟起来，"唉，不！她这是向我诀别。"于是泪流满面。

第二天他来到亚弗先生家里。亚弗先生作为一个真正的上流社会人物，不喜欢乡村的孤独生活，而住在县城里，像他自己所说，可以"靠小姐们近些"。切尔托普哈诺夫没有遇见亚弗。据他的侍仆说，他上一天到莫斯科去了。

"这就对了！"切尔托普哈诺夫激怒地叫起来，"他们有密约；她跟他逃跑了……可是别忙！"

他不管侍仆的拦阻，闯进这青年骑兵大尉的书房里去。书房里的长沙发上面，挂着穿枪骑兵制服的主人的油画肖像。"嘿，你在这儿，你这没有尾巴的猴子！"切尔托普哈诺夫怒吼着，跳上沙发，一拳头朝那紧绷着的画布打去，打破了一个大洞。

"告诉你那混账主人，"他对侍仆说，"因为他那副丑恶的嘴脸不在这里，所以贵族切尔托普哈诺夫毁了他的画像；如果他要我赔偿，他是知道贵族切尔托普哈诺夫的住处的！要不然，我自己会来找他！就是到了海底，也要找到这不要脸的猴子！"

切尔托普哈诺夫说了这些话，就从沙发上跳下来，扬长而去。

---

① 这是莫斯科的茨冈人的一支流行歌曲：《美好的青春时代正在逝去》。

但是骑兵大尉亚弗并没有向他要求任何赔偿,——他甚至没有在任何地方遇到过他,——切尔托普哈诺夫也不想去找寻他的仇敌,他们之间就不再有下文了。玛莎本人从此不知下落。切尔托普哈诺夫又喝起酒来,后来倒也“清醒”了。然而这时候他又遭到了第二次灾难。

二

这便是他的好友吉洪·伊万内奇·涅多皮尤斯金的逝世。他在逝世前两年身体就不健康起来:他患了气喘病,老是沉睡,醒来的时候,神志不立刻清楚。县里的医生说他患的是“小中风”。在玛莎出走以前的三天内,即在她“开始不耐烦”的三天内,涅多皮尤斯金正躺在自己的别谢连杰耶夫卡村里,他患了重感冒。玛莎的行径更出乎意外地打击了他。这件事对他的打击,几乎比对切尔托普哈诺夫的打击更重。他素性柔顺而胆怯,因此除了对于他好友的最温柔的怜悯和痛苦的疑虑以外,并没有显露出什么来……然而他灰心丧气,彻底垮了下来。“她挖出了我的心。”他坐在他所喜欢的漆布沙发上捻弄着自己的手指,轻轻地这样自言自语。甚至后来切尔托普哈诺夫恢复正常之后,涅多皮尤斯金也还没有恢复过来,他仍旧感觉到“自己内心空虚”。“喏,就在这里。”他常常指着胸部中央比胃高些的地方这样说。他这样地挨到了冬天。初期严寒的时候,他的气喘病减轻了些,然而跟着来的已不再是“小中风”,却是真正的中风了。他不立刻失去知觉,他还能辨认切尔托普哈诺夫;而且当自己的好朋友绝望地叫喊:“怎么,吉洪,你怎么不得到我的允许就丢下了我,跟玛莎一样?”这时候他还能用僵硬的舌头回答:“我,潘……列·叶……奇,永远听……您……的话。”虽然如此,他终于等不得县里的医生来到,就在这一天死去了。医生看见了他的刚刚冷却的身体,只得怀着人世无常的哀愁之感,要了点“伏特加和咸鱼干”。可想而知,吉洪·伊万内奇把自己的产业遗赠给了他最尊敬的恩人和慷慨的保护者“潘捷列伊·叶列梅伊奇·切尔托普哈诺夫”;但是这产业并没有给这最尊敬的恩人带来多大的利益,因为不久就被拍卖了——一部分钱是用以支付墓地纪念物——一座雕像——

的费用,这雕像是切尔托普哈诺夫(他身上显然反映出父亲的习性!)主张建立在他好友的遗骸上的。这雕像是他从莫斯科定购来的,照理应该表现出一个正在祈祷的天使;但是人家介绍给他的那个经纪人,知道外省地方对于雕塑少有行家,就不给他天使,而把多年装饰在莫斯科附近一个荒芜了的、叶卡捷琳娜朝代的花园里的一座弗洛拉花神像给了他——这雕像是那经纪人免费弄到的,不过样子倒是十分优美,是洛可可式①的,有圆肥的手臂和蓬松的鬈发,袒裸的胸前有一串玫瑰花瓣,体态袅娜。直到现在,这个神话中的女神还优雅地跷起一只脚,站在吉洪·伊万内奇的坟墓上,装着真正的蓬巴杜②式的扭捏姿态眺望着在她周围散步的小牛和绵羊——我们的乡村墓地上的这些经常的访问者。

三

切尔托普哈诺夫失去他的忠实朋友之后,又喝起酒来,而且这回情况严重得多。他的境况完全走下坡路了。他已经没有钱打猎,最后的钱用完了,最后的仆人走散了。潘捷列伊·叶列梅伊奇已完全孤独:他连可以谈一句话的人都没有,更不必说谈衷曲了。只有他的骄傲没有减少。反之,他的境遇越是不好,他就越是傲慢,越是自高自大,越是使人难于接近。他的性情终于完全变得粗野了。他还剩有一点慰藉,一件乐事,那就是一匹绝妙的乘用马,灰色毛,顿河种,他给它起名为马列克-阿杰尔③,这确是一头出色的牲口。

他获得这匹马的经过如下:

有一次切尔托普哈诺夫骑着马经过邻村,听见酒店附近有一群农民在那里喧哗叫嚷。在这人群中央,有几只强壮的手臂在同一地方不断地一起一落。

---

① 洛可可式是十八世纪在西欧盛行的建筑和装饰式样。

② 蓬巴杜夫人是法国国王路易十五的最宠爱的情妇。

③ 马列克-阿杰尔是法国女作家索菲·科丁(1770—1807)的小说《玛蒂尔达,或十字军远征时代的回忆》的主人公。

“那儿出了什么事?”他用他所特有的长官的语气问一个站在自家门口的老妇人。

这老妇人靠在门边上,仿佛在打瞌睡,有时向酒店的方面望望。一个浅色头发的男孩穿着印花布衬衫,袒露的胸前挂着一个柏木十字架,叉开了两只小脚,攥紧了两个小拳头,坐在她的两只树皮鞋中间;一只小鸡就在近旁啄食一块硬得像木头似的黑麦面包皮。

“谁知道呢,老爷,”老妇人回答,接着就向前弯下身子,把她的一只有皱纹的黝黑的手放在男孩头上了,“听说,我们那些小伙子在打一个犹太人。”

“打犹太人? 什么样的犹太人?”

“谁知道呢,老爷。我们这儿来了一个犹太人;谁知道他是从哪里来的! 瓦夏,去吧,少爷,到妈妈那儿去……嘘,嘘,这畜生!”

老妇人赶走了小鸡,瓦夏拉住她的裙子。

“他们就是在打他呀,我的老爷。”

“怎么打他? 为什么?”

“我不知道,老爷。总是有原因的。怎么能不打呢? 老爷,是他把耶稣钉在十字架上的啊!”

切尔托普哈诺夫大叫一声,用鞭子在马颈上抽了一下,一直奔向人群。他挤进人群之后,不分青红皂白,就用那根鞭子左一下右一下地把农人们乱打一阵,同时断断续续地喊着:“横行……不法! 横行……不……法! 应该由法律来惩办,怎么可以私……自……动……刑! 法律! 法律!! 法……律!!!”

不到两分钟,这一群人全都向四面八方散开了,在酒店门前的地上,出现一个瘦小的、皮肤黝黑的人体,身上穿着一件土布外套,头发散乱,衣衫破碎……苍白的脸,向上翻的眼睛,张开的嘴巴……这是怎么一回事? 吓呆了呢,还是已经死了?

“你们为什么打死这个犹太人?”切尔托普哈诺夫厉声叫喊,威严地挥动着鞭子。

众人轻声地咕噜了一阵算是回答。有的农民摸着肩膀,有的摸着腰部,还有的摸着鼻子。

“打得好厉害!”后面有人这样说。

“用鞭子打,这谁都会的!”另一个声音说。

“为什么打死这个犹太人? 我问你们呀,这些野蛮人!”切尔托普哈诺夫又问。

但这时候那个躺在地上的人敏捷地跳起来,跑到切尔托普哈诺夫后面,痉挛地抓住了他的马鞍的边。

人群里面迸出一阵哄笑。

“真是打不死的!”后面又有人这样说,“活像一只猫!”

“大人,教顾①我,救救我!”这时那不幸的犹太人把整个胸脯靠在切尔托普哈诺夫脚上,喃喃地说,“不然他们会打死我,会打死我,大人!”

“他们为什么打你?”切尔托普哈诺夫问。

“系在不基道为歇么! 他们有些牲口死了……他们就怀疑……可系我……”

“好! 这个我们以后再来查明!”切尔托普哈诺夫打断了他的话,“现在你抓住马鞍跟我走。可你们!”他又转向众人说,“你们知道我吗? 我是地主潘捷列伊·切尔托普哈诺夫,住在别索诺沃村,你们想要控告我,就去控告吧,还可以控告这个犹太人!”

“为什么要控告,”一个端庄的白胡子农民深深地鞠着躬说,他的样子活像一个古代族长。(然而打犹太人时他并不比别人逊色。)“潘捷列伊·叶列梅伊奇先生,我们很熟悉您;您教训了我们,我们十分感谢您!”

“为什么要控告!”别的人接着说,“至于那个反基督的人,我们自有办法对付! 他逃不脱我们! 我们对付他,就像对付田野里的兔子一样……”

切尔托普哈诺夫翘一翘小胡子,哼了一声,就骑着马带了那个犹太人缓步走回自己村里去了。他从迫害者手里救出这个犹太人,正同从

① 这犹太人说俄语发音不正确,为求表达原意,现在也用几个音讹的字眼,例如把“照顾”说成“教顾”,把“知道”说成“基道”等等。凡字下加重点的,都表示音讹。

前救出吉洪·涅多皮尤斯金一样。

四

过了几天,切尔托普哈诺夫家里唯一留下的一个侍童向他报告:来了一个骑马的人,想要跟他谈几句话。切尔托普哈诺夫走到台阶上,看见他所认识的那个犹太人,骑着一匹出色的顿河产的骏马,这马一动不动地、骄傲地站在院子当中。犹太人不戴帽子,他把帽子挟在腋下,他的两只脚不插在马镫里,却插在马镫的皮带里;他的外套的破碎的衣裾挂在马鞍子的两旁。他一看见切尔托普哈诺夫,就用嘴唇发出啧啧的声音,鼓动两肘,摇摆着两脚。可是切尔托普哈诺夫不但没有回礼,竟动起怒来,他突然浑身冒火:这个卑鄙的犹太人竟敢骑这样出色的马……简直不像话!

"喂,你这副丑嘴脸!"他叫喊起来,"赶快爬下马来,如果你不愿意被摔进泥污里去的话!"

犹太人立刻服从,就像一只袋子似地从马鞍上翻了下来,一只手轻轻握住缰绳,微笑着,鞠着躬,走近切尔托普哈诺夫来。

"你有什么事?"潘捷列伊·叶列梅伊奇威严地问。

"大人,请您看看,揭匹马怎么样?"犹太人说着,不断地鞠躬。

"嗯……不错……这是一匹好马。你从哪里弄来的?大概是偷来的吧?"

"怎么可以,大人!我系一个规规矩矩的犹太人,我不系偷的,我系为您大人办来的,真的!我费了不晓的力,费了不晓的力!才弄到揭匹马。揭样的好马在紧个顿河区无论如何绞不到第二匹。请看,大人,揭样好的马!请到揭里来!吁!……吁!……马儿扭过头,侧过欣子来!我们把马鞍子拿掉吧。怎么样,大人?"

"是一匹好马。"切尔托普哈诺夫装出冷淡的样子重复说,其实他的心在怦怦地乱跳了。他是热爱马的人,识得马的好坏。

"大人,您摸摸它吧!摸一下它的颈子,嘿嘿嘿!对呀。"

切尔托普哈诺夫不愿意似地把手放到马颈子上,拍了两下,然后用几根手指从颈上隆起的地方一直沿着背脊摸下去，摸到肾脏上部的某一个地方，就在这地方像内行人那样轻轻地按一下子。那匹马立刻拱起背脊骨，用它那骄傲的黑眼睛向切尔托普哈诺夫斜看一下，喷一口气，踏着前蹄。

犹太人笑了，轻轻地拍拍手。

“它在认主人了，大人，它在认主人了！”

“嘿，别胡说，”切尔托普哈诺夫懊恼地拦住了他的话，“我要向你买这匹马吧……又没有钱；至于赠送呢，我不但没有受过犹太人的礼物，就是上帝的礼物也没有受过。”

“我怎么敢送您东西呢，别那么想吧！”犹太人高声说，“您就买了吧，大人，……钱以后再付。”

切尔托普哈诺夫寻思一下。

“你要多少钱？”最后他从牙缝里含糊说出。

犹太人耸耸肩膀。

“就依我买进的价钱，两百卢布。”

这匹马其实值这数目的两倍——也许三倍。

切尔托普哈诺夫把脸扭向一旁，猛地打一个哈欠。

“那么什么时候……付钱呢？”他问，故意紧蹙着眉头，并不向犹太人看。

“随您大人的方便。”

切尔托普哈诺夫把头向后一仰，但并不抬起眼睛。

“这不算回答。你要说清楚，希律[1]的子孙！我难道要承你的情？”

“那么，揭样吧，”犹太人连忙说，“再过六个月，……好吗？”

切尔托普哈诺夫什么也不回答。

犹太人注意窥看他的眼色。“好吗？让我把马牵进马厩里去吧？”

“鞍子我不要，”切尔托普哈诺夫断断续续地说，“把鞍子拿去，听见吗？”

“好，好，我拿去，我拿去，”犹太人很高兴，喃喃地说着，就把鞍子

① 希律（赫罗德）是犹太国王，《圣经》中说他是个极残暴的人。

背到肩上。

“钱呢,”切尔托普哈诺夫继续说……“再过六个月。不是两百,而是两百五十。不许你说话！两百五十,我对你说！我欠你的。”

切尔托普哈诺夫一直没有勇气抬起眼睛。他的傲气从来没有受过这么厉害的伤害。“这显然是礼物,”他心里想,“这家伙是为报恩才送来的!”他又想拥抱这犹太人,又想打他……

“大人,”犹太人鼓足勇气,咧开嘴巴笑着,开始说,“应该照俄罗斯的习惯,用衣裾裹着缰绳把这匹马交到您的……”

“亏你想得出！犹太人……说什么俄罗斯习惯！喂！谁在那边?把马牵去,带到马厩里,给它倒些燕麦。我马上亲自来看。它的名字——就叫马列克-阿杰尔吧!”

切尔托普哈诺夫刚刚走上台阶,突然转过身,跑到犹太人跟前,紧紧地握住了他的手。犹太人弯下身子,已经噘起嘴唇想吻他的手,但切尔托普哈诺夫向后一跳,低声地说:“不要对任何人说!”便消失在门里了。

五

就从这一天起,切尔托普哈诺夫生活上主要的事情、主要的操心、主要的乐趣,就是马列克-阿杰尔了。他爱它,比爱玛莎还深;他亲近它,比亲近涅多皮尤斯金还甚。这匹马可也真好！性烈如火,真像火一样,简直是火药;而态度又像贵族一般端庄！它不知疲倦,刻苦耐劳,无论要它到哪里都唯命是从;而喂养它又不需要什么费用:如果没有别的东西吃,自己脚底下的泥也会啃来吃。它走慢步时,就像抱着你一样稳;走速步时,好像在摇篮里摇摆你;飞奔起来,风也追不着它！它从来不气喘,因为气孔多。它的腿像钢铁一样！至于绊跌,那是压根儿不曾有过！无论跳过壕沟,跳过栅栏,它都不当一回事;而且它又很聪明!你一叫它,它立刻抬起头跑过来;你叫它站着,自己走开去了,它就一动也不动;你一回来,它就轻轻地嘶叫,仿佛在说:“我在这里。”它什么都不怕:在最黑暗的地方,在暴风雪中,它都能找到路;它决不让陌生人走近身边,它会用牙齿咬！狗也不能走近它去,一走近它,它就用前蹄踢它的额角,踢得它休想活命！这是一匹有自尊心的马;鞭子只是当作装饰品在它头上挥动罢了,决不能碰它一碰！但是这又何必多说呢,总之,这是一件宝贝,不是一匹马！

切尔托普哈诺夫夸奖起自己的马列克-阿杰尔来,真是赞不绝口！他那么关怀它,疼爱它！它的毛泛着银色——不是旧的银色,却是新的、带着暗沉沉的光泽的银色;用手抚摩起来,简直同天鹅绒一样！鞍子、鞍褥、笼头——所有的马具都配得非常合身,又整齐,又清洁,简直可以入画！切尔托普哈诺夫对它的爱护无以复加了,竟亲手替他的爱马编额鬃,用啤酒替它洗鬣毛和尾巴,甚至不止一次地用润滑油来涂它的蹄子……

他常常骑了马列克-阿杰尔出门去,但并不到邻近的人家去,——他照旧不同他们往来,——却穿过他们的田地,经过他们的庄园……他说,让这些傻瓜远远地欣赏一下我的马吧！有时他听说某地方有人出猎——富裕的地主准备到远离庄园的原野上去打猎——他立刻就到那地方去,在远处的地平线上表演驰骋的雄姿,使得全体观者都惊讶他的马的漂亮和神速,然而他不让任何人走近来。有一回,有一个猎人竟带了他的全部侍从去追他;他看见切尔托普哈诺夫避开他,就全力地赶上去,向他大声疾呼:“喂,你听我说！你把马卖给我,无论你要多少钱！上千个卢布我也不惜！我把老婆给你,还有孩子！全部财产都拿去吧!”

切尔托普哈诺夫突然勒住了马列克-阿杰尔。那猎人向他飞奔过来。

“先生!”他嚷着,“你说,你要什么？我的亲爹!”

“如果你是国王,”切尔托普哈诺夫从容不迫地说(其实他有生以来没有听见过莎士比亚[①]),“你拿你的全部国土来换我的马,我也不要它!”说罢,哈哈大笑,把马列克-阿杰尔拉起来,让它后蹄着地,在空中

---

① 莎士比亚史剧《理查三世》中有一处说:“来一匹马！来一匹马！拿我的王国换一匹马!”

像陀螺一般转一圈,然后驰骋而去!但见那匹马在收割后的田地上一闪一闪地跑着。那猎人(听说是一个很富裕的公爵)把帽子丢在地上,噗的一下把脸埋在帽子里!就这样躺了半个钟头光景。

切尔托普哈诺夫怎么能不爱惜他这匹马呢?他之所以能在所有的邻居面前重新表现出他那毋庸置疑的、最后的优势,不是全靠这匹马吗?

六

时间过去,付款的日期迫近了,可是切尔托普哈诺夫不但没有两百五十卢布,竟连五十也没有。怎么办,用什么方法来应付呢?"有什么关系!"终于他打定主意,"要是犹太人不讲情,不肯再缓期,我就把房子和土地给他,自己骑了马到处流浪!情愿饿死,决不放弃马列克-阿杰尔!"他心慌意乱得很,甚至魂思梦想起来;然而这时候命运——最初一次,也是最后一次——怜悯他,对他微笑了,有一个远房姑母,切尔托普哈诺夫连她的名字都不知道的,在遗嘱中留给他一笔在他看来数目极大的款子,足足两千卢布!而且他收到这笔钱,正是在所谓紧要关头:犹太人来到的前一天。切尔托普哈诺夫快乐得几乎发狂,但是并不想喝伏特加:自从得到马列克-阿杰尔的一天起,他一滴酒也不进口了。他跑到马厩里,吻吻他的好朋友鼻孔上方两侧面马皮十分柔软的地方。"这一下我们就不再分离了!"他高声说着,拍拍马列克-阿杰尔的梳得很整齐的鬣毛下面的颈子。他回到房间里,就数出两百五十个卢布,封在一个纸包里。然后他仰卧了,抽着烟斗,考虑如何处置其余的钱——这就是说,他将要买怎样的狗:要道地的科斯特罗马种的,而且一定要红斑的!他甚至同佩尔菲什卡谈话,允许给他一件新的哥萨克上衣,所有的衣缝里都嵌黄丝带,然后怀着怡然自得的心情就寝。

他做了一个不祥的梦:梦见他骑着马出去打猎,但所骑的不是马列克-阿杰尔,而是一只形似骆驼的奇怪的牲口;有一只雪白的狐狸向他迎面跑来……他想挥动鞭子,想派狗去追赶,但他手里拿着的不是鞭子,而是一束树皮;于是狐狸在他面前跑着,伸出舌头来揶揄他。他从他的骆驼上跳下来,绊了一绊,跌倒了……一直跌到一个宪兵手里;这宪兵带他到总督那里,他一看,这总督就是亚弗……

切尔托普哈诺夫醒来了。房间里很黑;鸡刚啼了第二遍……

很远很远的地方有马嘶声。

切尔托普哈诺夫抬起头……接着又听到一声很微弱的马嘶声。

"这是马列克-阿杰尔在嘶叫!"他想……"这是它的嘶叫声！可是为什么这么远呢？我的天！……这是不可能的……"

切尔托普哈诺夫突然全身发冷,霍地一下从床上跳下,摸着了长统靴和衣服,穿好了,再从枕头底下抓起马厩的钥匙,飞奔到院子里。

七

马厩位于院子的尽头;它的一堵墙壁向着田野。切尔托普哈诺夫不立刻把钥匙插进锁里,——他的手颤抖了,——不立刻旋转钥匙……他屏着气息,一动不动地站了一会儿:门里面总要有一点声息才好啊!"马列克！马列克!"他低声地叫唤。死一般的静寂！切尔托普哈诺夫不由得拉了拉钥匙:呀的一声,便开开了……原来没有上锁。他跨进门槛,又叫唤他的马,这回叫出全部名字:"马列克-阿杰尔!"可是忠实的伙伴没有回答,只有一只老鼠在草堆里窸窸窣窣地响。于是切尔托普哈诺夫冲进马厩的三间槽房中马列克-阿杰尔所住的一间里。虽然四周黑得伸手不见五指,他却一直闯进了这槽房……空空如也,切尔托普哈诺夫头晕目眩了;他的脑子里仿佛有一口钟嗡嗡地响起来。他想说些什么,但是只发出了一些咝咝声,于是他用手上上下下、左右前后地摸索着,喘着气,曲着两膝,从一个槽房走到另一个槽房……再走到干草堆积得几乎碰顶的第三个槽房,撞在一堵墙壁上,又撞在另一堵墙壁上,跌了一跤,翻了一个筋斗,爬起身,突然从半开的门里仓皇地奔出来,跑到了院子里……

"遭贼了！佩尔菲什卡！佩尔菲什尔！遭贼了!"他大声疾呼。

侍童佩尔菲什卡只穿一件衬衫,从他睡的储藏室里踉跄地飞奔出来……

主人和唯一的仆人——两个人像醉汉一般在院子中央碰到了;他们发狂似地相对着转圈子。主人也说不清楚是怎么一回事,仆人也不懂得叫他来做什么。

“糟糕！糟糕!”切尔托普哈诺夫喋喋地叫着,“糟糕！糟糕!”侍童也跟着他叫。

“拿灯来！点起灯来！火！火!”切尔托普哈诺夫的麻痹的胸中终于迸出这样的话来。佩尔菲什卡飞奔到屋子里去。

但是要点灯,要得到火,不是容易的事,因为黄磷火柴那时候在俄罗斯还是稀罕东西;而厨房里最后的火烬早已熄灭了。火刀火石好容易才找到,而且不大好使。切尔托普哈诺夫咬牙切齿地从惊慌失措的佩尔菲什卡手里把它们夺过来,便亲自打火:迸发出很多火星,迸发出更多的咒骂声甚至呻吟声。但是火绒有时点不着,有时立刻熄灭,四个鼓起的面颊和突出的嘴唇同心协力地想吹着它,却是徒然！终于经过了大约五分钟——并没有更快——才点着了那盏破灯底上的蜡烛头。于是切尔托普哈诺夫由佩尔菲什卡陪伴着,奔向马厩里,把灯高高地提在头上,向周围察看。……

全部空空如也！

他跳到院子里,跑遍了院子各处,都没有马！潘捷列伊·叶列梅伊奇的庄园四周的篱笆早已破旧,有许多地方倾斜了,倒在地上……马厩旁边的篱笆,足有一俄尺阔的一段完全坍塌了。佩尔菲什卡把这地方指给切尔托普哈诺夫看。

“老爷！您瞧这儿:白天不是这样的。木桩都从地里露出来了,一定是有人把它们拔出来的。”

切尔托普哈诺夫提着灯跳过去,在地上照着……

“马蹄,马蹄,马蹄的印子,印子,新的脚印!”他很快地嘟哝着,“它是从这儿被牵出去的,这儿,这儿!”

转瞬之间,他跳过篱笆,喊着“马列克-阿杰尔！马列克-阿杰尔!”一直跑向田野去了。

佩尔菲什卡困惑地留在篱笆旁边。灯的光圈立刻在他眼前消失,被没有星月的浓黑的暗夜所吞没了。

切尔托普哈诺夫的绝望的叫声越来越微弱……

八

他回家的时候，朝霞已经出现。他已经不像人样了，衣服上全是泥污，脸上带着粗野可怕的神色，目光阴涩而迟钝。他用嘶哑的低语声赶走了佩尔菲什卡，便独自关在自己的房间里。他疲倦得几乎站不住脚，但他不躺到床上去，却坐在门边的椅子上，抓住自己的头。

“遭贼了！……遭贼了！”

但是这偷儿是用怎样巧妙的方法在半夜里从锁好的马厩里把马列克-阿杰尔偷去的呢？马列克-阿杰尔在白天都不让一个陌生人走近它来，怎么能够没有一点声息地把它偷走呢？一只看家狗都不叫，这是什么缘故呢？看家狗固然一共也只有两只，是两只小狗，而且它们由于饥寒交迫都趴在地里了。可是总应该觉察的啊！

“现在没有了马列克-阿杰尔，叫我怎么办呢？”切尔托普哈诺夫心里想，“我现在失去了最后的欢乐——死的时候来到了。好在有钱，另外买一匹马吧？可是哪里再找得到这样好的马呢？”

“潘捷列伊·叶列梅伊奇！潘捷列伊·叶列梅伊奇！”门外传来胆怯的叫声。

切尔托普哈诺夫跳将起来。

“是谁？”他用变了样的声音喊道。

“是我，您的侍童，佩尔菲什卡。”

“你有什么事？是不是找到了，它跑回家来了？”

“不是，潘捷列伊·叶列梅伊奇；是那个犹太人，卖它的那个……”

“唔？”

“他来了。”

“呵—呵—呵—呵—呵！”切尔托普哈诺夫大吼起来，霍地一下把门打开。“把他拖到这儿来！拖到这儿来！拖到这儿来！”

站在佩尔菲什卡后面的犹太人看见他的“恩人”头发蓬松、横蛮凶狠的姿态突然出现，想逃走了；但是切尔托普哈诺夫三脚两步地追上了他，像老虎一般掐住他的喉咙。

“啊！你要钱来了！要钱来了！”他用嘶哑的声音说，仿佛不是他掐住别人的喉咙，而是别人掐住了他的喉咙。“夜里偷了去，白天来要钱？啊？啊？”

“哪有……揭事，大……人。”犹太人呻吟起来。

“你说，我的马在哪儿？你把它藏到哪儿了？卖给谁了？你说，你说，你说呀！”

犹太人连呻吟声都没有了；他那发青的脸上连恐怖的表情都消失了。他的两只手臂笔直地挂下，整个身子被切尔托普哈诺夫剧烈地摇动，向后仰，向前扑，像芦苇一样。

“钱我会付给你，如数付给你，一文都不缺少，”切尔托普哈诺夫叫嚷着，“可是如果你不马上说出来，我就要掐死你，像掐死一只瘦弱的小鸡一样……”

“您已经把他掐死了，老爷。”侍童佩尔菲什卡谦恭地说出。

这时候切尔托普哈诺夫才清醒过来。

他放开了犹太人的颈子，犹太人砰的一声倒在地上。切尔托普哈诺夫扶他起来，让他坐在凳子上，把一杯伏特加灌进他的喉咙里，使他苏醒过来，等他苏醒之后，就跟他谈话。

关于马列克-阿杰尔的被盗，原来犹太人一点也不知道。他替“最尊敬的潘捷列伊·叶列梅伊奇”办到了这匹马而又亲自把它偷去，这又何苦来呢？

于是切尔托普哈诺夫带他到马厩里去。

他们两人察看了槽房、秣槽、门上的锁，翻开干草和麦秆，然后走到院子里；切尔托普哈诺夫把篱笆旁边的马蹄印迹指给犹太人看，突然拍一拍自己的大腿。

“慢来！”他叫道，“你这匹马是从哪儿买来的？”

“从小阿尔汉格尔斯克县的维尔霍先斯克马市上买来的。”犹太人回答。

“向谁买的？”

“一个哥萨克人。”

“慢来！这哥萨克人是年轻的，还是年老的？”

“系中年人，样子规规矩矩的。”

“是怎么样一个人？长得怎么样？恐怕是个狡猾的骗子吧？”

“也许系个骗子，大人。”

“这个骗子对你说了些什么，怎么说，他喂养这匹马已经很久了吗？”

“记得他说养得很久了。”

“唔，那么偷马的人一定是他了！你想想看，喂，你到这儿来……你叫什么名字？”

犹太人抖擞一下，抬起他那双黑溜溜的小眼睛望望切尔托普哈诺夫。

“您问我叫歇么名字吗？”

“唉，是的，你叫什么？”

“莫歇尔·列伊巴。”

“唔，列伊巴，我的好朋友，你是个聪明人，你想想看：除了旧主人，谁能抓住马列克-阿杰尔！他还替它加上鞍子，戴上嚼环，脱下马衣呢！你瞧，马衣丢在干草堆里！……干得简直就像在自己家里一样！除了主人以外，任何别的人，都会被马列克-阿杰尔踩死的！它会大叫起来，惊动全村呢！你说我的话对吗？”

“很对，很对，大人……”

“那么，这样看来，我们首先必须找到那个哥萨克人！”

“可系怎么找得到他呢，大人？我一共揭看见他一面，现在他在歇么地方？他叫歇么名字呢？唉呀，唉呀！”犹太人说着，悲伤地摇摇他两鬓挂下来的长发。

“列伊巴！”切尔托普哈诺夫突然叫起来，“列伊巴，你看看我！我已经失去理性，我不能自制了！……如果你不帮助我，我要自杀！”

“可系我怎么能……”

“跟我一起去吧，我们去找那个贼！”

“我们到歇么地方去呢？”

“到市场上，到大道上，到小路上，到盗马人那儿，到城里，到乡下，到田庄——走遍天涯海角！至于钱，你不必担心：老弟，我得到了一笔遗产！哪怕用完最后一文钱，也要找到我的好朋友！那个哥萨克人，那恶棍，逃不出我们的手！他到哪儿，我们也到哪儿！他钻到地下，我们也钻到地下！他到魔王那儿，我们就一直到魔王那儿！”

“为歇么要到魔王那儿去，”犹太人说，“不到他那儿也行的。”

“列伊巴！”切尔托普哈诺夫接着说，“列伊巴，你虽然是个犹太人，你的信仰是令人厌恶的，可是你的灵魂比有的基督徒还好！请你可怜可怜我吧！我一个人不能去，我一个人办不了这件事。我是一个暴躁的人，可是你有头脑，有宝贵的头脑！你们的种族就是这样的：没有学问而一切都懂得！你也许在怀疑，心里想：他哪里有钱？让我们到房间里去，我把所有的钱都给你看。请你拿钱吧，请你连我脖子上的十字架也拿去吧——只要替我把马列克-阿杰尔要回来，要回来，要回来！”

切尔托普哈诺夫像患热病似地打着哆嗦，汗珠如雨一般从他脸上流下来，和眼泪混合了，消失在他的髭须中。他紧握着列伊巴的两手，恳求他，几乎要吻他了……他简直是发狂了。犹太人起初想拒绝他，对他说：他决不能离开这儿，他有事……可是哪里行！切尔托普哈诺夫什么都不要听他的。没有办法，可怜的列伊巴只得答应了。

第二天，切尔托普哈诺夫和列伊巴坐了一辆农家马车，从别索诺沃村出发了。犹太人略微显出尴尬的样子，一只手扶着车栏，整个衰弱的身体在颠簸的坐位上一跳一跳地震动；他把另一只手揣在怀里——那里面放着一叠用报纸包好的钞票；切尔托普哈诺夫像偶像一般坐着，只是转动着眼睛，深深地呼吸着；他的腰里插着一把匕首。

“哼，把我们拆散的恶棍，这一下你可得小心啦！”车子驶上大道时他这样咕噜着。

他把家托付给侍童佩尔菲什卡和一个厨娘，这厨娘是一个耳聋的老妇人，是他出于同情而收养着的。

“我骑了马列克-阿杰尔回来见你们，”分别的时候他向他们这样喊着，“否则就永远不回来了！”

“你还是嫁给我吧！”佩尔菲什卡用胳膊肘推推那厨娘的身子，同她开玩笑，“反正老爷不会回来了；否则真要寂寞死啦！”

九

过了一年……整整的一年:潘捷列伊·叶列梅伊奇杳无音信。厨娘死了;佩尔菲什卡已经打算丢下这所屋子,动身到城里去,他的堂兄弟在城里一个理发师那儿当学徒,叫他去。忽然传来消息,说主人要回来了!教区的执事收到潘捷列伊·叶列梅伊奇亲自写的一封信,他在这信里告诉他,说他准备回到别索诺沃村来,又托他预先关照仆人,做好应有的准备迎接他。佩尔菲什卡以为这些话不过是要他把灰尘打扫打扫的意思,不大相信这消息是正确的;然而他终于确信执事的话是真的了,因为过了几天,潘捷列伊·叶列梅伊奇本人骑着马列克-阿杰尔出现在自己庄园的院子里了。

佩尔菲什卡奔向主人,扶住鞍镫,想帮助他下马;但是主人自己跳了下来,得意扬扬地向四周一瞥,大声喊叫:"我说要找到马列克-阿杰尔,果然找到了它,敌人和命运终于向我屈服了!"佩尔菲什卡走过来吻他的手,但是切尔托普哈诺夫对于他的仆人的热心并不加以注意。他拉着缰绳,大踏步地把马列克-阿杰尔牵到马厩里去。佩尔菲什卡凝神地看一看他的主人,心里胆怯起来:"唉,在这一年里他瘦多了,老多了;他的脸色变得那么严肃可怕了!"潘捷列伊·叶列梅伊奇似乎应该高兴了,因为他终于达到了目的;他的确高兴……然而佩尔菲什卡总觉得胆怯,甚至感到恐怖。切尔托普哈诺夫把马放回它从前的槽房里,轻轻地拍拍它的臀部,对它说:"唔,你重新回家了!以后可得当心啊!……"当天他就从没有纳税义务的孤身贫农中雇了一个可靠的看守人;他重新安居在自己家里,照旧过日子了……

然而并不完全照旧……不过关于这点在后面说明。

潘捷列伊·叶列梅伊奇在回家后的第二天,把佩尔菲什卡叫来,因为没有别的人可以谈话,他就把他如何找到马列克-阿杰尔的始末讲给他听——当然不失去他的自尊心,而且用低沉的声音说。讲的时候,切尔托普哈诺夫脸朝窗子坐着,用长烟管吸着烟;佩尔菲什卡站在门槛上,两手反剪在背后,恭敬地望着主人的后脑勺,听他一五一十地叙述:

如何在许多徒劳和奔波之后，潘捷列伊·叶列梅伊奇终于来到罗姆内的马市上——这时候已经只有他一个人，犹太人列伊巴不和他在一起了，他因为性情怯弱，忍受不了，所以逃走了；如何在第五天上，他已经想离去了，最后一次经过一排排马车旁边的时候，忽然在三匹别的马中间看到了缚在马饵袋上的一匹马，正是马列克-阿杰尔！他立刻认出了它，马列克-阿杰尔也认出了他，就嘶叫起来，挣扎起来，开始用马蹄来挖掘泥土。

“它不是在哥萨克人那儿，”切尔托普哈诺夫继续说，始终不转过头来，声音照旧很低沉，“而是在一个茨冈马贩子那儿；我当然立刻认定了我自己的马，想用强力把它夺回；可是那个狡猾的茨冈人像被烫伤了似地大叫起来，叫得整个市场都听见，他对天发誓，说这匹马是他向另一个茨冈人买来的，他还要叫人来作证……我不计较，就付了他钱，真是见鬼！我最重要的一点就是找到了我的好朋友，精神上安定下来了。还发生过这么一回事：我在卡拉契夫县里，听信了犹太人列伊巴的话，错认了一个哥萨克人，以为他就是我要抓的那个贼，打了他一顿巴掌；哪里晓得这哥萨克人原来是教士的儿子，他硬要我赔偿名誉损失——出了一百二十个卢布。有什么关系，钱去了会来的，主要的是马列克-阿杰尔仍旧归我了！我现在幸福了，可以过安乐日子了。可是，佩尔菲什卡，我吩咐你一句话：万一你在附近一带看见了那个哥萨克人，你一句话也不要说，马上跑回来把枪拿给我，我自有办法对付！”

潘捷列伊·叶列梅伊奇对佩尔菲什卡这样说；他口头上这样表示，其实他心里并不像他所说那么安稳。

呜呼！他在心灵深处，并没有完全确信他所带来的马是真的马列克-阿杰尔！

十

潘捷列伊·叶列梅伊奇的困苦时期来到了。他实在极少享受到安乐。美好的日子固然也有：那时候他似乎觉得心里所发生的疑惑是荒唐的；他驱除这种怪诞的念头，像驱除一只纠缠不清的苍蝇一样，他甚至嘲笑自己。然而,令人不快的日子也有:那时候顽固的念头重又偷偷地出来腐蚀并烦扰他的心,像地底下的老鼠一样,于是他就私下感到剧烈的苦闷。在找到马列克-阿杰尔的值得纪念的那一天内,切尔托普哈诺夫所感觉到的只是幸福的欢乐……他在他所找到的宝物旁边过了一整夜,但是到了第二天早上,当他在旅店的低低的屋檐下替它装鞍的时候,有什么东西初次刺痛他的心……他只是摇摇头,然而种子已经莳下了。在回家的旅途上(这旅行继续了大约一星期),他心里很少发生疑惑。一回到自己的别索诺沃村,一来到从前那匹无可怀疑的马列克-阿杰尔所住的地方,这种疑惑又加深起来,显著起来。在回家的路上,他总是骑着马摇摇摆摆地缓步前进,向各方面眺望着,吸着一支短烟管,并不考虑什么,只是有时心中暗想:"切尔托普哈诺夫家的人,说得到就做得到!哼!"于是得意地微笑;然而一回到家里,情况就两样了。这一切他当然是隐藏在自己心中的;单是他的自尊心就不容许他说出自己内心的恐慌来。无论何人,即使转弯抹角地暗示:新的马列克-阿杰尔似乎不是原来那匹,他就要把这人"撕作两半";有时他碰见几个人,向他祝贺"顺利的寻获";但是他不去找求这种祝贺,他比从前更加避免和人们接触了——这是不祥之兆!他几乎老是在那里考验(如果可以这样说的话)这匹马列克-阿杰尔;他骑了它到很远的原野上去试验它;或者偷偷地走进马厩里,锁上了门,站在马头前面,望着它的眼睛,轻轻地问它:"这是你吗?是你吗?是你吗?"或者,默默地对着它看,一连几个钟头目不转睛地盯住它看,有时高兴起来,喃喃地说:"对啦!是它!当然是它!"有时又怀疑,甚至困窘起来。

这匹马列克-阿杰尔和那匹马列克-阿杰尔身体上的差异,倒并不使切尔托普哈诺夫那么困窘……虽然的确有些差异:那匹的尾巴和鬃毛仿佛稀薄些,耳朵尖些,蹄腕骨短些,眼睛更明亮些——但这可能只是看来如此而已。使切尔托普哈诺夫感到困窘的,却是所谓精神上的差异:那匹的习惯不是这样的,全部癖性都不相同。例如:那匹马列克-阿杰尔只要切尔托普哈诺夫一走进马厩,总是回过头来,轻轻地嘶叫;可是这匹自管嚼干草,若无其事,或者挂下了头打瞌睡。主人从鞍子上跳下来的时候,两匹马都是站着不动的;但是那匹当主人叫它的时候，立刻迎声而来，而这匹依旧像树桩一般站着。那匹跑得也很快，但是跳得更高更远；这匹走慢步的时候较自由自在，跑速步的时候却摇晃得较厉害，而且有时蹄铁会碰响——这就是说，后蹄和前蹄磕碰：那匹从来没有这种丑态——绝对没有！切尔托普哈诺夫觉得这匹的两只耳朵常常耸动，一副蠢相；而那匹同它相反：一只耳朵弯向后面，就用这样的姿势望着主人！那匹每逢看见它周围不干净，立刻用后脚踢槽房的墙壁；但是这匹并不在乎——即使粪便堆到它肚子边也不要紧。那匹如果让它向着风，它立刻用整个肺部来呼吸，全身抖动，而这匹只不过打打响鼻；那匹碰到雨水的潮湿就不安，这匹却满不在乎……这匹粗蠢得多，粗蠢得多！就连风度也比不上那匹，驾驭起来也不灵敏——还有什么可说呢！那匹马是可爱的，而这匹……

这些就是切尔托普哈诺夫有时所想到的，这些想头使他感到痛苦。但是在别的时候，例如他叫这匹马用全速在刚刚开垦的原野上奔跑，或者叫它跳到冲毁了的峡谷底上，而在最峻峭的地方再跳上来，这时候他高兴得心花怒放了，嘴里发出大声的叫喊，这时候他就知道，确实地知道：他所骑着的是真正的、无可疑义的马列克-阿杰尔，因为别的马怎么做得到这匹马所做的一切呢？

然而这时候他还是免不了灾难和不幸。长期地寻找马列克-阿杰尔，耗费了切尔托普哈诺夫许多钱；关于科斯特罗马种的猎狗，他已经不再想望，只是同从前一样骑着马孤独地在附近一带地方来来去去。有一天早晨，切尔托普哈诺夫在离开别索诺沃村大约五俄里的地方又碰到了那个公爵的猎队——就是一年半之前他曾经那么威风地在他们面前驰骋过的那个猎队。而且偏偏发生这样的情况：这一天同那天一样，一只灰兔从山坡上的界篱底下跳到猎狗面前！"抓住它，抓住它！"全部猎队就飞奔过去，切尔托普哈诺夫也飞奔过去，只是不同他们在一起，而在离开他们约二百步的地方——也正同那时候一样。一条巨大的水沟，越到上面越窄，弯弯曲曲地穿过山坡，切断切尔托普哈诺夫的去路。这条水沟在他所要跳过的地方——一年半之前他的确曾经跳过这地方——也还有八步宽、两俄丈深的样子。切尔托普哈诺夫预感到一种胜利——那么巧妙地重演的胜利，他就挥着鞭子得意扬扬地大叫起来。猎人们一边奔跑,一边目不转睛地注视着这个勇猛的骑手。他的马像箭一般飞奔,水沟近在咫尺了——来,来,一跃而过,像那时候一样!……

但是马列克-阿杰尔骤然停步,向左转弯,切尔托普哈诺夫无论怎样牵过它的头来向着水沟,它都不顾,自管沿着断崖奔驰而去了。……

可见它胆怯了,没有信心了!

这时候切尔托普哈诺夫羞怒满腹,几乎哭出来,他放松了缰绳,把马一直向前赶,赶到山里去,远远地离开那些猎人,但求不要听见他们嘲笑他的声音,但求快些避开他们的可恶的目光!

马列克-阿杰尔身上带着鞭伤,泛着白沫,跑回家来。切尔托普哈诺夫自己立刻关闭在房间里了。

"不对,这不是它,这不是我的好朋友!那匹即使送了性命,也不会出卖我!"

十一

下面的一件事,使切尔托普哈诺夫走上了所谓"绝路"。有一回他骑着马列克-阿杰尔来到别索诺沃村所属教区的教堂旁边的僧侣村后面。他把毛皮帽子拉到眼睛上,弯着腰,两手挂在鞍轿上,慢慢地前进;他心境不快,情绪不安。突然有人叫唤他。

他勒住了马,抬起头来,看见曾经和他通信的那个教堂执事。这位祭坛服务者在他那编成辫子的褐色头发上戴着一顶褐色的风帽,身上穿着一件黄色的土布外套,比腰低得多的地方束着一条浅蓝色的带子,他是走出来察看他的禾堆的。他看见了潘捷列伊·叶列梅伊奇,认为有向他表示敬意的义务,顺便也可以从他那里求得什么。大家都知道:教会里的人没有这种存心是不会对世俗人讲话的。

但是切尔托普哈诺夫无心去对付教堂执事;他略微回了他的礼,含糊地哼了几声,就挥动马鞭……

"您的马多么漂亮!"教堂执事连忙接着说,"这真是值得夸耀的。说实在的,您是一个绝顶聪明的男子汉大丈夫;简直像一头狮子!"这教堂执事以花言巧语著名，这使得教士十分懊恼，因为那教士没有口才，连喝了伏特加也不会饶舌。“一头牲口因为坏人的奸计而损失了，”教堂执事继续说，“您一点也不灰心，反而更加信仰神意，替自己另外弄了一匹来，一点也不比以前那匹差，甚至更好了……因为……”

“你胡说些什么？”切尔托普哈诺夫阴郁地打断了他的话，“哪里来的另一匹？这就是本来那一匹；这就是马列克-阿杰尔……我把它找回来的。真是胡说八道……”

“嗳！嗳！嗳！嗳！”教堂执事从容不迫地慢吞吞地说，同时用手指捻弄胡子，用他那明亮而贪婪的眼睛望着切尔托普哈诺夫。“这是怎么一回事，先生？您的马，我记得是去年圣母节[1]之后大约两个星期的时候给偷去的，现在是十一月底了。”

“唔，是的，那又怎么样？”

教堂执事只管用手指捻弄胡须。

“这就是说，从那时候到现在，已经过去一年多了，而您的马那时候是灰色带圆斑的，现在也是这样；甚至好像还深了些。这是怎么一回事？灰色马在一年之内颜色往往要淡许多哩。”

切尔托普哈诺夫猝然一震……仿佛有人用长矛戳了他的心。对呀，灰色毛的确是要变淡的！这么一个简单的道理，怎么他在这以前没有想到呢？

“可恶的猪尾巴！去你的！”他突然大喝一声，眼睛愤怒地一闪，立刻从吃惊的教堂执事的视线中消失了。

“唉！一切都完了！”

现在的确一切都完了，一切都破灭了，最后的一张牌打输了！一切都由于“颜色要变淡”这句话而一下子破灭了！

灰色马的颜色是会变淡的。

跳吧，跳吧，可恶的畜生！你跳不出这句话！

切尔托普哈诺夫奔驰回家，又把自己锁闭在房间里了。

---

① 圣母节，旧俄历十月一日。

十二

现在一切都毫无疑义了:这匹不中用的驽马不是马列克-阿杰尔;它和马列克-阿杰尔之间没有一点儿相似的地方;任何一个稍有头脑的人一眼就能看出这一点;而他,潘捷列伊·切尔托普哈诺夫,被用最卑鄙的方法欺骗了——不!这是他自己故意存心地欺瞒自己,蒙蔽自己的眼睛。切尔托普哈诺夫在房间里踱来踱去,在每一堵墙壁跟前用同样的方式旋转脚跟,仿佛关在笼子里的野兽。自尊心使他痛苦难堪;然而不单是受创伤的自尊心的疼痛折磨着他,他竟绝望满怀,愤怒填膺,复仇的渴望在他心中燃烧起来。然而对谁呢?向谁复仇呢?向犹太人,向亚弗,向玛莎,向教堂执事,向偷马的哥萨克人,向所有的邻人,向全世界,乃至向自己?他神志混乱了。最后一张牌打输了!(他喜欢这比喻。)他又变成了一个最不足道的、最可卑的人,大众的笑柄,滑稽的小丑,绝顶的傻瓜,教堂执事嘲笑的对象!!他想象着,他清楚地想象着:那可恶的猪尾巴将怎样对人家讲这匹灰色马,讲这个愚笨的主人……唉,真该死!!……切尔托普哈诺夫徒然想抑制涌出来的愤怒,徒然想说服自己:这匹——马虽然不是马列克-阿杰尔,然而还是……一匹好马,可以替他服务许多年。他立刻愤恨地逐斥这念头,仿佛这念头里面含有对于那匹马列克-阿杰尔的新的侮辱,何况他本来早已觉得自己对不起那匹马列克-阿杰尔了……还用说吗!他真是瞎了眼,糊涂透顶了,才把这匹又老又瘦的驽马来和它——马列克-阿杰尔——同等看待!讲到这匹驽马还能够替他服务吧……难道他还有一天愿意去骑它?决不会!永远不会!!……把它送给鞑靼人吧,丢给狗吃吧,它没有别的用处了……对啦!这是最好的办法!

切尔托普哈诺夫在他自己的房间里踱了两个多钟头。

"佩尔菲什卡!"他突然发出号令,"马上到酒店里去;去拿半维德罗[1]伏特加来!听见吗?半维德罗,快些!要立刻把酒拿来放在我桌

① 维德罗,俄罗斯液量单位。1 维德罗合 12.3 公升。

子上。”

伏特加不久就出现在潘捷列伊·叶列梅伊奇的桌子上了，他就喝起酒来。

十三

当时如果有人看到切尔托普哈诺夫，如果有人目击他一杯一杯地喝酒时的阴险的愤怒，那人一定会感到不由自主的恐怖。天已经黑了；桌上点着一支暗淡的蜡烛。切尔托普哈诺夫不再从这角踱到那角；他坐着，满面通红，眼睛黯淡无光，有时望着地上，有时执拗地注视着漆黑的窗洞；他站起身来，倒一杯伏特加，喝干了，又坐下去，又把眼睛盯住一个地方，一动也不动。只是他的呼吸渐渐紧迫起来，脸越来越红了。似乎有一种决心在他胸中成熟起来，这种决心使他自己觉得惶恐，但是渐渐地对它习惯了；同一个念头顽强不停地越来越迫近了；同一个形象在眼前显得越来越清楚了；而在他心里，在沉醉的强烈影响之下，仇恨的愤怒已经变成了残酷的感情，一种不祥的冷笑出现在他的嘴唇上……

“唔，时候到了！”他用一种老练的、几乎不耐烦的语调说，“事不宜迟！”

他喝干了最后一杯酒，从床头拿了手枪——就是打玛莎的那支手枪，装好弹药，又把几个弹筒帽放进袋里“以防万一”，然后走向马厩去。

他正要开门的时候，那个看守人向他跑过来了，但是他对他怒喝：“是我！你难道看不见？走开！”看守人略微向旁边退开些。“你去睡觉吧！”切尔托普哈诺夫又向他怒喝，“这儿用不着你看守了！看守这稀罕的宝贝！”他走进马厩里去。马列克-阿杰尔……假马列克-阿杰尔躺在垫子上。切尔托普哈诺夫踢它一脚，说：“起来，蠢东西！”然后从秣槽上解下马笼头，把马衣脱去，丢在地上，粗暴地拉着这匹驯服的马在槽房里转一个向，把它牵到院子里，从院子里牵到田野里，弄得那个看守人惊讶极了，他无论如何也想不通：主人在半夜里拉了这匹不装马具的马到哪里去？他当然不敢问他，只是目送着他，直到他在通向附近树林里的大路的转角上消失了为止。

十四

切尔托普哈诺夫大踏步走去，不停留，也不回顾；马列克-阿杰尔——我们将用这名字称呼它到底——顺从地跟着他走。这天夜里很明亮；切尔托普哈诺夫能够看出前面一片黑压压的密林的齿形轮廓。他被夜寒所侵袭，要不是……要不是另外一种更强烈的沉醉支配着他的全身心，他一定会由于他所喝的伏特加而酩酊大醉了。他的头沉重起来，血在喉头和耳朵里轰响，但他稳定地向前走，而且知道方向。

他决心打死马列克-阿杰尔；他整天所考虑的只是这件事……现在他下定决心了！

他去做这件事，不但泰然自若，而且满有把握，坚定不移，仿佛服从责任感的人的行径。这"事儿"在他觉得很"简单"：毁灭了这假冒者，他就一下子对"一切"都清算了，又可以惩戒自己的愚蠢，又可以对真正的知友谢罪，又可以向全世界（切尔托普哈诺夫非常顾到"全世界"）表明：对他是不能开玩笑的……但主要的是他要同这假冒者一起毁灭他自己，因为他再生活下去还有什么意思呢？这一切怎样发生在他脑中，为什么这件事在他看来很简单——要说明是不容易的，然而也并非完全不可能：他受委屈，孤独，没有亲近的人，没有一个铜子，又因为喝酒而热血沸腾，他已经接近于精神错乱了；而精神错乱的人最荒唐的行径，在他们看来具有自己的逻辑甚至理由——这是无疑的事。切尔托普哈诺夫完全相信自己的理由；他绝不踌躇，他急于去对罪犯执行判决，然而他没有明确地理解：他所称为罪犯的究竟是谁？……老实说，他对自己要做的事很少考虑。"必须，必须结束，"他只是呆板地、严厉地对自己反复说着这句话，"必须结束！"

那无辜的罪犯跨着顺从的小步子跟在他背后……但是切尔托普哈诺夫心里没有一点怜悯。

十五

他把他的马带到离开树林边不远的地方,那里有一个小小的峡谷,峡谷里有一半地方繁生着小橡树。切尔托普哈诺夫走下峡谷……马列克-阿杰尔绊了一下,几乎跌在他身上。

"你想压死我,该死的东西!"切尔托普哈诺夫叫着,仿佛为了自卫,从衣袋里掏出了手枪。他所体验到的已经不是残酷,而是一种特殊的感情麻痹——据说正是这种麻痹支配着将要犯罪的人。但他自己的声音使他吓了一跳:这声音在黑暗的树枝的掩覆下,在林中峡谷的潮闷而窒息的湿气中那么怪异地响着!而且有一只大鸟在他头顶的树梢上突然拍动翅膀,用以回答他的叫声……切尔托普哈诺夫哆嗦一下。他仿佛惊醒了他的行为的一个见证人——但这是什么地方?这是任何活的东西他也不应该碰到的荒凉的地方……

"去吧,畜生,随便你到哪里去!"他从牙缝中喃喃地说出,放脱了马列克-阿杰尔的缰绳,用手枪柄重重地在它肩上打了一下。马列克-阿杰尔立刻向后转,爬出峡谷……开步跑了。但它的蹄声一会儿就听不见了。吹来一阵风,混合并遮没了一切声音。

切尔托普哈诺夫自己也慢吞吞地从峡谷里爬出来,走到树林边,沿着大路缓步回家。他很不满意自己;他的头脑里和心中的沉重之感,扩展到他的四肢上来了;他走着,怒气冲冲,阴气沉沉,心中很不满意,肚里又饥饿,仿佛有人侮辱了他,夺去了他的获物和粮食……

被人阻碍而自杀未遂的人,是懂得这种感觉的。

突然有什么东西在他后面碰碰他两个肩膀中间的地方。他回头一看……马列克-阿杰尔站在路中央。它跟着它的主人走来,用鼻子碰碰他,……报告它的来到……

"啊!"切尔托普哈诺夫叫起来,"你,你自己来寻死!好,来吧!"

转瞬间,他已经拔出手枪,扳起枪机,把枪口对准马列克-阿杰尔的额骨,开了一枪……

可怜的马猛然退到一旁,用后脚站起来,跳到了十步之外,突然沉重地倒下,痉挛地在地上打着滚,发出嘶哑的叫声……

切尔托普哈诺夫两手掩住了耳朵就跑。他的两腿发软了。他的醉意、他的仇恨、他的愚钝的自信——一下子全都无影无踪了。剩下的只有羞耻和丑恶的感觉——还有一种意识,一种明确的意识:这一次他自己也完结了。

十六

大约过了六个星期,侍童佩尔菲什卡认为他有责任拦住路过别索诺沃庄园的一个区警察局局长。

“你有什么事?”这个秩序维护者问。

“大人,请到我们家里来,”侍童深深地鞠着躬回答,“潘捷列伊·叶列梅伊奇似乎要死了,所以我很担心。”

“怎么?要死了?”警察局长问。

“是啊。起初他每天喝酒,现在躺在床上,已经瘦得很。我想他现在已经什么都不懂了。一句话也不会讲了。”

警察局长走下马车来。

“那么,你至少已经去请过神父了吧?你的主人忏悔过没有?行过圣餐礼了吗?”

“没有。”

警察局长皱起眉头。

“这是怎么搞的,老弟?怎么可以这样?啊?或许你不知道吧:这件事……责任重大呢,啊?”

“我前天昨天都问过他,”胆怯的侍童接着说,“我说:‘潘捷列伊·叶列梅伊奇,要不要我跑去请一个神父来?’他说:‘住口,傻瓜。不关你的事就不要你管。’可是今天我跟他讲话,他只是向我看看,略微动动胡子。”

“他喝了很多酒吗?”警察局长问。

“多得很!大人,劳您的驾,到房间里去看看他吧。”

“好,带路!”警察局长咕哝地说着,就跟了佩尔菲什卡走。

可惊的光景在那里等候他。

在一间潮湿而黑暗的后房里，一张盖着马衣的简陋的床上，切尔托普哈诺夫用毛茸茸的毡斗篷当枕头躺着，他的脸色已经不是苍白，而是像死人一样带有黄绿色；一双眼睛深陷在有光泽的眼睑下面；蓬松的髭须上面有一个尖尖的、然而还是微微发红的鼻子。他躺着，穿着他那件永不更换的、胸前有弹药袋的短上衣，和蓝色的契尔克斯式灯笼裤。深红顶子的毛皮高帽盖在他的额上，直到眉毛边。切尔托普哈诺夫一只手里拿着一根猎鞭，另一只手里拿着一只绣花荷包，是玛莎送给他的最后一件礼物。床边的桌子上放着一个空酒瓶；床头的墙壁上钉着两张水彩画：在其中的一张上，尽可能辨得出的，画着一个手里拿着吉他的胖子——大概是涅多皮尤斯金；在另一张上画着一个飞奔的骑手……那匹马好像孩子们画在墙上的神话中动物；但是马毛上仔细涂染的圆斑点、骑手胸前的弹药袋、他的尖头长统靴和浓密的髭须，毫无疑义的余地，表明这幅画一定是画的潘捷列伊·叶列梅伊奇骑在马列克-阿杰尔身上。

吃惊的警察局长不知如何是好。死一般的寂静支配着这房间。“他已经死了吧，”他想，便提高嗓子叫唤：“潘捷列伊·叶列梅伊奇！喂，潘捷列伊·叶列梅伊奇！”

这时候发生了异常的光景。切尔托普哈诺夫的眼睛慢慢地睁开，黯淡的瞳仁起初从右边转到左边，后来从左边转到右边，停留在来访者的身上，看见了他……两眼的灰暗的眼白里有什么东西在闪烁着，似乎有视线射出；发青的嘴唇渐渐地张开，发出一个嘶哑的、死气沉沉的声音：

“世袭贵族潘捷列伊·切尔托普哈诺夫要死了；谁能够拦阻他呢？他不欠任何人债，什么也不要求……让他去吧，你们这些人！走开！”

拿鞭子的手想举起来……但是徒然！嘴唇又合拢了，眼睛闭上了；切尔托普哈诺夫把身子挺一挺直，把脚掌移近些，照旧躺在他那硬邦邦的床上。

“死了以后通知我一声，”警察局长走出房间去时低声对佩尔菲什卡说，“至于神父，我想现在就可以去请了。必须按照惯例，替他涂圣油。”

佩尔菲什卡当天就去请神父;第二天早晨他去通知警察局长:潘捷列伊·叶列梅伊奇昨天夜里去世了。

殡葬的时候,他的棺材由两个人护送着:侍童佩尔菲什卡和莫歇尔·列伊巴。切尔托普哈诺夫去世的消息,不知怎的传到了这犹太人那里,他没有忘记来参加他的恩人的葬礼。

活　尸

长期忍苦的祖国——

俄罗斯人民的国土！

费·丘特切夫①

法国有一句谚语："干渔夫，湿猎人，样子真惨。"我一向没有捕鱼的嗜好，因此不能断定渔夫在晴好的天气感受到什么，以及在阴雨天气打到许多鱼时的高兴能够压倒几分淋湿的不快。但是对猎人来说，下雨的确是一种灾难。有一回我同叶尔莫莱到别列夫县去打松鸡，正是遇到这种灾难。从清晨起，雨一直下个不停。我们想尽种种方法来避雨！我们把橡皮雨披几乎顶到了头上，又站到树底下去，想少淋些雨……这种防雨斗篷妨碍打枪是不必说了，竟老实不客气地漏进水来；而站在树底下呢，起初的确好像淋不着雨，可是后来，积在树叶上的雨水突然溃决，每一根树枝都向我们浇水，好像从水落管里流下来似的；一股冷冰冰的水钻进领带里面，沿着背脊骨流下去……这正像叶尔莫莱所说，是最倒霉的事。

"不行，彼得·彼得罗维奇，"他终于叫起来，"这样不行！……今天不能打猎。狗的鼻子一打湿就不灵了；枪也打不响……呸！真走运！"

"那怎么办呢？"我问。

"这样吧，我们到阿列克谢耶夫卡去。您也许不知道——有这样一个田庄，是您老太太的；离开这儿大约有八俄里。我们在那儿过一夜，明天……"

---

① 丘特切夫（1803—1873），俄国诗人。

“明天再回到这儿来?”

“不,不回到这儿……阿列克谢耶夫卡那边一带地方我都熟悉,打松鸡比这儿好得多了!”

我也不质问我这个忠实的旅伴为什么不一开头就带我到那地方去,就在当天我们来到我母亲的田庄上;老实说,我在这以前一点也不知道有这么一个田庄。这田庄里有一间厢房,破旧得很了,但没有人住,所以很干净;我在这屋里过了相当安静的一夜。

第二天我醒得很早。太阳刚刚出来;天空没有一片云彩;四周一切都发出双重强烈的光辉:清新的朝阳的光辉和昨天的倾盆大雨的光辉。在他们替我套马车的时候,我到小花园里去散散步——这小花园从前曾经是一个果园,现在荒芜了,它的芬芳滋润的树丛环绕着这间厢房。啊,在空旷的露天,在明朗的天空底下,是多么美好啊,那里有云雀在啼,它们的响亮的声音仿佛撒下许多银珠子来!它们的翅膀上一定带着露珠,它们的歌声似乎也被露水润湿了。我甚至脱下了帽子,欢喜地尽情呼吸着。在一个浅浅的峡谷的斜坡上,篱笆的旁边,有一个养蜂场;一条羊肠小径蜿蜒地通向那里,小径的两旁夹着密密层层的杂草和荨麻,在它们上面突出着不知从哪儿来的暗绿色的大麻的尖茎。

我沿着这条小径走去,走到了养蜂场。养蜂场旁边有一间篱栅筑成的棚屋,即所谓冬季蜂房,是冬天放蜂巢用的。我向那半开的门里一望:里面黑暗、寂静,干燥;发出一阵薄荷和蜜蜂花的香气。屋角里搭着一副铺板,上面有一个小小的人体盖了被躺着……我正想走开去……

“老爷,喂,老爷!彼得·彼得罗维奇!”我听见一个细弱、缓慢而嘶哑的声音,仿佛沼薹的瑟瑟声。

我站定了。

“彼得·彼得罗维奇!请走过来!”那声音又说。它从屋角里我曾经注意到的那副铺板上传到我这里。

我走近去一看,吓得发呆了。我面前躺着一个活的人体,但是这算是什么东西呀?

头完全干瘪了,全部作青铜色,活像古画中的圣像;鼻子很狭,像刀刃一般;嘴唇几乎看不出,只有牙齿现出白色,还有就是眼睛,头巾底下有几绺稀疏的黄头发露出在额上。下巴旁边，被的皱襞上，有两只也是青铜色的小手在那里移动，手指像细棒条一般缓慢地摸弄着。我凝神一看：面貌非但不丑，竟很漂亮，——然而看了很可怕，总觉得异乎寻常。在这张脸的金属般的面颊上，我看见一种努力装出……努力装出而不能展开的微笑，这使我感到这张脸更加可怕了。

“您不认识我了吗，老爷？”这声音又轻轻地说；这些话仿佛是从微微颤动的嘴唇里发出来的。“怎么认得出呢！我是露克丽亚……您记得吗，在斯帕斯科耶，在您老太太那儿，带头跳轮舞的……记得吗，我还是领唱的呢？”

“露克丽亚！”我叫起来，“这是你啊？真的吗？”

“是我，老爷，是我。我是露克丽亚。”

我不知道说什么好，茫然若失地注视着这张黝黑的呆滞的脸，脸上有两只明亮的毫无生气的眼睛盯住我看。真的吗？这个木乃伊就是露克丽亚，就是我家全体仆役中第一号美人儿——修长丰满，白皙而红润，爱笑，又能歌善舞！露克丽亚，聪明伶俐的露克丽亚，我们那儿所有的年轻小伙子都追求过她；我当时还是一个十六岁的孩子，也曾经偷偷地为她叹过气。

“天哪，露克丽亚，”我终于说出，“你怎么变成这个样子了？”

“我遭到了很大的灾难！您可别讨厌我，老爷，不要为了我的不幸而嫌弃我，请坐在那儿的小木桶上，坐近些，不然您听不出我的话……瞧，我的声音这样轻了！……啊，我看见了您真高兴！您怎么会到阿列克谢耶夫卡来的？”

露克丽亚说起话来声音很微弱，但是不间歇。

“打猎的叶尔莫莱带我到这儿来的。可是请你讲给我听……”

“讲我的灾难吗？好的，老爷。这是很久以前的事，大约在六七年前。那时候我刚刚许配给瓦西里·波利亚科夫——您记得吗，那个相貌端正、头发鬈曲的，还替您老太太当过餐室管理人呢？您那时已经不在乡下，到莫斯科去念书了。我和瓦西里很相爱，我一刻也忘不了他。事情发生在春天：有一天夜里……离清晨已经不远了……可我睡不着。夜莺在花园里叫得那么美妙动听！……我忍不住，就起来走到台阶上去听它。它叫着,叫着……忽然我似乎听见有人在喊我,是瓦西里的声音,叫得很轻:'露莎![1] ……'我转过头去看,大概是半睡不醒的缘故吧,踩了一个空,从很高的台阶上一直跌下去,砰的一声跌到了地上!我似乎伤得并不厉害,因为我马上爬起身,回到了自己房间里。只是我身体里面——内脏里——好像什么东西断了……让我歇一口气……一会儿工夫……老爷。"

露克丽亚不做声了,我吃惊地望着她。有一点特别使我吃惊:她讲自己的往事时几乎很愉快,不叹息,不呻吟,一点也不诉苦,并不想引起别人的同情。

"从那时候起,"露克丽亚继续说,"我消瘦起来,衰弱起来,我的皮肤变黑,走路困难,后来两条腿完全不听使唤了;不能站,也不能坐,只得老是躺着。我不想喝水,也不想吃东西,身体越来越坏。您的老太太发慈悲,给我请医生,又把我送到医院里。可是我的病总是治不好。甚至没有一个医生说得出我害的是什么病。他们用尽种种方法替我医治:用烧红的铁烫我的背,把我放在冰块里,都没有用。终于我的身体僵硬了……于是那些先生们就断定:我的病再也没法治了;可是主人家里不能收容残废……就把我送到这里来——因为这儿有我的亲戚。我就这样生活着。"

露克丽亚又不做声了,又努力装出微笑。

"唉,你的境况太惨了!"我感叹着……不知道再说些什么好,就问她:"那么瓦西里·波利亚科夫怎么样了?"这句话问得很笨。

露克丽亚把眼睛略微转向一旁。

"波利亚科夫怎么样?他伤心了一阵子,伤心了一阵子,就娶了另外一个人,娶了格林诺耶村的一个姑娘。您知道格林诺耶村吗?离我们这儿不远。这姑娘名叫阿格拉费娜。他本来是很爱我的,可是到底年纪还轻,总不能一辈子独身。而我哪里还能做他的伴侣呢?他的妻子很好,心地善良,他们已经有孩子了。他在这儿邻近的人家当管家:是您老太太给他身份证,准许他去的。托上帝的福,他生活过得

---

① 露莎是露克丽亚的小名。

很好。”

“你就这样一直躺着吗?”我又问。

“我就这样躺着,老爷,已经躺了第七个年头了。夏天我躺在这儿,躺在这间小屋子里;天冷起来,他们就把我搬到澡堂的更衣室里,我就躺在那儿。”

“谁来服侍你,照料你呢?”

“这里也有几个好心人。他们没有扔下我不管。况且我的需要不多。吃东西呢,我几乎不吃什么;水呢,那杯子里经常有干净的泉水储存着。我自己够得到那杯子,我有一只手还能够动。这儿有一个小姑娘,是个孤儿;她有时候来望望我,真感谢她。刚才她就来过了……您没有碰见她吗?这小姑娘长得挺可爱,皮肤白嫩白嫩的。她带花来给我;我非常喜欢花。我们这儿没有花园里的花,——以前是有的,后来没有了。可是野花也很好,比花园里的花还香。就像铃兰吧……没有比这再可爱的了!”

“你不寂寞吗,不苦闷吗,我可怜的露克丽亚?”

“有什么办法呢?不瞒您说,起初很痛苦;可是后来习惯了,忍受过来,也就没有什么了;有些人比我还糟糕呢。”

“这话怎么讲?”

“有的人连安身的地方都没有!还有的人是瞎子或者聋子!可是我,托上帝的福,眼力很好,而且什么都听得见。田鼠在地底下挖洞,我都听得见。无论什么气味,即使是最微弱的气味,我都闻得出!荞麦在地里开花了,或者椴树在花园里开花了,用不着对我讲,我第一个先闻到。只要有一点风从那地方吹来就行。不,我为什么要抱怨上帝呢?世上比我苦的人多着呢。又譬如说:有些健康的人,很容易犯下罪孽;可是我谈不到罪孽了。前几天神父阿列克谢来给我授圣餐,他就对我说:‘你用不着忏悔了:像你这种样子难道还会犯罪吗?’可是我回答他:‘那么思想上的罪孽呢,神父?’‘唔,’他说着,笑了,‘这种罪孽是不大的。’”

“可是我也许连思想上的罪孽也不太会有,”露克丽亚继续说,“因为我已经养成习惯了:不想,尤其不想过去的事。这样日子就过得快些。”

我听了这话实在很惊奇。

“露克丽亚,你老是一个人在这儿,怎么能不让你脑子里产生种种念头呢?或许你老是睡着的吧?”

“啊,不,老爷!我不能总是睡着。我虽然没有多大的痛苦,可我的内脏里老是痛,骨头里也是,不让我好好地睡觉。不……我只是这样躺着,躺着,什么也不想;我只觉得我活着,在呼吸,我全部都在这儿了。我用眼睛看看,用耳朵听听。蜜蜂在蜂房里嗡嗡地响;有时候鸽子停到屋顶上,咕咕地叫起来;有时母鸡带着小鸡来啄面包屑;或者飞来一只麻雀,一只蝴蝶,我觉得很高兴。前年竟有燕子在那边屋角里做窠,孵出小燕子来。这光景真有意思!一只燕子飞进来,停在窠上,喂了小燕子,就飞出去了。一转眼,另一只燕子又飞进来接替它。有时候不飞进来,只是从开着的门边飞过,那些小燕子立刻就吱吱喳喳地叫起来,张开了嘴巴……下一年我又等它们,可是听说这儿有一个猎人用枪把它们打死了。这人怎么那样贪小?一只燕子比甲虫大不了多少……你们这班猎人先生多么狠心啊!”

“我是不打燕子的。”我连忙说明。

“有一回,”露克丽亚又开始说,“真滑稽呢!一只兔子跑了进来,真的!大概是有狗在追它吧,它一直跑进门来!……坐在我近旁,而且坐了很久,一直在那里掀鼻子,翘胡子,活像一个军官!它对我望望。它知道,我对它是没有危险的。后来它站起来,一跳一跳地跳到门口,在门槛上回头一望,立刻就跑掉了!真滑稽!”

露克丽亚向我看看……仿佛在说:“这不是很有趣的吗?”我为了满足她的愿望,就笑了一笑。她咬了咬干燥的嘴唇。

“到了冬天,我当然就觉得不大舒服,因为太暗了;点蜡烛舍不得,况且点了有什么用处呢?我虽然识字,而且总喜欢看书,可是看什么书呢?这儿一本书也没有;就是有,叫我怎样拿它,怎样拿书呢?阿列克谢神父有一回拿了一本历书来给我解闷,可是他看见没有用处,又拿了回去。不过,虽然黑暗,还是有些声音可以听见:蟋蟀叫响,或者老鼠在什么地方抓响。这种时候就很好:可以不想!”

“有时候我做祷告，”露克丽亚略微休息一下，又继续说，“不过我知道的祈祷词不多。而且我为什么要打扰上帝呢？我能够向他要求些什么呢？我需要什么，上帝比我知道得更清楚。他让我背十字架，就表示他爱我。这一点我们已经学会了，能理解。我念过了《我们的主》《圣母颂》《对一切受难者的赞美》，就又无思无虑地躺着了。一点也没有什么！”

大约过了两分钟。我没有打破沉默，坐在当凳子用的狭窄的小木桶上，一动也不动。躺在我面前的这个不幸的活物，已经把她那残忍的石头般的僵硬传染给我：我也仿佛麻痹了。

“露克丽亚，你听我说，”终于我开口说，“你听我说，我替你出一个主意。我要吩咐他们把你送到医院里，送到城里的一所好医院里去，你愿意吗？或许你的病治得好也难说。无论如何，你总不会一个人……”

露克丽亚的眉毛略微动了动。

“唉，不要，老爷，”她用担心的语调轻声说，“不要把我搬到医院里去，不要动我。我到了医院里只有更加痛苦。我的病哪里治得好！……有一回一个医生到这儿来；他要检查我的病。我请求他：‘看在基督面上，不要打搅我。’他哪里肯听！就把我翻来翻去，把我的手和脚揉弄，弯曲；他说：‘我这样做是为了科学；我是为科学服务的人，我是学者！’他说：‘你不能反对我，因为由于我的功劳，我受到过挂在脖子上的勋章，而且我是在为你们这班傻瓜出力。’他把我折腾了半天，说出了我的病名——一个很奇怪的名称——这么一来就走了。可我后来全身的骨头痛了整整一个星期。您说我只有一个人，老是只有一个人。不，并不老是这样。常常有人到我这里来。我很安静，不去妨碍他们。有时有几个农家姑娘到我这儿来聊天；有时进来一个女香客，对我讲耶路撒冷、基辅和圣城的事。我一个人待着并不怕。这样反而好呢，真的！……老爷，请不要动我，不要把我送进医院去……谢谢您，您真是好心人，只是请您不要动我，好老爷。”

“那就随你的意思吧，随你的意思吧，露克丽亚。不过我这是为你好……”

“老爷，我知道您是为我好。可是，亲爱的老爷，谁能够帮助别人呢？谁又能够懂得别人的心呢？人全靠自己帮助自己！您不会相信：我有时候一个人这样躺着……好像觉得全世界除了我之外没有别的人。只有我一个人是活着的！我觉得好像有什么东西在庇佑我……我就沉思起来，这真是奇怪的事！”

“那时候你想些什么呢，露克丽亚？”

“老爷，这也是说不出的，说不明白的。而且过后就忘了。这种思想来的时候，就像浮云一样舒展开来，很清新，很美好，可究竟是什么呢，没法理解！我只是想：如果我旁边有人，这种思想就不会发生，我除了自己的不幸之外，就不会有别的感觉。”

露克丽亚费力地透一口气。她的胸脯同别的肢体一样不听她的使唤。

“老爷，我看您的样子，”她又开始说，“您是很可怜我的。可是请您不要太可怜我，真的！我告诉您，譬如说，现在我有时候还……您该记得，我从前是那么快活的一个人，真是一个活泼的姑娘！……你知道怎样？现在我还唱歌呢。”

“唱歌？……你？”

“是的，唱歌，唱古老的歌、轮舞歌、圣诞占卜歌、圣歌、各种各样的歌！我以前不是会唱很多歌吗？现在还没有忘记。只是不唱舞曲。在我现在的情况下唱舞曲是不合适的。”

“你怎样唱呢？……默唱吗？”

“也默唱，也出声唱。我不能高声唱，可是唱得总还听得懂。我对您说过：有一个小姑娘常到我这儿来，是一个聪明伶俐的孤儿。我就教她唱歌；她已经跟我学会了四支歌。您不相信吧？等一等，我马上就唱给您听……”

露克丽亚吸一口气……这个半死的人要唱歌了——这念头在我心里唤起了不由自主的恐怖。但是我还没有说出话来，一个悠长的、十分微弱的、然而纯正准确的音在我耳朵边颤抖地响起来……接着发出第二个音，第三个音。露克丽亚唱的是《在牧场上》这首歌。她唱的时候，不改变她那石化似的脸的表情，甚至眼睛也凝视不动。然而她那可怜的、费劲的、像一缕轻烟似地动荡着的小嗓子,那么动人地响着;她竭力想把全部心灵倾吐出来……我感到的已经不再是恐怖,而是有一种说不出的怜悯在压迫我的心。

“唉,不能唱了!”她突然说,“接不上气来……我看见了您非常高兴。”

她闭上眼睛。

我把一只手放到她的冷冰冰的小手指上……她对我看看,她那像古代雕像上一样镶着金色睫毛的深色眼睑重又闭上了。过了一会儿,这眼睑在灰暗的光线中闪耀起来……泪水把它们濡湿了。

我照旧一动也不动。

“我这人真是!”露克丽亚突然用意外有力的声音说,睁大了眼睛,努力想挤出眼里的泪水。“这不是难为情的吗?我怎么啦?我很久没有这种情形了……从去年春天瓦西里·波利亚科夫来看我那天之后就不曾有过。他坐着跟我谈话的时候,我倒没有什么;可是他走了之后,我一个人哭得好伤心!不知道哪里来的这许多眼泪!……可是我们女人的眼泪原是不值钱的。老爷,”露克丽亚又接着说,“您大概有手帕吧……请您不要嫌弃,替我擦擦眼泪。”

我连忙实现了她的愿望,并且把手帕留赠给她。她起初不肯受……说:“我要这样的礼物做什么用?”这手帕是普普通通的,但是很洁白。后来她就用她瘦弱的手指抓住了它,不再放松了。我已经习惯于我们两人所处的地方的黑暗,能够清楚地辨识她的面貌了,甚至能够看出透过她脸上的青铜色而显出的微微的红晕,能够在这张脸上发现(至少我觉得如此)过去的姣美的痕迹了。

“老爷,您刚才问我,”露克丽亚又说话了,“是不是常常睡觉。我的确睡得很少,可是每次睡着了都做梦,很好的梦!我从来没有梦见过自己生病:我在梦里总是健康的、年轻的……只有一样痛苦:我醒过来,想好好地伸展一下,可是全身好像上了镣铐似的。有一回我做了那么奇妙的一个梦!要不要讲给您听?好,您听我讲吧。我梦见我仿佛站在田野里,周围是那么高的黑麦,都已经成熟了,金灿灿的!我好像带着一只黄狗,这只狗凶得不得了,老是想咬我。我手里还好像有一把镰刀,不是普通的镰刀,简直是一个月亮,就是像镰刀时候的月亮。我必须用这月亮来把这些黑麦割完。可是我热得很疲倦,月亮照得我头晕目眩,我觉得懒洋洋的;我周围长着许多矢车菊,那么大的矢车菊!它们都转过头来向着我。我心里想:让我采些矢车菊;瓦西里约好要到这儿来的,我先替自己编一个花冠吧;割麦还来得及的。我就开始采矢车菊,可是它们都从我的手指缝里漏掉了,消失了,无论怎样都没有用!我不能替自己编花冠。这时候我听见有人向我走过来,走得很近,接着就叫我:'露莎!露莎!……''唉,'我想,'糟糕,来不及了!'管它呢,我把这月亮戴在头上,代替矢车菊吧。我就像戴头巾一样戴上了月亮,立刻全身放光,把四周的田野都照亮了。一看,有一个人在麦穗顶上很快地向我移近来,不过不是瓦西里,而是基督本人!我为什么认识这是基督呢,那我说不出来。人家画的基督并不是这样的,可我知道这是他!没有留胡须,身材高高的,年纪很轻,全身穿白衣服,只有腰带是金色的。他向我伸过一只手来,说:'不要怕,我的打扮好了的新娘,跟我来;你将要到我的天国里去带头跳轮舞,唱天堂的歌。'于是我就紧紧地抓住他的手!我的狗立刻跟到我脚边来……可是这时候我们已经飞腾起来!他在前面……他的翅膀展开在整个天空中,像海鸥的翅膀一样长,——我跟着他!那只狗只得离开了我。到这时候我才明白:这只狗就是我的病,在天国里是没有它的位置的。"

露克丽亚沉默了一会儿。

"我还做了一个梦,"她又开始说,"不过这也许是我的幻觉——我可真的分辨不出了。我仿佛觉得我就躺在这间小屋里,我那已经故世的爹妈到我这里来,深深地向我鞠躬,可是一句话也不说。我就问他们:'爸爸,妈妈,你们为什么向我鞠躬呢?'他们说:'因为你在这个世界上受了许多苦,所以你不但解救了自己的灵魂,而且又卸除了我们的重负。我们在那个世界里就安乐得多了。你已经消除了你自己的罪孽;现在正在赎我们的罪了。'爹妈说过这话,又向我一鞠躬,就不见了,我只看见墙壁。后来我很怀疑,我所碰到的究竟是怎么一回事。我在忏悔的时候竟把这件事讲给神父听了。可是他认为这不是幻觉,因为幻觉往往只有僧侣才有的。"

“我还做了这么一个梦,”露克丽亚继续说,“我梦见,我仿佛坐在大路上的柳树底下,手里拿着一根刨光的手杖,肩上背着行囊,头上包着头巾,活像一个女香客!我要到很远很远的地方去朝圣。香客不断地从我旁边走过;他们慢吞吞地走着,好像不乐意似的,大家都往同一个方向走去;他们全都愁眉苦脸的,而且相貌都相像。我看见有一个女人在他们中间钻来钻去,穿进穿出,她比别的人高出一个头,她穿的衣服也很特别,好像不是我们俄罗斯的服装。相貌也很特别,阴沉沉的,样子很严肃。别的人似乎都避开她;她忽然转过身,一直向我走来,站定了对我看;她的眼睛像鹰的眼睛一样,又黄又大,而且非常明亮。我问她:‘你是谁?’她对我说:‘我是你的死神。’我照理应该害怕了,可是相反的,我高兴极了,画了十字!这女人——我的死神——就对我说:‘我可怜你,露克丽亚,可是我不能把你带走。再见!’天哪!那时候我多么伤心!……‘带我去吧,’我说,‘亲爱的好妈妈,带我去吧!’我的死神就把脸转向我,对我说起话来……我知道她是在指定我的死期,可是听不懂,听不清楚。……说是‘圣彼得节①之后’……这时候我就醒了。我常常做这样奇怪的梦!”

露克丽亚抬起眼睛……陷入了沉思……

“只是我有一件痛苦的事:有时候整个星期我一次也没有睡着。去年有一位夫人路过这儿,看见了我,给了我一小瓶安眠药;她叫我每次吃十滴。这药对我很有效,我吃了就睡得着了;可是现在这一小瓶药早已吃完了……您知道吗,这是什么药,怎样可以弄到它?”

路过的夫人给露克丽亚的显然是鸦片。我答应给她照样弄一瓶来,而对于她的忍耐力不能不再度表示惊讶。

“啊,老爷!”她回答说,“您怎么说这话?我这点忍耐力算得什么呀?喏,圣西蒙的忍耐力才真伟大呢!在柱头上站了三十年!还有一位圣徒叫人把自己埋在地里,一直埋到胸口,蚂蚁咬他的脸……还有,有一位读过许多经卷的人讲给我听的:从前有一个国土,阿拉伯人征服了这国土,他们残杀所有的居民;居民们用尽种种方法,总不能获得解

① 圣彼得节是旧俄历六月二十九日。

放。这时候在这些居民里面出现了一位圣处女;她拿了一把很大的宝剑,穿上两普特重的甲胄,去对付阿拉伯人,把他们统统赶到了海的那边。她赶走了他们,就对他们说:‘现在你们烧死我吧,因为我曾经这样许下愿:我要为我的人民死于火刑。’于是阿拉伯人把她抓来烧死了。可是从那时候起:人民永远解放了!这才真是功勋!而我算得什么呢!”

这时候我暗暗惊奇:关于贞德①的传说,怎么用这样的形式传到了这里。沉默了片刻,我问露克丽亚:她几岁了。

“二十八……也许是二十九……不到三十。可是年纪算它做什么呢!我还要告诉您……”

露克丽亚突然用低哑的声音咳嗽一下,叹一口气……

“你说话说得太多了,”我向她指出,“这对你是有害的。”

“对,”她用几乎听不见的声音说,“我们的谈话该结束了;可是这有什么关系呢!等您走了以后,我可以尽量地沉默。至少我已经说出了我的心事……”

我就向她告别,重又提到我要送药给她的诺言,又叫她再仔细想想,告诉我:她有没有什么需要?

“我没有什么需要了;一切都满足,感谢上帝,”她十分费力而又动人地说出这话,“上帝保佑大家健康!对了,老爷,您最好劝劝您的老太太:这里的农民都很穷,请她把他们的代役租哪怕减轻一点点也好!他们的地不够,而且都没有出息……他们会祈祷上帝保佑您的……我可什么都不需要,一切都满足了。”

我向露克丽亚保证一定实现她的愿望。我已经走到门口……她又把我叫到跟前。

“老爷,您记得吗,”她说着,她的眼睛里和嘴唇上有一种奇妙的表情一闪而过,“我以前的辫子是怎么样的?您记得吗,一直垂到膝盖的地方!我好久都拿不定主意……这样长的头发!……可是怎么能梳它呢?在我这种境况下!……所以我就把它剪掉了……嗯……好,再见

① 贞德(1412—1431),抗击英军的法国女民族英雄。

吧，老爷！我不能再说话了……”

就在那一天，出去打猎以前，我跟管田庄的甲长谈起了露克丽亚。我从他那儿知道：村里的人都称她为“活尸”，可是没有看见她有什么烦恼；从来听不见她诉苦或者抱怨。“她自己没有一点要求，相反的，她对一切都感谢；她是一个不爱说话的人，实在是一个不爱说话的人，应该这么说。大概是上帝为了她的罪孽才惩罚她的，”甲长这样下了结论，“可是我们不去过问这件事。至于指摘她呢，不，我们不去指摘她。随她去吧！”

过了几个星期，我听说露克丽亚死了。死神终于来叫她了……正是在“圣彼得节之后”。据说她死的那天老是听见钟声，虽然从阿列克谢耶夫卡到教堂算来有五俄里多路，而且这一天并不是礼拜天。不过露克丽亚说：钟声不是从教堂那边传来的，而是“从上面”来的。大概她不敢说：从天上来的。

车 轮 子 响

“我向您报告。”叶尔莫莱走进农舍里来对我说，那时候我刚吃过饭，躺在行军床上，想在十分成功但很吃力的松鸡狩猎之后休息一下——时间是七月中旬，天气热得厉害……“我向您报告：我们的霰弹都用完了。”

我从床上跳起来。

“霰弹用完了！怎么啦！我们从村子里带来的差不多有三十磅！满满的一袋哩！”

“一点也不错；而且袋子很大；应该足够用两个星期。可是不知道是怎么回事！恐怕袋子上有破洞了，不管怎么着，霰弹实在没有了……剩下的不过十发了。”

“那么我们现在怎么办呢？前面有很好的地方——明天我们说好要打六窝鸟呢……”

“派我到图拉去吧。离这儿不远：一共四十五俄里。只要您吩咐一声，我就飞快地去一趟；带一普特霰弹来。”

“你什么时候去呢？”

“现在马上去也可以。何必耽搁时间呢？不过有一点：要雇几匹马。”

“怎么要雇马？自己的马为什么不用？”

“自己的马不能用了。辕马的脚瘸了……瘸得厉害！”

“从什么时候起的？”

“前几天，——马车夫带它去钉马掌。马掌钉好了。碰上那个铁匠大概是不高明的。现在它的一只腿简直踩不下去。是前腿。它就只得把前腿缩起……像狗一样。”

“有这样的事？那么至少把马掌给它拿掉了吧？”

“没有,没有拿掉;可是一定得把它拿掉。大概钉子钉进它的肉里去了。”

我吩咐把马车夫叫来。原来叶尔莫莱并没有说谎:辕马的腿确实踩不下去了。我立刻吩咐把它的马掌拿掉,让它站在潮湿的泥土上。

“怎么样?吩咐我雇马到图拉去吗?”叶尔莫莱又来盯着我。

“难道在这荒僻的地方可以雇到马吗?”我禁不住懊恼地叫嚷。……

我们所在的村子偏僻而又荒凉;所有的居民都是一贫如洗;我们好容易才找到这间虽然没有烟囱却还算宽敞的农舍。

“可以,”叶尔莫莱照例泰然自若地回答,“关于这个村子,您说的话很对;可是这儿以前住着一个农民。很聪明!又有钱!他有九匹马。他本人已经死了,现在他的大儿子在当家。这人是一个十足的傻瓜,可是还没有花尽老子的财产。我们可以跟他要马。您让我去叫他来吧。听说他的两个弟弟倒是挺伶俐的……可他到底是他们的头儿。”

“为什么呢?”

“因为他是老大!做弟弟的当然得听他的话!”这时候叶尔莫莱狠狠地抨击了一般做弟弟的,他的话简直难以形诸笔墨。“我去叫他来。他是个老实人。跟他哪里会谈不拢呢?”

当叶尔莫莱去叫“老实人”的时候,我转起念头来:还是我亲自到图拉去一趟吧?第一,我受经验的教训,对叶尔莫莱很不信任;有一回我派他到城里去买东西,他答应我在一天之内完成我的一切委托——岂知他去了整整一星期,把所有的钱都喝了酒;坐了竞走马车去的,却步行回来。第二,我在图拉有一个熟识的马贩子;我可以向他买一匹马来代替瘸腿的辕马。

“决定这么办!”我想,“我自己去一趟,在路上也可以睡觉的,——况且这四轮马车很平稳。”

“叫来了!”过了一刻钟,叶尔莫莱喊着,闯进农舍来。跟在他后面走进来的是一个身材魁梧的农民,他穿着白衬衫、蓝裤子和树皮鞋,毛发都是淡黄色的,视力很差,长着棕黄色的尖胡子,鼻子长而丰满,嘴巴张开。看样子他的确是个“老实人”。

“您跟他谈吧，”叶尔莫莱说，“他有马，他也同意。”

“这个，喏，我……”农民用略带嘶哑的声音讷讷地说起话来，同时摇摇他的稀薄的头发，用手指摸弄他手里拿着的帽子的帽檐。“我，喏……”

“你叫什么名字？”我问。

农民低下头，仿佛在沉思。

“我叫什么名字吗？”

“是啊，你的名字叫什么？”

“我的名字是——菲洛费。”

“唔，菲洛费老弟，我听说你有马。你去带三匹马到这儿来，我们要把它们套在我的四轮马车上——这马车是很轻的——你拉我到图拉去一趟吧。这两天夜里有月亮，很亮，赶车也凉快。你们这儿的路怎么样？”

“路吗？路没有什么。从这儿走到大路上，一共不过二十俄里光景。有一个小地方……不大好走；别的都没有什么。”

“不大好走的小地方是怎么样的呢？”

“要走浅滩蹚水过去。”

“难道您自己到图拉去？”叶尔莫莱问。

“是的，我自己去。”

“噢！”我的忠实的仆人说着，摇摇头。“噢！”他又说一声，啐了一口，就走出去了。

图拉之行对他显然已经毫无吸引力；在他看来这是一件没有趣味的无聊事了。

“你熟悉路吗？”我问菲洛费。

“我们怎么会不熟悉路呢！不过我，就是说，听您的吩咐，可是总不能……因为这样突然地……”

原来叶尔莫莱在雇用菲洛费的时候，曾对他声明，叫他不要担心，会付钱给他这个傻瓜的……也不过这么一句话！菲洛费——照叶尔莫莱的说法——虽然是一个傻瓜，对于光是这样一个声明却不能满意。

他向我讨价五十卢布——很高的价格;我还他十卢布——很低的价格。我们就讲起价钱来;菲洛费起初坚持,后来开始让价了,但是很不爽快。这期间叶尔莫莱进来一下,向我断然地说:“这个傻瓜,(菲洛费听见了低声说:“他老是喜欢这么说!”)这个傻瓜完全不懂得算钱。”他顺便又提醒我一件事:大约二十年前,我母亲在两条大路交叉的热闹地方开设的一个旅店,完全衰败了,就是因为派在那儿经理业务的那个老仆人根本不懂得算账,只知道数目多便是好,这就是说,例如拿一个二十五戈比的银币当作六个五戈比铜币付给人家①,同时还要狠狠地大骂。

“嘿,你呀,菲洛费!真是菲洛费!”最后叶尔莫莱这样叫着,愤怒地碰一碰门,走了出去。

菲洛费一句话也不回驳他,他仿佛意识到:名字叫菲洛费的确不大好,一个人为了这样的名字应该受责备,虽然实际上这是教士不好,因为在行洗礼的时候没有好好地送他报酬。

我终于跟他讲定了二十卢布。他回去牵马,过了一个钟头,牵来了五匹马,以便挑选。马都还不错,虽然它们的鬃毛和尾巴都很乱,肚子大,像鼓皮一样紧。菲洛费的两个弟弟跟了他来,他们一点也不像他。身材矮小,眼睛黑溜溜的,鼻子尖尖的,他们的确给人“伶俐”的印象;他们说话又多又快,正像叶尔莫莱所谓“唠叨”,但是他们都服从大哥。

他们把四轮马车从屋檐下拉出来,装配车子和马匹,一直忙了一个半钟头光景;有时把绳子做的挽索放松了,有时又扎得紧紧的。两个弟弟一定要把“灰斑马”套在辕上,因为“它下坡走得棒”;但是菲洛费决定,用“粗毛马”,于是就把粗毛马套到了辕上。

他们在马车里铺了干草,把瘸腿辕马的轭塞到坐位底下,以便在图拉买到了新马就可以装配上去……菲洛费还跑回家去了一趟,回来的时候穿着他父亲的长长的白色的宽袍,戴着高高的毡帽,穿着涂油的靴子,得意扬扬地爬上驾车台。我坐上车,看一看表:十点一刻。叶尔莫莱竟不跟我告别,去打他的狗瓦列特卡了;菲洛费拉动缰绳,尖声细气

① 原先,一个二十五戈比的银币等于五个五戈比的铜币。从一八四三年元旦起,十戈比的铜币只等于三戈比的银币。这是尼古拉一世的兑换制度。现在这个老仆人拿二十五戈比的银币当作六个五戈比铜币付出去,损失很多了。

地喊起马来:“嘿,你们这些小东西!”他的两个弟弟从两旁跑过来,打着副马的肚子,马车就走动了,转出门外,走上街道;那匹粗毛马想回到自己家里去,但是菲洛费打了它几鞭,开导了它,于是我们就出了村子,走上繁茂的榛树丛林中间十分平坦的道路了。

夜色宁静可爱,是最适宜赶路的时候。风有时在丛林里瑟瑟地响,摇曳着树枝,有时完全静止;天空中某些地方有凝滞不动的银色的云;月亮高挂在天心,皎皎地照明了四周。我伸直身子,躺在干草上,正想打瞌睡……但是想起了那个“不大好走的地方”,就振作起精神。

“喂,菲洛费,离浅滩还远吗?”

“离浅滩吗?还有八俄里光景。”

“八俄里,”我想,“非一个钟头走不到。我还可以睡一会儿。”

“菲洛费,你熟悉路吗?”我又问。

“路怎么会不熟悉呢?又不是头一回走……”

他接着又说了些什么话,但是我已经不去听他……我睡着了。

使我醒来的,不是我自己要恰好睡一小时的意图(这是常有的情形),而是我耳朵底下的一种虽然轻微但很奇怪的汩汩声和潺潺声。我抬起头来……

多么奇怪!我照旧躺在马车里,但是马车的周围,离马车边缘不过半俄丈高的地方,有一片水映着月光,起着细碎、清晰而颤抖的小波纹。我向前面一望:菲洛费低着头,弯着背,像木偶似地坐在驾车台上;再前面,在潺潺的流水上面,望得见弯曲的轭木、马的头和背脊。一切都凝滞不动,鸦雀无声,仿佛在魔法的国土中,在梦中,在神奇的梦中……这是怎么一回事?我从车篷底下向后面一望,……原来我们正在河中央,……河岸离开我们约有三十步!

“菲洛费!”我叫了一声。

“干什么?”他反问。

“还说‘干什么?’,得了吧!我们到底在哪儿啊?”

“在河里。”

“我知道在河里。可是这样我们马上就要淹死了。你这样算是过浅滩吗？咦？你睡着了，菲洛费！你回答我呀！"

"我稍微弄错了一点，"我的车夫说，"大概太偏了一点，走错了路，现在要等一会儿了。"

"怎么叫做'要等一会儿了！'？我们等什么呢？"

"让这粗毛马辨认一下。它转向哪儿，我们就该往哪儿走。"

我在干草上坐起来。辕马的头在水面上一动也不动。在明亮的月光底下，只能看见它的一只耳朵微微地动着——有时向后，有时向前。

"它也睡着了，你的粗毛马！"

"不，"菲洛费回答，"它正在嗅水。"

一切又都静息了，只是水照旧发出微弱的汩汩声。我也茫茫然了。

月光，夜色，河水，河里的我们……

"这个呲呲响的是什么？"我问菲洛费。

"这个吗？是芦苇里的小鸭子……也许是蛇。"

忽然辕马的头摇动了，耳朵竖起来，它打起响鼻，开始行动。

"嘀—嘀—嘀—嘀！"菲洛费突然扯着嗓子大叫起来，他挺起身子，挥动马鞭。马车立刻离开了原地，它横断了河水的波浪向前猛力一冲，摇摇摆摆地走动了……起初我觉得我们在沉下去，往深的地方去了，可是经过了两三次冲撞和陷落之后，水面仿佛突然低了下去……它越来越低，马车就从它里面长了出来，瞧，车轮子和马尾巴都露出来了。瞧，那些马搅起激烈而粗大的水沫，这些水沫在朦胧的月光下飞溅出去，好像金刚石的——不，不是金刚石——而是蓝宝石的光束；马儿愉快地、协力地把我们拉到了沙岸上，竞相鼓动着光滑润湿的腿，走上了通往山里的路。

我心里想："菲洛费现在大概要说'您瞧，我的话是对的！'或者类乎此的话了吧？"但是他一句话也不说。因此我也认为不必责备他的疏忽了，就躺在干草上，想再睡觉。

可是我睡不着，不是因为打猎后不疲劳，也不是因为我所经历的恐慌赶走了我的睡意，而是因为我们来到了非常美丽的地方。这是辽阔、广大、滋润而茂盛的草原，其中有无数的小草地、小湖泊、小川、尽头丛生着柳树和灌木细枝的小港，是真正俄罗斯的风景，俄罗斯人所爱好的地方，很像我们古代传说中的勇士骑着马射击白天鹅和灰鸭子的地方。被车马压平的道路像一条黄色的丝带一般蜿蜒着，马跑得很轻快。我不能闭上眼睛，只管欣赏着！这一切景物都在可爱的月光底下柔和地、匀称地从两旁浮过。菲洛费也被感动了。

“我们这一带地方叫圣耶戈尔草原，”他回过头来对我说，“再过去就是大公草原。这样的草原在全俄罗斯没有第二处的，……多美啊！”辕马打一个响鼻，颤动一下……“上帝保佑你！……”菲洛费庄重地低声说。“多美啊！”他又说一句，叹一口气，然后长长地哼了一声。“快要开始割草了，这地方耙集起干草来有多少啊——真不得了！港里的鱼也很多。多么好的鳊鱼！”他拖长声调说。“总之一句话：人是死不得的。”

他忽然举起一只手。

“啊！瞧！在湖上面……不是有一只苍鹭站着吗？难道苍鹭晚上也抓鱼？哈哈！这是树枝，不是苍鹭。看错了！月亮老是让人上当。”

我们这样地走着，走着……可是现在来到了草原的尽头，这里出现了一些小树林和开垦了的田地；附近有一个小村子里闪耀着两三点灯火，——到大路只剩下五俄里光景。我睡着了。

我又一次不是自己醒过来。这回唤醒我的是菲洛费的说话声。

“老爷……喂，老爷！”

我略微抬起身子。马车停在大路中央的平地上，菲洛费坐在驾车台上，把脸转向我，眼睛睁得很大（我竟吃了一惊，我想不到他有这样大的一双眼睛），意味深长地、神秘地低声说：

“车轮子响！……车轮子响！”

“你说什么？”

“我说：车轮子响！您弯下身子听听。听见吗？”

我从马车里伸出头去，屏住呼吸，果然听见我们后面很远的地方有微弱的、断断续续的响声，好像是车轮滚动的声音。

“听见吗？”菲洛费又问。

“嗯，是的，”我回答，“有一辆马车正跑过来。”

“您没有听见……听！喏……铃铛声……还有口哨声……听见吗？您把帽子摘掉……可以听得清楚些。”

我没有摘下帽子,但是侧着耳朵倾听。

“嗯,是的……也许是。可是这有什么呢?”

菲洛费把脸转向着马。

“有一辆大车过来了……轻装,轮子包铁皮的,”他说着,拿起缰绳。“老爷,这是坏人来了;在这儿,在图拉附近,拦路抢劫的……多得很。”

“胡说！你怎么知道这一定是坏人?”

“我说的是真话。带着铃铛……驾着一辆空车……还会有谁呢?”

“那么到图拉还远吗?”

“还有十五俄里光景,这里一户人家也没有。”

“那么,赶快走,不要耽搁了。”

菲洛费挥一下鞭子,马车又开动了。

我虽然不相信菲洛费的话,但是已经不能再入睡了。如果是真的,那怎么办呢？一种不快的感觉在我心中浮动。我在马车里坐起来,——在这以前我是躺着的,——开始向四周眺望。在我睡着的期间,升起了一层薄雾——不是在地面上,而是在天空中;薄雾浮得很高,月亮挂在雾里,变成了白蒙蒙的一点,好像蒙在烟气里。一切都暗淡无光,形成了模糊的一片,只是近地面的部分还看得清楚。周围都是平坦的、荒凉的地方:田野,一直是田野,有些地方有灌木丛、峡谷,然而过后又是田野,而且大都是休闲田,长着些稀疏的杂草。一片荒凉……死气沉沉！连一只鹌鹑的叫声都没有。

我们走了半个钟头光景。菲洛费不时地挥着鞭子,吧嗒着嘴唇吆喝马,但是无论他还是我,两个人一句话也不说。后来我们爬上了一个小土岗……菲洛费勒住了马,紧接着说:

“车轮子响……车轮子响——哪,老爷!”

我又把头伸出马车外面;其实我在车篷里也可以听见。虽然相隔还远,这一回我却已经能够十分清楚地听到大车轮子的转动声、口哨声、铃铛声、甚至马蹄声;我甚至好像听到歌声和笑声。风固然是从那方面吹来的,但是那些不相识的旅客和我们之间的距离无疑地已经缩短了足足一俄里,也许竟是两俄里了。

我和菲洛费面面相觑,他只是把帽子从后脑勺推到了前额,立刻又俯在缰绳上打起马来了。马儿飞奔起来,但是不能持续长久,一会儿又跑轻快步了。菲洛费继续不断地鞭打它们。必须逃走啊!

我自己也不明白,为什么起初我并不分担菲洛费的疑虑,而这回忽然相信跟着我们来的的确是坏人了……我并没有听见任何别的声音:仍然是同样的铃铛声、同样的不载货的大车的轮子声,同样的口哨声,同样的模糊的喧嚣声……但是现在我已经不再怀疑。菲洛费的话是不会错的!

又过了二十分钟……在这二十分钟的最后一段时间内,我们除了自己的马车的轧轧声和隆隆声之外,又听见另一辆车子的轧轧声和隆隆声了……

"停车吧,菲洛费,"我说,"反正一样——总是完结!"

菲洛费胆怯地喝了一下马。马刹那间就站定了,仿佛因为可以休息而感到欢喜的样子。

天哪!铃铛简直就在我们背后大声响着,大车发出辚辚声,人们在吹口哨,叫喊,唱歌,马儿打着响鼻,马蹄在地面上嘚嘚敲响……

他们赶上来了!

"糟——糕!"菲洛费拖长了声音低声说,接着犹豫不决地叱一下马,催促它们前进。但是正在这当儿,仿佛有一样东西突然垮下来似的,只听见一阵呐喊,轰隆一声响,一辆庞大的摇摇摆摆的大车由三匹瘦健的马拖着,急剧地像旋风一般赶过了我们,向前跑了几步,立刻换了慢步,拦住了路。

"正是强盗的行径。"菲洛费低声说。

老实说,我心里发呆了……我就在雾气弥漫的幽暗的月光下紧张地观察。在我们前面的大车里,有六个穿衬衫的、敞开上衣的人不知算是坐在那里,还是躺在那里;其中两个人头上不戴帽子;穿靴子的粗大的腿挂在马车的横木上摇摆着,手臂乱七八糟地举起来,落下去……身体晃动着……显而易见,这是一群醉汉。有的人在那里胡乱叫喊;有一个人发出很尖锐而清晰的口哨声,另一个人在骂街;驾车台上坐着一个穿短皮袄的大汉,在那里驾驭马匹。他们缓步前进,仿佛没有注意到我们。

有什么办法呢?我们也只得跟着他们缓步前进……无可奈何了。

我们这样地走了大约四分之一俄里。这是一种折磨人的期待……逃命,防御……哪里还谈得到!他们有六个人,而我连手杖都没有一根!向后回转呢?他们一定立刻追上来。我想起了茹科夫斯基的诗句(他咏卡明斯基元帅被杀的诗句):

强盗的卑鄙的斧头……①

要不然,就是用肮脏的绳子勒住喉咙……丢进濠沟里……在那里呻吟,挣扎,像兔子落在圈套里一般……

啊,真可恶!

可是他们照旧缓步前进,不来注意我们。

“菲洛费!”我低声说,“试试看,偏向右,仿佛从旁边走过的样子。”

菲洛费试着把马拉向右……可是他们也立刻偏向右……不可能通过。

菲洛费又试着把马拉向左……但是他们又不让他越过大车,并且笑起来。这么说,他们是不放我们过去了。

“正是强盗。”菲洛费转过头来对我低声说。

“可是他们等什么呢?”我也低声地问。

“喏,在前面,在洼地里,小河上有一座桥……他们想在那儿收拾我们!他们常常是这样的,……在桥旁边。老爷,我们的事情已经摆明了!”他叹一口气接着说,“不见得会放我们活着回去;因为他们主要是灭口。老爷,我只可惜一点:我的三匹马损失了,我的两个弟弟得不到它们了。”

这时候我应该吃惊:菲洛费到这当儿还能够担心他的马。然而老

① 引自茹科夫斯基的诗,该诗系一八〇九年为卡明斯基元帅之死而作。

实说，我自己已经顾不到这些了……“难道他们真的要杀人？”我反复地想，“为了什么呢？我把我所有的都给他们就是了。”

桥越来越近，越来越看得清楚了。

突然响出一阵尖锐的呐喊声，我们前面那辆马车仿佛奔腾飞驰起来，它跑到了桥边，一下子煞住，在路上稍偏的地方纹丝不动地站定了。我的心沉了下去。

“啊呀，菲洛费老弟，”我说，“我和你走上死路了。如果我害了你，请原谅我啊。”

“哪里是您的过错呢，老爷！自己的命运是躲不过的！喂，粗毛马，我的忠实的马儿，”菲洛费对辕马说，“好兄弟，向前走吧！帮我最后一个忙吧！——反正是一样……天保佑！”

他就放他的三匹马快步向前。

我们渐渐走近桥边，走近那辆一动不动的可怕的大车……这辆车上仿佛故意似的一切都静息下来。寂静无声！就好像梭鱼、鹞鹰、一切猛兽等候获物靠近来时的静默一样。我们终于和那辆大车相并了……突然那个穿短皮袄的大汉跳下车，一直向我们走来！

他什么话也没有对菲洛费说，但菲洛费立刻自动勒住了缰绳……马车停了。

大汉把两只手按在车门上，把他的毛发蓬松的头伸向前，露出牙齿笑着，用沉静平稳的声调和工人的语气说出下面的话：

“可敬的先生，我们是参加了体面的宴会、参加了婚礼回来的……我们给我们的一个好朋友结了婚；把他安顿好了；我们弟兄都是年轻勇敢的人，——喝了许多酒，可是没有东西可以醒酒；您肯不肯赏一个脸，给我们一点儿钱，让弟兄们每人再喝半瓶酒来解解醉？我们将要为您的健康干杯，不忘记您这位好先生；要是您不肯赏脸的话，那就请您别见怪！”

“这是怎么一回事？”我想……“是开玩笑？……挖苦人？”

大汉低下了头，继续站着。正在这当儿，月亮从雾中出现，照亮了他的脸。这张脸上露出得意的微笑，——眼睛里和嘴唇上都带着笑。这张脸上看不出威吓的样子……只是好像整个脸很警惕，……牙齿又白又大……

“我很愿意……请拿去吧……”我连忙说，同时从衣袋里掏出钱包，从这里面拿出两个银卢布，——那时候银币在俄罗斯还通行。“给你，如果不嫌少的话。”

“多谢！”大汉像士兵一般大叫一声；他的粗大的手指迅速地攫取了我的——不是全部钱包，而只是那两个银卢布。“多谢！”他抖一抖头发，跑向大车去了。

“弟兄们！”他叫起来，“过路的先生赏给我们两个银卢布！”所有的人都突然哈哈大笑起来……大汉爬上了驾车台……

“祝您幸福！”

一转眼他们就离去了！马儿齐步向前奔跑，大车隆隆地驶上山坡去，在天空和地面相接的黑暗的界线上再闪现一次，就跑下山坡，消失了。

于是车轮声、叫喊声、铃铛声都听不见了……

死一般的静寂。

我和菲洛费没有马上恢复过来。

“啊，这可真是开玩笑！”终于他这样说，摘下了帽子，画起十字来。“真是开玩笑，”他又说了一句，满心欢喜地转向我，“这一定是个好人，真的。嗬—嗬—嗬，小东西！快走！你们安全了！我们大家都安全了！就是这个人不让我们通过；他驾着马呢。这小伙子真滑稽！嗬—嗬—嗬—嗬！走吧！”

我默默不语，但是心里也很高兴。“我们安全了！”我心里反复说着，在干草上躺下。“便宜地解决了！”

我甚至觉得有点惭愧：我为什么要想起茹科夫斯基的诗句。

忽然我想起了一件事：

“菲洛费！”

“什么？”

“你结婚了吗？”

“结婚了。”

“有孩子了吗?”

“有孩子了。”

“刚才你怎么不想到他们呢?你可怜你的马,可是你的妻子、你的孩子们呢?”

“为什么要可怜他们?他们又没有落到强盗手里。可是我心里一直惦记着他们,现在也惦记着……真的。”菲洛费沉默了一会儿,“也许……是因为他们的缘故,上帝才饶恕我们的。”

“说不定这些人不是强盗吧?”

“怎么能知道呢?难道能钻进别人的心眼儿里去?有道是:知人知面不知心。可是心里有上帝总是好的。不啊……我一直惦记着我家里的人……嗬—嗬—嗬,小东西,走吧!”

我们走近图拉时,差不多已经天亮了。我半睡半醒地躺着……

“老爷,”菲洛费突然对我说,“您瞧,他们在酒店里,……这是他们的大车。”

我抬起头来一看……正是他们:他们的大车,他们的马。酒店的门槛上忽然出现了那个熟识的穿短皮袄的大汉。

“先生!”他挥着帽子叫,“我们在用您的钱喝酒!喂,马车夫,”他向菲洛费点点头,接着说,“刚才恐怕受惊了吧?”

“这人真有趣。”我们离开酒店约二十俄丈之后,菲洛费说。

我们终于到了图拉;我买了霰弹,顺便买了些茶叶和酒,还向马贩子买了一匹马。中午我们动身回去。菲洛费因为在图拉喝了点酒,变成一个很爱说话的人(他甚至讲故事给我听),当我们经过上次我们听见后面有车轮子响的那地方时,菲洛费忽然笑起来。

“老爷,您可记得,我一直对您说‘车轮子响……车轮子响’,我说‘车轮子响’。”

他把手挥动了好几下……他觉得这句话很有趣味。

当天晚上我们回到了他的村子里。

我把我们的遭遇告诉了叶尔莫莱。他那时候没有喝过酒,并不说什么同情的话,只是哼了一声——是赞许还是责备,我想连他自己也不知道。但是过了两天,他很高兴地告诉我:就在我和菲洛费去图拉的那天夜里,就在那条路上,有一个商人遭了抢劫,被杀死了。我起初不相信这消息,但后来不得不相信了:一个警察官骑着马跑过这里,去调查这事件,就证明了这消息的确实。我们这班好汉莫非就是参加了这个“婚礼”回来?那个滑稽的大汉所谓“安顿好了”的那个“好朋友”,莫非就是这个商人?我在菲洛费的村子里又耽搁了大约五天。我每次一碰见他,就对他说:“嗳?车轮子响吗?”

“那人真有趣。”他每次都这样回答我,接着就笑起来。

树林和草原

……渐渐地引他向后：
回到村子上，回到幽暗的花园里，
那里的椴树高大而荫凉，
铃兰发出贞洁的芬芳，
那里有团团的杨柳成行，
从堤畔垂挂在水上，
那里有繁茂的橡树生长在膏腴的田地上，
那里的大麻和荨麻发出馨香……
到那地方，到那地方，到那辽阔的原野上，
那里的土地黑沉沉的像天鹅绒一样，
那里的黑麦到处在望，
静静地泛着柔软的波浪。
从一团团明净的白云中央，
照射出沉重的、金黄色的阳光。
那是个好地方……

——节自待焚的诗篇

读者对于我的笔记也许已经感到厌倦了；我赶快安慰他：约定限于已经发表的几篇为止；但是在向他告别的时候，不能不略谈几句关于打猎的话。

带了枪和狗去打猎，就本身而论，即从前所谓 für sich①，是一件绝妙的事；纵然您并不生来就是猎人，但您总是爱好自然和自由的，因此

① 德语：就本身而论。

您也就不能不羡慕我们猎人……请听我讲吧。

例如,春天黎明以前乘车出游时的快感,您知道吗?您走到台阶上……深灰色的天空中有几处闪耀着星星;滋润的风时时像微波一般飘来;听得见夜的含蓄而模糊的私语声;阴暗的树木发出微弱的喧噪声。有人把地毯铺在马车上,把装茶炊的箱子放在踏脚的地方。两匹副马畏缩着身子,打着响鼻,神气地替换着蹄子站在那里;一对刚才睡醒的白鹅静悄悄、慢吞吞地穿过道路。在篱笆后面的花园里,看守人安静地在打鼾;每一个声音都仿佛停滞在凝结的空气中,停滞不动。于是您坐上车;马儿一齐举步,马车发出隆隆的声音……您乘着马车,经过教堂,下山向右转,走过堤坝……池塘上刚开始升起烟雾。您觉得有点儿寒意,就用大衣领子遮住了脸;您打瞌睡了。马蹄踏在水洼里,发出很响的声音;马车夫吹着口哨。但这时候您已经走了约莫四俄里……天边发红了;寒鸦在白桦树林中醒来,笨拙地飞来飞去;麻雀在暗沉沉的禾堆周围叽叽喳喳地叫。空气清朗了,道路更加看得清楚,天色明净起来,云发白了,田野显出绿色。农舍里点着松明,发出红色的火光,大门里面传出瞌睡朦胧的说话声。这期间朝霞燃烧起来;已经有金黄色的光带扩展在天空中,山谷里缭绕地升起一团团雾气,云雀嘹亮地歌唱着,吹来一阵黎明前的风,——于是徐徐地浮出一轮深红色的太阳。阳光像流水般迸出;你的心就像鸟儿一样振奋起来。新鲜,愉快,可爱!四周远处都看得很清楚。瞧,小树林后面有一个村子;瞧,再过去些还有一个村子,有一所白色的教堂;瞧,山上有一个白桦树林;树林后面是一片沼地,就是您要去的地方……快跑,马儿,快跑!跨着大步向前进!……只剩下三俄里了,不会更多。太阳很快地升起来;天空明净……天气一定很好。一群牲口从村子里向我们迎面而来。您的车登上山顶……风景多么好!河流蜿蜒十俄里光景,在雾色中隐隐地发蓝;河那边是大片的水汪汪的青草地;草地那边有几个平坦的丘陵;远处有几只凤头麦鸡在沼地上空飞鸣;透过散布在空气中的滋润的阳光,远处的景物显得很清楚……不像夏天那样。呼吸多么自由,四肢动作多么爽快,全身笼罩在春天的清新气息中,感到多么健壮!……

夏天七月里的早晨！除了猎人，有谁体会过黎明时候在灌木丛中散步的乐趣？你的脚印在白露沾湿的草上留下绿色的痕迹。你用手拨开濡湿的树枝，夜里蕴蓄着的一股暖气立刻向你袭来；空气中到处充满着苦艾的新鲜苦味、荞麦和三叶草的甘香；远处有一片茂密的橡树林，在阳光底下发出闪闪的红光；天气还凉爽，但是已经觉得炎热逼近了。过多的芬芳之气使得你头晕目眩。灌木丛没有尽头……只是远处某些地方有一片黄灿灿的成熟了的黑麦，一条条狭长的粉红色的荞麦田。这时候一辆大车轧轧地响出；一个农民缓步走来，把他的马预先牵到荫凉的地方……你同他打个招呼，就走开了；你后面传来镰刀的响亮的铿锵声。太阳越升越高。青草立刻干了。瞧，已经开始热起来。过了一个钟头，又一个钟头……天边变得暗沉沉的；静止的空气发散出火辣辣的炎热。

"老兄，这里什么地方可以弄点水喝？"你问一个割草的人。

"那边山谷里有一口井。"

您穿过缠着蔓草的茂密的榛树丛，走到山谷底下。果然，断崖的下面隐藏着泉水；橡树的掌形枝叶贪婪地铺在水面；银色的大水泡摇摇摆摆地从长满细致柔滑的青苔的水底上升起。您投身到地上，喝饱了水，但是懒得再动了。您正在荫凉的地方，呼吸着芬芳的湿气；您觉得很舒服，可是你对面的丛林晒得火辣辣的，在阳光底下仿佛颜色发黄了。然而这是什么呀？风突然吹来，又疾驰而去；四周的空气颤动了一下：那不是雷声吗？您从山谷里走出来……天边的一片铅色是什么？是不是暑气浓密起来了？是不是乌云涌过来了？……但这时候电光微微地一闪……啊，原来是暴风雨要来了！四周还照着明亮的阳光，还可以打猎。但是乌云在扩大：它的前沿像衣袖一般伸展开来，像穹窿似地笼罩着。顷刻之间，草木全部发黑了……赶快跑！那边好像有一间干草棚……赶快跑！……您跑到那里，走了进去……雨多么大！闪电多么亮啊！有些地方，水透过草屋顶滴在芳香的干草上……可是，瞧，太阳又出来了。暴风雨已过去；您走出来。我的天啊，四周一切多么愉快地发出光辉，空气多么清新澄澈，草莓和蘑菇多么芬芳！……

可是眼看着黄昏来临了。晚霞像火焰一般燃烧,遮掩了半个天空。太阳就要落下去。附近的空气似乎特别清澈,像玻璃一样;远处笼罩着一片柔软的雾气,看上去是温暖的;鲜红的光辉随着露水落在不久以前还充满淡金色光线的林中旷地上;树木、丛林和高高的干草垛,都投下长长的影子……太阳落下去了;一颗星星在落日的火海里发出颤抖的闪光……瞧,这火海渐渐泛白;天空在变蓝;一个个影子逐渐消失,空气中弥漫着烟雾。该回去了,回到您过夜的村子的农舍里去。您背上枪,不顾疲倦,迅速地走着……这期间夜幕降临了;二十步之外已经看不见;狗在昏暗中微微显出白色。在那边黑压压的丛林上,天际朦胧地发亮……这是什么?火灾吗?……不,这是月亮正在升起。下面靠右边,已经闪耀着村子里的灯火……瞧,终于到达了您的屋子。隔着窗子您可以看到铺着白桌布的食桌、燃着的蜡烛、晚餐……

有时你吩咐套上竞走马车,到树林里去猎松鸡,在两旁长着又高又密的黑麦的狭路上通过,是很愉快的事。麦穗轻轻地打您的脸,矢车菊绊住您的脚,四周有鹌鹑叫着,马儿跑着懒洋洋的大步子。瞧,树林到了。阴影和寂静。挺拔的白杨树高高地在您上面簌簌作响;白桦树的下垂的长枝微微颤动;一棵强壮的橡树像战士一般站在一棵优雅的椴树旁边。您的马车在长满绿草的、树影斑驳的小路上行驶着;黄色的大苍蝇一动不动地在金黄色的空气中停了一会,突然飞去;小蚊蚋成群地盘旋着,在阴暗的地方发亮,在太阳光里发黑;鸟儿安闲地歌唱着。知更鸟的金嗓子欢愉地发出天真烂漫的絮絮叨叨声,这声音跟铃兰的芳香很调和。再走远去,再走远去,去到树林的深处……树丛密起来……心灵深处感到说不出的宁静;四周也都充满睡意,悄然无声。但是忽然一阵风吹来,树梢哗哗地响起来,仿佛翻落的波浪。有些地方,从去年的褐色的落叶中间长出很高的青草;蘑菇各自戴着自己的帽子站着。雪兔突然跳出,狗高声吠叫着急起直追……

同是这座树林,当晚秋山鹬飞来的时候,显得多么美好啊!山鹬不停在树林深处,必须到树林边上去找它们。没有风,也没有太阳,没有光亮,也没有阴影,没有动作,也没有声音;柔和的空气中弥漫着秋天的葡萄酒似的芳香;远处橙黄色的田野上笼罩着一层薄雾。光秃秃的褐色树枝中间,和平静止的天空泛着白色;椴树上有几处挂着最后几张金黄色的叶子。两脚踏在潮湿的土地上觉得有弹性;高高的干燥的草茎一动也不动;长长的蛛丝在苍白的草上闪闪发光。呼吸舒畅,可是心里感到一种异样的惊悸。您沿着树林边缘走去,一路照看着您的狗,这时可爱的形象、可爱的人——死了的和活着的——都回忆起来,久已沉睡了的印象蓦地苏醒过来;想象力像鸟儿展翅翱翔,一切都在眼前清晰地出现并活动起来。心有时突然颤抖跳动,热情地向前冲去,有时整个沉浸在回忆中。全部生活就像一轴画卷似地轻快迅速地展开;人在这时候掌握了他的全部往事,全部感情、力量,全部灵魂。四周没有任何东西妨碍他——既没有太阳,也没有风,又没有声音……

在秋天,早晨严寒而白天微寒的晴朗的日子里,那时候白桦树仿佛神话里的树木一般全部呈金黄色,优美地衬托在淡蓝色的天空中;那时候低斜的太阳照在身上不再觉得热,可是比夏天的太阳更加光辉灿烂;小小的白杨树林全部光明透彻,仿佛它认为光秃秃地站着是愉快而轻松的;霜花还在山谷底上发白,清风徐徐吹动,追赶着蜷曲的落叶;那时候河里欢腾地奔流着蓝色的波浪,一起一伏地载送着逍遥自在的鹅和鸭;远处有一座半掩着柳树的磨坊轧轧地响着,鸽子在它上空迅速地盘旋着,在明亮的空气中斑斑驳驳地闪耀着……

夏天的烟雾弥漫的日子也很美好,虽然猎人不喜欢这种日子。在这样的日子里不能打枪,因为鸟儿从你的脚边拍翅飞起,立刻消失在白茫茫的凝滞的烟雾中。然而四周多么寂静,寂静得难于形容!一切都苏醒了,然而一切都默不作声。您经过一棵树旁边,它一动不动,正悠然自得。透过均匀地散布在空气中的薄雾,在您前面显出一片长长的黑影。您以为这是近处的树林;您走过去,树林就变成了长在田界上的一排高高的艾草。在您上空,在您四周,到处都是雾……可是这时候风轻轻地吹出,一块淡蓝色的天空透过了稀薄如烟的雾气显现出来,金黄色的阳光突然侵入,照射成一条长长的光带,落到田野上,钻进树林里,——接着,一切又都被遮蔽起来。这斗争持续了很久;但是光明终于胜利,被太阳照暖的最后一阵阵烟雾时而凝集起来,铺展得平平的,时而盘旋缭绕,消失在发着柔和的光辉的蔚蓝色高空中,于是这一天就变得壮丽无比,晴朗清澄。

现在您要出发到远离庄园的草原上去行猎了。您的马车在乡间土路上行驶了大约十俄里,瞧,终于来到了大道上。您经过无数的货车旁边,经过几家大门敞开的旅店旁边,望见里面有一口井,屋檐下还有茶炊吱吱地沸腾着;您的马车从一个村子到另一个村子,穿过一望无际的田野,沿着绿色的大麻田,久久地行驶着。喜鹊从一棵爆竹柳飞到另一棵爆竹柳;农妇们手里拿着长长的草耙,在田野里慢慢地走;一个行路人穿着破旧的土布外套,肩上背着行囊,拖着疲乏的步子走着;一辆地主家的笨重的轿形马车上套着六匹高大而疲乏的马,向您迎面而来。车窗里露出垫子的角;一个穿大衣的侍仆扶着绳子,横着身子,坐在马车后面脚踏上的一只蒲包上,泥污一直溅到眉毛上。现在您来到一个小县城里,这里有歪斜的木造的小屋、无穷尽的栅栏、商人的不住人的砖造建筑、深谷上的古老的桥……再走远去,再走远去!……来到了草原地带。从山上眺望,风景多么好!一个个全部耕种过的圆圆的低丘陵,像巨浪一般起伏着;长满灌木丛的峡谷蜿蜒在丘陵中间;一片片小丛林像椭圆形的岛屿一般散布着;狭窄的小径从一个村子通往另一个村子;教堂的墙壁呈现出白色;柳丛中间透出一条亮闪闪的小河,有四个地方筑着堤坝;远处田野中有一行野雁并列地站着;在一个小池塘上,有一所古老的地主邸宅,附有一些杂用房屋、一个果园和一个打谷场。然而您的马车继续向前,向前。丘陵越来越小,树木几乎看不见了。瞧,终于来到了,一片茫无际涯的草原!……

在冬天的日子里,在高高的雪堆上追逐兔子,呼吸严寒刺骨的空气,柔软的雪的耀目而细碎的闪光,使得眼睛不由自主地要眯拢来,欣赏着橙红色的树林上空的青天,这一切多么可爱啊!……在早春的日子里，当四周一切都发出闪光而逐渐崩裂的时候，透过融解的雪的浓重的水气，已经闻得出温暖的土地的气息；在雪融化了的地方，在斜射的阳光底下，云雀天真烂漫地歌唱着，急流发出愉快的喧哗声和咆哮声，从一个峡谷奔向另一个峡谷……

可是现在应该结束了。我正好又讲到了春天：在春天容易离别，在春天，幸福的人也会被吸引到远方去……再见了，我的读者，祝您永远如意称心。

“名著名译丛书”书目

（按著者生年排序）

第一辑

书　名	著　者	译　者
荷马史诗·伊利亚特	[古希腊]荷马	罗念生 王焕生
荷马史诗·奥德赛	[古希腊]荷马	王焕生
伊索寓言	[古希腊]伊索	王焕生
一千零一夜		纳　训
源氏物语	[日]紫式部	丰子恺
十日谈	[意大利]薄伽丘	王永年
堂吉诃德	[西班牙]塞万提斯	杨　绛
培根随笔集	[英]培根	曹明伦
罗密欧与朱丽叶	[英]莎士比亚	朱生豪
鲁滨孙飘流记	[英]笛福	徐霞村
格列佛游记	[英]斯威夫特	张　健
浮士德	[德]歌德	绿　原
少年维特的烦恼	[德]歌德	杨武能
傲慢与偏见	[英]简·奥斯丁	张　玲 张　扬
红与黑	[法]司汤达	张冠尧
格林童话全集	[德]格林兄弟	魏以新
希腊神话和传说	[德]施瓦布	楚图南

高老头 欧也妮·葛朗台	[法]巴尔扎克	张冠尧
普希金诗选	[俄]普希金	高 莽 等
巴黎圣母院	[法]雨果	陈敬容
悲惨世界	[法]雨果	李 丹 方 于
基度山伯爵	[法]大仲马	蒋学模
三个火枪手	[法]大仲马	李玉民
安徒生童话故事集	[丹麦]安徒生	叶君健
爱伦·坡短篇小说集	[美]爱伦·坡	陈良廷 等
汤姆叔叔的小屋	[美]斯陀夫人	王家湘
大卫·科波菲尔	[英]查尔斯·狄更斯	庄绎传
双城记	[英]查尔斯·狄更斯	石永礼 赵文娟
雾都孤儿	[英]查尔斯·狄更斯	黄雨石
简·爱	[英]夏洛蒂·勃朗特	吴钧燮
瓦尔登湖	[美]亨利·戴维·梭罗	苏福忠
呼啸山庄	[英]爱米丽·勃朗特	张 玲 张 扬
猎人笔记	[俄]屠格涅夫	丰子恺
包法利夫人	[法]福楼拜	李健吾
昆虫记	[法]亨利·法布尔	陈筱卿
茶花女	[法]小仲马	王振孙
安娜·卡列宁娜	[俄]列夫·托尔斯泰	周 扬 谢素台
复活	[俄]列夫·托尔斯泰	汝 龙
战争与和平	[俄]列夫·托尔斯泰	刘辽逸
海底两万里	[法]儒勒·凡尔纳	赵克非
八十天环游地球	[法]儒勒·凡尔纳	赵克非
马克·吐温中短篇小说选	[美]马克·吐温	叶冬心
汤姆·索亚历险记	[美]马克·吐温	张友松
爱的教育	[意大利]埃·德·阿米琪斯	王干卿
莫泊桑短篇小说选	[法]莫泊桑	张英伦
契诃夫短篇小说选	[俄]契诃夫	汝 龙
泰戈尔诗选	[印度]泰戈尔	冰 心 等
欧·亨利短篇小说选	[美]欧·亨利	王永年

名人传	[法]罗曼·罗兰	张冠尧 艾珉
童年 在人间 我的大学	[苏联]高尔基	刘辽逸 等
绿山墙的安妮	[加拿大]露西·蒙哥马利	马爱农
杰克·伦敦小说选	[美]杰克·伦敦	万紫 等
卡夫卡中短篇小说全集	[奥地利]卡夫卡	叶廷芳 等
罗生门	[日]芥川龙之介	文洁若 等
了不起的盖茨比	[美]菲茨杰拉德	姚乃强
老人与海	[美]海明威	陈良廷 等
飘	[美]米切尔	戴侃 等
小王子	[法]圣埃克苏佩里	马振骋
钢铁是怎样炼成的	[苏联]尼·奥斯特洛夫斯基	梅益
静静的顿河	[苏联]肖洛霍夫	金人

第二辑

威尼斯商人	[英]莎士比亚	朱生豪
忏悔录	[法]卢梭	范希衡 等
罪与罚	[俄]陀思妥耶夫斯基	朱海观 王汶
哈克贝利·费恩历险记	[美]马克·吐温	张友松
漂亮朋友	[法]莫泊桑	张冠尧
斯·茨威格中短篇小说选	[奥地利]斯·茨威格	张玉书
海浪 达洛维太太	[英]弗吉尼亚·吴尔夫	吴钧燮 谷启楠
日瓦戈医生	[苏联]帕斯捷尔纳克	张秉衡
大师和玛格丽特	[苏联]布尔加科夫	钱诚
太阳照常升起	[美]海明威	周莉

第三辑

神曲	[意大利]但丁	田德望
吉尔·布拉斯	[法]勒萨日	杨绛
都兰趣话	[法]巴尔扎克	施康强

叶甫盖尼·奥涅金	[俄]普希金	智　量
笑面人	[法]雨果	郑永慧
红字 七个尖角顶的宅第	[美]纳撒尼尔·霍桑	胡允桓
死魂灵	[俄]果戈理	满　涛 许庆道
南方与北方	[英]盖斯凯尔夫人	主　万
莱蒙托夫诗选 当代英雄	[俄]莱蒙托夫	余　振 等
前夜 父与子	[俄]屠格涅夫	丽　尼 巴　金
白鲸	[美]赫尔曼·梅尔维尔	成　时
米德尔马契	[英]乔治·爱略特	项星耀
小妇人	[美]路易莎·梅·奥尔科特	贾辉丰
娜娜	[法]左拉	郑永慧
一位女士的画像	[美]亨利·詹姆斯	项星耀
十字军骑士	[波兰]亨利克·显克维奇	林洪亮
樱桃园	[俄]契诃夫	汝　龙
约翰-克利斯朵夫	[法]罗曼·罗兰	傅　雷
我是猫	[日]夏目漱石	阎小妹
嘉莉妹妹	[美]德莱塞	潘庆舲
月亮与六便士	[英]威廉·萨默塞特·毛姆	谷启楠
人性的枷锁	[英]威廉·萨默塞特·毛姆	叶　尊
人类群星闪耀时	[奥地利]斯·茨威格	张玉书
尤利西斯	[爱尔兰]詹姆斯·乔伊斯	金　隄
好兵帅克历险记	[捷克]雅·哈谢克	星　灿
城堡	[奥地利]卡夫卡	高年生
喧哗与骚动	[美]威廉·福克纳	李文俊
老妇还乡	[瑞士]迪伦马特	叶廷芳 韩瑞祥
金阁寺	[日]三岛由纪夫	陈德文
万延元年的 Football	[日]大江健三郎	邱雅芬